Uma Carícia do Crepúsculo

LAURELL K. HAMILTON

UMA CARÍCIA DO CREPÚSCULO

Tradução de Alyda Sauer

Rocco

Título original
A CARESS OF TWILIGHT

Este livro é uma obra de ficção. Nomes, personagens, lugares e incidentes são produtos da imaginação do autor ou foram usados de forma fictícia. Qualquer semelhança com pessoas reais, vivas ou não, estabelecimentos comerciais, acontecimentos ou localidades é mera coincidência.

Edição brasileira publicada mediante acordo com a Ballantine Books, um selo da Random House Publishing Group, uma divisão da Random House, Inc.

Direitos para a língua portuguesa reservados
com exclusividade para o Brasil à
EDITORA ROCCO LTDA.
Av. Presidente Wilson, 231 – 8º andar
20030-021 – Rio de Janeiro – RJ
Tel.: (21) 3525-2000 – Fax: (21) 3525-2001
rocco@rocco.com.br
www.rocco.com.br

Printed in Brazil/Impresso no Brasil

preparação de originais
FÁTIMA FADEL

CIP-Brasil. Catalogação na fonte.
Sindicato Nacional dos Editores de Livros, RJ.

H188c Hamilton, Laurell K.
Uma carícia do crepúsculo / Laurell K. Hamilton; tradução de Alyda Sauer. – Rio de Janeiro: Rocco, 2012.
14x21cm

Tradução de: A caress of twilight
ISBN 978-85-325-2729-5

1. Ficção norte-americana. I. Sauer, Alyda. II. Título.

11-8138 CDD-813
CDU-821.111(73)-3

Este é para J., que me serviu inúmeras xícaras de chai e que, pela primeira vez, observou o processo do começo até o fim. Ele ainda me ama, e todos vocês, que são casados com alguém da classe artística, sabem exatamente o quanto isso revela sobre nós dois.

AGRADECIMENTOS

Para Shauna Summers, minha nova editora, obrigada pelo profissionalismo. Darla Cook, que ajudou a preparar a prova do livro quando não havia tempo para distribuí-lo. Para meu grupo de escritores sofredores: Tom Drennan, Rhett MacPherson, Deborah Millitello, Marella Sands, Sharon Shinn e Mark Sumner. Obrigada por terem paciência comigo quando meu mundo ruiu e se refez.

1

O luar prateava o quarto, pintava a cama com centenas de tons de cinza, branco e preto. Os dois homens na cama dormiam profundamente. Tão profundamente que, quando saí do meio deles, mal se mexeram. Minha pele emitia um brilho branco com aquele beijo da lua. O vermelho-sangue puro do meu cabelo parecia negro. Vesti um robe de seda porque fazia frio. As pessoas podem falar da Califórnia ensolarada, mas as primeiras horas da madrugada, quando a aurora não passa de um sonho distante, são geladas. A noite que caía como bênção suave pela minha janela era uma noite de dezembro. Se estivesse em casa, no Illinois, sentiria o cheiro da neve, quase tão fresca que derreteria na ponta da língua. Fria o bastante para cauterizar os pulmões. Tão fria como respirar gelo seco. Era assim que devia ser o gosto do ar no início de dezembro. A brisa que se insinuava pela janela e percorria minhas costas tinha o sabor seco e adstringente do eucalipto e o perfume distante do mar. Sal, água e mais alguma coisa, aquele aroma indefinível que fala do oceano, não de um lago, nada usável, nada potável. Pode-se morrer de sede nas praias do mar.

Passei três anos nas praias desse mar específico e morri um pouco a cada dia. Não literalmente, porque sobrevivi, mas a mera sobrevivência pode se tornar solitária demais. Nasci princesa Meredith NicEssus, membro da alta corte dos encantados. Eu era uma verdadeira princesa de conto de fadas, a única nascida em solo norte-americano. Quando desapareci de vista, cerca de três anos atrás, a mídia enlouqueceu. O número de pessoas que afirmavam terem tido visões de mim foi páreo para as visões de Elvis. Fui vista no mundo inteiro. Na realidade, estive em Los Angeles o tempo todo. Eu me escondi sendo apenas a simples Meredith Gentry, Merry para os amigos. Só mais uma humana com ancestrais do mundo das fadas e elfos que trabalhava para a Agência de Detetives Grey, especializada em problemas sobrenaturais e soluções mágicas.

A lenda diz que os encantados exilados do mundo das fadas murcham e desaparecem, morrem. Isso é verdade e mentira ao mesmo tempo. Tenho sangue humano bastante em mim para não ser prejudicada quando cercada de metal e tecnologia. Alguns encantados menores murchariam e morreriam, literalmente, numa cidade construída pelos homens. Mas a maioria dos encantados consegue viver numa cidade. Podem não ficar felizes, mas sobrevivem. Só que uma parte deles realmente murcha, aquela parte que sabe que nem todas as borboletas que vemos são de fato borboletas. Aquela parte que já viu o céu noturno coalhado de asas farfalhantes feito furacão, asas de carne e escamas que fazem os humanos sussurrarem sobre dragões e demônios. Aquela parte que viu os encantados cavalgando animais feitos de luz de estrelas e sonhos. Essa parte morre um pouco.

Eu não tinha sido exilada. Fugi, porque não ia conseguir sobreviver às tentativas de assassinato. Simplesmente não possuía a magia nem a influência política para me proteger. Salvei minha vida, mas perdi outra coisa. Perdi o toque dos encantados. Perdi meu lar.

Agora, apoiada no parapeito da janela do meu apartamento, sentindo o cheiro do oceano Pacífico no ar, olhava para os dois homens e sabia que estava em casa. Os dois eram encantados da alta corte. Encantados profanos, parte daquela massa sombria que um dia eu poderia governar se mantivesse a dianteira dos assassinos. Rhys estava de barriga para baixo, com uma das mãos pendurada fora da cama, a outra escondida embaixo do travesseiro. Mesmo em repouso, aquele braço visível era musculoso. O cabelo dele era uma cascata de cachos brancos brilhantes que acariciavam os ombros nus e desciam pelas costas. O lado direito do rosto de Rhys estava afundado no travesseiro, por isso eu não via as cicatrizes do olho que tinha sido arrancado. A boca bem delineada estava com os cantos para cima, ele sorria dormindo. Tinha uma beleza de menino, e seria assim para sempre.

Nicca estava encolhido ao lado dele. Acordado, o rosto de Nicca era atraente, quase bonito. Dormindo, ele tinha a expressão de uma criança angelical. Parecia inocente, frágil. Até seu corpo era mais suave, menos musculoso. As mãos ainda eram ásperas dos exercícios com a espada, e tinha músculos sob a pele aveludada e macia, mas ele era mais suave do que os outros guardas, mais cortês do que mercenário. O rosto combinava e não combinava com o corpo. Tinha pouco mais de um metro e oitenta e três de altura, longilíneo, com pernas muito compridas. A cintura fina e os braços também compridos e elegantes equilibravam toda essa altura. A maior parte de Nicca tinha tons de marrom. A pele era da cor de chocolate-claro e o cabelo, que caía liso até os joelhos, era um castanho escuro e profundo. Não o castanho comum, mas de folhas recém-reviradas, que tinham descansado muito e muito tempo no solo da floresta e apresentavam aquele marrom molhado e rico quando mexidas, algo em que se podiam mergulhar as mãos e tirá-las molhadas, cheirando a uma nova vida.

Na escuridão enluarada não via as costas nem os ombros dele com muita nitidez. A maior parte do corpo estava embaixo do lençol. Eram as costas que guardavam a maior surpresa. O pai dele tinha sido um ser com asas de borboleta, algo que não era encantado da corte, mas, mesmo assim, do mundo das fadas. A genética havia desenhado nas costas de Nicca asas que pareciam uma enorme tatuagem, só que mais vibrante, mais viva do que qualquer tinta ou pintura poderia fazer. Da parte de cima dos ombros, pelas costas, nádegas, atrás das coxas até a dobra dos joelhos, tudo era um jogo de cores. Marrom-claro, amarelos e ocres, círculos azuis, cor-de-rosa e negros como os olhos nas asas de uma mariposa.

Descansava no escuro de cores desgastadas, de modo que Rhys e ele eram como duas sombras na cama, uma clara, outra escura, embora houvesse coisas muito mais escuras do que Nicca, muito mais escuras.

A porta do quarto se abriu sem ruído e foi como se eu tivesse conjurado Doyle com o meu pensamento. Ele entrou e a fechou novamente, como tinha aberto, sem fazer barulho. Nunca entendi como fazia isso. Se fosse eu a abrir, teria feito ruído. Mas quando Doyle queria, movia-se como o próprio cair da noite, silencioso, sem peso, imperceptível, até você perceber que a luz acabou e que está sozinho no escuro com algo que não consegue ver. O apelido dele era Escuridão da Rainha, ou simplesmente Escuridão. A rainha dizia:

"Onde está minha Escuridão? Tragam a minha Escuridão", e isso significava que em breve alguém ia sangrar, ou morrer. Só que agora, estranhamente, ele era a *minha* Escuridão.

Nicca era moreno, mas Doyle era negro. Não o negro da pele humana, ele era a mais completa negritude do céu à noite. Ele não desaparecia no quarto escuro porque era mais escuro do que as sombras ao luar, uma silhueta negra deslizando na minha direção. A calça jeans e a camiseta pretas grudavam no corpo dele como segunda pele. Nunca vi Doyle com roupa que não fosse monocromática, excetuando joias e armas. Até mesmo o coldre de ombro e a arma eram pretos.

Afastei-me da janela quando veio ao meu encontro. Ele teve de parar de deslizar quando chegou aos pés da cama king-size porque o espaço era muito exíguo para passar entre a cama e as portas do armário. Foi impressionante observar Doyle se esgueirando ao longo da parede sem encostar na cama. Mais de trinta centímetros mais alto do que eu, ele devia também pesar uns cinquenta quilos a mais, e quase tudo de músculos. Eu teria batido na cama uma meia dúzia de vezes, pelo menos. Ele passou por aquele espaço estreito como se isto fosse possível para qualquer pessoa.

A cama ocupava praticamente o quarto todo, por isso, quando Doyle finalmente se aproximou de mim, tivemos de ficar quase nos tocando. Ele conseguiu manter uma fração de distância, de modo que nem a nossa roupa encostava uma na outra. Era uma distância artificial. Seria mais natural se nos tocássemos, e o simples fato de ele se esforçar tanto para não tocar em mim tornava a situação ainda mais constrangedora. Isso me incomodava, mas eu tinha parado de discutir com Doyle sobre essa sua mania de distância. Quando era questionado, ele apenas dizia: "Quero ser especial para você, não só mais um do bando." No início pareceu nobre, agora era irritante. A luz era mais forte perto da janela e eu podia ver um pouco a curva suave das maçãs do rosto proeminentes, o queixo marcado demais, as pontas dobradas das orelhas e o brilho prateado dos brincos que acompanhavam a cartilagem até as pequenas curvaturas no topo pontiagudo. Só as orelhas pontudas traíam o fato de Doyle ter sangue mestiço como eu, como Nicca. Ele poderia esconder as orelhas com todo aquele cabelo, mas quase nunca o fazia. Seu cabelo negro como azeviche estava, como sempre, preso numa trança apertada que fazia com que parecesse bem curto na frente, só que a ponta da trança chegava aos tornozelos.

– Ouvi alguma coisa – sussurrou ele.

A voz dele era sempre baixa e misteriosa, como um licor espesso e doce na orelha, no lugar da língua.

– Alguma coisa, ou era eu andando aqui? – perguntei, olhando para ele.

Doyle moveu os lábios um pouco, o mais próximo do que ele costumava chegar de um sorriso.

– Você.

Balancei a cabeça, com as mãos unidas na frente do corpo.

– Tenho dois guardas comigo na cama e isso não é bastante proteção? – sussurrei de volta.

– São bons homens, mas não são eu.

Franzi a testa.

– Está dizendo que não confia em ninguém, só em si mesmo, para me dar segurança?

Nossas vozes estavam baixas, quase serenas, como as vozes dos pais sussurrando perto dos filhos adormecidos. Era reconfortante saber que Doyle estava tão alerta assim. Ele era um dos maiores guerreiros de todo o mundo encantado. E era bom tê-lo ao meu lado.

– Frost... talvez – disse ele.

Balancei a cabeça e meu cabelo tinha crescido o suficiente para roçar nos ombros.

– Os Corvos da Rainha são os melhores guerreiros que os encantados têm a oferecer, e você diz que nenhum se iguala a você. Seu arrogante...

Não foi bem que ele tivesse dado um passo, pois estávamos próximos demais para isso, mas ele simplesmente se moveu, tão perto de mim que a bainha do meu robe encostou nas pernas dele. O luar fazia cintilar o cordão curto que ele sempre usava ao pescoço, uma minúscula aranha de pedras preciosas que pendia de uma delicada corrente de prata. Ele abaixou o rosto e senti sua respiração no rosto.

– Eu poderia matá-la sem que nenhum deles percebesse o que estava acontecendo.

A ameaça fez meu pulso acelerar. Eu sabia que ele não me faria mal. Sabia disso, no entanto... no entanto. Tinha visto Doyle matar com as próprias mãos uma vez, sem nenhuma arma, apenas com a força do seu corpo e da magia. Ali de pé, nos tocando na intimidade da escuridão, eu tinha certeza absoluta de que, se quisesse me matar, ele o faria, e nem eu nem os dois guardas adormecidos atrás de mim seríamos capazes de impedi-lo.

Eu podia vencer uma luta, mas havia outras coisas para fazer juntos no escuro, coisas que distraíam ou desarmavam tão bem, ou melhor, do que uma faca. Virei um pouquinho para Doyle e meu rosto encostou na curva do seu pescoço. Meus lábios roçaram a sua pele quando falei. Senti o seu pulso bater mais forte também, encostado no meu rosto.

– Você não quer me machucar, Doyle.

Ele passou o lábio inferior na curva da minha orelha e foi quase, quase um beijo... mas não foi.

– Eu podia matar vocês três.

Ouvimos um estalo metálico atrás de nós, o ruído de uma arma sendo engatilhada. Foi alto o bastante naquele silêncio para eu pular de susto.

– Acho que não ia conseguir matar nós três, não – disse Rhys.

Rhys disse isso com a voz clara e precisa, sem nenhum sinal de sono. Ele estava simplesmente bem acordado, apontando uma arma para as costas de Doyle, ou pelo menos imaginei que fosse isso que fazia. Não podia ver por causa do volumoso corpo de Doyle. E Doyle, até onde eu sabia, não tinha olhos na nuca, portanto também tinha de adivinhar o que Rhys estava fazendo.

– Uma pistola automática não precisa ser engatilhada para atirar, Rhys – disse Doyle com a voz calma, até achando graça.

Mas não consegui ver o rosto dele para saber se a expressão combinava com o tom de voz. Tínhamos ficado quase paralisados no nosso abraço.

– Eu sei – disse Rhys –, foi um pouco melodramático, mas você sabe o que dizem: um ruído assustador vale por mil ameaças.

Falei com a boca ainda encostada na pele quente do pescoço de Doyle.

– Ninguém diz isso.

Doyle não tinha se movido, e eu tinha medo de me mexer, medo de provocar alguma coisa que não pudesse evitar. Não queria nenhum acidente aquela noite.

– Mas deviam – disse Rhys.

A cama rangeu atrás de nós.

– Estou com uma arma apontada para a sua cabeça, Doyle.

Era a voz de Nicca. Mas não era calma; um traço nítido de ansiedade permeava as suas palavras. A voz de Rhys não denotava medo. A de Nicca sim, pelos dois. Não precisei ver Nicca para saber que a arma estava lá, apontada e firme, já com o dedo no gatilho. Afinal, ele tinha sido treinado por Doyle.

Senti a tensão desaparecer do corpo de Doyle, e ele levantou o rosto apenas o suficiente para não ter de falar mais em contato com a minha pele.

– Talvez eu não conseguisse matar todos vocês, mas poderia matar a princesa antes de vocês acabarem comigo, e então as suas vidas não teriam mais significado. A rainha ia machucá-los muito mais do que eu seria capaz, por permitirem que a herdeira dela fosse assassinada.

Agora eu via o rosto dele. Mesmo à luz do luar, estava tranquilo, com o olhar distante, não olhava mais para mim. Estava muito concentrado na lição que dava aos seus homens, para prestar atenção em mim.

Encostei as costas na parede, mas ele nem notou esse pequeno movimento. Pus a mão no meio do seu peito e empurrei. Ele endireitou as costas, mas realmente não havia espaço aonde ele ir, a não ser para cima da cama.

– Parem com isso, vocês três – disse eu, e fiz questão de que minha voz ecoasse pelo quarto.

Olhei furiosa para Doyle.

– Saia de perto de mim.

Ele fez uma discreta mesura, só com o pescoço, porque não havia espaço para nada mais formal, depois recuou, com as mãos ao lado do corpo, para mostrar aos outros guardas que estavam vazias. Acabou ficando entre a cama e a parede, sem poder manobrar. Rhys estava meio recostado, apontando a arma e seguindo o movimento de Doyle pelo quarto. Nicca estava de pé do outro lado da cama, segurando a arma com as duas mãos numa posição de atirador. Os dois ainda tratavam Doyle como uma ameaça, e eu estava cansada disso.

– Cansei desses joguinhos, Doyle. Você confia ou não confia nos seus homens para me proteger. Se não confia, arrume outros, ou então providencie para que você ou Frost estejam sempre comigo. Mas pare com isso.

– Se eu fosse um dos seus inimigos, seus guardas continuariam dormindo enquanto eu a matava.

– Eu estava acordado – disse Rhys –, mas sinceramente pensei que você finalmente tivesse caído em si e que fosse transar com ela aí de pé, encostado na parede.

Doyle franziu a testa para ele.

– Típico de você pensar numa coisa tão vulgar.

– Se você a quer, Doyle, então apenas diga. Amanhã pode ser a sua vez. Acho que todos nós nos afastaríamos por uma noite se você quebrasse o seu... jejum.

A luz da lua suavizava as cicatrizes de Rhys como uma mancha branca e transparente no lugar onde devia estar o olho direito.

– Guardem suas armas – disse eu.

Os dois olharam para Doyle para confirmar a ordem. Eu gritei com eles:

– Guardem as armas! Eu sou a princesa aqui, herdeira do trono. Ele é o capitão da minha guarda, e, quando ordeno que façam alguma coisa, vocês tratem de obedecer, pela Deusa, obedeçam.

Eles continuaram olhando para Doyle. Ele moveu a cabeça assentindo, um movimento quase imperceptível.

– Saiam – disse eu. – Todos vocês, saiam.

Doyle balançou a cabeça.

– Acho que isso não seria sensato, princesa.

Normalmente eu procurava fazer com que todos eles me chamassem de Meredith, mas eu acabara de invocar meu status. Não podia retirá-lo na frase seguinte.

– Então minhas ordens diretas não significam nada, é isso?

A expressão de Doyle era neutra, cuidadosa. Rhys e Nicca tinham guardado suas armas, mas nenhum dos dois me encarava.

– Princesa, você precisa ter pelo menos um de nós ao seu lado o tempo todo. Nossos inimigos são... persistentes.

– O príncipe Cel será executado, se o pessoal dele tentar me matar enquanto ainda está sendo punido pela última vez que quis me destruir. Temos uma trégua de seis meses.

Doyle balançou a cabeça.

Olhei bem para os três, todos lindos, belos mesmo, cada um do seu jeito, e de repente tive vontade de ficar sozinha. Sozinha para pensar, sozinha para descobrir que ordens exatamente eles estavam cumprindo, se as minhas ou as da rainha Andais. Sempre achei que eram as minhas, mas naquele momento não tinha mais tanta certeza.

Observei cada um deles. Rhys olhou para mim, mas Nicca não.

– Vocês não vão obedecer às minhas ordens, não é?

– Nosso principal dever é protegê-la, garantir sua segurança, princesa, e, em segundo lugar, fazê-la feliz – disse Doyle.

– O que quer de mim, Doyle? Ofereci minha cama e você recusou.

Ele abriu a boca e já ia começar a responder, mas levantei a mão.

– Não, eu não quero ouvir mais nenhuma das suas desculpas. Acreditei naquela de querer ser o último dos meus homens, não o primeiro, mas se um dos outros me engravidar, segundo a tradição dos encantados, esse será meu marido. Depois disso adotarei a monogamia. Você terá perdido sua chance de interromper mil anos de celibato forçado. Você não me deu um único motivo bom o bastante para assumir esse tipo de risco. – Cruzei os braços sobre a barriga, apoiando os seios. – Diga-me a verdade, Doyle, ou fique fora do meu quarto.

O rosto dele pouco demonstrava, mas havia nele uma sombra de raiva.

– Muito bem. Você quer a verdade, então espie pela janela.

Franzi a testa sem entender, mas virei para olhar pela janela, com as cortinas brancas transparentes dançando um pouco com a brisa. Sacudi os ombros, ainda de braços cruzados.

– O que é que tem?

– Você é uma princesa dos encantados. Olhe com o que tem além dos olhos.

Respirei fundo, deixei o ar sair lentamente e procurei não reagir à agressividade das palavras dele. Ficar zangada com Doyle nunca levava a lugar algum. Eu era uma princesa, mas nem por isso tinha muita influência. Jamais tive.

Não invoquei minha mágica exatamente, apenas deixei cair os escudos que tinha de ter sempre ativos para não passar os dias inteiros tendo visões místicas. Os médiuns humanos e até as bruxas e os bruxos em geral têm de se esforçar para ver magia, outros seres, outras realidades. Eu era parte do mundo das fadas, e por isso despendia muita energia para não ver a magia, para não notar a passagem rápida de outros seres, outras realidades que tinham pouco a ver com o meu mundo, o meu objetivo na vida. Mas mágica atrai mágica e, sem os escudos em seus devidos lugares, eu poderia sucumbir ao trânsito diário do sobrenatural que se agita incessantemente sobre a Terra.

Desfiz os escudos e espiei com aquela parte do cérebro que tem visões e que nos permite ver sonhos. Estranhamente não foi uma mudança tão grande na percepção, mas de repente consegui enxergar melhor no escuro e pude ver o poder brilhante das defesas na janela, nas paredes. E em todo esse poder brilhante vi uma coisa através das cortinas brancas. Uma coisa pequena pregada na janela. Quando abri a cortina não havia nada lá, apenas o movimento da cor clara das defesas. Olhei para um lado, usando um extremo da minha visão, a visão periférica, para examinar o vidro. Lá estava uma pequena impressão de mão, menor do que a palma da minha, marcada na proteção da janela. Tentei olhar mais de perto, mas ela desapareceu. Esforcei-me para espiar de lado de novo, só que mais perto. A impressão daquela mão tinha garras e era humanoide na forma, só que não pertencia a um ser humano.

Fechei a cortina e falei sem me virar:

– Alguma coisa forçou as defesas enquanto dormíamos.

– Sim – disse Doyle.

– Eu não senti nada – disse Rhys.

Nicca concordou:

– Eu também não.

Rhys suspirou:

– Nós falhamos com você, princesa. Doyle tem razão. Você podia ter sido morta.

Dei meia-volta e olhei para os três, depois me concentrei em Doyle.

– Quando foi que você sentiu que alguém testava as defesas?

– Entrei aqui para ver como você estava.

Balancei a cabeça.

– Não, não foi isso que perguntei. Quando é que você sentiu que alguma coisa tinha tentado furar a proteção?

Ele me encarou com arrogância.

– Já disse, princesa, que só eu posso protegê-la.

Balancei a cabeça de novo.

– Isso não serve, Doyle. Os encantados não mentem nunca, não assim de cara, e você evitou duas vezes responder à minha pergunta. Responda agora. Pela terceira vez, quando foi que você percebeu que alguma coisa tinha testado as defesas?

Ele pareceu meio constrangido e meio irritado.

– Quando estava cochichando no seu ouvido.

– Você viu através das cortinas – disse eu.

– Sim – respondeu ele com raiva, uma palavra só.

– Você não sabia que alguma coisa tinha tentado entrar. Apenas entrou no quarto porque ouviu Merry andando – disse Rhys.

Doyle não respondeu, nem precisava. O silêncio era resposta suficiente.

– Essas defesas fui eu que fiz, Doyle. Eu as ergui quando mudei para este apartamento, e as refaço periodicamente. Foi a minha mágica, o meu poder, que impediu essa coisa de entrar. Foi o meu poder que queimou a coisa, por isso temos suas... impressões digitais.

– Suas defesas aguentaram porque era um poder pequeno – disse Doyle. – Uma coisa grande conseguiria atravessar qualquer escudo que você criasse.

– Pode ser, mas a questão é que você, como nós, também não sabia. Estava no escuro, como todos nós.

– Você não é infalível – disse Rhys. – É bom saber disso.

– Ah, é? – retrucou Doyle. – É mesmo? Então pense um pouco. Esta noite nenhum de nós soube que uma criatura encantada tinha chegado até esta janela e tentado entrar. Nenhum de nós sentiu. Pode até ser um poder pequeno, só que teve uma grande ajuda para ocultar completamente essa investida.

Arregalei os olhos.

– Você acha que o pessoal do Cel arriscou a vida esta noite, querendo tirar a minha de novo, é isso?

– Princesa, você ainda não entendeu a Corte Profana? Cel era o queridinho da rainha, único herdeiro há séculos. Quando ela tornou você coerdeira junto com ele, Cel perdeu esse privilégio. Aquele que produzir primeiro um filho governará a corte, mas o que acontece se vocês dois morrerem? O que acontece se você for assassinada pelo pessoal de Cel e a rainha for forçada a executar Cel pela traição? Ela fica sem herdeiro de um dia para o outro.

– A rainha é imortal – disse Rhys. – Ela só concordou que deixaria o trono por Merry ou por Cel.

– E se alguém estiver conspirando para promover a morte do príncipe Cel e da princesa Meredith, você realmente acha que vão parar diante da morte de uma rainha?

Todos olhamos para ele, espantados. Foi Nicca que falou primeiro, com voz suave:

– Ninguém arriscaria provocar a ira da rainha.

– Arriscariam sim, se pensassem que nunca seriam pegos – disse Doyle.

– Quem teria essa arrogância toda? – perguntou Rhys.

Doyle deu uma risada, um som de surpresa que assustou todos nós.

– Quem teria essa arrogância toda? Rhys, você é um nobre das cortes dos encantados. A pergunta devia ser quem *não* teria essa arrogância toda?

– Pode falar o que quiser, Doyle – disse Nicca –, mas a maioria dos nobres teme a rainha, eles têm muito medo dela, muito mais do que de Cel. Você foi o defensor dela por uma eternidade. Não sabe o que é estar à mercê dela.

– Eu sei – disse eu, e todos viraram para mim. – Concordo com Nicca. Não conheço ninguém, a não ser o Cel, que ouse correr o risco de enraivecer a mãe dele.

– Nós somos imortais, princesa. Podemos nos dar ao luxo de esperar. Quem sabe qual serpente astuta está esperando há séculos, para ver a rainha enfraquecida? Se ela for forçada a matar o próprio filho, ficará fraca.

– Eu não sou imortal, Doyle, por isso posso falar desse tipo de paciência ou astúcia. Tudo que podemos afirmar com certeza é que alguma coisa tentou atravessar os escudos esta noite e que terá uma queimadura na mão, ou pata, seja lá o que for, terá uma marca. Que pode ser comparada como uma impressão digital.

– Já vi defesas armadas para machucar qualquer coisa que tente passar por elas, ou até marcar o intruso com uma cicatriz ou queimadura, mas nunca vi ninguém pegar impressões antes – disse Rhys.

– Foi inteligente – disse Doyle. O que, partindo dele, era um grande elogio.

– Obrigada. Se você nunca viu alguém fazer isso com uma defesa, como é que sabia o que estava vendo através das cortinas?

– Foi Rhys que disse que nunca tinha visto algo assim. Eu não disse nada.

– Onde mais você viu?

– Sou um assassino, um caçador, princesa. Pegadas são muito úteis.

– A impressão na mão vai combinar com essa, mas não deixará pegadas pelo caminho.

Doyle sacudiu um pouco os ombros.

– Uma pena, seria muito útil.

– Você consegue fazer com que uma criatura do mundo das fadas deixe pegadas mágicas? – perguntei.

– Consigo.

– Mas eles as veriam com a própria magia e isso estragaria o feitiço.

Ele deu de ombros de novo.

– Sempre achei que o mundo não era bastante grande para esconder o que eu estava rastreando.

– Você é sempre tão... perfeito – disse eu.

Ele olhou para a janela atrás de mim.

– Não, minha princesa, acho que não sou perfeito e os nossos inimigos, sejam quem for, agora sabem disso.

A brisa tinha se transformado em vento e enchia as cortinas brancas. Eu podia ver a pequena impressão daquela mão com garras marcada com a mágica cintilante. Eu estava a meio continente de distância da fortaleza encantada mais próxima. Pensava que Los Angeles estivesse bem longe para nos dar mais segurança, mas acho que quando alguém quer nos matar pega um avião ou alguma coisa com asas. Depois de anos de exílio, eu finalmente tinha um pedacinho de casa comigo. Meu lar nunca mudou de verdade. Sempre foi adorável, erótico e muito, muito perigoso.

2

As janelas do meu escritório exibiam um céu quase perfeito, como se alguém pegasse uma única pétala azul de centáurea e a esticasse para preencher todo o ar em cima de nós. Era um dos céus mais limpos que eu tinha visto sobre Los Angeles. Os prédios do centro da cidade cintilavam ao sol. Hoje era um daqueles raros dias em que as pessoas podem fingir que Los Angeles vive um eterno verão, com o sol brilhando o tempo todo, a água sempre azul e morna, onde todos são lindos e sorridentes. A verdade é que nem todos são lindos, algumas pessoas são definitivamente mal-humoradas e rabugentas (Los Angeles ainda tem uma das taxas mais elevadas de homicídios no país, o que é muito mau humor mesmo, se pensarmos bem). O mar costuma ser mais cinza do que azul. E a água está sempre gelada. As únicas pessoas que entram nas águas do sul da Califórnia sem roupa de borracha são os turistas. Temos chuva ocasionalmente e o nevoeiro de poluição é pior do que qualquer céu nublado que já vi. Realmente, aquele era o mais bonito, o mais perfeito dia de verão que eu tinha presenciado nos últimos três anos. Deve acontecer com mais frequência para que o mito sobreviva. Ou, então, talvez as pessoas só precisem acreditar em algum lugar mágico e dourado, e o sul da Califórnia parece ser isso para algumas. Suponho que seja de mais fácil acesso e menos perigoso do que o mundo dos encantados.

Detestei ter de desperdiçar um dia tão lindo entre quatro paredes. Quero dizer, eu era uma princesa... isso não implicava que eu não devia precisar trabalhar? Nada disso. Mas eu era uma princesa do mundo das fadas, então será que não podia simplesmente desejar ouro para ele aparecer magicamente? Quem dera. O título, como tantos outros títulos de realeza, vinha acompanhado de pouca coisa no que dizia respeito a dinheiro, terras ou poder. Se eu afinal me tornasse rainha, isso mudaria. Até lá, no entanto, eu estava por minha conta. Bem, não exatamente por minha conta.

Doyle estava sentado na cadeira perto das janelas, bem atrás de mim, e eu sentada diante da minha mesa. Estava vestido como na noite passada, mas tinha posto uma jaqueta de couro preta por cima da camiseta e usava óculos escuros. O brilho da luz do sol faiscava em todas aquelas argolas de prata e fazia os diamantes incrustados dançarem no lóbulo das orelhas, criando arco-íris minúsculos que se refletiam na minha mesa. A maioria dos guarda-costas teria se preocupado mais com a porta do que com as janelas. Estávamos no vigésimo terceiro andar, no fim das contas. Mas as coisas das quais Doyle me protegia tinham capacidade de voar, além de andar. A criatura que tinha deixado sua minúscula impressão palmar na minha janela tinha subido como uma aranha, ou então voado.

O sol esquentava as minhas costas, um arco-íris dos diamantes de Doyle enfeitava minhas mãos com os dedos cruzados e realçava o verde do meu esmalte de unhas. O esmalte combinava com o meu blazer e com a saia curta escondida embaixo da mesa. O sol e o tecido verde-esmeralda enfatizavam o vermelho do meu cabelo de modo que parecia uma trama de rubis. A cor também reforçava o verde e o dourado das minhas íris tricolores, e, além disso, eu tinha escolhido uma sombra para realçar o verde e o dourado. O batom era vermelho. Tudo em mim era cor e luz em festa. Uma das coisas boas de não ter de fingir ser humana era que não precisava esconder o cabelo, os olhos, a luminosidade da pele. Eu estava tão cansada que meus olhos ardiam, e ainda não tínhamos nenhuma pista do que ou de quem tinha visitado minha janela na noite anterior. Por isso eu me arrumei para ir para o escritório com um pouco mais de maquiagem, um pouco mais de vivacidade. Se morresse hoje, pelo menos eu sairia muito bem na foto. Também tinha acrescentado uma pequena faca, de dez centímetros. Estava presa no alto da coxa e o cabo de metal encostava na pele. O simples toque do aço ou do ferro podia dificultar a magia de qualquer encantado contra mim. Depois da noite passada Doyle achou sensato tomar essa providência, e eu não me opus.

Estava com as pernas recatadamente cruzadas, não por causa do cliente diante de mim, mas porque havia um homem escondido embaixo da minha mesa. Bem, não era um homem, e sim um duende. A pele dele era branca como o luar, tão clara como a de Rhys, ou a minha, ou a de Frost, aliás. O cabelo preto grosso e encaracolado, cortado bem curto, era tão negro quanto o de Doyle. Ele tinha só um metro e vinte de altura, era um perfeito boneco, exceto pela linha de escamas iridescentes nas costas e os enormes olhos amendoados que tinham o azul perfeito do céu daquele dia, só que com pupilas elípticas verticais, como as de uma cobra. Dentro de sua boca em forma de coração havia presas retráteis e uma longa língua bifurcada que fazia com que ele ciciasse quando não se concentrava para falar. Kitto não estava se dando bem na grande cidade. Parecia sentir-se melhor quando encostava em mim, encolhido aos meus pés, sentado no meu colo, grudado em mim quando eu dormia. Ele tinha sido expulso do meu quarto na noite passada porque Rhys não o suportava. Duendes tinham arrancado o olho de Rhys alguns milênios atrás, e ele jamais os perdoou. Rhys tolerava Kitto fora do quarto, mas só isso.

Rhys estava no outro canto da sala, perto da porta, onde Doyle mandou que ele ficasse. A roupa dele estava quase toda escondida embaixo de um sobretudo comprido como o que Humphrey Bogart costumava usar, só que era feito de seda e funcionava mais como enfeite do que propriamente proteção contra a chuva. Rhys adorava o fato de sermos detetives particulares e por isso usava sempre esse casaco, ou um dos fedoras de sua coleção cada vez maior de chapéus para ir trabalhar. E tinha posto também seu tapa-olho para o dia, que era branco para combinar com a roupa e o cabelo, com um desenho feito de minúsculas pérolas cultivadas.

Kitto passou a mão no meu tornozelo coberto pela meia. Não estava exagerando no carinho, apenas precisava do consolo de encostar em mim. Meu primeiro cliente do dia estava sentado à minha frente, à nossa frente. Jeffery Maison tinha pouco menos de um metro e oitenta e cinco de altura, ombros largos, cintura estreita, usava roupas de grife, tinha as mãos, com dedos grossos, bem tratadas e manicuradas, e o cabelo castanho com corte e penteado impecáveis. O sorriso era aquela brancura brilhante e perfeita que só o trabalho dentário muito caro podia propiciar. Ele era bonito, mas de um jeito sem graça, que passava despercebido. Se pagou alguma cirurgia, desperdiçara dinheiro, porque tinha um rosto reconhecidamente belo, só que ninguém lembrava. Dois minutos depois de ele sair pela porta seria muito difícil recordar de qualquer feição. Se usasse roupas mais baratas, eu diria que era um aspirante a ator, mas esses aspirantes não poderiam bancar ternos de grife feitos sob medida.

O sorriso perfeito estava sempre lá, mas os olhos piscavam me seguindo, e esses olhos não sorriam. Esses olhos estavam preocupados. Volta e meia ele olhava para Doyle e parecia fazer um esforço enorme para não virar para trás e dar uma espiada em Rhys. Jeffery Maison estava muito infeliz com a presença dos dois guardas na sala. Não era apenas a sensação que a maioria dos homens tinha diante dos meus guardas, a certeza de que, se tivessem de brigar com eles, perderiam feio. Não, o sr. Maison falava de privacidade. Que no final das contas eu era uma detetive particular, não pública. Ele estava tão descontente que foi uma tentação deixar Kitto despontar debaixo da mesa gritando "bu". Não fiz isso. Seria falta de profissionalismo. No entanto, fiquei me divertindo secretamente com a ideia enquanto procurava fazer Jeffery Maison parar de olhar para os guardas e mencionar alguma coisa que tivesse relação com a minha função.

Só quando Doyle disse, com sua voz grave e profunda, que era uma entrevista com todos ou ninguém, foi que Maison ficou calado. Calado demais. Ele continuou sentado, sorrindo, mas não disse nada.

Ah, e ele falou, e como:

– Nunca vi ninguém cuja cor natural do cabelo fosse vermelho encantado. Como se o seu cabelo fosse feito de rubis.

Eu sorri, meneei a cabeça e procurei entrar logo no assunto:

– Obrigada, sr. Maison, mas o que o trouxe à Agência de Detetives Grey?

Ele abriu aquela boca cheia de detalhes perfeitos e tentou pela última vez:

– Minhas instruções foram para falarmos em particular, sra. NicEssus.

– Prefiro sra. Gentry. NicEssus significa filha de Essus. É mais um título do que sobrenome.

O sorriso dele era nervoso e os olhos pareciam se recriminar, que mancada, senhora. Tive a sensação de que era um olhar que ele ensaiava na frente do espelho.

– Peço desculpas. Não estou acostumado a estar com princesas do mundo encantado.

Ele lançou seu sorriso completo, o que enchia seus olhos com humor bom e límpido e um sinal mais profundo de alguma outra coisa, algo que eu podia alimentar ou ignorar. E esse olhar bastou. Tive certeza do que Jeffery fazia para pagar os ternos de grife.

– Princesas são muito raras hoje em dia – disse eu sorrindo também, procurando ser simpática.

Mas a verdade era que eu não tinha dormido quase nada e estava cansada. Se conseguisse me livrar de Jeffery, talvez pudesse fazer uma pausa para um café.

– O verde do seu blazer realça o verde e o dourado dos seus olhos. Nunca tinha visto ninguém com íris tricolores antes – disse ele, e o sorriso ficou mais sedutor.

Rhys deu risada lá no canto dele, e nem se preocupou em disfarçar e fingir que estava tossindo. Rhys era tão versado quanto eu em sobrevivência na corte.

– Eu tenho íris tricolores, mas você não disse que eu era bonito.

Rhys estava certo. Era hora de parar de ser bem-educada.

– Eu não sabia que tinha de fazer isso.

Ele ficou confuso, com um olhar confuso, verdadeiro e não ensaiado, finalmente.

Descruzei as pernas e inclinei o corpo para frente, com as mãos apoiadas na mesa. A mão de Kitto deslizou pela minha batata da perna, mas parou no joelho. Tínhamos conversado sobre os limites para quando ele se escondesse embaixo da mesa, e os limites eram meus joelhos. Se passasse daquela linha, teria de ir para casa.

– Sr. Maison, nós atrasamos outros compromissos e tivemos de remarcar outras consultas para encaixá-lo hoje. Estamos sendo educados e profissionais, e acontece que me cumprimentar pela minha beleza não é educado nem profissional.

Ele ficou meio indeciso, mas seu olhar parecia o mais sincero desde o momento que entrou pela porta do escritório.

– Pensei que era educado cumprimentar os encantados por sua aparência. Soube que era ofensa mortal ignorar um encantado quando está obviamente querendo parecer atraente.

Olhei para ele sem piscar. Ele finalmente tinha dito algo realmente interessante.

– A maioria das pessoas não conhece tanto assim a cultura dos encantados, sr. Maison. Como é que o senhor soube disso?

– Quem me contratou queria ter certeza de que eu não cometeria nenhuma ofensa. Eu tinha de elogiar os homens também? Ela não me disse que eu tinha de fazer isso.

Ela. Eu sabia que quem o contratara era mulher. Foi a única informação que consegui dele em todo o tempo que esteve sentado à minha frente.

– Quem é ela? – perguntei.

Ele olhou para Rhys, para mim, depois rapidamente para Doyle e finalmente de novo para mim.

– Recebi ordens expressas de revelar isso apenas para a senhora. Eu... eu não sei o que fazer.

Ora, isso era sincero. Senti um pouco de pena dele. Jeffery obviamente não tinha prática de pensar sozinho. E essa era uma conclusão caridosa.

– Por que não liga para a sua patroa? – perguntou Doyle.

Jeffery pulou de susto com aquela voz profunda e sonora. Eu não pulei, estremeci. A voz dele soou bem baixa, um som que provocou um aperto nas minhas entranhas. Suspirei devagar, e Doyle continuou:

– Conte para a sua patroa o que aconteceu e quem sabe ela apresenta uma solução.

Rhys riu outra vez. Doyle deu uma olhada nada amigável para ele e Rhys parou de rir, mas teve de cobrir a boca com a mão e tossir. Não me importava com isso. Tinha a sensação de que se fizéssemos pouco de Jeffery íamos acabar ficando ali a droga do dia inteiro.

Virei o telefone em cima da mesa de frente para ele. Digitei o código para linha externa e dei-lhe o fone já com sinal.

– Ligue para a sua patroa, Jeffery. Nós todos queremos andar logo com isso, certo?

Usei o nome dele de propósito. Algumas pessoas reagem aos títulos de senhor e senhora, mas outras precisam de um empurrão para entrar em ação e um desses empurrões é usar o primeiro nome.

Ele segurou o fone e apertou os botões.

– Oi, Marie, sim, preciso falar com ela – disse ele.

Depois de alguns segundos de silêncio, ele endireitou as costas e disse:

– Estou sentado diante dela neste momento. Há dois guarda-costas com ela na sala, e eles se recusam a sair. Falo na frente deles ou simplesmente vou embora?

Esperamos enquanto ele emitia ruídos *humm-humm*, dizia *sim*, *não*, e finalmente desligou o telefone. Recostou na cadeira com as mãos cruzadas no colo e uma expressão levemente preocupada no rosto bonito.

– Minha empregadora disse que posso contar o pedido dela, mas não seu nome, pelo menos por enquanto.

Ergui as sobrancelhas e fiz cara de solícita.

– Então conte.

Ele deu uma última espiada nervosa para Doyle, depois soltou um longo suspiro.

– Minha empregadora está numa situação bastante delicada. Ela deseja falar com a senhora, mas diz que seus... – Ele franziu a testa, procurando a palavra adequada.

Pareceu que ia levar um tempo, por isso dei uma ajuda:

– Meus guardas.

Ele sorriu, claramente aliviado.

– Sim, sim, seus guardas teriam de saber mais cedo ou mais tarde; por isso, que seja mais cedo.

Ele parecia extremamente satisfeito consigo mesmo por causa daquela frase curta. É, pensar não era o forte de Jeffery.

– Por que ela não vem ao escritório para falar conosco?

A cara feliz desapareceu e ele ficou perplexo de novo. Confundir Jeffery atrasava tudo. E eu queria apressar as coisas. O problema era que ele ficava confuso com muita facilidade. Não consegui descobrir como evitar isso.

– Minha empregadora teme a publicidade à sua volta, sra. Gentry.

Não precisei perguntar o que ele queria dizer com isso. Naquele instante mesmo um bando de repórteres, da imprensa e da televisão, estava acampado na frente do prédio da agência. Mantínhamos as cortinas do apartamento fechadas, com medo das teleobjetivas.

Como a mídia poderia resistir a uma filha pródiga da realeza que voltava para casa depois de ser dada como morta? Isso bastaria para merecer algum escrutínio desconfortável, mas, com o acréscimo de uma enorme dose de romance, a mídia não se cansava de mim nunca, ou seria melhor dizer, de nós? A história pública era que eu tinha saído do meu esconderijo para encontrar um marido na corte real. O modo tradicional de algum nobre da alta corte encontrar um cônjuge era indo para a cama com eles. Então, se engravidasse, casava. Se não, não casava. Os encantados não têm muitos filhos, a realeza menos ainda, por isso uma parceria, até uma união de amor, que não produza filhos não basta. Se você não procria, não se casa.

Andais governava a Corte Profana há mais de mil anos. Meu pai disse uma vez que ser rainha significava mais para ela do que qualquer outra coisa no mundo. No entanto ela tinha prometido abdicar se Cel ou eu produzíssemos um herdeiro. Como eu disse, os filhos são muito importantes para os encantados.

Essa era a história pública. Eu escondia muita coisa, como o fato de Cel ter tentado me matar e que naquele momento estava sendo punido por isso. Havia muita e muita coisa que a mídia não sabia, e a rainha queria manter assim, por isso nós obedecíamos.

Minha tia me disse que queria um herdeiro da sua linhagem, mesmo que o sangue dele fosse misturado com o meu. Ela tentou me afogar quando eu era criança porque eu não tinha muito poder de magia e por isso, na visão dela, não era realmente encantada, apesar de não ser totalmente humana também. Era bom manter minha tia feliz. Estando feliz, menos pessoas morriam.

– Posso entender que sua empregadora não queira se envolver com o circo da mídia aí fora – disse eu.

Jeffery deu aquele sorriso brilhante novamente, mas os olhos demonstravam alívio, não desejo.

– Então vai concordar em se encontrar com ela em um lugar mais privado.

– A princesa não vai se encontrar com a sua patroa sozinha em lugar nenhum – disse Doyle.

Jeffrey balançou a cabeça.

– É, agora estou entendendo isso. Minha empregadora quer simplesmente evitar o assédio da mídia.

– A menos que usemos feitiços ilegais contra a mídia – disse eu –, não vejo como sua empregadora poderia evitar todos eles.

Jeffery franziu a testa mais uma vez. Suspirei. Naquele ponto eu só queria que Jeffery fosse embora. Certamente o próximo cliente do dia seria menos confuso. Se a Deusa quisesse... Meu chefe, Jeremy Grey, recebia um depósito não restituível para cada consulta. Tínhamos mais clientes do que podíamos atender. Talvez eu pudesse apenas dizer para Jeffery Maison ir para casa.

– Fui proibido de dizer o nome da minha empregadora em voz alta. Ela disse que isso ia significar alguma coisa para a senhora.

Sacudi os ombros.

– Sinto, sr. Maison, mas não significa nada.

As rugas na testa dele ficaram mais profundas.

– Ela tinha certeza de que entenderia.

Balancei a cabeça.

– Sinto muito, sr. Maison.

Fiquei de pé. A mão de Kitto deslizou pela minha perna quando ele teve de se esconder completamente no buraco embaixo da mesa. Ele não derretia à luz do sol, como dizia o folclore, mas tinha agorafobia.

– Por favor – disse Jeffery. – Por favor, tenho certeza de que é porque não estou me expressando direito.

Cruzei os braços e não voltei a sentar.

– Sinto, sr. Maison, mas todos nós tivemos uma manhã muito longa, extenuante demais para brincar de vinte perguntas. Ou o senhor nos diz alguma coisa concreta sobre o problema da sua empregadora, ou vá procurar outra firma de detetives.

Ele estendeu a mão, quase tocou na mesa, depois deixou cair de novo sobre o colo, no terno de grife.

– Minha empregadora deseja ver pessoas da sua espécie novamente.

Ele olhou fixo para mim como se quisesse me forçar a finalmente entender.

– O que quer dizer com pessoas da sua espécie? – perguntei, com a testa franzida.

Foi a vez de a testa dele franzir, era evidente que se sentia um peixe fora da água, mas se empenhava obstinadamente.

– Minha empregadora não é humana, sra. Gentry, ela... sabe muito bem o que os encantados da alta corte são capazes de fazer. – Ele falava baixo, num tom meio suplicante, como se tivesse me dado a maior pista que podia dar e esperasse que eu entendesse.

Felizmente, ou infelizmente, eu já tinha entendido. Havia outros encantados em Los Angeles, mas fora eu mesma e meus guardas, da alta realeza era só uma, Maeve Reed, a deusa dourada de Hollywood. Já era a deusa dourada de Hollywood há cinquenta anos, e como era imortal e jamais envelhecia, podia continuar sendo a deusa dourada de Hollywood dali a cem anos.

Já tinha sido a deusa Conchenn, até que o rei Taranis, Rei da Luz e da Ilusão, a expulsou da Corte Abençoada, do mundo encantado, e proibiu qualquer outro encantado de falar com ela. Ela devia ser ignorada, tratada como se estivesse morta. O rei Taranis era meu tio-avô e tecnicamente eu era a quinta na linha de sucessão do trono dele. Na realidade eu não era bem-vinda naquele séquito cintilante. Eles deixaram bem claro, logo no início, que minha linhagem não era o ideal e que nenhuma quantidade de sangue abençoado compensaria ser metade profana.

Tudo bem. Eu tinha uma corte para chamar de lar agora. Não precisava mais deles. Houve um tempo, quando eu era mais jovem, que aquilo teve um significado para mim, mas precisei descartar esse sofrimento específico anos atrás. Minha mãe fazia parte da Corte Abençoada e tinha me abandonado com os profanos para seguir as ambições políticas pessoais dela. Eu não tive mãe.

Não entenda mal. A rainha Andais também não morria de amores por mim. Nem neste momento eu tenho certeza absoluta de que ela tivesse mesmo me escolhido como herdeira. Talvez apenas estivesse ficando sem parentes consanguíneos. Isso costuma acontecer quando muitos deles morrem.

Abri a boca para dizer o nome de Maeve Reed, mas não disse. Minha tia era a Rainha do Ar e da Escuridão. Qualquer coisa dita no escuro acabava chegando até ela. Eu achava que o rei Taranis não possuía poder equivalente, mas não tinha certeza. Era melhor ter cautela. A rainha não se importava com Maeve Reed, mas sempre deu valor às coisas com que podia negociar ou ameaçar o rei Taranis. Ninguém sabia por que Maeve foi exilada, mas Taranis levou para o lado pessoal. Talvez valesse alguma coisa para ele saber que Maeve tinha feito o que era proibido. Ela havia entrado em contato com um membro das cortes. Existe uma regra tácita que diz que, se alguém é banido de uma das cortes, a outra corte tem de respeitar a punição. Eu devia ter mandado Jeffery Maison correndo de volta para Maeve Reed. Eu devia ter negado atendimento. Mas não fiz isso. Uma vez, quando era mais jovem, perguntei para alguém da realeza qual tinha sido o destino de Conchenn. Taranis ouviu. Ele me deu uma surra que quase me matou. Bateu em mim como se bate num cachorro que se pôs no seu caminho. E aquela corte linda e cintilante dele ficou simplesmente olhando Taranis fazer isso. Ninguém, nem mesmo minha mãe, tentou me ajudar. Aceitei me encontrar com Maeve Reed mais tarde aquele dia porque pela primeira vez eu tinha poder suficiente para desafiar Taranis. Machucar-me agora significaria guerra entre as cortes. Taranis podia ser egomaníaco, mas nem a arrogância dele valia uma guerra total.

É claro que, conhecendo minha tia, podia não ser uma guerra, pelo menos no começo. Eu estava sob a proteção da rainha, por isso qualquer um que me prejudicasse tinha de responder a ela diretamente. Taranis podia preferir uma guerra à vingança pessoal de Andais. Afinal, na guerra ele era rei e os reis raramente veem a ação da linha de frente. Se ele irritasse bastante a rainha Andais, Taranis seria a linha de frente completamente sozinho. Eu estava tentando me manter viva, e não é à toa que dizem que conhecimento é poder.

3

Quando Jeffery Maison saiu e fechou a porta, achei que os dois guardas iam discutir comigo. Eu estava certa só em parte.

– Longe de mim questionar a princesa – disse Rhys –, mas e se o rei se opuser à quebra do exílio de Maeve Reed?

Fiz uma careta quando ele mencionou o nome em voz alta.

– O rei tem a habilidade de ouvir tudo que é dito à luz do dia, do mesmo modo que a rainha ouve depois que escurece?

Rhys olhou perplexo para mim.

– Eu... não sei.

– Então não vamos ajudá-lo a descobrir o que estamos fazendo, dizendo o nome dela em voz alta, está bem?

– Eu nunca soube que Taranis tivesse tal poder – disse Doyle.

Rodei a cadeira para olhar para ele.

– Bem, vamos torcer para que não tenha, já que você acabou de dizer o nome dele em voz alta.

– Tenho conspirado contra o Rei da Luz e da Ilusão há milênios, princesa, e muito dessa conspiração foi feito em plena luz do dia. Muitos dos nossos aliados humanos têm se recusado terminantemente a encontrar os profanos depois que escurece, há séculos. Parece que pensam que encontros durante o dia são sinal de que confiamos neles, e que eles podem confiar em nós. Taranis nunca demonstrou saber o que estávamos fazendo, nem de dia nem de noite – disse Doyle, inclinando a cabeça para o lado e fazendo os arco-íris dos diamantes nas orelhas dançarem pela sala toda. – Acredito que ele não tem o dom da nossa rainha. Andais é capaz de ouvir tudo que se diz no escuro, mas acho que o rei é surdo como qualquer ser humano.

Qualquer outra pessoa perguntaria se ele tinha certeza disso, mas Doyle só se pronunciava quando tinha certeza. Quando não sabia alguma coisa, dizia. Não havia esse tipo de pretensão nele.

– Então o rei não pode ouvir nossa conversa a milhares de quilômetros de distância – disse Rhys. – Ótimo, mas, por favor, diga para Merry que essa ideia dela é muito ruim.

– Que ideia é ruim? – perguntou Doyle.

– De ajudar Maeve... – Rhys olhou para mim e depois terminou a frase – a atriz.

Doyle franziu a testa.

– Não lembro de ninguém com esse nome ter sido expulso de qualquer corte.

Virei de novo e olhei bem para ele. A expressão de Doyle era ilegível contra o brilho do sol. Os óculos escuros escondiam muita coisa, mas eu apostava que, com ou sem óculos, ele devia estar confuso.

Ouvi o casaco de seda de Rhys sussurrando quando ele atravessou a sala e se aproximou de nós. Virei para ele. Ele ergueu as sobrancelhas. Nós dois olhamos para Doyle.

– Você não sabe quem ela é? – perguntei.

– O nome que vocês mencionaram, Maeve alguma coisa... eu devia reconhecer?

– Ela é a rainha de Hollywood há mais de cinquenta anos – disse Rhys.

– Pessoas dessa Hollywood têm abordado a rainha e a corte nesses anos para que venham fazer filmes, ou para que permitam que façam filmes sobre suas vidas.

– Você alguma vez já assistiu a algum filme? – perguntei.

– Vi filmes no seu apartamento – disse ele.

Olhei para Rhys.

– Temos de levar todos eles para assistir a um filme.

Rhys ficou meio encostado e meio sentado na minha mesa.

– Estamos todos precisando mesmo de sair uma noite dessas.

Kitto puxou a bainha da minha saia curta e afastei a cadeira para poder ver o rosto dele. Uma faixa de sol atravessava a cara do duende. Por um segundo a luz encheu seus olhos amendoados, fez com que as órbitas azul-safira parecessem água e pude ver bem lá no fundo, nas profundezas azuis cintilantes, um lugar em que a luz dançava. Então ele fechou os olhos e fez uma careta por causa da claridade. Enfiou a cara na minha coxa e segurou minha batata da perna com uma de suas mãozinhas. Ele falou sem olhar para cima:

– Eu não quero assisssstir a um filme.

Ele arrastou muito os "s", e isso queria dizer que estava perturbado. Kitto tinha de fazer um esforço enorme para falar normalmente. Com a língua bifurcada, não é tarefa fácil.

Toquei na cabeça dele. Os cachos pretos eram muito macios, macios como o cabelo de um encantado, não tinham a aspereza do cabelo de um duende.

– É escuro no cinema – disse eu, acariciando o cabelo dele. – Você pode se encolher no chão ao meu lado e não olhar para a tela.

Ele esfregou a cabeça na minha coxa como um gato gigante.

– É mesmo? – perguntou.

– Você vai gostar – disse Rhys. – É escuro e às vezes o chão fica tão sujo que gruda no seu pé quando anda por lá.

– Vou sssssujar minha roupa – disse Kitto.

– Nunca pensei que um duende se preocupasse com limpeza. A colina dos duendes é cheia de ossos e de carne em decomposição.

– Ele é só metade duende, Rhys – disse eu.

– É, o pai dele estuprou uma das nossas mulheres.

Rhys olhava para Kitto, mas tudo que devia estar vendo era uma mão ou um braço.

– A mãe dele era abençoada, não profana – disse eu.

– Que importância tem isso? O pai dele se impôs à força contra a vontade de uma mulher encantada. – A voz dele estava tão inflamada que parecia ferver.

– E quantos dos nossos guerreiros encantados se satisfizeram à força com mulheres e até duendes, nas guerras? – perguntou Doyle.

Olhei para Doyle e não vi nada através dos óculos escuros. Olhei rapidamente para Rhys e vi um claro rubor subindo pelas suas faces. Rhys olhou furioso para Doyle.

– Eu jamais encostei em uma mulher que não aceitasse minha atenção.

– Claro que não, você é membro da Guarda da Rainha, faz parte dos Corvos dela, e a pena para um dos Corvos que toque em qualquer mulher que não seja a rainha é a morte por tortura. Mas e os guerreiros que não são membros da guarda pessoal?

Rhys desviou o olhar e o rubor se transformou num vermelho profundo e vivo.

– É, desvie os olhos, como todos nós tivemos de fazer durante séculos – disse Doyle.

Rhys virou o pescoço lentamente, como se todos os músculos ficassem tensos de raiva de repente. A noite passada ele tinha uma arma nas mãos e não pareceu assustador. Agora, sentado ali na beirada da minha mesa, parecia ameaçador.

Rhys não fez nada, até suas mãos estavam relaxadas no colo, era só aquela tensão terrível nas costas, na postura dos ombros, a posição que indicava que estava a uma fração de segundo de algum ato físico horrível... algo que destruiria aquela sala e que pintaria de sangue e coisas mais concretas os vidros cintilantes da janela. Rhys não tinha feito nada, absolutamente nada, no entanto a violência pairava no ar como um beijo logo acima da pele, que nos fazia estremecer só de prever, embora nada tivesse acontecido. Ainda não, ainda não.

Eu queria olhar para trás, para Doyle, mas não podia tirar os olhos de Rhys. Era como se apenas o meu olhar pudesse contê-lo. Eu sabia que não era isso, mas tive a sensação de que se desviasse o olhar, mesmo só por um segundo, alguma coisa muito ruim podia acontecer.

Kitto estava tão grudado nas minhas pernas que deu para sentir um leve tremor no corpo dele. Eu continuava com a mão nos seus cachos macios, mas não devia ser mais um toque para acalmá-lo, porque havia tensão no meu braço, na minha mão.

O rosto de Rhys ficou leitoso, parecia que algo branco e luminoso se movia sob a pele, nuvens macias e brilhantes. Flutuando não sobre o rosto dele, mas por baixo da pele. O azul brilhante de centáurea da pupila se iluminou como néon. O azul-celeste em volta dela competia com o céu ensolarado lá fora. E o último círculo, de céu de inverno, luzia feito chama azul. O único olho dele faiscava. As cores não rodopiavam e eu sabia que podiam fazer isso. O cabelo dele era ainda os cachos brancos. O brilho não tinha se espalhado para ele. Eu tinha visto Rhys quando seu poder estava com toda a força e naquele momento não estava, mas quase, perto demais disso para aquela sala iluminada e para o homem atrás de mim.

Eu queria e não queria ao mesmo tempo virar e ver a cara de Doyle. A última coisa que desejava era um duelo aqui e agora, especialmente por uma coisa tão estúpida.

– Rhys – disse eu baixinho.

Ele não olhou para mim. Aquela única órbita ocular olhava fixo para o homem atrás de mim, como se nada mais existisse.

– Rhys! – chamei de novo, com mais urgência na voz.

Ele piscou e olhou para mim. Tive de recuar com a cadeira quando o peso de toda aquela fúria foi direcionada para mim. Assim que percebi o que tinha feito, parei de me mexer. Não podia desfazer o meu movimento, mas podia fingir que fiz de propósito. Então me levantei e esse foi meu maior erro. Quando fiquei de pé, Kitto saiu de baixo da mesa e tentou continuar agarrado às minhas pernas. Assim que avistou o pequeno duende, o olhar furioso de Rhys desceu para aquela figura branca, virou para baixo e ficou ainda mais feroz.

Kitto deve ter sentido aquele olhar, porque abraçou minhas pernas com tanta força que eu quase caí. Tive de recuperar o equilíbrio, apoiei a mão na mesa, e Rhys se jogou por cima dela, tentando agarrar Kitto com mãos brilhantes. Senti Doyle já de pé atrás de mim, mas não havia mais tempo. Eu tinha visto Rhys matar com um simples toque. Segurei a parte da frente e de trás do casaco dele e usei o seu próprio impulso para fazer com que ele deslizasse sobre a mesa e fosse bater na parede, aos pés de Doyle. A parede estremeceu com o impacto e eu tive um segundo para imaginar o que teria acontecido se em vez da parede ele tivesse sido arremessado na janela. Vi com o canto dos olhos que Doyle tinha sacado a arma, mas eu ainda estava em movimento, ainda era levada pelo meu impulso.

Peguei a faca que tinha presa à coxa e, quando Rhys se ergueu do chão, de quatro, balançando a cabeça, apertei a ponta da faca no lado do pescoço dele. Teria sido melhor se eu pudesse imobilizá-lo, ou se fizesse qualquer coisa para garantir que ele não se virasse e tirasse o apoio das minhas pernas, mas foi o melhor que pude fazer com o tempo que tinha. Eu sabia que os guardas se recuperavam com extrema rapidez, e que só dispunha de alguns segundos para resolver qualquer coisa.

Rhys ficou imóvel, com a cabeça abaixada, ofegante. Senti o corpo dele tenso encostado nas minhas pernas. Eu estava perto demais, *mais* que demais, mas com a lâmina firme contra o lado do pescoço dele. Senti a pele ceder um pouco na ponta da faca e soube que devia estar sangrando. Não era o que eu pretendia. Mas fui apressada demais e não tomei cuidado. Só que ele não sabia que tinha sido um acidente e nada convence mais as pessoas com quem se negocia do que o próprio sangue.

– Esperava que você ficasse mais tolerante em relação ao Kitto com o passar do tempo, mas parece que só está piorando.

Falei com voz suave, quase um sussurro, cada palavra dita com muito cuidado, como se não confiasse no que podia fazer se gritasse. A verdade era que mal conseguia falar, pois meu sangue latejava na garganta.

Rhys moveu a cabeça e eu mantive a ponta da faca onde estava, então encostou uma parte maior do pescoço na lâmina. Se ele pensava que eu ia recuar, estava enganado. Ele parou de se mexer.

– Entenda uma coisa, Rhys, Kitto é meu, como todos vocês são meus. Não deixarei que o seu preconceito o ameace.

A voz dele saiu abafada, parecia que finalmente tomava consciência de que eu podia usar a lâmina com a finalidade para a qual tinha sido feita.

– Você seria capaz de me matar por um duende.

– Eu mataria você por machucar o que é meu e que devo proteger. Atacando Kitto dessa forma, você não demonstra nenhum respeito por mim, nenhum mesmo. A noite passada Doyle também me desrespeitou. Se aprendi alguma coisa com a minha tia e com o meu pai, foi que um líder que não é respeitado pelo povo não passa de uma figura decorativa. Eu me recuso a ser uma coisa que vocês transam e botam no colo. Serei rainha, ou não serei nada para vocês.

Minha voz tinha ficado ainda mais baixa, de modo que as últimas palavras foram um sussurro rouco. Naquele instante percebi que falava muito sério, que, se derramar o sangue de Rhys serviria para conquistar o poder que precisava, eu o mataria. Conhecia Rhys minha vida inteira. Ele era meu amante e, de certa forma, meu amigo. Mas eu poderia matá-lo. Ia sentir falta dele e lamentaria a necessidade de ter de fazer isso, mas agora eu sabia que tinha de fazer com que os guardas me respeitassem. Sentia muita atração pelos guardas. Gostava daqueles com quem estava indo para a cama. Cheguei até a amar um ou dois, mas eram poucos os que eu gostaria de ver no trono. Poder absoluto, vida e morte de fato... a quem confiaria esse tipo de poder? Qual dos guardas era incorruptível? Resposta: nenhum. Todos tinham seus pontos cegos, aquele lugar em que estão tão seguros de si mesmos que só têm olhos para o seu julgamento pessoal. Eu confiava em mim, mas havia dias em que duvidava até de mim mesma. Esperava que essa dúvida me mantivesse honesta. Talvez estivesse me enganando. Talvez ninguém possa receber esse tipo de poder e continuar justo e magnânimo. Talvez aquele velho ditado seja verdade: o poder corrompe e o poder absoluto corrompe absolutamente. Faria o melhor possível, mas tinha certeza de uma coisa. Se não tomasse as rédeas daquela situação agora, os guardas passariam por cima de mim. Eu podia até chegar ao trono, mas perderia todo o resto. E eu nem queria o trono, na verdade eu queria governar, ter esse poder para melhorar as coisas. E, é claro, esse desejo, exatamente, devia ser meu ponto cego, a semente da corrupção. Achar que eu sabia o que era melhor para todos os profanos. Que arrogância terrível.

Comecei a rir. Eu ri tanto que tive de sentar no chão. Segurava a faca ensanguentada e via os dois guardas olhando para mim, com ar de preocupação. Rhys não estava mais brilhando. Kitto tocou no meu braço, de leve, com medo do que eu faria. Eu o abracei, o apertei contra o meu corpo e as lágrimas que escorriam pelo meu rosto cobriram o riso. Eu simplesmente chorei. Segurei firme Kitto e a faca com sangue, e chorei.

Eu não era melhor do que os outros. O poder corrompe... é claro que corrompe. É feito para isso. Eu me encolhi no chão e deixei Kitto me embalar. Não resisti quando Doyle tirou gentilmente a faca da minha mão.

4

Acabei encolhida numa das poltronas para os clientes da minha sala, com uma caneca de chá de hortelã bem quente, com meu chefe, Jeremy Grey. Não sei como ele ficou sabendo do incidente, mas entrou pela porta como uma tormenta pequena e concentrada. Mandou todo mundo sair, e Doyle, claro, argumentou que Jeremy não poderia garantir a minha segurança. Jeremy contra-argumentou:

– E nenhum de vocês pode também – disse ele.

O silêncio na sala foi profundo, Doyle saiu sem dizer mais nem uma palavra. Rhys foi atrás apertando um lenço no pescoço, tentando salvar o casaco branco das gotas de sangue.

Kitto ficou porque eu estava abraçada com ele, mas me acalmei. Kitto sentou aos meus pés, com um braço sobre meus joelhos, o outro subindo e descendo na frente da minha perna. Era sinal de nervosismo quando um encantado tocava em alguém com muita intimidade e frequência, mas eu acariciava o cabelo de Kitto em círculos sem parar com minha mão livre, de modo que não fazia mal. Estávamos empatados.

Jeremy encostou na mesa e ficou me observando. Estava vestido, como sempre, com um terno de grife que caía perfeitamente na sua constituição de um metro e meio de altura. Ele era mais de três centímetros mais baixo do que eu, forte e magro, com ombros bem masculinos. O terno era cinza-carvão, uns cinco tons mais escuro do que sua pele. O cabelo curto, imaculadamente cortado, era um cinza mais claro que a pele, mas não muito. Até os olhos dele eram cinza. O sorriso, de um branco brilhante, o melhor capeamento que o dinheiro podia comprar, combinava com a camisa social branca que tinha escolhido aquele dia. A única coisa que realmente estragava seu perfil perfeito e moderno era o nariz. Tinha gasto rios de dinheiro com os dentes, mas não mexeu no nariz comprido e adunco. Nunca falei nada, mas Teresa sim. No fim das contas, ela era apenas humana e não entendia que entre os encantados uma pergunta pessoal era o pior insulto. Insinuar de um fôlego só que algo na aparência física não é bonito... bem, simplesmente não se fazia isso. Jeremy tinha explicado que um nariz grande para os trow era como pés grandes para os humanos. Teresa ficou vermelha e nunca mais perguntou nada. Eu me aproximei, passei a ponta dos dedos no nariz dele e disse *Ooohhh*... Jeremy deu risada.

Ele cruzou os braços, exibiu o ouro do seu Rolex e olhou para mim. Entre encantados era falta de educação perguntar por que alguém estava tendo uma crise histérica. Ora, às vezes até notar que alguém estava tendo uma crise histérica era grosseria. Mas em geral isso era mais para a realeza. Todos tinham de fingir que o rei ou a rainha não estavam doidos. Não se podia admitir que séculos de casamentos consanguíneos tinham provocado qualquer degeneração.

Ele respirou fundo, soltou o ar e depois suspirou.

– Como seu chefe, preciso saber se você está em condições de atender ao resto dos seus compromissos de hoje.

Era um jeito simpático de rodear e perguntar o que estava acontecendo, sem perguntar isso especificamente.

Fiz que sim com a cabeça, aproximei a caneca do rosto, não para beber, mas para respirar o suave perfume da hortelã e da menta misturadas.

– Vou ficar bem, Jeremy.

Ele ergueu as sobrancelhas que eu sabia que tinha depilado e desenhado. Parece que os trow têm aquelas sobrancelhas hirsutas que dão a volta na cabeça toda. Aquela cara de mau de neandertal simplesmente não combinava com ternos Armani e sapatos Gucci.

Eu podia ter parado por aí, e pela nossa cultura ele teria de aceitar a minha palavra e encerrar o assunto. Mas Jeremy era meu patrão e amigo há anos, muito antes de saber que eu era princesa alguma coisa.

Ele me deu o trabalho pelos meus próprios méritos, não porque a publicidade de ter uma verdadeira princesa do mundo das fadas na equipe atraía clientes aos montes. Na verdade, a cobertura maciça da mídia tinha me inutilizado para trabalhos disfarçados, a não ser que eu usasse muito glamour pessoal para mudar a minha aparência. A maior parte dos repórteres especializada em rastrear os encantados tinha alguma habilidade mágica. Se descobrissem o glamour, ele se dissolveria. Às vezes era só para aquele repórter, mas outras vezes, quando eles eram bastante talentosos fisicamente, o glamour desaparecia para todos que estavam por perto. E isso era muito, muito ruim, no meio de uma operação infiltrada.

Eu já vivia com os humanos tempo suficiente para pensar que devia uma explicação ao Jeremy.

– Não sei exatamente o que aconteceu, Jeremy. Rhys começou a reclamar dos duendes, depois tentou agarrar Kitto e eu o joguei contra a parede.

Jeremy ficou surpreso, o que não era muito lisonjeiro nem educado.

Franzi a testa para ele.

– Posso não ser da mesma faixa de peso deles, Jeremy, mas posso enfiar o punho numa porta de carro sem fraturar nenhum osso.

– Seus guardas provavelmente conseguem levantar o carro e deixar cair em cima de alguém.

Bebi um pouco de chá.

– É, eles são mais fortes do que parecem.

Jeremy riu um pouco.

– Você, minha belezura, não parece nem de longe tão forte como é.

– Devolvo o elogio – disse eu, e brindei com a caneca.

Ele sorriu, aquele sorriso brilhante e caro.

– É, já surpreendi alguns humanos nos bons tempos. – O sorriso se desfez nas beiradas. – Se você tivesse apenas dito para eu cuidar da minha vida, teria feito isso, mas você ofereceu informação, então farei umas perguntas. Só me diga se não quer responder.

Fiz que sim com a cabeça.

– Fui eu que comecei, Jeremy. Pode fazer.

– Rhys não ficou com sangue no casaco porque você o jogou contra a parede.

– Isso não é uma pergunta – disse eu.

Ele sacudiu os ombros.

– Como é que ele se machucou?

– Uma faca.

– Doyle?

Balancei a cabeça.

– Eu cortei Rhys.

– Porque ele tentou machucar Kitto?

Fiz que sim, mas encarei o olhar direto de Jeremy.

– Não queriam obedecer às minhas ordens ontem à noite. Se não conquistar o respeito deles, Jeremy, posso chegar ao trono, mas serei rainha no nome, apenas. Não quero arriscar a minha vida e a vida das pessoas queridas para ser só uma figura decorativa.

– Então você furou Rhys para provar alguma coisa?

– Em parte, sim. E a outra parte foi que eu simplesmente reagi, não raciocinei. Ele estava querendo machucar Kitto por uma coisa idiota que aconteceu séculos atrás. Kitto nunca deu ao Rhys nenhum motivo para odiá-lo desse jeito.

– Nosso guarda de cabelo branco detesta duendes, Merry.

– Kitto é um duende, Jeremy. Ele não pode mudar isso.

Jeremy fez que sim com a cabeça.

– É, não pode.

Nos entreolhamos.

– O que eu vou fazer?

– Não se refere apenas ao Rhys, não é?

Trocamos outro olhar bem demorado e eu tive de desviar, olhar para baixo, só assim via os olhos azuis e aflitos de Kitto. Para onde quer que me virasse havia gente esperando algo de mim. Kitto queria que eu tomasse conta dele. Jeremy, bem, ele apenas queria que eu fosse feliz, eu acho.

– Lá no Illinois pensava que tinha o respeito deles, mas é como se alguma coisa tivesse mudado nos últimos três meses.

– O quê? – perguntou ele.

Fiz que não.

– Não sei.

Kitto levantou a cabeça e minha mão escorregou para a dobra quente do pescoço dele.

– Doyle – disse ele baixinho.

Olhei espantada para Kitto.

– O que tem Doyle?

O duende baixou um pouco os olhos, como se temesse olhar diretamente para mim. Não estava sendo tímido, era um gesto habitual, um gesto de submissão.

– Doyle diz que você começou bem, mas que não aproveitou seu tratado com os duendes. – Ele olhou um pouco para cima. – Você tem os duendes como aliados só por mais três meses, Merry. Por mais três meses, se os profanos entrarem em uma batalha, a rainha terá de recorrer a você para obter ajuda dos duendes, não a Kurag, nosso rei. Doyle teme que você vá apenas transar com todo mundo e não tomar nenhuma atitude com os nossos inimigos.

– O que ele quer que eu faça? Declare guerra a alguém?

Kitto escondeu o rosto contra o meu joelho.

– Eu não sei, minha senhora, mas o que sei é que os outros seguem as ordens de Doyle. É ele que você tem de conquistar, não os outros.

Jeremy se afastou da mesa e veio mais para perto de nós dois.

– Acho meio estranho que os guerreiros encantados falem com tanta liberdade na sua frente. Sem querer ofender, Kitto, mas você é um duende. Por que confiariam em você?

– Eles não confiaram em mim, como você diz. Mas às vezes falam na minha presença, como se eu não estivesse lá. Como você acabou de fazer.

Jeremy franziu a testa.

– Estou falando com você, não ignorando você, Kitto.

Kitto olhou para nós dois.

– Mas antes vocês falavam como se eu fosse alguma coisa que não entendesse, como um cachorro ou uma cadeira. Todos vocês fazem isso.

Pisquei surpresa para ele, para aquele rosto inocente. Queria negar, mas mordi a língua e pensei no que ele tinha dito. Será que tinha razão? A conversa que eu acabara de ter com Jeremy foi particular, de certa forma. Kitto estava lá. Eu não queria a opinião dele nem sua ajuda. Francamente, não achei que ele podia ajudar. Eu o via como alguém de quem eu tinha de tomar conta, um dever, não um amigo, não uma pessoa, realmente.

Suspirei e afastei minha mão, de modo que ele continuou tocando em mim, mas eu não estava mais tocando nele. Kitto arregalou os olhos desesperado, agarrou minha mão e pôs de volta na cabeça dele.

– Por favor, não fique zangada comigo. Por favor!

– Não estou zangada, Kitto, mas acho que você está certo. Eu o trato como um animalzinho de estimação, não como uma pessoa. Jamais ficaria aqui sentada alisando o cabelo de um dos outros homens. Andei tomando liberdades. Sinto muito.

Ele se ergueu nos joelhos.

– Não, não. Não foi isso que eu quis dizer. Adoro quando toca em mim. Faz com que me sinta seguro. É a única coisa que faz com que me sinta seguro aqui nesse... lugar. – O olhar dele estava distante, perdido.

Ofereci a caneca de chá para Jeremy, ele a pegou e botou na beirada da mesa. Segurei o rosto de Kitto com as duas mãos e fiz com que olhasse para mim.

– Você me diz que o trato como um cachorro, uma cadeira, eu tento tratá-lo como uma pessoa e você não quer isso também. Não entendo o que quer de mim, Kitto.

Ele pôs as mãos quentes sobre as minhas, apertou-as contra o próprio rosto. As mãos dele eram muito pequenas. Ele era o único homem que eu conhecia que tinha as mãos menores do que as minhas.

– Sempre quero que você toque em mim, Merry. Não pare. Não me importo se as pessoas me ignoram quando conversam. Assim eu ouço coisas, fico sabendo de coisas.

– Kitto – disse eu gentilmente.

Ele subiu para o meu colo como uma criança, puxou minhas mãos para segurá-lo e impedir que caísse. Minha mão direita encostou nas escamas lisas das costas dele, a esquerda apoiava a curva macia e sem pelos da coxa. Os encantados não tinham muitos pelos no corpo, e os duendes-cobras não tinham nenhum. A herança miscigenada deixara Kitto liso e perfeito, como se fosse encerado do pescoço até os dedos dos pés. Só aumentava a imagem de boneco e fazia com que ele parecesse uma criança para sempre. Era produto da última guerra dos encantados contra os duendes, o que significava que Kitto devia ter pouco mais de dois mil anos de idade. Eu conhecia a história, sabia a data, mas segurando Kitto nos braços como uma boneca grande, era difícil acreditar. Quase impossível entender que o homem encolhido no meu colo tinha nascido pouco antes da morte de Cristo.

Doyle era mais velho ainda, e Frost também. Rhys, com um nome diferente, que jamais revelaria para mim, tinha sido adorado como uma divindade da morte. Nicca tinha apenas algumas centenas de anos, jovem, se comparado aos outros. Galen era apenas setenta anos mais velho do que eu. Nas cortes era quase a mesma coisa que termos crescido juntos.

Cresci vendo todos eles do mesmo jeito, com a mesma aparência. Eles eram imortais, eu não. Eu estava envelhecendo um pouco mais devagar do que um humano puro, mas não muito. Estava mais ou menos uma década antes do ponto em que devia estar. Vinte anos a mais era ótimo, mas não era a eternidade.

Olhei para Jeremy em busca de alguma pista do que fazer com o duende. Ele abriu as mãos e afastou um pouco os braços.

– Não olhe para mim. Nunca tive um empregado que subisse no meu colo e quisesse carinho.

– Ele não quer exatamente ser acariciado – disse eu. – Ele quer a confirmação do compromisso.

– Se tem todas as respostas, Merry, então por que não lhe dá essa confirmação? – disse Jeremy.

– Um pouco de privacidade, talvez – disse eu.

Assim que pedi privacidade, senti o corpo de Kitto começar a relaxar contra o meu. Ele passou o braço por baixo do meu blazer para abraçar minhas costas. Soltou os joelhos por baixo do meu braço e minha mão deslizou para baixo sobre a coxa dele, até a bainha da bermuda. Como Kitto nunca atendia clientes, estava sempre de roupa esporte.

Jeremy endireitou a gravata, alisou as pontas do paletó. Todos esses gestos nervosos.

– Vou deixar vocês dois sozinhos, mas acho que assim que Doyle descobrir que você está sozinha, só com Kitto, ele virá para cá.

– Não precisamos de muito tempo – disse eu.

– Meus pêsames – disse Jeremy.

Ele abriu a boca para dizer mais alguma coisa, balançou a cabeça, puxou as mangas do paletó e foi para a porta, com passos firmes.

Quando ele fechou a porta, olhei para o duende. Não íamos fazer o que Jeremy obviamente pensou. Nunca fiz sexo com Kitto e não planejava começar agora. Tive de dividir a carne com um dos duendes para cimentar o tratado entre nós, mas dividir a carne pode significar muitas coisas para um duende. Tecnicamente, quando permiti que Kitto deixasse uma marca perfeita dos seus dentes no meu ombro, tínhamos dividido a carne, portanto o ato consumado. Mas o que devia ser uma cicatriz acabou desbotando e depois desapareceu da minha pele. Mostrei para o rei Kurag a marca assim que foi feita, e nem Kitto nem eu mencionamos que tinha se apagado. Sem a cicatriz não existia prova de que eu *pertencia* ao Kitto.

A dor da mordida de Kitto tinha se perdido no meio do sexo com outro, sumiu quando meu corpo foi para aquele lugar em que prazer e dor se misturam. Começando do zero, sem preliminares, quando alguém arranca um pedaço seu com uma mordida, é apenas dor.

Kitto tinha o direito, segundo a cultura dos duendes, de esperar a confirmação do relacionamento dividindo a carne, qualquer que fosse o significado disso para nós. Eu tive muita sorte com meu pequeno duende. Ele era submisso a mim e gostava disso. Meu pai tinha feito questão de que eu conhecesse e entendesse todas as culturas da Corte Profana, e eu sabia o que era e o que não era garantia no mundo de Kitto. Tinha de jogar limpo com ele, não podia enganá-lo. Suspeitava muito que Kurag ficaria aborrecido se soubesse que não tenho nenhuma marca visível do duende em meu corpo. E, para piorar o insulto, Kitto também não estava transando comigo. Então eu procurava ter muito cuidado em relação às outras regras e tabus da cultura deles.

Precisava reafirmar o compromisso com Kitto e tratar dos meus afazeres do dia. Havia mais dois clientes agendados antes de podermos sair para visitar Maeve Reed. A sra. Reed, através de Jeffery Maison, insistiu demais para que fôssemos ao encontro dela aquela tarde mesmo, não aquela noite. Se não pudéssemos à tarde, então seria no dia seguinte de manhã, sua segunda opção.

Kitto se aninhou no meu colo, apertou minhas costas e minha cintura com suas mãozinhas. Era uma lembrança carinhosa de que ele continuava ali, esperando.

Alguém abriu a porta. Rhys hesitou, olhando para nós. Senti uma onda de raiva.

– Entre, Rhys, junte-se a nós.

Minha voz era fria, distante, raivosa.

Ele balançou a cabeça.

– Vou chamar Doyle.

– Não – disse eu.

Ele ficou parado na porta e finalmente olhou para mim, olho no olho.

– Você sabe que não divido você com o... – ele se conteve antes de dizer *duende* e terminou a frase sem jeito – ... ele.

– E se eu mandar você ficar comigo e com ele juntos?

– Vim aqui para pedir desculpas, Merry. Se eu tivesse ferido Kitto, poderia ter comprometido o seu trato com os duendes. Perdão por ter perdido o controle.

– Se esse fosse o primeiro incidente, eu aceitaria seu pedido de desculpa. Mas não é a primeira vez. Não é nem mesmo a décima quinta. Palavras não bastam mais.

– O que quer de mim, Merry? – Rhys parecia zangado e mal-humorado de novo.

– Distraia-me enquanto eu satisfaço Kitto.

Ele balançou a cabeça com tanta força que seus cachos brancos voaram para todos os lados. Fez uma careta e botou a mão no pescoço. Tinha um curativo, mas ainda devia estar doendo. A ferida não ia durar muito. Dali a umas duas horas estaria fechada.

– Jurei que nunca mais deixaria a carne de um duende encostar na minha, Merry. Você sabe disso.

– Ele vai tocar em mim, não em você, Rhys.

– Não, Merry, não.

– Então arrume suas coisas e vá embora.

Ele arregalou os olhos.

– O que quer dizer?

– Quero dizer que não posso me arriscar de você machucar Kitto e estragar o tratado com os duendes.

– Eu disse que sentia muito.

– Mas não o bastante para fazer as pazes com Kitto. Não sente o bastante para se comportar como um guarda-costas, em vez de uma criança preconceituosa e mimada.

Ele ficou parado lá na porta olhando fixo para mim.

– Você não pode estar dizendo que me mandaria embora por esse... duende.

Balancei a cabeça.

– Meus inimigos são os inimigos dos duendes por mais três meses. Isso me manteve mais a salvo do que qualquer um de vocês foi capaz de fazer. Ninguém quer correr o risco de enfrentar o exército inteiro dos duendes. O fato de você não conseguir superar os próprios preconceitos para entender como isso é importante significa que tem defeitos demais e que não serve para ser meu guarda.

Passei a mão no braço de Kitto, apertei mais a cabeça dele no meu ombro e forcei Rhys a olhar para ele.

A fúria no rosto dele era completa.

– Eles... – Rhys apontou para Kitto – me fizeram ter defeitos.

Ele arrancou o tapa-olho e entrou na sala com passos largos.

– Foram eles que fizeram isso comigo.

Rhys continuou apontando o dedo para Kitto enquanto avançava para nós.

– Foi ele que fez isso!

Kitto levantou um pouco a cabeça e disse:

– Eu nunca machuquei você.

As mãos de Rhys tremiam quando as fechou, cerrando os punhos. Ele estava bem na nossa frente, tremendo de raiva, precisando atacar alguma coisa, alguém.

– Não faça isso, Rhys – disse eu com a voz baixa e calma.

Tive medo de que se elevasse o tom ele explodiria. Realmente não queria perdê-lo, mas também não queria que Kitto saísse machucado.

Ouvi um barulho atrás de nós, mas não podia ver a porta porque Rhys estava na frente. A voz de Doyle soou clara e profunda:

– Está havendo algum problema?

– Graças ao Rhys, tenho de renovar meus votos com Kitto, por isso disse que ele precisava me distrair enquanto fazíamos isso.

– Eu teria prazer de distraí-la, princesa – disse Doyle.

– Ah, é... você é ótimo nas preliminares, desde que não dê continuidade, e deixe-me apenas dizer que isso está realmente começando a me irritar também – disse eu.

– Frost deve voltar logo da sua tarefa. Ele disse para a estrelinha que ela terá de encontrar outro para protegê-la dos seus pretendentes a fãs.

Continuávamos conversando com Rhys no meio:

– Pensei que esses trabalhos de guarda-costas de Frost fossem durar até o fim da semana, pelo menos.

– Achei prudente, depois do atentado de ontem à noite, tê-lo conosco. Já o mandei ir na frente para investigar a casa da sra. Reed.

– Investigar? – perguntei.

– No fim das contas, ela é encantada de sangue puro da Corte Abençoada, que já foi deusa, mas que hoje não pertence a corte nenhuma. Ela pode achar que está além dos limites das nossas leis. Eu seria um péssimo guarda se simplesmente permitisse que você entrasse na casa dela sem alguma preparação do terreno.

– Então você tirou Frost de um serviço que ele prestava pela nossa agência e designou-o para outra coisa sem consultar o Jeremy, ou a mim?

Silêncio.

– Vou considerar isso um sim. – Fiz cara feia para Rhys. – Chegue para lá, Rhys. A encenação de ameaça está ficando meio passada.

Rhys pareceu surpreso, como se eu devesse estar morrendo de medo. Mas é claro que talvez aquele espetáculo não fosse para mim. Kitto estava abatido e muito assustado.

– Mexa-se! – disse eu.

– Faça o que a princesa está pedindo – disse Doyle.

Só então Rhys chegou para o lado, meio relutante. Olhei para Doyle, que estava perto da porta, e ignorei Rhys.

– Rhys vai me distrair enquanto confirmo o compromisso com Kitto, ou então ele terá de arrumar suas malas e voltar para o Illinois.

Doyle pareceu totalmente surpreso. Não se via essa reação com muita frequência na Escuridão da Rainha. Fiquei até um pouco contente com isso.

– Pensei que gostasse das atenções de Rhys.

– Adoro ter Rhys na minha cama, mas isso não tem importância. Se ele não conseguir se controlar perto do Kitto, vai acabar explodindo e machucando Kitto. Você sabe que Kurag não queria fazer esse trato comigo, Doyle. Ele tentou se safar desse trato desde o começo. Eu impus uma aliança com ele, mas se alguém ferir Kitto ou, pior, se alguém o matar, Kurag pode usar isso como desculpa para romper a aliança.

Alisei o rosto de Kitto e virei a cabeça dele para não continuar olhando fixo para Rhys.

– E você realmente acha que, se Kurag tiver de enviar outro duende para nós, será alguém tão simpático como Kitto? O que está sendo oferecido é a minha carne e o meu sangue, não do Rhys, nem seu.

– Isso é verdade, princesa – disse Doyle. – Mas, se mandar Rhys para casa, nossa rainha também vai ter de enviar outro guarda para substituí-lo, e há muitos guardas menos simpáticos do que Rhys que ela pode mandar para cá.

– Não importa. Ou o Rhys faz isso, ou está fora. Estou cansada desse teatro.

Doyle respirou tão fundo que pude ver seu peito subir e descer do outro lado da sala.

– Então eu fico e cuido da segurança de todos.

Rhys virou para Doyle.

– Não está querendo dizer que eu tenho de fazer isso, está?

– A princesa Meredith NicEssus, com comando da mão da carne, deu-lhe uma ordem direta. Se não obedecer, a princesa já determinou sua pena.

Rhys caminhou até Doyle e a raiva foi diminuindo.

– Você seria capaz de me dispensar por causa disso? Sou um dos seus melhores guardas.

– Detestaria perdê-lo nessa luta – disse Doyle –, mas não posso contrariar os desejos da princesa.

– Não foi isso que disse ontem à noite – retrucou Rhys.

– Ela tem razão, Rhys, você pôs em risco a nossa aliança com os duendes. Se não puder controlar a raiva que sente de Kitto, será um perigo para todos nós. Ela está certa de querer que enfrente esse medo.

– Não tenho medo dele – disse Rhys, apontando de novo.

Kitto se encolheu diante da raiva de Rhys.

– Todo ódio irracional nasce do medo – disse Doyle. – Os duendes feriram você muito tempo atrás e você teme acabar nas mãos deles de novo. Pode odiá-los se quiser, e pode ter medo deles também, se não puder evitar, mas eles são nossos aliados e precisa tratá-los como aliados.

– Eu não vou ajudar esse... essa coisa a enfiar as presas numa princesa profana.

– Se tivesse se comportado direito – disse eu –, eu não seria forçada a fazer isso de novo tão cedo. Você está prestes a me fazer sentir dor, Rhys, e se eu estou disposta a suportar o mínimo que você pode fazer é tornar isso menos desagradável.

Rhys foi até a janela e olhou lá para fora. Falou sem se virar:

– Não sei se consigo.

– Experimente – disse eu –, mas esforce-se. Não pode simplesmente enfiar o dedão do pé, dizer que a água está fria e correr para casa. Tem de persistir. Se realmente não conseguir aguentar, vamos conversar, mas primeiro tem de tentar.

Ele encostou a cabeça no vidro da janela. Finalmente se endireitou, jogou os ombros para trás e deu meia-volta.

– Vou fazer o melhor que puder. Mas faça com que ele não encoste em mim.

Olhei para o rosto pálido e para os olhos assustados do pequeno duende.

– Rhys, detesto ter de revelar isso, mas acho que Kitto tem tanta aversão a encostar em você como você tem dele.

Rhys meneou a cabeça.

– Então está bem. Vamos fazer isso. Temos clientes à nossa espera. – Ele conseguiu dar um sorriso desbotado. – Mistérios para resolver, bandidos para prender.

Sorri para ele.

– É esse o espírito da coisa.

Doyle fechou a porta e encostou nela.

– Não vou interferir, a não ser que haja algum perigo.

Pela primeira vez Doyle não estava me protegendo de alguma força externa, e sim de um dos meus próprios guardas. Observei Rhys quando ele veio para perto de Kitto e de mim. O curativo no pescoço dele era quase tão grande quanto a palma da minha mão. Talvez Doyle não estivesse por perto só para garantir a segurança de Kitto e a minha em relação a Rhys. Talvez, mas só talvez, ele tivesse ficado também para proteger Rhys de mim.

5

Rhys deixou sua capa de seda em cima da minha mesa e parou diante de nós. Kitto se encolheu todo no meu colo, olhando para Rhys como pequenos mamíferos olham para os felinos. Como se o gato não pudesse vê-los se ficassem completamente imóveis.

O coldre de ombro era branco e elegante sobre a camisa branca de Rhys. A coronha da arma era uma imperfeição preta no meio de todo aquele bege e branco.

– Dê a sua arma para Doyle, Rhys, por favor.

Ele olhou para Doyle, que tinha voltado para sua cadeira embaixo da janela.

– Acho que você está deixando o pequenino nervoso, Rhys.

– Ora, isso não é uma pena? – disse ele, com crueldade na voz.

Olhei zangada para ele e senti o poder crescendo. Não lutei contra a raiva nem contra a mágica. Deixei que enchessem meus olhos, sabia que havia um brilho de cores e luzes que só existiam neles, em mais nenhum lugar da sala.

– Cuidado, Rhys, ou poderá ir embora agora, sem a sua segunda chance.

Minha voz soou baixa e cuidadosa de novo. Eu me agarrava à minha mágica como quem prende a respiração, me controlando para não começar a gritar.

Devia estar com cara de quem ia fazer aquilo mesmo, porque ele deu meia-volta sem dizer nada e foi até Doyle. Entregou a arma com o cabo virado para o homem negro, ficou parado alguns segundos, com os ombros retos, punhos cerrados ao lado do corpo. Foi quase como se ele se sentisse mais inseguro sem a arma. Se estivesse encarando algum perigo mortal, eu entenderia. Mas Kitto não era esse tipo de ameaça para Rhys. Ele não precisava da pistola.

Virou de frente para nós com a respiração trêmula, que eu ouvia claramente a alguns metros de distância. Um pouco da raiva tinha se dissipado e o que sobrava era quase que só medo disfarçado. Doyle estava certo. Rhys tinha medo de Kitto, ou melhor, dos duendes. Para ele era como uma fobia. Uma fobia com base na realidade. Essas são do tipo quase impossível de curar.

Ele parou de novo na nossa frente, olhou para mim com expressão desafiadora, mas por baixo havia uma vulnerabilidade que me deu vontade de dizer: não, você não precisa fazer isso. Mas eu estaria mentindo. Ele precisava sim fazer isso. Se algo não fosse feito, Rhys perderia o controle uma vez além da conta e Kitto se machucaria, ou coisa pior. Não podíamos pôr o tratado em risco. E Kitto era meu, eu tinha de tomar conta dele. Não sabia ao certo como ficariam minhas obrigações, se Rhys o matasse numa crise de pânico. Não queria ter de ordenar a execução de alguém que conhecia por toda a minha vida.

Queria dar segurança para Rhys, dizer que estava tudo bem, mas também não queria parecer fraca. Então fiquei ali sentada com Kitto muito tenso, todo encolhido no meu colo, e não disse nada.

– Eu sempre saí de perto quando você lidava com... isso, ele – disse Rhys. – O que acontece agora?

Foi o que bastou para mim, e de repente não senti mais pena de Rhys. Olhei para Kitto.

– Ofereço a você pequena carne ou sangue fraco.

Pequena carne era uma gíria dos duendes que queria dizer preliminares leves. *Sangue fraco* queria dizer arranhão pouco profundo, ou apenas marcas vermelhas na pele. Havia uma grande possibilidade de Kitto escolher uma coisa que me faria prescindir de qualquer distração. Eu estava aos poucos ensinando para Kitto novas definições de carícias e de preliminares do sexo, definições que eram bem menos estressantes para todos os envolvidos.

Ele olhou para baixo, não encarou ninguém e sussurrou:

– Pequena carne.

– Feito – disse eu.

Rhys ficou perdido.

– O que acabou de acontecer?

– Você tem sempre de negociar com os duendes antes do sexo, Rhys. Se não fizer isso, pode se machucar.

Ele fechou a cara e disse:

– Fui prisioneiro por uma noite. Não tinha habilidade para negociar nada.

Suspirei e balancei a cabeça. A maioria dos encantados, abençoados ou profanos, conhecia muito pouco das outras culturas. Era uma espécie de preconceito dos que acreditavam que nada além da cultura encantada valia a pena conhecer.

– Segundo a lei dos duendes, tinha sim. Se eles o torturassem, então não, teria de simplesmente suportar o que fizessem com você, só que na verdade há algum espaço para negociar até sob tortura. Mas para o sexo sempre se tem como negociar. É o costume deles.

A testa de Rhys ficou mais franzida ainda. Aquele único olho estava tão confuso, cheio de sofrimento. Pus o pequeno duende de pé e me levantei diante de Rhys, com Kitto praticamente no meio. Para variar, Rhys não deu sinal de ter notado que o duende estava muito perto dele.

– Os duendes estupram e não há como escapar disso, mas você pode ditar os termos, coisas que podem e que não podem ser feitas.

Rhys levantou a mão até as cicatrizes e parou antes de encostar nelas. Ficou com a mão no ar.

– Quer dizer...

Ele não terminou a frase.

– Que você podia ter proibido os duendes de desfigurá-lo permanentemente, é isso mesmo.

Disse isso com a voz muito, muito suave. Estava querendo e ao mesmo tempo temendo contar isso para Rhys desde que descobri, alguns meses antes, como ele havia perdido o olho.

Rhys olhou para mim com o mais absoluto terror estampado no rosto. Toquei na face dele, fiquei na ponta dos pés e abaixei o rosto dele para mim. Dei um beijo de leve em seus lábios, mal encostei minha boca na dele, depois me estiquei até meu corpo encostar todo no dele, fiquei o mais alta que consegui, ainda com as mãos no rosto dele, puxando-o para mais perto de mim. Dei o mesmo beijo suave na cicatriz.

Ele deu um tranco para trás e me fez tropeçar. O que me impediu de cair foi o braço de Kitto nas minhas costas.

– Não – disse Rhys –, não.

Estendi as mãos para ele.

– Venha para mim, Rhys.

Ele continuou recuando. Doyle tinha ido para trás dele sem que nenhum de nós notasse. Rhys parou de andar para trás quando bateu no corpo do capitão.

– Se fracassar aqui, Rhys, terá de voltar para o mundo encantado.

Rhys olhou para Doyle e depois para mim.

– Eu não fracassei, eu apenas... eu não sabia.

– A maioria dos encantados não conhece nada da cultura dos duendes – disse eu. – É um de os motivos dos duendes serem guerreiros tão temidos, porque ninguém os entende. Poderíamos ter vencido a guerra com os duendes séculos antes se alguém tivesse parado para estudá-los. E não estou falando de torturá-los. Não se aprende a cultura de alguém com tortura.

Doyle pôs as mãos nos ombros de Rhys e foi andando com ele para perto de nós. Rhys não parecia estar mais com medo e sim em estado de choque, como se um pedaço do seu mundo tivesse se partido e tirado o chão debaixo dos seus pés.

Doyle levou-o de volta para nós, e toquei no rosto de Rhys com delicadeza. Rhys piscou e se assustou, parecia que tinha esquecido que eu estava lá.

– Você não está arruinado, Rhys. Você é lindo.

Abaixei o rosto dele, mas os quinze centímetros de diferença na nossa altura atrapalharam minhas intenções. Eu podia beijar sua boca, mas não o olho. Fiquei novamente na ponta dos pés e estiquei o corpo junto ao de Rhys. O braço de Kitto ainda estava na minha cintura, e agora era espremido entre nossos corpos, preso sob a pressão da nossa carne. Rhys não gritou por causa disso, então deixei ficar. Eu ia terminar o que havia começado.

Fui beijando lentamente o lado do rosto dele até chegar à ponta da cicatriz. Ele estremeceu, e acho que só as mãos de Doyle nos ombros dele evitaram uma nova fuga. Rhys fechou o olho com força, qual homem condenado não quer ver a bala chegando. Continuei beijando as cicatrizes e senti a pele áspera com os lábios. Dei um beijo suave na órbita vazia, onde o outro belo olho devia estar.

Ele estava muito tenso, eu sentia com as mãos, quase tremia. Beijei com mais firmeza a pele saltada e deixei meus lábios se abrirem e se fecharem de leve naquele ponto. Rhys emitiu um som baixinho. Lambi a cicatriz suavemente. Ouvi outro som baixo vindo da garganta dele, e não era nenhuma exclamação de dor.

Lambi bem devagar, com todo o cuidado, a pele lisa. A respiração dele ficou curta, ofegante. Os punhos fechados ao lado do corpo tremiam, mas não era de raiva. Passei a língua e os lábios sobre a cicatriz até os joelhos dele cederem, e foi Kitto que o segurou pela cintura. O homenzinho sustentou Rhys como se ele não pesasse nada.

Beijei a boca de Rhys e ele devolveu o beijo como um afogado que encontra o sopro da vida na minha boca. Acabamos os dois de joelhos no chão, Doyle de pé ao nosso lado, e Kitto ainda enrolado na cintura de Rhys.

Rhys pôs os braços nas minhas costas e me apertou junto dele com tanta força que, até com o braço de Kitto no meio, percebi que ele estava excitado e ereto. Alguma fivela ou tira deve ter arranhado Kitto, porque ele gemeu baixinho.

Aquele gemido quase inaudível fez Rhys levantar a cabeça, recuperar o fôlego e olhar em volta. Quando ele viu os braços do pequeno duende na sua cintura, soltou algo muito parecido com um grito e se afastou trôpego de nós.

Já ia abrir a boca para dizer que Rhys tinha feito o suficiente para me satisfazer, mas Kitto falou primeiro:

– Eu me declaro satisfeito.

Olhei espantada para ele.

– Você ainda não recebeu nada.

Ele balançou a cabeça e piscou aqueles olhos azuis meio perdidos.

– Estou satisfeito. – Parecia que ia dizer mais, deve ter pensado melhor e só balançou a cabeça outra vez.

Foi Rhys que falou:

– Você não recebeu seu pedaço de carne ainda.

– Não – disse o duende –, mas tenho o direito de renunciar a ele.

– E por que faria isso? – perguntou Rhys.

Ele ainda estava encolhido no chão, com cara de louco, em pânico.

– Merry precisa de todos os seus guardas para ficar a salvo. Eu não ia deixar que ela perdesse um por minha causa.

Rhys olhou perplexo para Kitto.

– Você desistiria do seu pedaço de carne e sangue para eu poder ficar?

Kitto piscou e olhou para o chão.

– Sim.

Rhys não entendeu.

– Está com pena de mim?

Um vestígio bem pequeno de raiva acentuou a voz dele.

Kitto olhou para ele, obviamente surpreso.

– Pena de você... Por quê? Você é lindo e usufrui do corpo de Merry, assim como da cama dela. Você tem a chance de ser rei. As cicatrizes que pensa que são sua ruína são marca de grande beleza entre os duendes e marca de grande valor, porque mostram que você sobreviveu a uma enorme dor. – Ele balançou a cabeça. – Você é um guerreiro encantado. Ninguém se mete com você além da própria rainha. Olhe para mim, guerreiro, olhe só para mim. – Ele estendeu as pequeninas mãos. – Não tenho garras, pouquíssimas presas. Sou como um humano no meio dos duendes.

Pela primeira vez ouvia amargura na voz de Kitto. Uma amargura de anos de abusos, de viver numa cultura em que a violência e a força física são premiadas, de estar preso em um corpo que era fraco pelos padrões deles. Kitto tinha nascido vítima entre os duendes. Ele estendeu as mãos minúsculas para Rhys, e havia raiva naquele rosto pequeno e delicado. Raiva e uma impotência gerada pela verdade. Kitto sabia muito bem o que era e o que não era. Entre os duendes ele era presa de qualquer um. Não admira quisesse ficar ao meu lado, mesmo na cidade grande e perversa.

6

Perguntem para quase qualquer pessoa, especialmente para os turistas, onde moram os ricos e famosos no sul da Califórnia, e dirão que é em Beverly Hills. Mas Holmby Hills é cheio de dinheiro, e fama, e terras... terras com cercas altas que bloqueiam a vista dos trabalhadores que passam de carro por ali, querendo dar uma espiada nos ricos e famosos. Holmby Hills não é o endereço da moda que já foi um dia, não é o lugar onde os jovens astros em ascensão querem morar, mas uma coisa não mudou: é preciso ter dinheiro para aqueles muros e portões, muito dinheiro. Pensando bem, talvez seja por isso que os que ficaram famosos recentemente não se mudam para Holmby Hills, porque não podem pagar.

Maeve Reed podia pagar. Ela era uma estrela maior, mas, para sorte nossa, não ficava na faixa dos dois por cento mais ricos. Se ela fosse, digamos, uma Julia Roberts, íamos ter de escapar dos sabujos da mídia dela, além dos meus. Um grupo de repórteres enlouquecidos por dia era mais do que suficiente.

Tínhamos recursos para escapar da mídia sem usar mágica. Por exemplo, uma van branca com manchas de ferrugem na lataria que ficava guardada num edifício-garagem a maior parte do tempo. A Agência de Detetives Grey usava essa van para vigiar, nas situações em que a van normal ia ficar muito destacada. Se era um bairro de classe média alta, usávamos a van mais nova. Se era um bairro mais decadente, usávamos essa van enferrujada. A mídia tinha começado a seguir a van boa toda vez que saíamos, imaginando que estaria escondendo a princesa e sua comitiva. Então nos restava a van velha, embora ela destoasse muito em Holmby Hills, como um polegar machucado.

Uma das janelas de trás era coberta com papelão e fita adesiva. A ferrugem enfeitava a tinta branca da lataria como feridas. Tanto o papelão como a ferrugem tinham suportes para esconder as câmeras e outros equipamentos. Os buracos disfarçados podiam até ser usados para apoiar os canos das armas, numa emergência.

Rhys foi dirigindo. O resto de nós foi escondido atrás. Ele tinha enrolado todo aquele cabelo branco embaixo de um boné. Barba e bigode falsos de ótima qualidade escondiam as suas belas feições pueris. O boné e a barba cobriam a maior parte das cicatrizes. Os guardas tinham passado a ser quase tão reconhecíveis pelas câmeras quanto eu, por isso o disfarce tinha de ser muito bom mesmo. E Rhys adorava bancar o detetive. Ele se fantasiou como se fosse um dia qualquer e todo o turbilhão emocional da véspera não passasse de um sonho.

Kitto estava escondido literalmente embaixo das minhas pernas, no chão do carro. Doyle na ponta do banco oposta a mim. Frost no assento do meio.

Sentados assim lado a lado, os dois homens tinham quase a mesma altura. De pé, Frost era mais alto uns cinco centímetros. Os ombros dele eram um pouco mais largos e o corpo, mais pesado. Não era uma diferença grande, nem dava para notar quando estavam vestidos, mas, de qualquer modo, era uma diferença. A rainha Andais tratava os dois como se fossem dois lados da mesma moeda. Sua Escuridão e seu Frost Matador. Doyle tinha mais um nome além do apelido dado pela rainha. Frost não. Era simplesmente Frost, ou Frost Matador, só isso.

Frost usava uma calça social cinza-carvão bem comprida, que cobria a parte de cima dos mocassins cinza-carvão. Os sapatos pareciam um espelho de tanto que brilhava. A camisa era branca, com nervuras no peito e colarinho de padre. Um paletó cinza-claro escondia o coldre de ombro e uma .44 brilhante, folheada a níquel. A arma era tão grande que eu mal aguentava segurar com uma só mão, que dirá atirar com ela.

O cabelo de purpurina prateada estava bem preso num rabo de cavalo que deixava o seu rosto forte, claro e quase belo demais de se ver. O rabo de cabelo prateado estava espalhado pelo banco de trás e por cima de um ombro. Algumas mechas caíram sobre o meu ombro e braço quando ele virou para dar seu relatório para Doyle. Toquei naquele cabelo brilhante e senti a maciez de teia de aranha. O cabelo parecia metálico, devia ser meio áspero pela aparência, mas era maravilhosamente macio. Eu tive toda aquela beleza de prata cobrindo meu corpo nu. Havia uma parte de mim que achava que o cabelo de um homem devia chegar pelo menos até os joelhos dele. Os encantados da alta corte tinham muito orgulho de seus cabelos, entre outras coisas.

O quadril de Frost encostava no meu, era difícil evitar o contato no espaço exíguo do banco. Mas a coxa dele também encostava em toda a extensão da minha, e isso podia ser evitado.

Segurei um cacho na frente do rosto e deixei as mechas caírem, enquanto observava o mundo através da renda do cabelo dele.

– Está ouvindo o que estamos dizendo, princesa Meredith? – perguntou Doyle.

Deixei cair o cabelo de Frost.

– Sim, eu estava ouvindo.

A expressão de Doyle dizia claramente que ele não acreditava em mim.

– Então repita para nós, por favor.

Eu podia dizer que era uma princesa e que não precisava repetir nada, mas isso seria infantil. Além do mais, eu estava mesmo prestando atenção, pelo menos a uma parte do que diziam.

– Frost viu o pessoal de Kane e Hart atrás dos muros. Quer dizer que eles estão prestando algum serviço para ela, de guarda-costas ou de alguma coisa que precisa de talentos mediúnicos.

A Agência Kane e Hart era a única concorrente de verdade que a Agência de Detetives Grey tinha em Los Angeles. Kane era médium e especialista em artes marciais. Os irmãos Hart eram dois dos mais poderosos mágicos humanos que eu conhecia. A agência trabalhava mais com segurança pessoal do que nós, pelo menos até os meus guardas aparecerem.

Doyle olhou para mim.

– E...?

– E o quê? – perguntei.

Frost deu risada, um riso totalmente masculino que indicava, melhor do que qualquer palavra, que ele estava gostando.

Eu sabia do que ele estava gostando sem ter de perguntar nada. Frost ficou satisfeito porque eu me distraí só de estar perto dele. Eu achava Frost o guarda mais interessante de todos com quem ia para a cama.

Ele olhou para mim com seus olhos cinza-tempestade e o riso ainda brilhava neles. A risada suavizava a perfeição do rosto, fazia com que ele parecesse mais humano.

Toquei o rosto dele com a ponta dos dedos, bem de leve. A risada foi desaparecendo lentamente, o olhar ficou sério e carregado com o peso de palavras não ditas, coisas ainda por fazer.

Olhei direto para os olhos dele. Eram só cinza, não tricolores como os meus, ou os de Rhys, mas é claro que não eram apenas cinza. Eram da cor das nuvens num dia de chuva, e como as nuvens mudavam de cor e rodopiavam, não com o vento, mas com seus estados de espírito. Estavam cinza-claro como o peito dos pombos quando ele abaixou a cabeça para me beijar.

Meu coração latejava na garganta, de modo que não conseguia respirar. Os lábios dele roçaram nos meus em um beijo suave e trêmulo. Frost chegou a cabeça para trás depois daquele movimento terno e olhamos nos olhos um do outro de muito perto, num momento de entendimento perfeito. Compartilhávamos a mesma cama havia três meses. Ele garantia minha segurança. Eu apresentei o século XXI para ele. Observei o solene Frost aprender a sorrir e a dar risada. Partilhamos centenas de intimidades, dúzias de piadas, milhares de novas descobertas sobre o mundo em geral, e nada disso bastou para que perdêssemos o controle. Então, de repente, um olhar e um beijo suave, e foi como se o que eu sentia por ele chegasse a um ponto de saturação, como se estivesse esperando apenas por aquele último toque, um último olhar mais prolongado, para a descoberta. Eu amava Frost, e, pelo ar de espanto dele enquanto olhava para mim, acho que ele sentia a mesma coisa.

A voz de Doyle interrompeu o momento e nós dois pulamos no banco:

– O que você não ouviu, Meredith, foi que o terreno de Maeve Reed está protegido. Com defesas que só uma deusa, que viveu na mesma terra por mais de quarenta anos, pode criar.

Pisquei olhando para Frost e tentei mudar a marcha na minha cabeça para prestar atenção no que Doyle dizia, e para me importar com o que ele dizia. Eu tinha ouvido, mas não estava me importando, ainda não.

Se Frost e eu estivéssemos sozinhos, teríamos conversado sobre isso, mas não estávamos. E estarmos apaixonados, afinal, não mudava grande coisa. Quero dizer, mudava tudo e nada ao mesmo tempo. Amar alguém muda quem ama, mas a realeza raramente se associa por amor. Nós nos casamos para fundamentar tratados, para acabar ou evitar guerras, ou para forjar novas alianças. No caso dos encantados, nos casamos para procriar. Eu estava dormindo com Rhys, Nicca e Frost havia mais de três meses e não tinha engravidado. Se não emprenhasse de um deles, não poderia casar com nenhum. Tinham sido apenas três meses e normalmente uma encantada levava um ano ou mais para conceber. Eu não estava preocupada até agora. E não me preocupava por não estar grávida. Eu me preocupava pelo fato de que não estar grávida podia significar que perderia Frost. Assim que pensei nisso, percebi que não podia pensar assim.

Eu tinha de entregar meu corpo ao homem que pudesse me engravidar. Meu coração podia ir para onde quisesse, mas meu corpo não. Se Cel se tornasse rei, teria o poder de vida e morte sobre a corte. Ele ia ter de me matar e a todos que considerasse uma ameaça ao seu poder. Frost e Doyle jamais sobreviveriam. Não tinha certeza a respeito de Rhys ou Nicca. Cel não parecia temer o poder deles, talvez os deixasse viver. Talvez não.

Afastei-me de Frost e balancei a cabeça.

– O que houve, Meredith? – perguntou ele.

Frost agarrou minha mão quando a afastei do rosto dele. Segurou com força e apertou, quase doeu. Parecia que tinha visto meus pensamentos no meu rosto.

Se não podia falar de amor na frente dos outros, certamente não podia falar do preço que tinha de pagar por ser uma princesa. Eu precisava engravidar. Tinha de ser a próxima rainha da Corte Profana, senão estávamos todos mortos.

– Princesa – chamou Doyle, baixinho.

Espiei por cima do ombro de Frost para ver os olhos escuros de Doyle. E alguma coisa naqueles olhos dizia que pelo menos ele tinha tido o mesmo raciocínio que eu. Então ele tinha se dado conta também do que eu sentia por Frost. Não gostei de saber que podia ser tão transparente para os outros. O amor, como a dor, devia ser privado, até você resolver anunciar.

– Sim, Doyle? – respondi com a voz rouca, como se precisasse pigarrear para limpar a garganta.

– Escudos tão poderosos assim impedem que qualquer outro encantado veja toda a mágica que há no lugar. Frost investigou da melhor maneira que pôde, mas a força das defesas nos impedem de saber que surpresas místicas nos aguardam dentro das paredes da propriedade da sra. Reed. – Ele falava de coisas normais, mas a voz ainda tinha aquele traço de ternura. Se fosse qualquer outro, eu diria que era piedade.

– Está dizendo que não devemos entrar? – perguntei.

Soltei minha mão da mão de Frost.

– Não, concordo que o desejo dela de ter esse encontro com você, com todos nós, é intrigante.

A van parou diante de um portão alto. Rhys virou para trás até onde o cinto de segurança permitia.

– Meu voto é para irmos embora. Se o rei Taranis descobre que conversamos com ela, ficará furioso. O que podemos descobrir que valha esse risco?

– O banimento dela foi um grande mistério na época que aconteceu – disse Doyle.

– É – disse Frost. Ele recostou na cadeira com o olhar distante, como se quisesse se afastar de mim. Eu tinha feito isso e Frost não reagiu bem.

– Os boatos eram de que ela seria a próxima rainha dos abençoados, e de repente foi mandada para o exílio.

Ele afastou a perna da minha e criou uma distância física entre nós. Observei seu rosto ficar frio, duro e arrogante, a velha máscara que usara na corte todos aqueles anos, e não suportei. Peguei a mão dele. Ele franziu a testa olhando para mim, nitidamente confuso. Encostei as articulações da mão dele na boca, beijei uma por uma até ele engasgar. Era a segunda vez aquele dia que meus olhos se enchiam de lágrimas. Fiquei com eles bem arregalados e imóveis. Assim, consegui não chorar.

Frost estava sorrindo de novo, visivelmente aliviado. Fiquei contente de vê-lo feliz. Devemos querer que as pessoas que amamos sejam felizes, sempre. Rhys olhou para nós com expressão neutra. Ele teve sua vez na noite anterior, esta noite era a vez de Frost, e Rhys não via problema nenhum nisso.

Doyle olhou nos meus olhos e seu rosto não era inexpressivo, ele estava preocupado. Kitto também olhava para mim do chão do carro, e não consegui ler nada na expressão dele. Apesar de se parecer muito com um encantado, ele era outro, e havia momentos em que eu não tinha ideia do que ele estava sentindo ou pensando. Frost segurava minha mão e estava feliz com isso. Feliz porque eu não dei as costas para ele. De todos, só Doyle parecia compreender exatamente o que eu pensava e sentia.

– Que importância tem o motivo de Maeve Reed ter sido expulsa? – perguntou Rhys.

– Talvez não tenha importância – disse Doyle –, ou pode ser que tenha muita importância. Não saberemos até perguntar.

Olhei para ele espantada.

– Perguntar? Perguntar assim diretamente, sem ser convidado a fazer uma pergunta tão pessoal?

Ele fez que sim com a cabeça.

– Você é encantada, mas também tem uma parte humana. Nós não podemos, mas você pode perguntar, Meredith.

– Conheço recursos melhores do que fazer uma pergunta tão pessoal sem mais nem menos – disse eu.

– Nós sabemos que você tem recursos melhores, mas Maeve Reed não sabe.

Frost alisava minha mão, sem parar.

– Está dizendo que eu devo fingir que não tenho noção de nada?

– Estou dizendo que devemos usar todas as armas que temos no nosso arsenal. Sua herança dupla pode ser uma vantagem decisiva hoje.

– Seria quase a mesma coisa que mentir, Doyle – disse eu.

– Quase – concordou Doyle, e deu aquele pequeno sorriso dele que enrugava os lábios. – Os encantados nunca mentem, Meredith, mas disfarçar a verdade é um passatempo honrado que curtimos há muito tempo.

– Sei muito bem disso – disse eu.

Minha voz tinha tanto sarcasmo que encheu a van.

O sorriso iluminou de repente a escuridão do rosto dele feito um clarão.

– Como nós todos, princesa, como nós todos.

– Acho que não vale o risco – disse Rhys.

Balancei a cabeça.

– Já conversamos sobre isso antes, Rhys, e eu acho que vale correr esse risco. – Olhei para Frost. – E você, o que acha?

Frost virou para Doyle.

– O que você acha? Não arriscaria por nada a segurança de Meredith, mas precisamos muito de aliados e uma encantada que está exilada do mundo encantado há um século pode se dispor a grandes riscos para voltar.

– Você está sugerindo que Maeve quer ajudar Meredith a se tornar rainha. – Doyle disse isso em tom metade pergunta, metade constatação.

– Se Meredith se tornar rainha, poderá oferecer para Maeve a volta ao mundo encantado. Não creio que Taranis arriscaria uma guerra total por uma exilada que retorna.

– Realmente acredita que uma encantada real da Corte Abençoada estaria disposta a ir para a Corte Profana? – perguntei.

Frost olhou para mim.

– Seja qual for o preconceito que Maeve Reed possa ter tido um dia contra os profanos, ela está sem o toque de mãos encantadas há um século... – Ele encostou minha mão na boca, beijou a ponta dos meus dedos, soprou seu hálito em cada um deles antes de tocar em mim. Fiquei arrepiada. Ele falou com a boca muito próxima da minha pele: – Eu sei o que é desejar o toque de outro encantado e não poder ter. Pelo menos eu tinha a corte e o resto dos encantados para me consolar. Nem consigo imaginar a solidão dela todos esses anos. – Essa última frase ele disse sussurrando. Com os olhos cinza, como uma nuvem de chuva.

Tive de me esforçar, mas desviei a atenção de Frost e olhei para Doyle.

– Você acha que ele tem razão? Acha que ela está procurando um caminho de volta para o mundo dos encantados?

Doyle sacudiu os ombros e com o movimento fez o couro da jaqueta estalar.

– Quem sabe? Mas eu sei que, depois de um século de isolamento, eu certamente estaria.

Meneei a cabeça.

– Então está certo, já que concordamos. Vamos entrar.

– Nós não concordamos – disse Rhys. – Eu vou entrar sob protesto.

– Muito bem, proteste o quanto quiser, mas foi voto vencido.

– Se alguma coisa muito terrível acontecer conosco lá dentro, vou falar que eu avisei.

Fiz que sim com a cabeça de novo.

– Se estivermos vivos tempo suficiente para você dizer isso, trate de se eliminar.

– Minha Deusa, se morrermos assim tão rápido, vou ter de voltar para assombrar vocês.

– Se houver alguma coisa lá dentro capaz de matá-lo, Rhys, eu já terei morrido muito antes de você.

Ele fez uma careta para mim, pude ver mesmo através da barba.

– Isso não é consolo, Merry, não é consolo nenhum.

Então ele virou para frente para ver os grandes portões, inclinou o corpo para fora da janela para apertar o botão do interfone e anunciou a nossa chegada. Mas eu estava apostando que ela sabia que estávamos ali. Maeve teve quarenta anos para enfeitiçar aquela terra. Conchenn, deusa da beleza e do carisma, sabia que tínhamos chegado.

7

Ethan Kane não era tão alto quanto parecia. Ele de fato tinha mais ou menos a mesma altura de Rhys, mas sempre parecia maior, como se ocupasse mais espaço por algum fator que não tinha nada a ver com seu tamanho físico. O cabelo curto era castanho-escuro, quase preto. Usava óculos sem armação, de modo que eram quase invisíveis. Ethan deve ter sido bonito. Tinha ombros largos, corpo atlético, queixo quadrado, com uma covinha profunda. Os olhos atrás das lentes dos óculos eram castanho-claros e tinham longos cílios. A roupa era feita sob medida, por isso ele combinava com os astros com quem costumava andar. Tinha todas as qualidades, menos o tipo de personalidade. Parecia estar sempre desaprovando alguma coisa. Uma eterna expressão azeda estragava seu charme.

Ele estava parado de pé, segurando o pulso com a outra mão, pés bem separados, firme. Franziu o cenho ao nos ver diante da grande porta dupla da casa de Maeve Reed. Estávamos todos ao pé da escada de mármore que levava à porta. Os homens de Ethan estavam enfileirados ao longo do gracioso conjunto de colunas brancas que sustentavam o teto da varanda estreita da casa. Era enorme e imponente, mas não tinha espaço para pôr cadeiras e tomar chá gelado nas noites de verão. Era uma varanda para se admirar, não para aproveitar.

Quatro homens, obviamente leões de chácara contratados, formavam uma muralha nos degraus entre nós e Ethan e a porta. Reconheci um deles. Max Corbin beirava os cinquenta anos de idade. Era guarda-costas em Hollywood a maior parte de sua vida adulta.

Tinha um metro e oitenta e a constituição de um armário, todo anguloso, quadrado, com mãos enormes. O cabelo grisalho tinha um corte com fios compridos estilo moderno, mas Max usava aquele mesmo corte de cabelo havia quarenta anos. Tinha quebrado o nariz algumas vezes, de modo que era torto e meio achatado. Ele talvez pudesse ter trocado o terno de grife por uma plástica no nariz, mas Max achava que lhe dava um aspecto de durão. E dava mesmo.

– Oi, Max – disse eu.

Ele me deu um cumprimento de cabeça.

– Sra. Gentry, ou devo dizer princesa Meredith?

– Sra. Gentry está ótimo.

Max sorriu, um rápido clarão de humor, antes de a voz de Ethan interromper a conversa. Max voltou à expressão distante de guarda-costas. Aquele olhar que diz que não vemos nada e não nos lembraremos de nada, e que vemos tudo e reagiremos num piscar de olhos. Seus segredos estão a salvo conosco, assim como o seu corpo. Os guarda-costas não conseguem trabalho em Hollywood se tiverem reputação de vazar informações para a imprensa, ou para qualquer pessoa.

– O que faz aqui, Meredith?

Ethan e eu não nos conhecíamos tão bem para nos tratar pelos primeiros nomes, mas tudo bem, porque eu estava fazendo a mesma coisa com ele.

– Estamos aqui atendendo a um convite da sra. Reed, Ethan. E você? Por que está aqui?

Ele moveu um pouco os ombros, indicando que alguma coisa o incomodava, ou então que o coldre de ombro não estava servindo direito.

– Somos os guarda-costas da sra. Reed.

Sorri.

– Foi o que imaginei. Você não deve estar há muito tempo nesse serviço.

– Por que diz isso?

Meu sorriso foi crescendo.

– Você trouxe quase todos os seus seguranças para cá. Se Kane e Hart tivesse muitos contratos, nós teríamos sido avisados.

Ele franziu mais ainda a testa.

– Tenho muito mais do que quatro empregados, Meredith, e você sabe disso.

Ele pronunciou meu nome como se fosse um palavrão.

Fiz que sim com a cabeça. Eu sabia sim.

– Tem algum motivo para você nos manter aqui fora, Ethan? A sra. Reed estava muito aflita para nos ver hoje, não hoje à noite, mas agora.

Olhei para o sol descendo atrás de um bosque de eucaliptos depois de um muro distante.

– É fim de tarde, Ethan. Se nos mantiver aqui por mais tempo, será noite.

Era um exagero. Ainda tínhamos algumas horas de luz do dia, mas eu estava cansada de esperar.

– Diga o que vieram fazer aqui e talvez eu os deixe entrar – disse Ethan.

Suspirei. Estava prestes a ser direta, até para um humano. Era mais do que um encantado seria, mas não me importava. Eu queria ir embora dali, para algum lugar tranquilo, para pensar. Frost estava parado de um lado, atrás de mim e Doyle no outro lado, mas de forma a encarar os guarda-costas na escada. Rhys estava quase na frente de Max, sorrindo para ele. Max era também fã de Humphrey Bogart, quase tanto quanto Rhys. Os dois tinham passado uma longa tarde juntos, trabalhando de segurança para clientes diferentes, conversando sobre os filmes *noir*. E ficaram amigos desde então.

Kitto não olhava para o último guarda. Estava um pouco atrás de mim, mais escondido do que qualquer outra coisa. Parecia deslocado com sua bermuda curta, camiseta e tênis tamanho infantil. Tinha posto óculos escuros, mas, fora isso, podia passar como sobrinho de alguém, do tipo que em geral não é sobrinho nenhum, e sim um garoto de programa. Kitto sempre conseguia passar a impressão de que era subserviente, objeto ou vítima de alguém. Eu não tinha ideia de como ele havia sobrevivido no meio dos duendes.

Olhei para todos que tentavam nos driblar, para Ethan ali parado nos degraus como uma versão mais alta de Napoleão, e balancei a cabeça.

– Ethan, você quer saber por que a sra. Reed nos chamou, se já tinha contratado vocês. Está imaginando se todos serão substituídos.

Ele ia reclamar.

– Ethan, poupe-me disso, por favor – interrompi. – Guarde para alguém que se importa. Vou economizar todas as encenações de poder. A sra. Reed não disse exatamente por que quer nos ver, mas queria conversar comigo, não com os meus guardas, então acho que estão todos salvos, podemos concluir que ela não quer que prestemos serviço de guarda-costas.

Se Ethan franzisse mais a testa, acho que ia acabar machucado.

– Nós não prestamos apenas serviço de guarda-costas, Meredith. Somos detetives também. Para que ela precisa de você?

A parte que ele não disse *se tem a nós* pairou no ar. Dei de ombros.

– Não sei, Ethan. É verdade, eu não sei. Mas, se nos deixar entrar, podemos descobrir juntos.

As rugas da testa foram desaparecendo devagar e ele ficou com o rosto mais jovem, embora confuso.

– Isso é quase... uma gentileza da sua parte, Meredith.

Então ele fez cara de desconfiado, parecia imaginar o que eu devia estar tramando.

– Sei ser muito legal quando me dão chance, Ethan.

Max falou em voz baixa para Ethan não escutar:

– Até que ponto?

Rhys respondeu, também em voz baixa:

– Muito, muito legal.

Os dois compartilharam aquela risada masculina da qual as mulheres nunca conseguem participar, mas da qual são sempre o alvo.

– Qual é a graça? – perguntou Ethan, com a expressão azeda no lugar de novo, a voz irritada.

Max balançou a cabeça, como se não confiasse em si mesmo para falar. Foi Rhys que respondeu:

– Só jogando conversa fora para passar o tempo, sr. Kane.

– Não somos pagos para passar o tempo, somos pagos para proteger nossos clientes. – Ele olhou para todos de uma vez só. – Seríamos guardas de araque se deixássemos todos vocês entrarem, principalmente armados.

Balancei a cabeça.

– Você sabe que Doyle não me deixa ir a lugar nenhum sem guarda-costas, e sabe também que eles não vão entregar as armas.

Ethan sorriu, mas era um sorriso desagradável.

– Então não vão entrar.

De pé na entrada da casa, com meus saltos oito, embaixo daquele sol que já começava a me fazer suar, eu não queria criar confusão. E fiz o que deve ter sido a coisa menos profissional de toda a minha vida. Comecei a berrar o mais alto que pude:

– Maeve Reed, Maeve Reed, venha brincar aqui fora! Sou a princesa Meredith e comitiva. – E continuei gritando a primeira parte. – Maeve Reed, Maeve Reed, venha brincar aqui fora!

Ethan tentou algumas vezes me fazer calar com gritos, mas eu tinha feito impostação, tinha anos de discursos em público e minha voz era mais alta. Ninguém do pessoal de Ethan sabia o que fazer. Eu não estava machucando ninguém, estava apenas berrando. Cinco minutos de confusão e uma jovem abriu a porta. Era Marie, a assistente pessoal da sra. Reed. Perguntou se queríamos entrar. Sim, nós queríamos. Levamos mais uns dez minutos para passar pela porta porque Ethan queria tomar nossas armas. Marie teve de insinuar que a sra. Reed ia demitir todos eles para Ethan recuar.

Max e Rhys riam tanto que tivemos de deixá-los do lado de fora, agarrados um ao outro como um par de bêbados. Alguém, pelo menos, estava se divertindo.

8

A sala de estar de Maeve Reed era maior do que meu apartamento inteiro. Um carpete branco-sujo se estendia como um mar de baunilha pelos degraus até a sala com uma lareira suficientemente grande para assar pequenos elefantes num plano abaixo. Só o consolo da dita lareira ocupava quase toda a parede branca, com tijolos refratários vermelhos e marrons pontuando aquela brancura áspera. Um sofá branco em curva, onde cabiam vinte sentados, ficava na frente dessa lareira. Com almofadas marrons, douradas e brancas espalhadas artisticamente. Havia um ambiente com cadeiras brancas ladeando uma pequena mesa de madeira clara. Um tabuleiro de xadrez com peças enormes ficava entre as cadeiras e um abajur de pé estilo vitral Tiffany fornecia o brilho de cores na sala que, fora isso, era quase monocromática.

Um quadro ao lado da lareira ecoava as cores da cúpula do abajur, e um segundo grupo de poltronas brancas e almofadas ficava na parte mais alta da sala, do lado oposto ao da entrada. Havia uma grande árvore de Natal no meio dessas poltronas coberta de luzes brancas com enfeites dourados e prateados que deviam alegrar o ambiente, mas não alegravam. A árvore era apenas mais uma peça de decoração, sem vida, sem calor humano. Tinham puxado uma mesa para um canto para fazer lugar para a árvore de Natal e em cima dela havia duas jarras com o que parecia ser limonada e chá gelado. Mais alguns quadros espalhados pela sala, a maioria combinando com as cores do abajur. A sala berrava decorador de interiores e provavelmente não dizia nada sobre Maeve Reed, exceto que tinha dinheiro e que deixava outras pessoas decorarem sua casa. Quando a pessoa não tem uma única coisa que não combina num cômodo da casa, até a última luzinha da árvore de Natal, então isso não é real. É só para exibir.

Marie era alta, magra, usava um conjunto de calça e blusa branco-acinzentado, claro e elegante, que não combinava com sua pele morena nem com seu cabelo curto e castanho. De botas com salto alto ela ficava com pouco mais de um metro e oitenta e dois de altura. Bem alta, sorridente, devia ter vinte e poucos anos.

– A sra. Reed virá recebê-los. Alguém quer um refresco?

Ela apontou para a mesa onde estavam o chá e a limonada.

Realmente seria bom, mas havia uma regra que dizia que não aceitávamos nunca alimento ou bebida de um companheiro encantado até termos certeza de que ele ou ela não queria nos prejudicar. Não era com veneno que devíamos nos preocupar, e sim com feitiços, alguma poçãozinha misturada no suco de limão.

– Obrigada... Marie, não é? Estamos bem – disse eu.

Ela sorriu e meneou a cabeça.

– Então sentem-se, por favor. Fiquem à vontade enquanto vou avisar à sra. Reed que estão aqui.

Ela desceu os degraus com andar elegante e foi até uma passagem do outro lado da sala, que dava para um corredor branco que desaparecia nas profundezas da casa.

Olhei para Ethan e seus dois carregadores de piano. Ele tinha deixado um de seus homens do lado de fora, com Max e Rhys. Marie não ofereceu a eles nada para beber, pois imagino que não seja necessário servir aos empregados. O que suscitava a pergunta: se não íamos ser empregados dela, o que seríamos? Será que Maeve Reed realmente só queria receber em sua casa outra encantada da alta corte? Será que ela arriscaria quebrar um tabu de um século para jogar conversa fora? Eu pensava que não, mas já tinha visto membros da realeza das altas cortes cometerem tolices até maiores por motivos ainda mais fúteis.

Desci os degraus até o grande sofá em módulos. Kitto me seguiu como sombra. Olhei para trás, para os homens.

– Venham, rapazes. Vamos todos nos sentar e fingir que gostamos uns dos outros.

Passei por uns dois metros de sofá e sentei, arrumei as almofadas marrons e ouro, alisei minha saia.

Kitto se aninhou aos meus pés, embora houvesse sofá suficiente para todo mundo. Não pedi que ele se levantasse porque mesmo por trás dos óculos escuros dava para ver o nervosismo dele. A sala de estar imensa e branca devia ter engatilhado sua agorafobia. Ele sentou grudado nas minhas pernas, abraçando-as com um braço só, como se fossem seu ursinho de pelúcia.

Os homens continuaram de pé, se entreolhando, na entrada da sala.

– Cavalheiros – disse eu –, venham sentar.

– Um bom guarda-costas não descansa no trabalho – disse Ethan.

– Você sabe, Ethan, que não somos uma ameaça para a sra. Reed. Não sei de quem você a está protegendo, só sei que não é de nós.

– Eles podem se arrumar para a imprensa, mas eu sei quem eles são, Meredith – disse Ethan.

– E o que são? – A voz profunda de Doyle trovejou pela sala, ecoando nas paredes.

Ethan pulou de susto.

Tive de virar para o outro lado para esconder o riso.

– Vocês são profanos. – Ethan prolongou a última palavra, sibilando.

Olhei para todos eles. Doyle ficou encarando Ethan, de costas para mim. Não sabia o que ele estava pensando, e talvez não soubesse também, mesmo se pudesse ver seu rosto. Doyle fazia cara de paisagem melhor do que qualquer outra pessoa que conheci. Frost estava mais perto do segurança desconhecido, sua expressão era aquela máscara arrogante que usava na corte. Até o novo segurança exibia expressão neutra, exceto por um tique nervoso nos olhos. Mas Ethan, Ethan tinha um ótimo tremor raivoso nas mãos. Olhava para Doyle como se o detestasse.

– Você está só com inveja, Ethan, porque os astros maiores preferem um guerreiro encantado guardando suas costas, e não você.

– Você os enfeitiçou – disse ele.

– Eu, pessoalmente? – perguntei, com uma sobrancelha arqueada.

Ele fez um gesto furioso, apontando para os dois guerreiros. Acho que devia ter sido um gesto largo e com muita raiva, mas ele estava preocupado com a reação de Doyle.

– Foram *eles*.

– Ethan, Ethan – disse outra voz masculina do outro lado da sala. – Já disse para você que isso simplesmente não é verdade.

Vi logo que era um dos irmãos Hart. Ele estava descendo os degraus e vinha na minha direção. Só segundos depois confirmei que era Julian Hart. Jordon e Julian eram gêmeos idênticos, ambos tinham cabelo castanho cortado bem curto dos lados e deixado um pouco comprido em cima, para poderem arrepiar com gel. Muito moderno, muito atual. Os dois tinham um metro e oitenta e três de altura, eram bem bonitos, podiam ser modelos e tinham feito isso por um tempo, aos vinte e poucos anos, para juntar o capital inicial da agência de detetives. O paletó de Julian era de cetim vinho e a calça comum, mas de grife, com listras marrons e vinho. Usava mocassins pretos de verniz, sem meias, de modo que dava para ver os tornozelos bronzeados quando ele se movia elegantemente pela sala. Os olhos estavam escondidos atrás de óculos com lentes amarelas que em qualquer outra pessoa teriam brigado com a roupa. Mas em Julian pareciam perfeitos.

Ia me levantar para cumprimentá-lo, mas ele disse:

– Não, não, minha bela Merry, fique sentada, eu vou até aí.

Ele deu a volta no sofá, sempre de olho nos quatro homens parados na entrada.

– Ethan, querido, eu lhe disse inúmeras vezes que os guerreiros encantados não estão fazendo absolutamente nada para tirar nosso trabalho. Eles são apenas mais exóticos, mais bonitos do que qualquer um da nossa equipe.

Ele segurou minha mão e deu um beijo negligente, antes de cair sentado ao meu lado, com um braço nos meus ombros. E ficamos assim como um casal.

Ele falou virando a cabeça para trás:

– Você conhece Hollywood, Ethan. Qualquer astro que tenha um guerreiro de guarda-costas tem publicidade garantida. Acho que algumas pessoas estão inventando coisas só para serem escoltadas.

– Essa tem sido minha experiência – disse Frost.

O armário sem nome ao lado dele fez uma careta. Que histórias Ethan andava contando para os outros sobre os profanos?

– E quem não gostaria de ser acompanhado por você, Frost? – disse Julian.

Frost apenas olhou para ele, com os olhos cinza imóveis.

Julian deu risada e me abraçou.

– Você é a mulher mais sortuda que eu conheço, Merry. Tem certeza de que não quer dividir essa sorte comigo?

– Como vai o Adam?

Julian riu de novo.

– Adam está perrrrfeitamente maravilhoso.

Nova risada. Adam Kane era o irmão mais velho de Ethan e amante de Julian. Estavam juntos havia pelo menos cinco anos. Quando estavam em algum lugar privado, onde não eram alvo de comentários hostis de estranhos, ainda agiam como recém-casados.

Julian balançou a mão no ar para os homens.

– Venham, cavalheiros, vamos sentar.

Olhei para trás. Ninguém se mexeu.

– Doyle e Frost não vão sair dali até Ethan e o novo guarda-costas saírem.

Julian virou para trás para ficar de frente para eles.

– Frank – disse Julian – é o nosso mais novo recruta.

O homem era alto, magro e parecia muito jovem, rosto imberbe de menino. Não combinava com o nome Frank. Estava mais para Cody, talvez Josh.

– Prazer em conhecê-lo, Frank – disse eu.

Frank olhou para mim e para a cara fechada de Ethan. Acabou movendo a cabeça discretamente para me cumprimentar. Parecia não ter certeza de que ser simpático conosco ia melhorar suas chances de continuar empregado.

– Ethan, todos os sócios majoritários já discutiram a sua visão dos guerreiros encantados. Você foi voto vencido – disse Julian.

A voz de Julian tinha perdido aquela qualidade provocante, agora soava baixa e séria, impregnada de algo muito parecido com uma ameaça.

Fiquei imaginando qual seria essa ameaça. Ethan Kane era um dos sócios fundadores da firma. Dava para demitir um sócio fundador?

– Ethan, sente-se – disse Julian.

Dessa vez uma voz de comando que eu nunca tinha ouvido. Por um segundo cheguei a pensar que tinha me enganado de gêmeo. Jordon era mais afeito a recorrer à força, enquanto Julian costumava ser o diplomata brincalhão. Estudei o perfil dele e vi que não tinha me enganado. A covinha era um pouquinho mais funda no canto da boca, a maçã do rosto um pouco menos esculpida. Era Julian. O que será que andava acontecendo nos bastidores da Kane e Hart para provocar tanta aspereza na voz dele?

O que quer que fosse, bastou isso, porque Ethan começou a descer os degraus. Frank foi atrás. Doyle e Frost ficaram um tempo observando os dois, depois os seguiram pela sala. Ethan sentou no módulo mais longe de mim. Frank sentou com jeito de quem não tinha certeza se podia. Ficou a certa distância de Ethan para não incomodá-lo.

Doyle sentou ao meu lado, como Julian. Fez questão de que todos vissem que sentava ali e forçou Frost a sentar ao lado dele.

– Meredith precisa se concentrar – murmurou.

E de repente me dei conta de que ele estava me chamando de Meredith havia algum tempo. Em geral era "princesa", ou "princesa Meredith", embora tivesse me chamado de Meredith no início, assim que chegou a Los Angeles. Tinha se distanciado com a linguagem, mais ou menos ao mesmo tempo que se distanciara fisicamente.

Frost estava nitidamente insatisfeito com a distribuição dos lugares, mas duvido que qualquer outro ali tivesse notado. O leve enrijecimento dos ombros dizia muita coisa quando se sabia que livro se estava lendo. Passei muito tempo aprendendo a ler esse livro. Doyle conhecia todos os humores dos seus homens como qualquer bom líder. Kitto podia estar distraído para isso, mas era difícil saber o que o pequeno duende notava e o que não notava.

Julian ficou grudado ao meu lado, muito mais perto de mim do que Doyle, mas ele tirou a mão do meu ombro para permitir que encostasse no de Doyle. E a mão de Julian foi parar no encosto do sofá, tocando as costas de Doyle.

Julian era apaixonado por Adam, eu sabia disso, mas também sabia que não era só brincadeira quando perguntou se eu não queria dividir meus homens com ele. Talvez Adam e ele tivessem algum acordo especial, ou então podia ser que ninguém conseguisse ficar perto dos encantados sem imaginar isso. Podia ser.

Julian ficou mais tenso, mais quieto ao meu lado, parecia se concentrar em não mover demais a mão. Doyle toleraria o toque, mas não se fosse excessivo. Doyle tinha para os homens oferecidos as mesmas regras que determinava para as mulheres que davam em cima dele. Mil anos de celibato forçado tinham feito com que Doyle e muitos dos guardas criassem regras sobre toques casuais. Se não dava para completar o ato, então a provocação ficava muito semelhante à tortura. Rhys sempre teve regras diferentes, e Galen também; os dois achavam que alguma coisa era melhor do que nada.

Ethan olhou para os dois guardas e fechou mais ainda a cara. Deu uma espiada em Kitto e exibiu uma expressão de nojo.

– Qual é o seu problema, Ethan? – perguntei.

Ele piscou e olhou feio para mim.

– Apenas não gosto de monstros, por mais bonitinhos que sejam.

Julian tirou o braço do sofá e sentou mais para frente, inclinado para Ethan.

– Será que vou ter de mandar você para casa?

– Você não é meu pai... nem meu irmão.

Esse complemento ele disse com muita raiva. Será que Ethan tinha algum problema com o fato de Julian namorar o irmão dele?

Julian chegou um pouco para trás, com a cabeça de lado, como se acabasse de pensar em um dado novo.

– Não vamos comentar nossos assuntos particulares na frente de ninguém, por mais charmoso que possa parecer. Mas, se não consegue lidar direito com esse serviço, então vou chamar o Adam e vocês dois podem trocar de lugar. Ele não terá problema nenhum com o fato de Meredith estar aqui.

– Ele não tem problema com um monte de coisas – disse Ethan, e a raiva foi muito claramente dirigida ao Julian.

– Vou ligar para o Adam e dizer que você está indo para lá. – Julian tirou um pequeno telefone celular de um bolso interno do paletó.

– Eu estou no comando dessa operação, Julian. Você só está aqui para o caso de precisarmos de algum reforço mágico.

Julian suspirou e ficou olhando para o celular.

– Se está no comando, Ethan, então aja como comandante. Porque no momento está pagando mico diante dessa boa gente.

– Gente? – Ethan ficou de pé, fazendo o possível para se impor fisicamente. – Isso não é gente, eles são não humanos.

Uma voz clara e melodiosa soou atrás de Ethan:

– Ora, se é isso que pensa, sr. Kane, talvez tenha me equivocado ao contratar a sua agência.

Maeve Reed estava parada no hall de entrada, na ponta do mar de baunilha. Não parecia nada satisfeita.

9

Maeve Reed usava magia para parecer mais humana. Era alta, esguia, mas tinha quadris arredondados, que interrompiam o caimento da calça marrom. A blusa de mangas compridas era ouro-claro, abotoada até os seios, e exibia visões hipnotizantes e momentâneas de pele bronzeada e da promessa de seios pequenos e firmes. Se eu tentasse vestir algo parecido, teria me esparramado pela sala toda. Maeve tinha a constituição da maioria das top models, só que não precisava morrer de fome nem se matar de fazer exercício para ter aquela aparência.

Uma faixa estreita e marrom afastava o cabelo louro dela da testa. Era liso e comprido, até a cintura. A pele era bonita, moreno-clara. No fim das contas, os imortais não precisavam se preocupar com câncer de pele. A maquiagem era tão leve e tão bem-feita que primeiro pensei que não usava nenhuma. Os ossos do rosto eram esculturais e lindos, os olhos surpreendentemente azuis, onde qualquer um se afogava.

Ela era linda, mas de uma beleza humana. Maeve se escondia de nós. Talvez já fosse um hábito depois de tanto tempo, ou talvez tivesse seus motivos.

Julian já estava de pé para cumprimentá-la antes de Maeve chegar ao sofá. Ele murmurou alguma coisa para ela, devia estar se desculpando por Ethan e seu infeliz comentário sobre "não humanos".

Ela balançou a cabeça e seus minúsculos brincos de ouro tremeram.

– Se é assim que ele se sente realmente sobre os encantados, então acho que ficaria mais à vontade trabalhando em outro lugar.

Ethan também deu a volta no sofá.

– Não tenho problema nenhum com você, sra. Reed. Você é da Corte Abençoada, os Portadores da Beleza e dos Desejos. – Ele apontou para nós com um gesto meio dramático, eu achei. – Eles são matéria de pesadelos e deviam ser proibidos de entrar nesta casa. São um perigo para você e para todos em volta.

– Quantos contratos vocês estão perdendo para nós? – perguntei, e por algum motivo minha voz ficou reverberando no silêncio repentino.

Ethan virou para mim, provavelmente para dizer mais alguma coisa inadequada. Julian agarrou o braço dele. De onde eu estava sentada, me pareceu uma pegada bem firme. O corpo de Ethan reagiu como se tivesse sido atacado e pensei que íamos presenciar uma luta.

– Vá embora, Ethan – disse Julian, em voz baixa.

Ethan deu um puxão para se livrar de Julian. Fez uma mesura nervosa para a sra. Reed.

– Eu vou. Mas quero que entenda que eu sei que os abençoados são diferentes dos profanos.

– Eu não ponho os pés na Corte Abençoada há mais de um século, sr. Kane. Jamais serei membro dela novamente.

Ethan franziu a testa. Acho que pensava que a sra. Reed ia concordar com ele. Ele era normalmente mal-humorado e desagradável, mas não a esse ponto. Devíamos estar realmente estragando o negócio dele.

Ethan se atrapalhou com mais desculpas e saiu pisando duro. Depois que ele bateu a porta, eu disse:

– Ele é sempre assim?

Julian levantou os ombros.

– Ethan não gosta de muita gente.

– Estou me sentindo terrivelmente negligenciada aqui, Julian, sem Ethan e tudo o mais – disse Maeve.

Olhei para seu rosto sorridente e bonito. Ela parecia sincera, até seus olhos azuis-azuis faiscavam com a força daquela franqueza. Estava só se esforçando um pouco demais para ser simpática e humana. Teria sido muito mais fácil ser simpática se abandonasse o glamour que desperdiçava para parecer humanamente – em vez de não humanamente – linda.

Julian olhou de lado para mim e depois concentrou todo o seu sorriso em Maeve Reed. Do jeito dele, Julian estava pondo em funcionamento o seu feitiço também. E descobri espantada que ele tinha um glamour pessoal próprio. Podia ser mágica consciente, mas eu duvidava. A maior parte do glamour pessoal que aumenta o carisma é acidental nos humanos. Quase o tempo todo.

Observei os dois brilhando discretamente um para o outro e percebi que o feitiço não era para nós. Olhei para Frank, que estava atrás de mim. Ele olhava fixo para ela como se nunca tivesse visto uma mulher antes, pelo menos não igual a ela. Maeve Reed tentava ser charmosa de forma não humana, mas ainda humanamente linda, para seus guarda-costas, não para nós. Ela teria usado mais efeitos especiais se o espetáculo fosse para nós.

– Sra. Reed – disse Julian, dando o braço para ela e levando-a para longe de nós –, nós jamais a abandonaríamos. Além de nossa cliente, é um dos objetos mais preciosos que já me pediram para proteger. Daríamos nossas vidas por você. O que mais os homens podem fazer quando idolatram uma mulher?

Achei que ele estava exagerando um pouco, mas não conhecia Maeve Reed. Talvez ela gostasse daquele exagero de elogios.

Ela conseguiu mostrar um rubor delicado que eu sabia que era mágica, não de verdade. Senti no ar. Às vezes as mudanças físicas mais simples exigiam a magia mais forte. Ela passou o braço pelo dele e baixou a voz para que não ouvíssemos o que estava dizendo. Ah, nós poderíamos bisbilhotar, mas seria grosseiro e ela talvez sentisse o feitiço. Não queríamos criar caso com a deusa. Ainda não, pelo menos.

Eles viraram de frente para nós, ambos sorrindo, ambos charmosos, e Maeve segurava firme o braço de Julian. Alguma coisa nos olhos de Julian tentava me passar um recado, mas não consegui traduzir direito, com os óculos amarelos na frente.

– A sra. Reed me convenceu a ficar ao seu lado durante a visita de vocês. – Ele ergueu uma sobrancelha enquanto dizia isso.

E finalmente entendi o recado. A sra. Reed tinha contratado Kane e Hart para protegê-la de *nós*. Tinha medo da Corte Profana, tanto que não queria ficar sozinha conosco sem cobertura, tanto mágica quanto física. Embora sua mágica pulsasse pela casa toda, pelo terreno, pelas paredes, mesmo assim ela tinha medo de nós. Era de imaginar que os encantados não fossem tão supersticiosos, principalmente em relação a outros encantados, mas isso era bastante comum. Meu pai dizia que era resultado da ignorância em relação à cultura dos outros encantados, pois só conhecíamos a nossa. A ignorância alimenta o medo.

Havia tanta mágica dentro da casa de Maeve que praticamente desde o instante que passamos de carro pelos portões eu comecei a deixar de "ouvi-la". Essa era uma habilidade que aprendíamos quando passávamos muito tempo rodeados de magia barulhenta. Tínhamos de amortecer sua influência, senão ficávamos o tempo todo sentindo a mágica constante em volta, e ela nos debilitava para feitiços mais novos, perigos mais imediatos. Era como ser bombardeado por centenas de estações de rádio ao mesmo tempo. Se procurássemos ouvir todas elas, não ouviríamos nada.

Olhei para o rosto indecifrável e sorridente de Maeve Reed e balancei a cabeça. Virei para Doyle. Tentei perguntar com os olhos e com a expressão do rosto até que ponto eu poderia ser grosseira e humana naquele momento.

Parece que ele entendeu, porque meneou a cabeça ligeiramente. Considerei que queria dizer que eu podia ser mal-educada e humana o quanto quisesse. Torci para que ele quisesse mesmo dizer isso, porque eu já ia cometer alguns insultos mortais contra a deusa dourada de Hollywood.

10

Dei a volta no sofá para falar com a deusa. Kitto me seguiu e tive de fazer com que ele ficasse perto do sofá. Largado aos seus próprios artifícios, ele teria ficado grudado ao meu lado como um cãozinho dedicado demais.

Sorri para Maeve e Julian.

– Nem sei dizer quanta honra é conhecê-la, sra. Reed.

Estendi a mão e Maeve soltou um braço do de Julian para me cumprimentar. Ela me ofereceu apenas as pontas dos dedos; foi mais um toque do que um cumprimento. Tinha visto muitas mulheres que não sabiam apertar as mãos, mas Maeve nem tentou realmente. Talvez eu devesse segurar a mão dela e me ajoelhar, mas se ela esperava uma genuflexão, ia ter de esperar sentada. Eu tinha uma rainha e só uma rainha. Maeve Reed podia ser rainha de Hollywood, mas não era a mesma coisa.

Sabia que eu estava fazendo cara de dúvida, mas não conseguia descobrir o que acontecia por trás daquele adorável rosto dela. Precisávamos saber.

– Você realmente contratou Kane e Hart para protegê-la de nós, não foi?

Maeve fez uma cara perfeita para mim, agradável, divertida, incrédula: olhos arregalados, a boca muito bem pintada de batom aberta, formando um pequeno *o*. Era um olhar para a câmera, para uma tela que exibiria seu rosto com seis metros de altura. Era um rosto para conquistar plateias e os diretores dos estúdios.

Foi uma expressão ótima, mas nem tanto.

– Basta um simples sim ou não, sra. Reed.

– Desculpe – disse ela, com voz arrependida, rosto suave, o olhar ainda um pouco confuso.

Ela segurava o braço de Julian com força demais, o que provava que aquele teatro de espanto era mentira.

– Você contratou Kane e Hart para protegê-la de nós?

Ela deu a risada que a revista *People* tinha chamado de risada de cinco milhões de dólares, em que os olhos se apertavam, o rosto brilhava e a boca abria só um pouco.

– Que ideia estranha. Posso garantir, sra. Gentry, que não tenho medo de você.

Ela evitou uma resposta direta. Disse que não tinha medo de mim. Isso devia ser verdade, porque entre nós é um tabu mentir. Se Doyle não tivesse sugerido na van que eu fosse rude, deixaria isso passar, porque insistir teria sido mais do que rude. Seria um insulto completo e duelos tinham começado com muito menos. Mas só entre os encantados de berço se conhecia as regras. Estávamos contando com que Maeve acreditasse que eu tinha sido criada por selvagens, profanos e humanos.

– Tem medo dos meus guardas, então? – perguntei.

A risada continuava fazendo o rosto dela brilhar e os olhos cintilavam quando respondeu:

– De onde tirou essa ideia absurda?

– De você.

Ela balançou a cabeça e fez aquela cortina de cabelo amarelo deslizar em volta do corpo. A luz da risada ainda brilhava em seu rosto e os olhos estavam um pouco mais azuis. Percebi de repente que não era o brilho do riso, que devia ter se apagado, mas um tipo muito sutil de glamour. Ela provocava aquele leve brilho de propósito. E se estava brilhando, devia estar usando a mágica para tentar me persuadir a acreditar nela.

Achei estranho, porque não senti a mágica sendo usada contra mim. Em geral, quando outro encantado usa magia, nós sabemos.

Olhei para trás, para os guardas. Doyle e Frost estavam de pé, mas agora não dava para saber o que pensavam, a postura deles chegava a ser altiva. Kitto continuava parado ao lado do sofá, onde o tinha deixado. Agarrava com força de náufrago o encosto com uma mãozinha, como se tocar em qualquer coisa fosse melhor do que não encostar em nada.

Imaginei se ele sentia coisas que eu não era capaz de sentir. Apenas parte de mim era encantada. E sempre achava que perdia coisas por essa herança miscigenada. Ganhava outras coisas também, ser capaz de invocar grandes mágicas cercada por metais, por exemplo, mas para tudo que se ganha pode haver uma perda correspondente.

– Sra. Reed, vou perguntar mais uma vez, contratou Kane e Hart para se proteger dos meus guardas?

– O que eu disse para Julian e para os homens dele foi que tinha alguns fãs extremados.

Nem me dei ao trabalho de olhar para Julian para confirmar:

– Acredito que foi isso que disse para Julian, sra. Reed. Mas qual foi o verdadeiro motivo para contratá-los?

Ela olhou para mim com expressão horrorizada, fingida ou não. Então perguntou para Frost e Doyle:

– Vocês não ensinaram boas maneiras para ela?

– Ela tem as maneiras que lhe convém – disse Doyle.

Os olhos de Maeve traduziram o que me pareceu ser medo. Ela olhou de novo para mim e esse medo permaneceu no fundo daqueles olhos azuis. Ela estava com medo, sim. Muito, muito medo. Mas de quê?

– Realmente contratou Julian e seu pessoal por causa de algum fã obcecado?

– Pare com isso – sussurrou ela.

– Acredita mesmo que podemos prejudicá-la? – perguntei.

– Não – disse ela, rápido demais, demonstrando alívio de finalmente poder dar uma resposta direta.

– Então por que tem medo de nós?

– Por que está fazendo isso comigo? – perguntou ela, com todo o sofrimento de todas as donzelas que faziam essa pergunta ao namorado que as abandonava.

Fiquei com um nó na garganta. Julian parecia chocado.

– Acho que já fez perguntas suficientes, Meredith.

Balancei a cabeça.

– Não, não fiz. – Olhei bem para aqueles olhos azul-claros e disse: – Sra. Reed, não precisa se esconder de nós.

– Não sei do que você está falando.

Isso está perto demais de uma mentira – disse eu baixinho.

Os olhos dela de repente ficaram como cristal azul e notei que os via através do brilho de lágrimas. Então as lágrimas desceram lentamente pela face dourada, e quando caíram, o azul dos olhos se embaçou, mudou, continuou azul, só que tricolor, como os meus.

Havia uma faixa larga azul profundo, como safira, na borda das íris, depois um anel bem mais estreito que era cobre derretido e outro círculo fino de ouro líquido em volta do ponto preto da pupila. Mas o que distinguia os olhos dela, mesmo entre os encantados, era que o ouro e o cobre vazavam nas íris como listras de cor num grande pedaço de lápis-lazúli, de modo que faíscas metálicas brilhavam naquele círculo todo azul.

Os olhos de Maeve eram como um céu azul tempestuoso, riscado por raios coloridos.

Nos quarenta anos em que foi estrela de cinema, nenhuma câmera viu aqueles olhos. Os olhos verdadeiros. Tenho certeza de que algum agente ou diretor de estúdio deve tê-la convencido muito tempo atrás a esconder sua feição menos humana. Eu tinha escondido o que eu era e a minha aparência por apenas três anos, e isso matou partes de mim. Maeve Reed fazia isso há décadas.

Ela não encarava Julian, como se não quisesse que ele visse. Soltei a mão dela do braço dele. Ela tentou lutar comigo e eu não reagi. Apenas mantive uma leve pressão em seu pulso até ela levantar a mão por conta própria. Então segurei a mão dela entre as minhas. Ajoelhei na frente dela e encostei a mão de Maeve nos lábios. Dei um beijo levíssimo naquela mão dourada e disse:

– Você tem os olhos mais lindos que já vi, Maeve Reed.

Ela soltou a outra mão do braço de Julian e ficou parada olhando para mim, com as lágrimas escorrendo pelo rosto feito gotas de cristal. Lentamente foi apagando o resto do glamour. O bronzeado desbotou, ou mudou, até deixar de ser moreno cor de mel, e sim um dourado suave. O cabelo ficou mais claro, cada vez mais louro e acabou louro-branco. Eu não podia imaginar por que havia mudado o cabelo para o louro mais comum. As duas cores estavam bem dentro dos padrões humanos.

Segurei as duas mãos dela enquanto ela se despia de um século de mentiras e aparecia diante de mim toda brilhante. De repente pareceu haver mais cores na sala, uma lufada de flores com perfume doce, flores que cresciam a milhares de quilômetros de distância daquele lugar deserto. Ela agarrou minhas mãos como se fossem sua única âncora, como se pudesse desaparecer na luz e na doçura se eu a soltasse.

Jogou a cabeça para trás, de olhos fechados, e seu brilho dourado encheu a sala. Era um pequeno sol nascendo. Ela brilhou, chorou e segurou minhas mãos com tanta força que chegou a doer. Em algum momento descobri que eu estava chorando também e que o brilho dela provocara o meu, de modo que minha pele parecia coberta de luar.

Ela se ajoelhou ao meu lado, olhou pensativa para as minhas mãos e para as dela, um brilho apertado no outro. Maeve começou a rir de alegria, um tanto histérica.

Em meio a todo aquele riso, consegui entender as palavras que ela dizia:

– E eu... que pensava que os homens... eram o maior perigo...

Ela se inclinou de repente e apertou os lábios nos meus. Fiquei tão surpresa com o beijo que me quedei ali paralisada por um segundo. Não sei o que teria feito se ela tivesse me dado tempo para pensar, porque ela se afastou de mim de supetão e saiu correndo por onde tinha chegado.

11

Julian tinha ido atrás de Maeve e sobrou o jovem Frank parado perto da porta, perdido. Os olhos dele estavam grandes demais para o rosto pálido e assustado. Duvidava que ele já tivesse visto uma encantada com poder total.

Eu ainda estava ajoelhada, o brilho começava a sumir da minha pele, quando Doyle veio para o meu lado.

– Princesa, você está bem?

Olhei para ele e entendi que eu devia ter parecido um pouco espantada também. Sentia o calor na boca, onde os lábios dela encostaram nos meus. Era como se tivesse tomado um gole de sol primaveril.

– Princesa?

– Estou bem. – Mas minha voz saiu rouca e tive de pigarrear antes de continuar: – É que eu nunca... – Procurei as palavras. – Ela tem gosto de sol. E até este minuto eu não sabia que o sol tinha gosto de alguma coisa.

Doyle se ajoelhou ao meu lado e falou baixinho:

– É sempre difícil ser tocada pelos que dominam tais poderes dos elementos.

– Ela disse que pensava que devia temer os homens. O que quis dizer com isso?

– Pense como você estava depois de uns poucos anos aqui fora... e amplie isso por um século humano.

Senti que arregalava os olhos.

– Quer dizer que ela sentiu atração por mim. – Balancei a cabeça antes que ele pudesse dizer qualquer coisa. – Ela sente atração pela primeira encantada que encosta nela em cem anos.

– Não se subestime, Meredith, mas nunca ouvi dizer que Conchenn amava as mulheres; por isso, sim, é o contato com a carne de encantados que ela deseja.

Suspirei.

– Não posso condená-la. – E então outra ideia me ocorreu: – Você está achando que ela nos chamou para perguntar se eu estou disposta a compartilhar um de vocês com ela?

As sobrancelhas escuras de Doyle subiram além da armação dos óculos escuros.

– Eu não tinha pensado nisso. – Ele ficou em silêncio um pouco. – Suponho que é possível. – Franziu a testa. – Mas seria o cúmulo da falta de educação perguntar tal coisa. Nós não somos meramente seus amantes, e sim maridos em potencial. Não é um relacionamento casual.

– Foi você que disse, Doyle, que ela está sozinha há um século. Cem anos podem desgastar qualquer senso de boa educação.

Ouvimos um movimento atrás de nós. Viramos e vimos Frost já de pé, indo para a entrada. Era Rhys.

– O que vocês estão fazendo aqui?

– O que quer dizer? – perguntei.

Ele apontou para Doyle e para mim, ajoelhados no chão. Minha pele ainda emitia um brilho fraco, como a lembrança do luar.

Deixei Doyle me ajudar a ficar de pé. Eu estava estranhamente sem equilíbrio. Maeve me pegou desprevenida, é verdade, mas outros encantados já tinham tocado em mim muitas vezes e não fiquei tão abalada assim.

– Maeve Reed desfez seu glamour.

Rhys arregalou os olhos.

– Eu senti lá fora. Está me dizendo que tudo que ela fez foi acabar com o glamour?

Fiz que sim com a cabeça.

Ele assobiou baixinho.

– Minha Deusa...

– A questão é exatamente essa – disse Doyle.

Rhys virou para ele.

– Como assim?

– Todos nós fomos venerados no passado, mas para a maioria isso ficou muito lá atrás. Para Conchenn faz menos de trezentos anos. Ela ainda era adorada na Europa quando nos pediram para... partir.

– Então você está dizendo que ela tem mais poder porque estava sendo cultuada? – perguntou Rhys.

– Não é mais poder – disse Doyle –, é mais...

– Embalo – sugeri.

– Não estou familiarizado com esse termo – disse Doyle.

– Mais... bossa, mais comando, mais domínio. – Abanei as mãos no ar. – Não sei. Rhys sabe o que eu quero dizer.

Ele desceu os três degraus para a sala de estar.

– É, eu sei o que quer dizer. Ela tem mais energia na mágica.

Doyle acabou concordando:

– Vou aceitar isso.

Frost juntou-se a nós. Doyle olhou para ele de trás dos óculos escuros e Frost hesitou, franziu o cenho.

– Tenho de acrescentar uma explicação, capitão.

Os dois homens se mediram de alto a baixo com todo o cuidado. Eu interrompi:

– Qual é o problema de vocês dois? Se Frost tem alguma coisa a dizer, deixe que diga.

Frost continuou olhando para Doyle, parecia esperar. Finalmente Doyle moveu um pouco a cabeça, consentindo. Frost fez uma pequena mesura.

– Eu assisti a filmes na televisão de Meredith. Vi como os humanos reagem a essas estrelas de cinema. A adoração que sentem pelos atores é quase uma espécie de rito religioso.

Todos viramos para ele, mas foi Rhys que sussurrou:

– Meu Deus e minha Deusa, se alguém puder provar que ela foi adorada...

Rhys deixou a frase inacabada.

Doyle completou para ele:

– Então existiriam motivos para exilar todos nós deste país. A única coisa que nos proíbem de fazer é estimular a veneração como se fôssemos deuses.

Balancei a cabeça.

– Ela não se expôs para ser adorada como divindade. Estava apenas ganhando a vida.

Os homens pensaram nisso alguns segundos, e finalmente Doyle concordou:

– A princesa está correta segundo a lei.

– Não acho que Maeve pretendia burlar a lei – disse eu.

Ele balançou a cabeça, negando também:

– Não quis insinuar o contrário, mas, qualquer que fosse a intenção dela, acabou tirando um proveito a mais por ter sido adorada pelos humanos nesses últimos quarenta anos. Uma estrela do cinema humana não sabe como tirar vantagem desse tipo de troca de energia, mas Maeve é encantada e sabe exatamente como usar essa força.

– O que pensar então dos modelos e atores na Europa, os que têm sangue de encantado? – perguntei. – E as famílias reais da Europa? Os encantados tiveram de se casar com todas as casas reais europeias para cimentar o último grande tratado. Será que todos eles estão se aproveitando de seus admiradores humanos?

– Não posso falar por eles – disse Doyle.

– Eu arrisco um palpite – disse Rhys.

Doyle olhou de cara feia para ele e a expressão ficou bem clara mesmo atrás dos óculos escuros.

– Não somos pagos para dar palpites.

Rhys deu um largo sorriso no meio de sua barba falsa.

– Considere isso um bônus extra quando me contratar.

Doyle abaixou os óculos para Rhys ver os olhos dele.

– Ah... – disse Rhys. Então ele riu e disse: – Aposto que qualquer um que tenha sangue de encantado suficiente nas veias pode adquirir poder de toda essa adoração humana. Talvez não se deem conta disso, mas, se não fosse assim, como explicaria os reinos bem-sucedidos das casas reais com maior percentagem de sangue encantado?

Todas ainda estão ativas, enquanto que as casas que se misturaram com encantados apenas uma vez trataram o assunto como se fosse uma praga e pararam, acabaram.

Julian voltou para a sala.

– A sra. Reed pediu para esta reunião continuar lá fora, perto da piscina, a menos que alguém tenha alguma objeção incontornável para isso.

– Não vejo problema de termos essa conversa lá fora num dia tão lindo – disse eu.

– Nem eu – disse Doyle.

Os outros concordaram... todos menos Kitto, que continuava encolhido perto do sofá. Eu tive de ir até ele e segurar sua mão. Ele sussurrou:

– Lá fora vai estar muito aberto e muito claro.

Kitto tinha passado séculos dentro dos túneis escuros e apertados do mundo dos duendes. Eu sempre quis saber por que os duendes, nas histórias antigas, sempre lutavam sob um céu carregado, como se levassem a escuridão do fundo da terra com eles. Se todos se incomodassem tanto quanto Kitto com lugares abertos e com a claridade, talvez não pudessem mesmo lutar sem sua escuridão. Mas talvez fosse apenas Kitto. Eu não devia fazer essa suposição generalizada baseada em apenas um duende.

Puxei-o pela mão como se faz com uma criança.

– Você pode ficar ao meu lado. Se não suportar, Frost pode levá-lo para a van.

– Algum problema? – perguntou Julian.

– Ele tem agorafobia.

– Minha nossa... – disse Julian.

– Se ele quiser permanecer aqui em Los Angeles, tem de enfrentar isso – disse eu.

Julian abaixou um pouco a cabeça, quase uma mesura.

– Como quiser, ele é seu... empregado.

Kitto era um dos poucos guardas que não trabalhavam para a agência. Simplesmente não era feito para aquele tipo de trabalho. Eu não tinha certeza de que tipo de trabalho servia para ele, mas não era o de guarda-costas, nem de detetive. Só que não corrigi a afirmação de Julian de que ele era empregado.

– Se está certa disso? – disse Julian, em tom de pergunta.

Segurei a mão de Kitto com mais força.

– Estou.

– Então sigam-me, princesa, cavalheiros.

Ele enveredou pelo corredor por onde Maeve tinha saído e nós fomos atrás. Doyle insistiu em ir na frente, e insistiu também para Frost fechar a fila. Eu acabei no meio, com Rhys de um lado e Kitto do outro. Rhys segurou minha outra mão e tentou fazer com que eu saísse saltitando, enquanto ele cantarolava baixinho: "Vamos ver o Mágico de Oz."

12

Julian nos guiou por salas e mais salas luxuosas até chegarmos à piscina. Era azul com reflexos de luz como um espelho partido. Maeve estava sentada à sombra de um grande guarda-sol. Vestia um robe de seda branca bem justo. Deu-nos uma rápida visão de um maiô branco antes de amarrar a faixa do robe de modo que só deixava aparecer os pés bem-tratados. Ela fumava, dava baforadas furiosas e apagou o cigarro quase inteiro. Julian cumpria a nada invejável tarefa de acender os cigarros para ela com um isqueiro de ouro que ficava na pequena bandeja com a caixa de cigarros. Acendê-los não era a parte nada invejável da incumbência. O que era duro era tentar acalmar Maeve.

Ela apresentava seu glamour novamente, como uma blusa bem gasta. Ainda era linda, mas voltara a ser a estrela de cinema Maeve Reed, só que numa versão muito estressada. Ansiedade emanava dela em ondas.

Os outros guarda-costas, inclusive o jovem Frank e Max, já estavam lá em volta da piscina, com ar ameaçador. Um pouco dessa ameaça parecia dirigida a nós, mas não levamos isso para o lado pessoal, pelo menos eu não. Não tinha certeza absoluta se os meus homens também não. Mas o que quer que eles sentiam, guardavam para si.

Maeve insistiu para que todos sentássemos ao sol. Eu não sabia por que, mas podia adivinhar. Dizia a superstição que a Corte Profana não suportava a luz do sol. Era verdade que alguns reagiam sim, mas ninguém dos que estavam comigo tinha esse problema. Os olhos de Kitto eram sensíveis à luz, mas nada que não pudesse resolver com um par de óculos escuros.

Não estourei a bolha de Maeve. Era óbvio que ela ainda estava abalada, dado o gesto de cobrir o corpo inteiro com o robe de seda, e ela passara dos cigarros para a bebida enquanto nos instalávamos nas cadeiras. O álcool pelo menos não invadia meu organismo sem o meu consentimento. Por isso achei que tínhamos dado um passo à frente. Mas se Maeve ficasse bêbada, talvez eu mudasse de ideia.

Julian sentou numa cadeira bem menor, que puxou para perto da espreguiçadeira dela. Maeve insistiu para ele ficar bem perto, de modo que o ombro dele tocava no encosto da cadeira em que ela estava. O restante dos guarda-costas de Kane e Hart ficou atrás dela, como um trio de damas de companhia, só que eram três damas de companhia musculosas e bem-armadas.

Maeve também insistiu para eu ficar numa espreguiçadeira. Eu era um pouco pequena demais, como também a minha saia, para uma espreguiçadeira. Mas aceitei educadamente. Só precisava ficar atenta para não exibir demais as pernas e a calcinha. Se fosse só um grupo de encantados, não me importaria tanto, mas com mais humanos do que encantados em volta, devíamos procurar ser educados pelos padrões dos humanos. Além do mais, anos atrás eu aprendi que quando deixava um bando de humanos ver minha roupa de baixo eles tendiam a dar uma interpretação equivocada. Os machos encantados teriam aproveitado a exibição e jamais comentado a respeito.

Doyle e Frost ficaram atrás de mim como bons guarda-costas. Rhys se afastou com a assistente pessoal, Marie, para tirar o seu disfarce. Maeve ficou fascinada de ver que ele tinha usado um disfarce humano em vez de glamour para escapar da atenção da mídia.

O glamour dela devia ser melhor do que o nosso, ou então os repórteres simplesmente não a viam como qualquer outra coisa além de Maeve Reed, estrela do cinema. A palavra *glamourosa* vem da ideia do glamour dos encantados. Talvez a verdade por trás da fachada de uma estrela de cinema não fosse o que a mídia queria ver.

Kitto sentou ao meu lado numa cadeira menor, mas ficou praticamente empoleirado no braço da minha espreguiçadeira. Julian procurava manter certa distância entre Maeve e ele. Kitto fazia questão de encostar em alguma parte de mim, sempre.

Uma mulher de sessenta e poucos anos saiu da casa da piscina. Usava uniforme de empregada doméstica completo, com avental sobre a saia que já era bastante comprida e sapato apropriado para o trabalho. Ofereceu bebidas para todos, nós recusamos. Só Maeve continuou bebendo uísque, escuro como vinho. Primeiro com gelo, mas quando derretia não punha mais. Apesar de entornar uma garrafa inteira de uísque enquanto observávamos, não houve nenhuma mudança nela. Maeve era encantada, e nós, encantados, podíamos beber sem ficar nem alegrinhos, mas uma garrafa de uísque escocês era uma garrafa de uísque escocês, e eu esperava que tivesse bebido o suficiente para acalmar os nervos e que parasse por ali. Mas não parou.

– Vou pedir Coca-Cola com rum. Alguém quer alguma coisa?

– Não, obrigada – disse eu.

– Sei que os homens estão trabalhando, os seus e os meus, por isso não devem beber. Pode prejudicar seus reflexos.

Ela usou um pouco do ronronar da velha Maeve Reed na voz, pálida imitação da habitual sedução. Tudo fazia crer que não tinha se rendido completamente.

– Mas você e eu podemos nos dar esse prazer.

– Não quero nada, mas agradeço a oferta.

Ela franziu um pouco a testa entre as sobrancelhas perfeitas.

– Eu realmente odeio beber sozinha.

– Não sou muito chegada a uísque, ou rum.

– Temos uma enorme adega de vinhos. Tenho certeza de que podemos encontrar alguma coisa que seja do seu gosto.

Maeve sorriu, não o sorriso estonteante com que tinha nos recebido, mas mesmo assim um senhor sorriso. Era um sinal animador, mas balancei a cabeça.

– Sinto muito, Maeve, mas eu não bebo assim tão cedo.

– Cedo – disse ela, arqueando a sobrancelha perfeitamente depilada. – Querida, pelos padrões de Los Angeles não é cedo. Depois do almoço, beber é perfeitamente aceitável.

Eu sorri e sacudi os ombros um pouco.

– Obrigada, mas estou bem, de verdade.

Ela não gostou, mas fez sinal com a cabeça para a empregada, que partiu em direção à casa, provavelmente para pegar a bebida de Maeve.

– Eu realmente odeio beber sozinha – repetiu ela.

– Tenho certeza de que você tem um marido aqui, em algum lugar.

– Vocês vão conhecer Gordon mais tarde, depois de tratar do nosso negócio. – Dessa vez ela não foi provocante.

– E que negócio é esse? – perguntei.

– É privado.

Balancei a cabeça.

– Nós já conversamos sobre isso com seu lacaio no nosso escritório. Os meus guarda-costas vão comigo, para onde quer que eu vá. – Olhei para a muralha pessoal de músculos dela. – Tenho certeza de que entende isso.

Ela meneou a cabeça com impaciência.

– É claro que eu entendo, mas será que eles todos não poderiam apenas se afastar um pouco para podermos ter uma... conversa de mulher?

Ergui as sobrancelhas com a história de *conversa de mulher*, mas deixei passar. Olhei para Doyle e Frost.

– O que vocês acham, rapazes?

– Acho que podemos sentar à mesa na sombra enquanto você e a sra. Reed têm a sua... conversa de mulher. – Doyle conseguiu expressar muita descrença nessa última frase.

Escondi meu sorriso virando a cabeça e olhando para Kitto. Ele não ia querer ficar à sombra do guarda-sol. Nem me dei ao trabalho de perguntar.

– Doyle e Frost vão sentar à mesa, mas Kitto tem de ficar comigo.

Maeve balançou a cabeça.

– Isso não é aceitável.

Dei de ombros.

– É o melhor que vai conseguir se insiste em ficar aqui fora.

Ela inclinou a cabeça para um lado.

– Isso é muito grosseiro para uma princesa dos encantados. Na verdade, você tem sido muito grosseira, quero dizer, rude mesmo, para uma princesa do sangue.

Lutei contra a vontade de olhar para Doyle.

– Poderia dizer que fui criada entre os humanos.

– Poderia, mas eu não acreditaria. – A voz dela estava muito calma, quase com raiva. – Ninguém tão humano assim seria tão favorecida pela Senhora e pelo Senhor como você foi minutos atrás.

Ela estremeceu e puxou mais o robe em volta dos ombros. A temperatura era de vinte e seis graus, o sol era quente e suave. Se ela estava com frio, não era o tipo de frio que um robe podia esquentar.

Fiz a melhor mesura que pude, sentada na espreguiçadeira.

– Obrigada.

Ela balançou a cabeça e fez o cabelo louro e comprido deslizar pelo corpo.

– Não me agradeça, porque não vou agradecer o que fez comigo.

Já ia dizer para ela que tinha sido um acidente, mas parei. Maeve tinha usado mágica deliberadamente para me persuadir. Era um insulto grave de um nobre encantado com outro. Nunca nos impúnhamos desse jeito a outro nobre. Demonstrava claramente que ela me considerava uma encantada menor, por isso as regras de cavalheirismo dos encantados não se aplicavam a mim.

Maeve olhava para mim de um jeito curioso e entendi que eu tinha ficado tempo demais calada. Consegui exibir um sorriso.

– Os encantados especulam há séculos por que você nos deixou.

– Eu não os deixei, Meredith. Fui expulsa.

Isso, finalmente, era algo que eu queria saber.

– Seu exílio virou o bicho-papão para todos os encantados mais jovens na Corte Abençoada. "Se não agradar ao rei, vai acabar como Conchenn."

– Era isso que eles pensavam? Que fui exilada porque não estava agradando ao rei?

– Quando pressionado, é isso que o rei diz. Que você o desagradou.

Ela deu risada, e foi um riso tão cheio de escárnio que era quase doloroso ouvir.

– Imagino que não tenha agradado a ele, mas será que ninguém questionou que esse exílio tão rígido era castigo exagerado para apenas não ter agradado ao rei?

Fiz que sim com a cabeça.

– Eu soube que alguns realmente contestaram a severidade da punição. Você tinha muitos amigos na corte.

– Eu tinha aliados na corte. Ninguém tem amigos verdadeiros lá.

Concordei com isso:

– Como preferir. Então tinha muitos aliados na corte. E eu soube que eles questionaram o seu destino.

– E daí?

Havia ansiedade demais nessa pergunta. Ela parecia realmente querer saber. Eu queria dizer: *Você responde à minha pergunta, que eu respondo à sua*, mas isso era muito agressivo. Sutileza, era isso que a situação exigia. Sutileza nunca foi minha qualidade natural, mas eu tinha aprendido. Depois de um tempo.

– Eu levei uma surra porque perguntei sobre o seu destino – respondi.

Ela piscou, incrédula.

– O quê?

– Quando era criança, perguntei por que você tinha sido expulsa, e o rei, pessoalmente, me deu uma surra por ter perguntado.

Ela ficou confusa.

– Ninguém havia perguntado antes?

– Perguntavam sim – disse eu.

A expressão dela bastou para eu continuar, mas não terminei a frase. Evitei que ela invertesse o sentido das perguntas, porque eu queria saber o motivo da expulsão dela. Se tinha guardado silêncio por cem anos, eu não podia confiar que fosse quebrar esse silêncio com facilidade agora.

– Quando eu cheguei, as pessoas já tinham parado de perguntar.

– O que aconteceu com os meus aliados na corte?

Era uma pergunta bem direta e eu não podia mais fingir que não entendia.

– O rei matou Emrys – disse eu. – Depois disso, todos ficaram com medo de querer saber o porquê do seu exílio.

Era difícil dizer, mas acho que ela empalideceu por baixo daquele bronzeado dourado. Ficou com os olhos arregalados antes de abaixá-los para o colo. Ia beber um gole, mas encontrou o copo vazio.

– Nancy! – berrou ela.

A empregada apareceu, quase, mas não exatamente, por mágica. Carregava uma bandeja com um copo alto cheio de rum e um par de óculos escuros com armação branca ao lado do copo. Também levava três maiôs pendurados no braço. Todos caros, lindos e minúsculos. A maior parte da roupa de baixo que eu usava cobria mais do que aqueles maiôs, e eu tinha muita lingerie.

Pareciam maiôs comuns, mas elegantes, só que a aparência podia ser falsa. Há coisas que são feitas com as roupas de modo que o feitiço só começa a funcionar quando as vestimos. Alguns são feitiços muito perversos. Pela primeira vez fiquei imaginando não se Maeve queria entrar para a nossa corte, mas se havia alguém na Corte Abençoada que queria me matar. Será que a minha morte bastaria para acabar com o exílio dela? Só se o rei em pessoa quisesse a minha morte. Pelo que eu sabia, Taranis não gostava de mim, mas não tinha medo de mim, por isso a minha morte não devia significar nada para ele.

Maeve tinha parado de falar. Olhava fixo para a piscina, mas acho que não estava vendo. Ficou em silêncio tanto tempo que eu acabei falando:

– Para que os maiôs, sra. Reed?

– Já disse para me chamar de Maeve.

Mas ela não olhou para mim e a frase tinha uma qualidade de ensaiada, como se ela não estivesse escutando as próprias palavras.

Sorri.

– Tudo bem, para que os maiôs, Maeve?

– Pensei que você talvez quisesse ficar mais à vontade, só isso.

A voz dela ainda soava inexpressiva, como um diálogo que ela tivesse planejado ter, mas que não importava mais.

– Obrigada, mas estou bem assim.

– Tenho certeza de que posso encontrar roupa de banho para os seus cavalheiros também.

Ela finalmente olhou para mim enquanto falava, mas sua voz continuava monótona:

– Não, obrigada.

Enfatizei tanto a palavra *obrigada* que acho que ela acabou entendendo a deixa.

Maeve pôs o copo vazio na bandeja, colocou os óculos escuros e só então pegou a nova bebida. Esvaziou um quarto do copo com um longo gole e olhou para mim. Os óculos eram grandes, redondos, com armação larga e branca, e espelhados, de modo que eu via um reflexo distorcido de mim mesma quando ela movia a cabeça. Os olhos dela e grande parte do rosto estavam completamente escondidos. Agora ela não precisava de glamour. Tinha outra coisa que a escondia.

Ela puxou o robe mais para cima no pescoço e bebeu o rum preto.

– Nem Taranis ousaria mandar executar Emrys.

Ela falava em voz baixa, mas com clareza. Acho que estava tentando não acreditar em mim. Tinha ganhado bastante tempo com sua fala ensaiada dos maiôs para pensar no que eu tinha dito. Não gostou da notícia, por isso ia tentar fazer com que não fosse verdade.

– Ele não foi executado – disse eu, e mais uma vez fiquei observando Maeve, esperei que ela fizesse mais perguntas. Muitas vezes se aprendia mais dizendo menos.

Ela levantou a cabeça, desviou os olhos do copo e os óculos escuros brilharam ao sol.

– Mas você disse que Taranis mandou matá-lo.

– Não, eu disse que ele matou Emrys.

Era difícil ver por trás dos óculos enormes, mas acho que ela franziu a testa.

– Você está fazendo jogo de palavras comigo, Meredith. Emrys era um dos poucos nas cortes que eu poderia realmente chamar de amigo. Se não foi executado, foi o quê? Está insinuando que foi assassinato?

Balancei a cabeça.

– De jeito nenhum. O rei o desafiou para um duelo pessoal.

Maeve pulou como se eu tivesse batido nela e derramou um pouco de rum no robe branco. A empregada ofereceu-lhe um guardanapo de linho. Maeve entregou o copo para a mulher e começou a secar a mão, mas sem prestar atenção ao que estava fazendo.

– O rei não faz desafios pessoais. É valioso demais para a corte para arriscar-se num duelo.

Balancei os ombros e vi minha imagem me imitar nos óculos dela.

– Eu apenas transmito a notícia, não explico.

Ela pôs o guardanapo na bandeja, mas não quis pegar a bebida de novo. Inclinou o corpo para frente, ainda segurando o robe bem fechado, no pescoço e nas coxas.

– Jure para mim, seu juramento solene, que o rei matou Emrys em um duelo.

– Eu juro que isso é verdade.

Ela chegou para trás de supetão, parecia que tinha perdido toda a energia. Ainda segurava o robe, mas deu a impressão de que estava tonta.

A empregada perguntou:

– A senhora está bem? Deseja alguma coisa?

Maeve dispensou-a com um gesto fraco.

– Não, estou bem.

Respondeu às perguntas de Nancy na ordem inversa, um certo lapso, porque era óbvio que não estava nada bem.

– Então eu estava certa. – Ela disse isso com a voz muito suave.

– Certa sobre o quê? – perguntei, com a voz igualmente suave.

Cheguei até o pé da minha espreguiçadeira para ela ouvir bem o que eu dizia.

Então Maeve sorriu, mas foi um sorriso débil e nada divertido.

– Não, você não saberá o meu segredo com tanta facilidade assim.

Fiz cara de quem não estava entendendo e fui sincera:

– Não sei o que quer dizer.

A voz dela ficou mais encorpada, mais segura do que dizia:

– Por que veio até aqui hoje, Meredith?

Cheguei um pouco para trás.

– Eu vim porque você pediu.

Ela deu um suspiro longo e ruidoso e não foi afetado dessa vez, acho que só porque precisava mesmo.

– Você se arriscou a enraivecer Taranis simplesmente para visitar outra encantada? Acho que não.

– Sou herdeira do trono profano. Você pensa mesmo que Taranis se arriscaria em me fazer algum mal?

– Ele desafiou Emrys para um duelo pessoal só porque ele perguntou por que eu tinha sido expulsa. Você mesma levou uma surra por ter perguntado sobre o meu destino. Agora está aqui sentada, conversando comigo. Ele nunca acreditará que eu não contei a você o motivo do meu exílio.

– Mas você não me contou nada – disse eu, e procurei esconder a ansiedade da minha linguagem corporal, só que acho que falhei.

Ela deu outro sorriso tenso.

– Ele não vai acreditar que não revelei meu segredo para você.

– Ele pode pensar o que quiser. Qualquer coisa que faça contra mim significará uma guerra entre as cortes. Não acredito que qualquer segredo que você tenha valha isso.

Ela deu uma risada debochada de novo.

– Eu acho que o rei arriscaria uma guerra entre as cortes por isso sim.

– Muito bem, o rei pode querer arriscar uma guerra em que ele possa ficar sentado em segurança atrás das linhas de combate, mas a rainha Andais teria direito de desafiá-lo a um combate a dois. Não creio que Taranis se arriscaria a isso.

– Você é a herdeira do trono das sombras, Meredith. Não faz ideia do poder que reside na luz.

– Eu conheci a Corte Abençoada, Maeve, e concordo que quando caímos em desgraça nela ficamos com medo da luz. Mas todo mundo tem medo do escuro, Maeve, todo mundo.

– Está dizendo que o rei da Corte Abençoada tem medo da Corte Profana?

A entonação era de ultraje e incredulidade.

– Eu sei que todos na Corte Abençoada temem os sluaghs.

Maeve recostou na cadeira.

– Todos os temem, Meredith, nas duas cortes.

Ela estava certa. Se a Corte Profana era tudo que era escuro e assustador, então os sluaghs eram piores. Os sluaghs ficavam à vontade até com as coisas que os profanos temiam. Eram matéria de pesadelos, terríveis demais para imaginar.

– E quem governa os reinos dos sluaghs? – perguntei.

Maeve ficou meio indecisa, mas acabou dizendo:

– A rainha.

– Os sluaghs podem ser enviados para punir certos crimes sem julgamento ou aviso. Um desses crimes é assassinato de parente.

– Não se recorre muito a isso – disse ela.

– Mas se Taranis matasse uma herdeira da rainha, você não acha que ela ia lembrar dessa pequena lei?

– Nem Andais ousaria mandar os sluaghs contra o rei.

– E eu digo outra vez que nem o rei ousaria matar a herdeira de Andais.

– Acho que isso é engano seu, Meredith, pois ele pode ousar isso sim.

– E por esse crime Andais é capaz de soltar os sluaghs em cima dele. Mesmo o Rei da Luz e da Ilusão não teria outra saída, senão fugir deles.

Ela pegou o copo de bebida da bandeja que a empregada ainda segurava. Deu um bom gole antes de falar:

– Não acredito que o rei pensaria de forma tão clara a respeito disso. Eu... eu não seria motivo de uma guerra entre as cortes. – Ela bebeu mais um gole. – Passei todos esses anos desejando que a arrogância de Taranis fosse punida, mas não pelos sluaghs. Não desejo isso para ninguém, nem mesmo para ele.

Por ter sido eu mesma caçada pelos sluaghs, tinha de concordar que eles eram terríveis. Mas não eram tão maus assim. Os sluaghs, pelo menos, matavam você – talvez o comessem vivo –, mas, de qualquer forma, você estaria morto. Não haveria tortura, nem uma morte lenta. Havia mortes piores do que cair nas mãos dos sluaghs.

E eu sabia de uma coisa que Maeve não podia saber. O rei dos sluaghs, Sholto, Senhor do que Passa no Meio, chamado de Filho das Sombras, mas nunca diretamente, não era muito leal a Andais, aliás, nem a ninguém. Ele cumpria sua palavra, mas Andais tinha desleixado da política alguns anos, e agora dependia muito, muito mesmo da ameaça dos sluaghs. Eles eram para ser a ameaça como último recurso. Conversando com Doyle e com Frost eu aprendi que os sluaghs tinham se tornado uma arma usada em excesso. Não era para isso que serviam, e denotava uma grande fraqueza da parte de Andais o fato de ela recorrer a eles com tanta frequência.

Mas Maeve não sabia disso. Ninguém da Corte Abençoada sabia, a não ser que tivessem espiões, mas, pensando bem, deviam ter sim, só que Maeve não sabia.

– Você realmente acha que o rei ficará sabendo que nós conversamos? – perguntei.

– Não tenho certeza, mas ele é um deus, ou já foi. Tenho medo que nos descubra.

– Muito bem. Eu quero saber por que você ficou exilada, mas você também quer alguma coisa de mim. Quer uma coisa pela qual arriscaria até sua vida. O que pode ser isso, Maeve? O que pode ser tão importante assim para você?

Ela chegou o corpo para frente, ainda segurando o robe bem fechado. Inclinou-se tanto que eu pude sentir o cheiro de manteiga de cacau na pele dela e o bafo forte de rum. Ela sussurrou no meu ouvido:

– Eu quero um filho.

13

Continuei inclinada, com o ombro quase tocando em Maeve, porque não queria que ela visse meu rosto. Um filho? Ela queria um filho? Por que dizer isso para mim? Eu tinha pensado em muitas coisas que Maeve Reed podia querer. Um bebê não estava nessa lista.

Acabei tendo de olhar para ela.

– O que quer de mim, Maeve?

Era essa a questão.

Ela recostou na espreguiçadeira e se acomodou com um pequeno movimento que me fez lembrar do seu antigo jeito provocante.

– Já disse o que quero de você, Meredith.

Fiquei espantada e sem entender.

– Eu sei que disse, Maeve, mas não entendo... – Tentei de novo: – Não sei de que maneira *eu* posso ajudar.

Disse o pronome "eu" com mais ênfase porque me lembrei de uma coisa que eu tinha e que ela talvez precisasse. Eu tinha os homens.

Ela olhou em volta para eles, todos eles, seus guarda-costas inclusive.

– Você entende por que quero privacidade para essa conversa, não entende?

Havia na voz dela um pequeno traço de súplica.

Dei um suspiro. Queria ser politicamente perspicaz. Queria ser cautelosa. Mas entendia por que ela desejava privacidade. Algumas coisas estão acima da política, do seu lado, do meu lado, e uma dessas coisas é um pedido de mulher para mulher. Maeve tinha feito essa súplica, em silêncio, mas que ficara pairando no ar. Pela Deusa, eu não podia fingir ignorância.

– Está bem – disse eu.

Maeve inclinou a cabeça para um lado.

– Está bem... o quê?

– Privacidade.

Senti Doyle e Frost se aproximando às minhas costas. Eles não chegaram a se adiantar realmente, mas ficaram tão tensos que foi como se tivessem dado um pulo.

– Princesa – disse Doyle.

– Está tudo bem, Doyle. Você e o resto dos homens podem ficar sentados embaixo do guarda-sol enquanto temos aqui nossa conversa de mulher para mulher.

Maeve franziu o cenho e fez um biquinho de muxoxo com os lábios pintados de batom rosa. Estava definitivamente recuperando sua pose. Ou talvez não soubesse mais se comportar de outra forma, já que tinha passado tantos anos personificando Maeve Reed, a deusa do sexo.

– Esperava um pouco mais de privacidade, além desses poucos metros.

Sorri para ela, sem muxoxo, sem fingimento.

– Você já demonstrou que está disposta a me persuadir usando mágica. Seria burrice minha confiar totalmente em você.

O bico desapareceu e foi substituído por lábios finos, quase irados.

– E você provou que pode superar a minha mágica, Meredith. Não sou tão burra a ponto de arriscar minha sorte com uma segunda tentativa.

Mais uma vez tive certeza de que não havia vencido Maeve em mágica. O que aconteceu foi que ela lançou a mágica na minha cara metafísica e despertou com isso minhas habilidades naturais. Da minha parte, não foi intencional. Na verdade, eu não tinha cem por cento de certeza de que poderia repetir aquilo se quisesse. Mas Maeve acreditava que sim, que eu fazia aquilo deliberadamente, e eu não ia convencê-la do contrário. Que ela acreditasse que eu era maravilhosamente poderosa e paranoica. Porque eu não ia sair da vista dos meus homens de jeito nenhum. Poderosa e paranoica... era a receita da realeza.

– Meus guardas podem ficar à sombra do guarda-sol enquanto conversamos aqui. Essa é toda a privacidade que estou disposta a conceder, mesmo para essa conversa de mulheres.

– Você não confia em mim – disse ela.

– Por que deveria?

Ela sorriu.

– Não deveria mesmo. Certamente não deveria.

Maeve balançou a cabeça e bebeu um pouco de rum, depois me olhou por cima da borda do copo.

– Você recusou tudo que ofereci. Com medo de veneno ou de magia.

Fiz que sim com a cabeça.

Ela deu risada, uma explosão prazerosa de som. Eu tinha ouvido aquela mesma gargalhada nas telas do cinema mais de uma vez.

– Juro solenemente que nada aqui lhe fará mal por vontade minha.

Foi muita esperteza dela dizer isso. Significava que, se alguma coisa de ruim acontecesse comigo ali, não seria culpa dela, mas também queria dizer que eu podia sofrer alguma coisa. Tive de sorrir. Esse discurso ambíguo era típico da corte, onde se lutava até a morte para defender a própria palavra.

– Quero sua palavra de honra de que nada, ninguém, nem animal, nem seres de qualquer espécie me farão mal enquanto eu estiver aqui.

O muxoxo voltou.

– Ora, Meredith. Um juramento assim tão formal? Dou-lhe a minha palavra de que farei o melhor possível para protegê-la e garantir sua segurança.

Não aceitei e balancei a cabeça.

– A sua palavra de que nada, ninguém, nenhum animal, nem ser de qualquer espécie vai me fazer mal.

– Enquanto você estiver aqui – acrescentou ela.

Fiz que sim.

– Enquanto eu estiver aqui.

– Se você tivesse deixado de fora essa última parte, eu seria responsável por você sempre, em qualquer lugar que estivesse. – Ela estremeceu e não achei que fosse fingimento. – Você vai para a Corte Profana, e naquele lugar eu não desejo ter de garantir a sua segurança.

– Todo mundo pensa assim, Maeve. Não se sinta mal por isso.

Ela franziu a testa e mais uma vez achei que foi uma reação sincera.

– Não me sinto mal, Meredith. Não cabe a mim prover sua segurança naqueles corredores escuros e sombrios.

Dei de ombros.

– Há luz e riso na multidão sombria, assim como há escuridão e sofrimento na multidão cintilante.

– Não vou acreditar que a Corte Profana possui as maravilhas alegres que nos esperam na Corte Abençoada.

Olhei para Doyle e Frost por cima do ombro. Demoradamente. Depois virei lentamente para Maeve e deixei sua beleza preencher meus olhos.

– Ah, não sei não, Maeve, há alegrias e prazeres na corte sombria.

– Ouvi histórias da depravação que existe na corte da rainha Andais.

Eu tive de dar risada.

– Você viveu tempo demais entre os humanos para pronunciar a palavra "depravação" com tanto nojo. As delícias da carne são uma bênção que deve ser compartilhada, não uma maldição que devamos evitar.

– Como seu guarda-costas desgarrado e minha doce Marie devem saber.

Ela olhou para longe, atrás de mim, sorrindo. Rhys e Marie estavam vindo em nossa direção. Os cachos brancos de Rhys caíam soltos até a cintura. O belo rosto juvenil tinha recuperado sua frescura bem-barbeada. O tapa-olho com pérolas estava de novo no lugar. Ele sorria, satisfeito consigo mesmo, a ponto de quase gargalhar, como se tivesse ouvido uma piada inédita.

Marie vinha atrás dele. O cabelo dela estava despenteado e a blusa branca para fora da saia. Mas ela não parecia contente.

Se a insinuação de Maeve estivesse correta, Marie estaria sorrindo. Rhys tinha seus defeitos, mas não ser capaz de pôr um sorriso no rosto de uma mulher não era um deles. Não se podia realmente levá-lo muito a sério na cama, ou fora dela, como alguns dos outros guardas, mas, na cama, ele era muito divertido.

E mais uma vez fiquei em dúvida. Se ele tinha tido alguma coisa em matéria de sexo com Marie, o que eu devia sentir com isso? No fim das contas contas, ele era meu. Exclusivamente meu, por ordem da rainha.

Procurei ficar magoada, com ciúme, até de mau humor porque ele devia ter brincado de mão boba com Marie, e simplesmente não consegui. Podia ser porque eu estava dormindo com os outros homens. Talvez porque para ficar verdadeiramente com ciúme fosse preciso ter alguma pretensão de monogamia. Eu não sabia por que, mas aquilo não me incomodava mesmo. Se ele tivesse transado com ela, isso sim ia me aborrecer, porque era eu que precisava engravidar, não a assistente de alguma estrela. Fora isso, eu não me importava.

Rhys abaixou com um joelho no chão na minha frente e deixou Kitto meio sem espaço. Mas o fato de ele estar disposto a encostar no pequeno duende era um ótimo sinal. Ele aproximou minha mão dos lábios, sorrindo de orelha a orelha.

– A adorável Marie me ofereceu seus préstimos.

Ergui as sobrancelhas.

– E aí?

– E aí que teria sido indelicado da minha parte ignorar tal oferta.

Pelos padrões dos encantados, ele tinha razão.

– Ela é humana, não é encantada – disse eu.

– Está com ciúme? – perguntou ele.

Balancei a cabeça e sorri.

– Não.

Ele se levantou com um movimento ágil e leve, e plantou um beijinho no meu rosto.

– Eu sabia que você era mais encantada do que humana.

Marie estava ajoelhada diante de Maeve. Não dava para ver seu rosto, mas ela balançava a cabeça. Maeve olhou para nós com expressão aborrecida.

– Marie disse que você recusou as ofertas dela, guarda.

– Deixei bem claro que ela era adorável – disse Rhys.

– Mas não se aproveitou dela.

– Sou amante da princesa Meredith. Por que deveria procurar outras mulheres? Demonstrei para a sua assistente a atenção que ela merecia, nem mais nem menos.

O humor desapareceu do rosto dele, Rhys parecia quase zangado.

Maeve deu uns tapinhas carinhosos na mão da mulher e ordenou que ela entrasse na casa. Marie teve o cuidado de não olhar para Rhys. Acho que estava envergonhada. Talvez não fosse rejeitada com frequência, ou então Maeve podia ter garantido que ele não ia recusar.

Eu fiquei de pé.

– Já cansei das suas brincadeiras, Maeve.

Ela estendeu a mão para mim, mas estava fora do seu alcance.

– Por favor, Meredith, não pretendia ofender ninguém.

– Você mandou sua empregada seduzir meu amante. Você tentou me seduzir, não por puro desejo, mas pelo desejo de assumir o controle sobre mim.

Ela se levantou rapidamente.

– Isso não é verdade.

– Mas não nega que mandou sua empregada seduzir meu amante.

Maeve tirou os óculos escuros avantajados, para que eu visse como estava confusa. Eu podia apostar que era encenação.

– Você é da Corte Profana e está aberta a todo tipo de tentação.

Foi a minha vez de ficar confusa.

– O que a minha corte tem a ver com a história? Você insultou a mim e aos meus.

– Você é da Corte Profana – repetiu ela.

Balancei a cabeça.

– O que isso tem a ver, Maeve?

– Não quis experimentar os maiôs – disse ela com a voz suave, olhando para o chão.

– O quê? – perguntei.

– Se Marie o visse nu, saberia se o corpo dele é puro, sem contar as cicatrizes.

Fiquei mais confusa ainda.

– O que, em nome do Deus e da Deusa, você está dizendo?

– Vocês todos são da Corte Profana, Meredith. Preciso ter certeza de que não são... impuros.

– Você quer dizer deformados – disse eu, e não tentei disfarçar a raiva na voz.

Ela meneou discretamente a cabeça, confirmando.

– Por que nossos corpos, por que a aparência deles faz alguma diferença para você?

– Eu disse a você o que quero, Meredith.

Concordei e fui suficientemente gentil para não revelar o segredo dela na frente de todos, mas os deuses estavam de prova que ela não merecia essa cortesia.

– Se quem for me ajudar nesse projeto for impuro, então...

Ela meneou a cabeça para mim, querendo que eu terminasse a frase na cabeça.

Cheguei perto dela e sibilei, mais do que sussurrei:

– A criança nascerá deformada.

Nenhuma quantidade de glamour era capaz de esconder o cheiro de manteiga de cacau, de álcool e de fumaça de cigarro no cabelo e na pele dela. E tive uma súbita onda de náusea.

Afastei-me dela andando para trás, e teria caído se Rhys não me segurasse.

– O que houve? – perguntou ele.

Balancei a cabeça.

– Estou cansada de ficar aqui com esta mulher.

– Então vamos embora – disse Doyle.

Balancei a cabeça de novo.

– Ainda não.

Apertei o braço de Rhys e virei para Maeve.

– Conte-me por que foi expulsa. Conte toda a verdade aqui e agora, senão vamos embora, para nunca mais voltar.

– Se ele souber que eu contei para alguém, me mata.

– Se ele descobrir que eu estive aqui conversando com você, acha mesmo que vai esperar para saber o que você me contou?

Agora ela estava assustada. Mas eu pouco me importava.

– Conte, Maeve. Conte, senão vamos embora e você não encontrará mais ninguém fora do mundo dos encantados que possa ajudá-la.

– Meredith, por favor...

– Não – disse eu. – A grande e pura Corte Abençoada... como se acham superiores a nós... Se uma criança nasce defeituosa, eles a matam, ou matavam, até que todos vocês pararam de ter filhos. Então até os monstros passaram a ser muito valiosos. Você sabe o que acontecia com os bebês depois de um tempo, Maeve? Sabe o que acontecia com as crianças deformadas da Corte Abençoada nos últimos quatrocentos anos? Porque, não se engane, a endogamia cobra seu preço, mesmo entre os imortais.

– Eu... não sei.

– Sabe sim. Todo aquele povo inteligente e brilhante sabe. Minha própria prima foi poupada porque era metade fada. Vocês não a expulsaram porque fadas são abençoadas, não são da corte, mas são criaturas da luz. Mas quando os próprios encantados geram monstros, quando os encantados puros e brilhantes da Corte Abençoada geram deformidades, monstruosidades, aí o que acontece, para onde elas vão?

Maeve chorava lágrimas prateadas.

– Eu não sei.

– Sabe sim. Os bebês vão para a Corte Profana. Nós aceitamos os monstros, aqueles monstros que são puros abençoados. Nós os aceitamos porque recebemos a todos. Ninguém, mas ninguém mesmo, é rejeitado na Corte Profana, especialmente os minúsculos recém-nascidos cujo único crime foi nascer de pais que não sabem analisar suficientemente bem um gráfico genealógico para evitar o casamento com a merda dos próprios parentes.

Agora eu também estava chorando, mas de raiva, não de tristeza.

– Eu juro para você que Frost, Rhys e eu temos o corpo puro. Isso facilita as coisas? Ajuda alguma coisa? Se você queria simplesmente ir para a cama com os homens, não se importaria de me ver de maiô, só que se importou. Você quer um ritual de fertilidade, Maeve. Precisa de mim, e de pelo menos um homem.

Eu estava com tanta raiva que nem reparei se alguém além de Maeve tinha ouvido o que eu disse, ou tinha entendido o que eu disse. Realmente não me importava.

Empurrei Rhys e me afastei dele. Minha raiva fez com que eu cuspisse as palavras na cara dela:

– Diga por que veio para o exílio, Maeve, conte agora, senão vamos deixá-la como a encontramos. Sozinha.

Ela fez que sim com a cabeça, ainda chorando.

– Está bem, está bem, que a Deusa me proteja, mas está bem. Vou contar o que quer saber, se jurar que vai me ajudar a ter um filho.

– Você jura primeiro – disse eu.

– Eu juro que vou contar a verdade sobre o que motivou a minha expulsão da Corte Abençoada.

– E eu juro que depois que você me contar por que foi exilada da Corte Abençoada meus homens e eu faremos todo o possível para que você tenha um filho.

Ela esfregou os olhos com as palmas das mãos. Um gesto de criança. Parecia muito abalada, e fiquei imaginando se um daqueles pobres e infelizes bebês pertencia a Conchenn, deusa da beleza e da primavera. E será que o fato de ter renunciado ao único filho, que talvez pudesse ter, a assombrava? Eu esperava que sim.

14

– Há cem anos o rei do mundo encantado, Taranis, estava pronto para largar sua esposa, Conan de Cuala. Estavam juntos havia cem anos e não tinham filhos. – A voz de Maeve adotou automaticamente a entonação da contadora de histórias. – Por isso ele ia rejeitá-la.

Eu adorava uma boa história contada do jeito antigo, mas queria sair debaixo do sol e não ficar ali uma eternidade. Por isso interrompi:

– Ele realmente a descartou – disse eu.

Maeve sorriu, mas não por ter ficado contente com a interrupção.

– Ele pediu que eu ocupasse o lugar dela e fosse sua noiva. Eu recusei.

Agora ela falava só comigo, sem a entonação melodiosa. Não era tão bonita, mas uma conversa direta acabaria mais rápido.

– Isso não é motivo para ser exilada, Maeve. Pelo menos outra recusou a oferta de Taranis antes, e ela ainda faz parte do povo cintilante.

Bebi minha limonada e fiquei observando Maeve.

– Mas Edain estava apaixonada por outro. O meu motivo era diferente.

Ela não olhava para mim, nem para Kitto, nem para ninguém. Dava a impressão de que olhava para o espaço, talvez para as lembranças dentro da própria cabeça.

– Qual era o seu motivo? – perguntei.

– Conan era a segunda mulher do rei. Ele ficou cem anos com essa nova mulher e não teve filho.

– E daí?

Bebi um longo gole de limonada.

Ela bebeu um longo gole de rum e virou de novo para mim.

– Disse não para Taranis porque achava que ele era estéril. Não são as mulheres, e sim o rei que não é capaz de gerar um herdeiro.

Cuspi limonada em cima de mim e de Kitto. Ele ficou como que congelado com a limonada escorrendo pelos braços e sobre os óculos escuros.

A empregada apareceu com guardanapos. Peguei um punhado e dispensei a moça. Estávamos tendo uma conversa que ninguém mais devia ouvir. Quando consegui falar sem engasgar, e depois que Kitto e eu estávamos relativamente secos, eu disse:

– Você disse isso na cara de Taranis?

– Disse – respondeu ela.

– Você é mais corajosa do que parece.

Ou mais burra, acrescentei mentalmente.

– Ele exigiu que eu dissesse por que não aceitava ser sua mulher. Eu disse que queria ter um filho e que não acreditava que ele pudesse me dar um.

Fiquei olhando para ela, pensando nas implicações do que tinha dito.

– Se o que está dizendo é verdade, a realeza poderia exigir que o rei fizesse o maior sacrifício. Podiam impor que ele se deixasse matar participando de uma das grandes datas sagradas.

– É – disse Maeve. – Ele me expulsou aquela noite mesmo.

– Com medo de que você dissesse isso para alguém – disse eu.

– Mas com certeza não sou a única que suspeita disso – disse ela. – Adaria teve filhos com outros dois homens, mas foi estéril durante séculos com o nosso rei.

Então compreendi por que levei uma surra ao perguntar sobre Maeve. A vida do meu tio estava em jogo.

– Ele podia simplesmente abdicar do trono – disse eu.

Maeve abaixou os óculos e exibiu um olhar debochado.

– Não seja ingênua, Meredith. Não combina com você.

Concordei:

– Desculpe, você tem razão. Taranis jamais acreditaria nisso. Só aceitaria que é estéril pela força, e a única maneira de fazer isso seria expô-lo aos nobres. Para isso você teria de encontrar um modo de convencer um bom número deles para votar a seu favor.

Ela balançou a cabeça.

– Não, Meredith, não é possível que só eu suspeite disso. A morte dele recuperaria a fertilidade do nosso povo. Todo o nosso poder vem do nosso rei ou rainha. Acredito que a incapacidade de Taranis de gerar filhos tenha amaldiçoado a todos nós com a infertilidade.

– Ainda há crianças na corte – disse eu.

– Mas quantas são encantadas puro-sangue?

Pensei um pouco.

– Não sei ao certo. A maioria nasceu bem antes de mim.

– Eu sei com certeza – disse ela. Maeve inclinou-se para frente e sua linguagem corporal de repente adquiriu total seriedade, sem nenhum recurso de sedução. – Nenhuma. Todos os filhos que tivemos nos últimos seiscentos anos são mistura de sangue. Resultado de estupros durante as batalhas dos guerreiros profanos, ou são como você, bastante misturados. A mistura cria um sangue mais forte, Meredith. Nosso rei nos condenou a morrer enquanto povo porque é arrogante demais para abdicar do trono.

– Se ele desistisse do reinado por ser estéril, os nobres ainda assim poderiam exigir sua morte para garantir a fertilidade do resto.

– E fariam isso mesmo – disse Maeve –, se descobrissem que apontei para ele seu probleminha um século atrás.

Ela estava certa. Se Taranis não soubesse, simplesmente, talvez o tivessem perdoado e deixado que abdicasse do trono. Mas saber há cem anos e não fazer nada... Por isso iriam providenciar para que seu sangue fosse espalhado nos campos.

O murmúrio de vozes me fez virar para trás. Um homem recém-chegado estava batendo papo com os homens embaixo do guarda-sol. Ele virou para nós sorrindo, exibindo dentes muito brancos. O resto dele era tão doentio que o sorriso artificialmente brilhante parecia enfatizar a pele macilenta, os olhos fundos. Estava tão carcomido pela doença que levei alguns segundos para reconhecer Gordon Reed. Era o diretor que tinha levado Maeve de papéis pequenos para o estrelato. Tive uma visão súbita do corpo dele apodrecido e daqueles dentes como única coisa inteira em seu túmulo. Naquele instante soube que a visão macabra era verdadeira e que ele estava morrendo.

A questão era: será que eles sabiam?

Maeve estendeu o braço para ele. Gordon segurou a mão suave e dourada da mulher com a sua, murcha, e beijou aquela pele perfeita. Qual devia ser a sensação dele ao ver sua juventude desaparecer, seu corpo morrer, enquanto ela permanecia intocada?

Ele virou para mim, ainda segurando a mão de Maeve.

– Princesa Meredith, que bom que veio nos visitar hoje.

As palavras dele foram muito educadas, muito comuns, como se fosse apenas mais uma tarde qualquer em volta da piscina.

Maeve deu um tapinha na mão dele.

– Sente-se, Gordon.

Ela se levantou para ele se sentar na sua espreguiçadeira e se ajoelhou à beira da piscina, como Kitto tinha feito antes. Ele se sentou pesadamente e um momentâneo enrugar em volta dos olhos foi o único sinal de que sentia dor.

Maeve tirou os óculos escuros e ficou o tempo todo olhando para ele. Via o que restava do homem alto e bonito com quem tinha se casado. Olhava para ele como se todas as linhas dos ossos sob a pele emaciada fossem preciosas.

Aquele único olhar bastou. Ela o amava. Realmente o amava e ambos sabiam que ele estava morrendo.

Maeve encostou o rosto naquela mão murcha e olhou para mim com os olhos azuis bem abertos, que brilhavam um pouco demais com a luz do sol. Não era glamour, eram lágrimas.

Falou em voz baixa, mas com clareza:

– Gordon e eu queremos um filho, Meredith.

– Quanto... – Não continuei.

Não podia perguntar, não na frente dos dois.

– Quanto tempo Gordon ainda tem? – Maeve fez a pergunta por mim.

Fiz que sim com a cabeça.

– Seis... – Maeve engasgou.

Ela tentou se recompor, mas foi Gordon que respondeu:

– Seis semanas, talvez três meses, no máximo.

A voz dele era calma, de quem aceitava esse prognóstico. Ele acariciou o cabelo sedoso de Maeve.

Maeve virou o rosto para mim. Seu olhar não era de quem aceitava nada, nem de calma. Era frenético.

E agora eu sabia por que, depois de cem anos, Maeve estava disposta a correr o risco de despertar a ira de Taranis para procurar ajuda de outra encantada. Conchenn, a deusa da beleza e da primavera, não tinha mais muito tempo.

15

Já estava escuro quando voltamos para o meu apartamento. Eu devia dizer minha casa, no sentido de lar, mas não era isso. Nunca foi minha *casa*. Era um apartamento de um quarto, construído originalmente para uma pessoa. Eu nem devia ter mais alguém comigo. E estava tentando dividi-lo com outras cinco pessoas. Dizer que tínhamos falta de espaço era subestimar a situação.

Estranhamente não conversamos muito na viagem de volta para o escritório para trocar a van pelo meu carro, nem depois, na ida para o apartamento. Não sei o que estava incomodando os outros, mas ver Gordon morrendo, praticamente diante dos meus olhos, tinha amortecido o meu entusiasmo. Na verdade nem era exatamente Gordon à beira da morte, e sim o jeito que Maeve olhou para ele. Uma imortal realmente apaixonada por um mortal. Isso sempre acabava mal.

Fui abrindo caminho pelo trânsito quase automaticamente e o percurso só ganhava vida com os gritos sufocados de susto de Doyle. Ele era um bom passageiro, mas, como nunca teve carteira de motorista, não tinha opção. Em geral eu me divertia com seus ataques de pânico. Eram das poucas vezes em que o via completamente sem chão. Isso costumava ser um estranho alento.

E hoje, quando voltei para dentro das paredes cor-de-rosa da minha sala de estar, achava que nada podia me consolar. Mas eu estava enganada, como vinha acontecendo com certa frequência ultimamente.

Primeiro senti o cheiro forte de ensopado e de pão recém-saído do forno. Aquele tipo de ensopado que fica em fogo baixo, apurando o dia inteiro e só melhora. E não existe nada parecido com pão feito em casa. Depois Galen deu a volta pelo único canto da sala, da cozinha minúscula para a sala de jantar ainda mais minúscula. Normalmente o sorriso de Galen era a primeira coisa que eu via. Ele tinha um sorriso maravilhoso. Ou talvez o cabelo verde-claro com cachos logo abaixo das orelhas. Esta noite notei a roupa dele. Estava sem camisa. Só com um avental branco rendado, tão fino que dava para ver a pele mais escura dos mamilos, o tufo de cabelo verde mais escuro que decorava o peito, a linha fina de pelos que partia do umbigo e desaparecia na calça jeans dele.

Ele ficou de costas para mim para arrumar a mesa e a sua pele era perfeita, branco-perolada, com um leve tom esverdeado. As alças transparentes do avental não escondiam quase nada das costas musculosas e dos ombros largos, nem do comprimento perfeito dos braços. A única trança estreita de cabelo que ainda passava da cintura coleava sobre a pele dele como uma carícia.

Não percebi que tinha parado logo depois da porta até Rhys falar:

– Se entrar um pouco mais na sala, o resto de nós poderá passar.

Senti minha pele arder quando fiquei ruborizada. Mas me adiantei e deixei os outros passarem por mim.

Galen continuou indo e vindo da cozinha, como se não tivesse notado a minha reação, e talvez não tivesse notado mesmo. Com Galen às vezes era difícil saber. Parecia nunca se dar conta de como era lindo. O que, aliás, podia até ser parte do charme dele. Humildade era uma qualidade muito rara num nobre encantado.

– O ensopado está pronto, mas o pão precisa esfriar um pouco antes de cortar.

Ele voltou para a cozinha sem prestar atenção em nenhum de nós.

Houve um tempo em que eu teria dado e recebido um beijo dele. Mas havia um pequeno problema. Galen tinha ficado ferido durante um dos castigos da corte logo antes do Samhain, o Dia das Bruxas. Eu ainda via a cena: Galen acorrentado à rocha, com o corpo quase invisível sob as asas de borboleta das semifadas que adejavam lentamente. Pareciam borboletas de verdade à beira de uma poça, bebendo, movendo as asas bem devagar, ao ritmo dos goles. Mas não estavam bebendo água, elas bebiam o sangue dele. Junto com o sangue, tinham arrancado pedaços da carne dele, e, por algum motivo que só Cel conhecia, ele tinha ordenado que se concentrassem especialmente no pênis de Galen.

Cel tinha se assegurado de que eu não pudesse levar Galen para a minha cama até ele sarar. Mas Galen era encantado e os encantados ficavam curados em poucos minutos, o corpo deles absorvia as feridas como flores desabrochando ao contrário. Cada pequena mordida tinha desaparecido naquela pele perfeita, exceto os ferimentos no pênis. E ele ficou, para todos os efeitos, castrado.

Procuramos todos os curandeiros que pudemos encontrar, tanto os médicos como os médiuns. Os médicos ficaram atônitos. Os bruxos só conseguiram dizer que era alguma magia. Os bruxos do século XXI não gostavam de usar o termo *maldição*.

Ninguém rogava maldições. Eram muito prejudiciais para o nosso carma. Rogamos uma maldição e ela sempre volta para nós. Não podemos fazer jamais uma mágica realmente perversa, do tipo que tem como objetivo apenas destruir, sem pagar um preço por isso. Ninguém escapa dessa regra, nem mesmo os imortais. É por isso que a verdadeira maldição é tão rara.

Fiquei observando Galen atarefado na cozinha com seu avental transparente, tomando cuidado para não olhar para mim, e senti uma dor no coração.

Fui até ele, abracei sua cintura, apertei meu corpo contra o calor das costas dele. Ele ficou imóvel com meu carinho, depois deslizou as mãos lentamente pelos meus braços. Segurou-os em volta do corpo. Esfreguei o rosto na maciez quente das costas dele. Era o mais parecido com um abraço que recebi dele em semanas. Galen achava qualquer interação um sofrimento, de mais de uma maneira.

Ele começou a se afastar, mas eu o segurei firme. Ele podia usar a força para me empurrar, mas não fez isso. Apenas ficou parado e soltou os meus braços.

– Merry, por favor – disse ele com voz suave.

– Não – disse eu, apertando seu corpo contra o meu. – Deixe-me falar com a rainha Niceven.

Ele balançou a cabeça, o que fez sua trança roçar no meu rosto. O perfume do cabelo dele era doce e cheirava a limpeza. Lembrei de quando o cabelo dele caía até os joelhos, como a maioria dos encantados da alta corte. Lamentei quando ele o cortou.

– Não deixarei que fique devendo nada para aquela criatura – disse Galen, e a voz dele soou solene, o que não era do seu feitio.

– Por favor, Galen, por favor.

– Não, Merry, não.

Ele tentou me empurrar de novo, mas eu não o larguei.

– E se não existir cura sem a ajuda de Niceven?

Ele pôs as mãos nos meus braços, não para acariciar dessa vez, mas para abri-los e poder se soltar. Galen era um guerreiro encantado, capaz de abrir buracos nas paredes de um prédio com os punhos. Eu não poderia abraçá-lo se ele não quisesse ser abraçado.

Ele foi para a saída da estreita cozinha, fora do meu alcance. Não olhou para mim com seus olhos verde-claros. Estava vendo a pintura na parede da sala de jantar: um quadro com borboletas num capinzal. As borboletas faziam lembrar as semifadas, ou será que ele estava mesmo vendo o quadro? Será que achava melhor olhar para qualquer outra coisa que não fosse para mim?

Eu sempre implorava a permissão de Galen para procurar a rainha Niceven e descobrir o que tinha feito com ele. Galen me proibiu. Não queria que eu ficasse em dívida com ela só para ajudá-lo. Eu tentei suplicar, chorar, coisas que acho que teriam funcionado com qualquer outra pessoa, mas ele se manteve firme. Não queria ser responsável pelo meu endividamento com Niceven e suas semifadas.

Continuei parada, olhando para aquele corpo lindo que eu amava desde criança. Galen foi minha primeira paixão. Se ele sarasse, poderíamos apagar o fogo que havia entre nós desde a minha puberdade.

E de repente descobri que a maneira que eu lidava com aquilo era totalmente errada. Kitto tinha me contado que Doyle achava que eu só treparia com todo mundo e não usaria o poder que conquistei. Ele não se referia apenas aos duendes. Eu era ou não era a futura rainha dos profanos? Se era para ser rainha, por que tinha de pedir permissão de alguém para fazer qualquer coisa? As dívidas que eu assumia não eram da conta de Galen. Não mesmo.

Dei meia-volta e fui para a sala. Os outros nos observavam. Se fossem humanos, fingiriam não olhar, estariam lendo revistas ou parecendo ler, mas acontece que eram encantados. Quando fazíamos alguma coisa na frente dos encantados, eles olhavam. Se quiséssemos privacidade, não faríamos nada onde eles pudessem nos ver. Essa era a nossa cultura.

Kitto era o único que faltava, mas eu sabia onde ele estava. Na sua cama de cachorro grande, acolchoada. Era como uma pequena tenda, aconchegante. Eu sentava no canto da sala de estar de forma que ele pudesse assistir à televisão, que era uma das poucas maravilhas tecnológicas que Kitto gostava.

– Doyle – disse eu.

– Sim, princesa – respondeu ele com a voz inexpressiva.

– Entre em contato com a rainha Niceven para mim.

Ele apenas abaixou a cabeça e virou na direção do quarto. Lá eu tinha o maior espelho do apartamento. Ele ia tentar chamar a semifada primeiro pelo espelho, como fazia com outro encantado. Podia funcionar, ou não. As semifadas não ficavam muito tempo dentro de seus montes. Gostavam do ar livre. Se não estivessem diante de alguma superfície com reflexo, o feitiço do espelho não ia dar certo. Havia outros feitiços que ele podia tentar, mas Doyle ia começar pelo espelho. Talvez tivéssemos sorte de pegar a pequena rainha voando perto de uma poça de água parada.

– Não – disse Galen.

Ele deu dois passos rápidos não na minha direção, mas na de Doyle. Agarrou o braço do outro guarda.

– Não, eu não vou deixar que ela faça isso.

Doyle encarou Galen um segundo, e Galen nem piscou. Eu já tinha visto deuses se encolhendo diante daquele olhar de Doyle. Ou Galen era mais corajoso do que eu pensava, ou então mais burro. Podia apostar que era a segunda hipótese. Galen simplesmente não entendia nada de política, pessoal ou coletiva. Ele agarraria o braço de Doyle para impedir que o outro saísse da sala, embora isso pudesse significar um duelo entre os dois. Eu tinha visto Doyle lutar, e também vira Galen. Sabia quem ia vencer, mas Galen não pensava. Ele apenas reagia, e essa era, logicamente, sua maior fraqueza. Por isso meu pai me entregou para outro. Galen não tinha talento para sobreviver à intriga da corte.

Mas Doyle não ficou ofendido. Desviou o olhar de Galen para mim. Ergueu uma sobrancelha, perguntando o que fazer.

– Você age como se já fosse rei, Galen – disse eu, e soou áspero até para mim, porque eu sabia que ele não estava pensando nisso.

Mas eu tinha de controlá-lo antes de Doyle agir. Era eu que devia comandar ali, não Doyle.

A cara de espanto de Galen quando virou para mim era tão sincera, tão Galen... Praticamente qualquer outro dos Corvos da Rainha teria sido capaz de esconder aquela expressão melhor do que ele. As emoções de Galen ficavam sempre estampadas no seu rosto.

– Não sei o que quer dizer.

E provavelmente não sabia mesmo.

Suspirei.

– Dei uma ordem para um dos meus guardas e você o impediu de obedecer a essa ordem. Quem além de um rei estaria acima das ordens de uma princesa?

Galen ficou confuso e soltou devagar o braço de Doyle.

– Não era essa a minha intenção.

A voz dele soou muito jovem e insegura. Ele era setenta anos mais velho do que eu, mas politicamente ainda era uma criança, seria sempre assim. Parte do charme de Galen era sua inocência. E também era um dos seus defeitos mais perigosos.

– Faça o que eu mandei, Doyle.

Doyle fez a mesura mais pronunciada e cortês de todas que tinha feito para mim. Então foi para o quarto onde estava o espelho.

Galen ficou olhando para ele e depois virou para mim.

– Merry, por favor, não se submeta ao poder daquela criatura por minha causa.

Balancei a cabeça.

– Galen, adoro você, mas não existe ninguém mais incompetente politicamente.

Ele franziu a testa.

– O que quer dizer com isso?

– Quero dizer, meu querido, que vou negociar com Niceven. Se o que ela pedir for um preço muito alto, não vou pagar. Mas confie em mim para cuidar disso. Não farei nenhuma burrice, Galen.

Ele não se conformou.

– Não gosto disso. Você não sabe no que Niceven se transformou desde que a rainha Andais começou a perder seu poder na corte.

– Se Andais negligenciar seu poder, os outros correrão para tomá-lo. Eu sei disso, Galen.

– Como? Como sabe, se esteve fora enquanto isso tudo acontecia?

Suspirei de novo.

– Se o poder de Andais lhe escapou a ponto de o seu próprio filho, Cel, conspirar perto dela, se o poder dela se deteriorou a ponto de os sluaghs serem usados para policiar sua corte, em vez de fazerem o papel da última ameaça, que é o que deviam ser, então todos devem estar se engalfinhando para catar os pedaços. E farão de tudo para ficar com os pedaços que conseguirem pegar.

Galen olhou para mim sem compreender.

– É exatamente isso que está acontecendo há três anos, mas você não estava lá. Como é que... – Ele fez cara de espanto e então concluiu: – Você tinha um espião.

– Não, Galen, não tinha espião nenhum. Não preciso estar lá para saber o que a corte vai fazer se a rainha fraquejar. A natureza abomina o vácuo, Galen.

Ele continuou sem entender. Galen não desejava o poder, não tinha ambições políticas. Era como uma parte que estivesse faltando nele. E porque não tinha isso, não entendia nos outros. Eu sempre soube que ele era assim, mas nunca percebi o quão profunda era essa incapacidade de compreender. Ele não podia conceber que eu enxergasse todo o quebra-cabeça sem ter visto todas as peças primeiro. Como ele mesmo não conseguiria fazer isso, não entendia que alguém o fizesse.

Sorri, um sorriso triste. Fui até ele, toquei no seu rosto com as pontas dos dedos. Precisava tocar nele para saber que era real. Como se finalmente eu descobrisse que o problema dele era muito profundo, e, sabendo disso, tivesse a impressão de que nunca o conheci de verdade.

O rosto dele estava quente e real, como sempre.

– Galen, eu vou negociar com Niceven. Vou fazer isso porque deixar um dos meus guardas tão incapacitado assim é um insulto para mim e para todos nós. As semifadas não deviam poder castrar um guerreiro encantado.

Ele fez uma careta e virou para o lado. Toquei no queixo dele e fiz com que olhasse de novo para mim.

– E eu desejo você, Galen. Como uma mulher deseja um homem. Não vou hipotecar meu reino para curá-lo, mas farei o melhor possível para vê-lo inteiro.

Um certo rubor subiu pelo rosto dele e escureceu o esverdeado da pele, de modo que ficou quase cor de laranja, em vez de vermelho.

– Merry, eu não...

Encostei os dedos nos lábios dele.

– Não, Galen, eu vou fazer isso e você não vai me impedir, porque sou a princesa. Eu sou a herdeira do trono, não você. Você é meu guarda e não o contrário. Acho que esqueci disso por um tempo, mas não vou mais esquecer.

Ele parecia muito preocupado. Tirou minha mão dos seus lábios e a virou com a palma para cima. Deu um beijo delicado e demorado que me fez estremecer.

Ele era tão incapaz na política que torná-lo rei seria quase uma sentença de morte. Seria desastroso não só para Galen pessoalmente, mas para a corte e para mim também. Não, não podia ter Galen como rei, mas eu podia ter Galen. Por um breve tempo, enquanto não encontrasse meu verdadeiro rei, eu podia ter Galen na minha cama. Podia apagar o fogo que ardia entre nós, apagá-lo com a carne dos nossos corpos. Quando ele abaixou a mão que tinha beijado, o olhar naqueles olhos verdes bastou para eu ter vontade de hipotecar meu reino. Não ia fazer isso, claro, mas faria muita coisa para ter aqueles olhos me vendo deitada embaixo dele.

Dei um beijinho nas costas da mão dele, porque não confiava mais em mim para fazer qualquer outra coisa.

– Vá lá terminar de arrumar a mesa. Acho que o pão já deve ter esfriado.

Ele sorriu aquele seu antigo sorriso.

– Não sei... parece bem quente daqui.

Balancei a cabeça e o empurrei, rindo um pouco, até a cozinha. Talvez eu pudesse manter Galen como o amante real, ou o que quer que fosse o equivalente masculino. Os encantados estão por aqui há alguns milênios e certamente devia haver algum precedente na corte, devia haver um amante real em toda aquela história.

16

Durante o jantar, conversamos sobre o que íamos fazer quando Niceven se comunicasse conosco. Doyle deixou um recado para ela saber quem a procurava. Ele tinha certeza de que ela ficaria bastante intrigada, que ligaria de volta e de que saberia o que nós queríamos.

– Niceven já previa essa chamada. Ela tem um plano. Não sei que plano será esse, só que tem um.

Doyle estava sentado à minha direita, de modo que seu corpo me protegia da janela. Tinha pedido para eu fechar as cortinas, mas deixou a janela meio aberta para que a brisa entrasse.

Era dezembro na Califórnia e o vento que entrava pela janela estava deliciosamente frio, como o fim da primavera, até mesmo início de verão em Illinois. Não dava a mínima sensação de frio, nem de inverno.

– Ela é um animal – disse Galen, empurrando a cadeira para trás.

Ele levou seu prato de sobremesa para a pia e passou água nele, de costas para nós.

– Não subestime as semifadas pelo que fizeram com você, Galen. Elas usaram os dentes por prazer, não porque não usem espadas – disse Doyle.

– Uma espada do tamanho de um alfinete – disse Rhys – que não representa uma grande ameaça.

– Dê-me uma lâmina do tamanho de um alfinete que eu consigo matar um homem – disse Doyle, suavemente, com sua voz profunda.

– É, mas você é a Escuridão da Rainha – disse Rhys. – Você estudou todas as armas conhecidas dos homens e dos imortais. Duvido que a equipe de Niceven tenha sido tão laboriosa assim.

Doyle ficou olhando fixo para o homem de cabelo branco diante dele.

– E se fosse a sua única arma, Rhys, não ia descobrir como usá-la contra o seu inimigo?

– Os encantados não são inimigos das semifadas – disse ele.

– As semifadas, como os duendes, são toleradas, e por pouco nas cortes. E as encantadas diminutas não possuem a reputação de ferocidade dos duendes para protegê-las das atiradeiras e flechas perdidas.

À menção dos duendes tornou difícil não olhar para Kitto. Ele não estava sentado à mesa, e sim encolhido embaixo dela. Tinha comido seu ensopado e depois arrastou-se para sua cama avantajada de cachorro. Parecia abalado pela tarde à beira da piscina de Maeve Reed. Sol e ar livre demais para um duende.

– Ninguém faz mal a uma semifada – disse Frost. – São as espiãs da rainha. Uma borboleta, uma mariposa, um passarinho bem pequeno, todos podem ser semifadas. O glamour delas passa quase despercebido, até para os melhores de nós.

Doyle fez que sim com a cabeça, com a boca cheia de ensopado. Bebeu um gole de vinho tinto e depois disse:

– Tudo que você diz é verdade, mas as semifadas já foram um dia muito mais respeitadas nas cortes. Não eram apenas espiãs, mas verdadeiras aliadas.

– Com os pequeninos disse Rhys. – Por quê?

– Se as semifadas deixarem a Corte Profana, o que resta do mundo encantado tende a desaparecer – respondi.

– Isso é história da carochinha – disse Rhys. – É como dizer que se os corvos saírem da Torre de Londres a Grã-Bretanha também cai. O Império Britânico já caiu, no entanto ainda cortam as pontas das asas dos pobres corvos e os entopem de comida. Os danados são do tamanho de perus pequenos.

– Dizem que, para onde as semifadas vão, vai também o mundo encantado – disse Doyle.

– O que isso quer dizer? – perguntou Rhys.

– Meu pai dizia que as semifadas são as mais próximas da origem do mundo encantado, a própria matéria que nos torna diferentes dos humanos. As semifadas são sua magia, mais do que o resto de nós.

Elas não podem ser expulsas do mundo encantado porque ele as segue para onde forem.

Galen encostou na bancada da cozinha, de braços cruzados sobre seu peito, agora nu. Tinha tirado o avental, creio que para evitar o constrangimento. Não sei por que o peito descoberto não era tão atraente como o que aparecia sob todo aquele tecido transparente, mas eu não estava conseguindo comer ali sentada diante dele com aquele avental. A segunda vez que errei a minha boca com uma garfada de ensopado, Doyle pediu para ele tirar o avental.

– Isso não funciona para o resto dos encantados menores. A regra diz que quanto menor você for, mais dependerá dos encantados e é mais provável que morra quando longe do mundo encantado. Meu pai era um elfo. Por isso sei do que estou falando – disse Galen.

– Um elfo de que tamanho? – perguntou Rhys.

Galen sorriu.

– Suficientemente grande.

– Há muitos tipos diferentes de elfos – disse Frost, sem entender a piada, ou ignorando.

Eu gostava do Frost, só que o senso de humor não era sua melhor qualidade. Mas uma mulher nem sempre precisa dar risada.

– Nunca conheci outro elfo que não fosse membro da Corte Abençoada – disse Rhys. – Você chegou a saber o que seu pai fez para merecer o exílio de Taranis e sua gangue?

– Só você mesmo para se referir ao povo cintilante como Taranis e sua gangue – disse Doyle.

Rhys sacudiu os ombros, deu um largo sorriso e perguntou:

– O que seu pai fez?

O sorriso diminuiu, depois cresceu, no rosto de Galen.

– Meus tios dizem que meu pai seduziu uma das amantes do rei.

O sorriso desapareceu de novo. Galen não chegou a conhecer o pai porque Andais mandou executá-lo pela audácia de seduzir uma de suas damas de companhia. Jamais teria feito isso se soubesse que havia um filho a caminho. Na verdade o elfo seria promovido a uma nobre patente e teria havido o casamento. Já tinha acontecido com misturas mais estranhas. Mas por temperamento Andais era rápida demais nas penas de morte, e assim Galen jamais conheceu o pai.

Se houvesse algum humano na sala, teria se desculpado por trazer à baila assunto tão doloroso, mas não havia nenhum e nós não nos incomodamos. Se Galen estava sofrendo, diria alguma coisa, e cuidaríamos disso. Ele não pediu e nós não nos metemos.

– Trate Niceven como rainha, como uma igual. Ela ficará satisfeita, e isso ajudará a fazê-la baixar a guarda – disse Doyle.

– Ela é uma semifada. Não pode ser comparada com uma princesa encantada.

Quem disse isso foi Frost, sentado do outro lado, na cadeira vazia que era de Galen. O belo rosto tinha um ar muito sério e bastante arrogante, como eu nunca vi.

– Minha bisavó era fada, Frost – disse eu, com voz bem suave, para ele não pensar que chamava sua atenção.

Ele não reagiu bem. Frost parecia não se incomodar com muita coisa, mas eu já sabia que ele era o guarda que se magoava com mais facilidade.

– Uma fada é um membro útil para o mundo encantado. Elas têm uma história longa e respeitada. As semifadas são parasitas. Concordo com Galen, são animais.

Fiquei imaginando o que mais Frost diria sobre isso. Que outros membros do mundo encantado ele expulsaria?

– Nada é redundante no mundo encantado – disse Doyle. – Tudo tem seu lugar e seu propósito.

– E qual é o propósito das semifadas? – perguntou Frost.

– Acredito que elas são a essência do mundo encantado. Se elas partissem, a Corte Profana ia começar a se apagar ainda mais depressa do que já está se apagando.

Concordei balançando a cabeça e me levantei para levar meu prato para a pia.

– Meu pai acreditava nisso também, e quase tudo que ele dizia tenho comprovado ser verdadeiro.

– Essus era um homem muito sábio – disse Doyle.

– Era sim – disse eu.

Galen pegou o prato da minha mão.

– Pode deixar que eu lavo.

– Você fez o jantar. Não devia ter de lavar os pratos também.

– No momento estou servindo para pouco mais do que isso.

Ele sorriu quando disse isso, mas o riso não chegou aos olhos.

Deixei Galen pegar o prato para poder tocar no rosto dele com as duas mãos.

– Farei tudo que puder, Galen – disse eu.

– É disso que tenho medo – disse ele baixinho. – Não quero que fique devendo nada para Niceven, não por mim. Isso não é motivo bastante para dever qualquer coisa para aquela criatura.

Franzi a testa e virei para os outros.

– Por que chamá-la de criatura? Não me lembro de a reputação das semifadas estar tão ruim antes da minha partida da corte.

– A corte de Niceven transformou-se em mais do que apenas garotos de recado da rainha, ou de Cel. Não se pode exigir respeito quando nos reduzimos a nada além de uma ameaça.

– Não estou entendendo. Que ameaça? Vocês todos estavam dizendo que as semifadas não eram ameaça alguma.

– Eu não disse isso – respondeu Doyle –, mas o que as semifadas fizeram com Galen não foi a primeira vez, só que com ele foi mais... sério. Nunca vi arrancarem tanta carne.

Galen virou de costas e se ocupou da limpeza da pia, passou água nos pratos e os arrumou na lava-louças. Parecia fazer mais barulho do que era necessário, como se não quisesse mais ouvir aquela conversa.

– Você sabe que quem irrita a rainha pode ser mandado para o Salão da Mortalidade, para ser torturado por Ezequiel e seus bonés vermelhos.

– Sei.

– Agora ela às vezes ameaça nos entregar às semifadas. E de fato a corte de Niceven, que um dia já foi uma corte de encantados com todo o respeito e as cerimônias de qualquer corte, está reduzida a assombrações que são invocadas da escuridão para atormentar os outros.

– Os sluaghs não são meramente assombrações – disse eu – e têm uma corte, com costumes próprios. Por mil anos eles foram uma das maiores ameaças do arsenal dos profanos.

– Muito mais tempo do que apenas mil anos – disse Doyle.

– Mas continuam sendo uma ameaça, preservaram seus costumes e seu poder.

– Os sluaghs são o que sobrou da Corte Profana original. Eram profanos antes de existir tal nome. Não foram eles que se juntaram a nós, fomos nós que nos unimos a eles. Só que muito poucos de nós lembram disso hoje em dia, ou admitem lembrar.

Frost deu sua opinião:

– Fico do lado dos que dizem que os sluaghs são a essência da Corte Profana, e que se forem embora, nós desaparecemos. São eles, e não as semifadas, que detêm nosso poder mais primitivo.

– Ninguém sabe ao certo – disse Doyle.

– E eu acho que a rainha não vai querer correr o risco de descobrir – disse Rhys.

– É, não vai – disse Doyle.

– Então podemos concluir que as semifadas estão em posição similar à dos sluaghs – disse eu.

Doyle olhou para mim.

– Explique.

O peso repentino daquele olhar sombrio me deu vontade de me encolher, mas resisti. Não era mais criança para ter medo do homem negro e alto que ficava ao lado da minha tia.

– A rainha seria capaz de quase qualquer coisa para manter os sluaghs do seu lado e ao seu comando, mas não podemos dizer o mesmo das semifadas? Se ela realmente teme que a Corte Profana se deteriore mais rápido ainda, caso as semifadas se afastem, não acha que fará quase qualquer coisa para mantê-las na corte dela?

Doyle ficou só olhando para mim por um tempo que pareceu muito longo, e depois piscou demoradamente.

– Pode ser – disse ele, inclinando o corpo para o meu lado, com as mãos espalmadas na mesa. – Galen e Frost têm razão em uma coisa. Niceven não reage como um encantado. Está acostumada a obedecer às ordens de outra rainha, de fato ela passou sua autoridade real para outra monarca. Precisamos fazê-la pensar em você dessa maneira, Meredith.

– O que quer dizer? – perguntei.

– Temos de lembrar a ela de todas as maneiras que você é herdeira de Andais.

– Continuo sem entender.

– Quando Cel se comunica com as semifadas, é como o filho da rainha. Os pedidos dele costumam ser sanguinários, por vezes mais do que os da mãe. Mas você vai pedir uma cura, vai pedir ajuda. Isso nos coloca automaticamente numa posição de fraqueza, pois pedimos uma gentileza de Niceven e temos pouco poder para oferecer em troca.

– Tudo bem, isso eu entendi, mas o que podemos fazer?

– Apareça na cama com seus homens. Ponha todos nós à sua volta para produzir esse efeito, como a rainha faria. É uma forma de parecer poderosa, pois Niceven tem inveja da rainha com seu harém de homens.

– Niceven não tem semifadas ao seu dispor?

– Não. Ela teve três filhos com um macho e ele é o rei. Ela não pode se livrar dele.

– Eu não sabia que Niceven tinha um rei – disse Rhys.

– Pouca gente sabe. Ele é rei apenas no nome.

A ideia não era a conversa leve que devia ser. Ir para a cama com todos os guardas era ótimo. Mas ser forçada a se casar com um deles, simplesmente por ter um filho com ele... E se o pai fosse alguém que eu não respeitasse? Pensar no gentil Nicca amarrado a mim para sempre era assustador. Ele era adorável de se ver, mas não tinha poder nem força suficientes para me ajudar como rei. Na verdade era mais provável que ele acabasse se transformando numa vítima, em vez de ajudante. Foi então que lembrei:

– O Nicca ainda está trabalhando de guarda-costas?

– Está – disse Doyle. – Ele assumiu o lugar de Frost.

– O que foi que a cliente achou de trocar de guarda no meio do contrato?

Doyle olhou para Frost. Frost deu de ombros.

– Ela não corre perigo real. Quer apenas um guerreiro encantado de braços dados com ela para se exibir e mostrar que é uma estrela. Para ela, um guerreiro encantado é muito parecido com outro.

– Quantos teremos de incluir no show para Niceven? – perguntei.

– Quantos você quiser, para se sentir à vontade – disse ele.

Ergui as sobrancelhas e procurei pensar nisso.

– Não me inclua nesse show – disse Galen. – Não quero ver nenhuma daquelas coisas, nem de longe.

Ele pôs tudo dentro da lava-louça e depois a ligou, de modo que o *chuga-chuga* baixinho da máquina o seguiu quando voltou para a mesa. Ele se dispunha a nos ajudar no planejamento, desde que não participasse do evento.

– Assim fica complicado. Você e Rhys são os únicos deste grupo que não se importam de namorar em público. Frost e Doyle são bastante reservados diante de uma plateia.

– Só esta noite, estou disposto a colaborar – disse Doyle.

Frost virou para ele.

– Você vai se exibir como michê na frente dos pequeninos? – perguntou ele.

Doyle sacudiu os ombros.

– Acho que é necessário.

– Estarei na cama, como já estive em algumas comunicações da rainha, mas não vou me exibir, não para Niceven.

– Isso é com você. Mas se não quiser desempenhar o papel de amante de Meredith, coisa que realmente é, então não estrague a encenação que o resto de nós vai fazer. Talvez seja melhor ficar na sala enquanto falamos com os pequeninos.

Frost semicerrou os olhos cinzentos.

– Você me impediu de ajudar Meredith hoje. Fez isso duas vezes. Agora sugere que eu não fique na cama enquanto vocês fazem o papel de amantes dela. O que mais vai acontecer, Escuridão? Será que finalmente quebrará seu jejum e assumirá a minha noite na cama com ela pra valer, não só faz de conta?

– Tenho o direito de fazer isso.

Olhei espantada para Doyle. A expressão dele era completamente neutra, vazia. Ele tinha acabado de dizer que ia deitar comigo esta noite, ou será que estava apenas discutindo com Frost?

Frost se levantou e ficou de pé ao lado da mesa. Doyle continuou sentado, olhando para o outro homem calmamente.

– Acho que devemos deixar Meredith resolver quem vai dividir a cama com ela esta noite.

– Não estamos aqui para Meredith escolher – disse Doyle. – Nossa função é emprenhá-la. Vocês três tiveram três meses e o ventre dela continua vazio. Você realmente negaria a ela essa chance de ter um filho, de se tornar rainha, sabendo que se Cel conseguir e Meredith falhar, ele vai mandar matá-la?

As emoções passaram rápido demais pelo rosto de Frost para eu acompanhar. Depois de alguns segundos, ele abaixou a cabeça.

– Jamais faria qualquer coisa que pudesse prejudicar Meredith.

Eu me aproximei e toquei no braço dele. Então ele olhou para mim. Seus olhos estavam tão cheios de sofrimento que entendi que tinha ciúme de mim. Por mais que eu gostasse dele, Frost não fizera por merecer o direito de sentir aquele tipo de ciúme. Ainda não. Mas, de repente e com um susto, me dei conta de que a ideia de nunca mais tê-lo em meus braços era muito dolorosa. E eu não podia ter aquela sensação de perda, assim como ele não podia sentir ciúme.

– Frost... – comecei, sem saber o que ia dizer, e fui interrompida pelo som agudo de sinos no quarto.

Foi como se alguém tivesse ampliado o som delicado de sinos de prata e transformado em um alarme. Aquele barulho fez meu coração disparar e não foi uma sensação boa. Larguei o braço de Frost quando os sinos começaram a tocar. Ficamos ali nós três, olhando uns para os outros, enquanto todos, menos Galen e Kitto, foram para o quarto.

– Preciso ir, Frost.

Eu já ia pedir desculpas, mas não pedi. Ele não merecia e eu não devia isso a ele.

– Vou com vocês – disse ele.

Arregalei os olhos.

– Farei pela minha rainha o que não faria por mais ninguém.

E naquele momento eu soube que ele não se referia a Andais.

17

Doyle estava ajoelhado sobre a colcha vinho na cama, falando com o espelho, quando Frost e eu entramos no quarto.

– Vou liberar a visão compartilhada assim que a nossa princesa se juntar a nós, rainha Niceven.

O espelho era um redemoinho de névoa quando subi na cama. Botei Doyle ajoelhado atrás de mim, um pouco para o lado. Rhys sentado atrás de nós dois, encostado na cabeceira da cama, no meio das almofadas vinho, roxas, goiaba, rosa e pretas. Eu não tinha certeza, mas ele parecia estar nu, com algumas almofadas cobrindo pontos estratégicos. Nem imaginava como Rhys tinha se despido com tanta rapidez.

Frost subiu na cama e sentou, meio reclinado, logo atrás de mim, um pouco para o lado, de modo que fiquei emoldurada por ele e por Doyle.

Doyle moveu a mão e a névoa do espelho clareou. Niceven estava sentada numa delicada cadeira de madeira, feita sob medida para que suas asas passassem pelos buracos no encosto e não fossem danificadas. Seu rosto era um triângulo quase perfeito de pele branca. Mas a brancura dela não era igual à minha, nem à de Frost, nem à de Rhys. A pele dela tinha um tom acinzentado. Os cachos de fios brancos e cinza estavam penteados em anéis elaborados, como os de uma boneca antiga. Uma tiara minúscula afastava esses cachos do rosto, e essa tiara faiscava com o calor frio que apenas diamantes podem criar. O vestido dela era branco e esvoaçante. O fato de o vestido ser todo solto teria escondido as linhas do corpo de Niceven, mas acontece que o tecido era completamente transparente e dava para ver os seios pequenos e pontudos, a magreza quase esquelética das costelas, as pernas finas cruzadas. Ela usava chinelinhos que pareciam feitos de pétalas de flores. Um rato branco, cuja proporção para ela era a mesma de um pastor alemão para mim, estava sentado ao lado da cadeira. Niceven acariciava o pelo dele entre as orelhas.

Havia um trio de damas de companhia de pé atrás dela, com vestidos de cores diferentes, que combinavam com o colorido brilhante de suas asas, rosa-avermelhado, amarelo-ovo e roxo. O cabelo delas era respectivamente preto, amarelo e castanho.

Niceven tinha se esmerado muito mais do que nós para montar seu pequeno cenário.

Eu me senti comum demais com meu conjunto de saia e blazer verde. Mas não me incomodei muito com isso. Afinal, era uma ligação de negócios.

– Rainha Niceven, é muita gentileza sua responder ao nosso chamado.

– Na verdade, princesa Meredith, estou esperando o seu chamado há três meses. A sua afeição pelo cavaleiro verde é bem conhecida na corte. Estou surpresa de que tenha demorado tanto para entrar em contato comigo.

Ela estava sendo muito formal. E percebi que não era só no discurso. Usava a coroa. Eu ainda não tinha uma. Aparecia sentada em seu trono, enquanto eu estava sentada no meio de uma cama desarrumada. Tinha as damas de companhia qual coro grego silencioso atrás dela. E um rato, eu não podia esquecer do rato. Já eu tinha apenas Doyle e Frost de cada lado, e Rhys nas almofadas atrás. Niceven tentava me colocar em desvantagem. Isso era o que íamos ver.

– Fato é que buscamos ajuda de curandeiros por aqui, no mundo dos mortais. Só recentemente tivemos de admitir que essa comunicação era necessária.

– Então foi pura teimosia da sua parte, princesa.

– Pode ser, mas você sabe por que a chamei e o que eu quero.

– Não sou qualquer fada madrinha para atender seus desejos, Meredith.

Niceven não mencionou meu título, um insulto voluntário.

Muito bem, nós duas podíamos ser curtas e grossas.

– Como quiser, Niceven. Então sabe o que eu quero.

– Você quer a cura para seu cavaleiro verde – disse ela, passando a mão na orelha cor-de-rosa do rato.

– Sim.

– O príncipe Cel fez questão de insistir para que Galen não se curasse.

– Você me disse uma vez que o príncipe Cel ainda não manda na Corte Profana.

– É verdade, mas também ninguém pode ter certeza de que você viverá para ser rainha, Meredith.

Ela ignorou meu título novamente.

Doyle moveu-se ao meu lado, para ficar de costas para Rhys. Cuidou para se manter na beira da cama, no limite da minha visão periférica e bem à vista da rainha. Como se tivessem ensaiado, Rhys se ergueu das almofadas, ficou ajoelhado e exibiu claramente sua nudez. Enrolou a longa trança de Doyle nos braços até o fim e começou a desfazer a fita que estava amarrada nela.

Niceven olhou rapidamente para a cena que se desenrolava atrás de mim e depois se concentrou de novo no meu rosto.

– O que eles estão fazendo?

– Estão se preparando para a cama – disse eu.

Mas eu não tinha cem por cento de certeza.

As delicadas sobrancelhas cinza de Niceven se juntaram.

– São, o que... nove horas aí onde vocês estão. A noite ainda é uma criança para ser desperdiçada com sono.

– Eu não disse que íamos dormir – respondi, procurando manter a voz neutra.

Ela respirou tão fundo que pude ver o peito minúsculo subindo e descendo. Niceven tentou concentrar a atenção em mim, mas ficava o tempo todo olhando para os homens. Rhys estava desfazendo a grossa trança de Doyle. Eu só tinha visto Doyle sem a trança uma vez. Só uma vez aquele cabelo ficou como uma capa viva e preta cobrindo o corpo dele.

Niceven observava os dois furtivamente, olhava pouco para mim. Eu não sabia se era o cabelo de Doyle ou a nudez de Rhys que a fascinava. Duvidei da nudez, porque ficar nu não era nada incomum na corte. Mas é claro que ela talvez espiasse a barriga de tanquinho de Rhys, ou o que havia logo abaixo dela.

Frost sentou direito, tirou o paletó e depois o coldre de ombro. Niceven olhou para ele.

– Niceven – disse eu bem devagar.

Tive de repetir o nome mais duas vezes, e só então ela olhou para mim.

– Como faço para curar Galen?

– Não há garantia de que você venha a ser a rainha, e, se o príncipe Cel se tornar rei, não vai gostar de eu tê-la ajudado.

– E, se eu me tornar rainha, não vou gostar se você não me ajudar.

Ela sorriu.

– Então tenho de encontrar um meio-termo entre dois cães que rosnam. Vou ajudá-la nisso, porque já ajudei Cel. Ficaremos empatados.

Lembrei dos gritos de Galen e do sofrimento nos olhos dele nos últimos meses. Não achei que havia empate nenhum. Consertar o que ela havia arruinado não chegava nem perto de qualquer empate. Mas estávamos fazendo política do mundo encantado ali, não era terapia, por isso não falei nada. Silêncio não é mentira. É uma das formas de omissão, mas não é mentira. Nossas culturas permitem qualquer omissão, desde que não sejamos desmascarados.

– Como curar Galen? – perguntei.

Ela balançou a cabeça, fez os cachos dançarem e a tiara cintilar.

– Não, vamos tratar do preço primeiro. O que me daria para fazer seu cavaleiro verde voltar a ser inteiro?

Frost e Doyle se moveram ao meu lado quase ao mesmo tempo.

– Terá a boa vontade da rainha dos profanos, e isso deve bastar – disse Frost, com a voz tão gelada quanto o nome dele.

– Ela ainda não é rainha, Frost Matador.

A voz de Niceven soou cheia de raiva, de uma raiva fria. Tinha gosto de alguma briga antiga. Será que era alguma coisa pessoal com Frost?

Vi Doyle estender o braço para o outro e o fiz parar com o olhar. Havia uma tensão entre eles aquela noite. Não íamos parecer fortes se exibíssemos desentendimentos entre nós. Doyle permaneceu ao meu lado, só olhando para Frost. E esse olhar não era nada amistoso.

Toquei no braço de Frost e apertei um pouco. Ele levou um susto, tensionou os músculos, olhou primeiro para Doyle e depois é que viu que era eu. Ele imaginou que era Doyle. Aos poucos, devagar, foi relaxando. Deu um suspiro profundo, silencioso, e se mexeu um pouco atrás de mim.

Virei de novo para o espelho e vi a expressão maliciosa e atenta de Niceven. Esperei que ela dissesse alguma coisa, mas não disse nada. Ficou simplesmente calada, esperando que eu me comprometesse.

– O que a rainha Niceven das Fadas Diminutas quer da princesa Meredith da Corte Profana em troca da cura de seu cavaleiro?

Mencionei os dois títulos de propósito na mesma frase, para enfatizar que eu sabia que ela era rainha e eu não. Esperava compensar o desabafo de Frost.

Ela ficou imóvel alguns segundos, olhando para mim, depois meneou a cabeça discretamente.

– O que a princesa Meredith da Corte Profana tem para nos oferecer?

– Você disse uma vez que daria muita coisa para beber longamente o meu sangue.

Niceven manifestou espanto antes de conseguir dominar as feições com a máscara da corte. Depois de se controlar, ela disse:

– Sangue é sangue, princesa. Por que eu devia me importar com o seu?

Agora ela estava apenas se fazendo de difícil.

– Você disse que eu tinha gosto de alta magia e de sexo. Ou será que já me esqueceu tão depressa assim, rainha Niceven? – Fiz cara de decepção e baixei os olhos. – Significo tão pouco assim para você?

Sacudi os ombros e deixei meu cabelo que já batia no ombro cair sobre o rosto. Falei por trás daquela cortina de mechas que cintilavam como trama de rubis:

– Se o sangue da herdeira do trono não significa nada para você, não tenho nada a oferecer.

Olhei para ela, conhecendo o efeito que meus olhos verdes e dourados tricolores podiam ter emoldurados pelo cabelo castanho e vermelho-sangue, aliados a visões de pele que parecia alabastro polido. Fui criada entre homens e mulheres que usam a beleza feito arma. Jamais sonharia fazer isso com outro encantado, porque todos eram mais belos do que eu, mas com Niceven e seus olhos famintos que seguiam meus homens, com ela sim, eu podia usar essa arma, da mesma forma que ela tentou usar a dela.

Niceven bateu com a mão minúscula no braço da cadeira com tanta força que assustou o rato branco.

– Por Flora, você é sangue da sua tia. O príncipe Cel nunca conseguiu dominar a própria beleza como Andais e como você.

Fiz uma pequena mesura agradecendo, porque é sempre difícil fazer mesuras quando estamos sentados.

– Um belo cumprimento, de uma adorável rainha.

Ela sorriu satisfeita, acariciou o rato, recostou na cadeira e o vestido transparente exibiu mais ainda seu corpo. Já não era magra, tinha chegado ao estado cadavérico, por isso foi como ver uma coisa pequena e famélica. Mas ela achava seu corpo lindo e eu não podia demonstrar nada diferente com a minha expressão.

Frost ficou imóvel atrás de mim. Tinha tirado o cinto, o coldre de ombro, o paletó, e nada mais. Ainda estava até de sapatos. Ele não ia se despir para Niceven.

Doyle, por sua vez, tinha tirado o coldre de ombro, o cinto e a camisa. O anel de prata no mamilo esquerdo faiscava para Niceven ver, até de perfil. Rhys continuava a mexer no cabelo grosso e preto como se alisasse a cauda de um vestido.

Os homens se movimentavam em volta de mim como damas de companhia, preparando-se para ir para a cama. Eles me deixaram negociar com Niceven sozinha. E isso queria dizer que eu estava me saindo bem por conta própria. Foi bom saber disso.

Fiz um trejeito com os lábios vermelhos como a rosa mais vermelha, que não precisavam de nenhum batom.

– Beber meu sangue em troca da cura do meu cavaleiro, concorda?

– Você oferece sua seiva da vida com muita facilidade, princesa.

Niceven estava sendo cautelosa.

– Só ofereço o que é meu.

– O príncipe se considera dono de toda a corte.

– Eu sei que só possuo esse corpo que habito. Tudo o mais é arrogância, pretensão.

A rainha deu risada.

– Você viria para casa para eu poder beber seu sangue?

– Você concorda que mais uma dose do meu sangue vale a cura do meu cavaleiro?

Ela fez que sim com a cabeça.

– Concordo.

– Então o que valeria uma dose do meu sangue por semana?

Senti a tensão dos homens na cama. De repente a atmosfera do quarto ficou pesada. Tive o cuidado de não olhar para eles. Eu era princesa, e não precisava da permissão dos meus guardas para nada. Era eu que dava ordens... ou não.

Niceven apertou os olhos, que viraram pequenas chamas claras.

– O que quer dizer com uma dose por semana?

– Quero dizer exatamente o que disse.

– Por que ofereceria sangue toda semana para mim?

– Por uma aliança entre nós.

Frost chegou mais perto de mim.

– Meredith, não...

Ele ia fazer algum comentário infeliz e estragar tudo. Eu estava começando a ter uma ideia que era boa.

– Não, Frost – disse eu –, não é você que diz não para mim. Sou eu que digo sim ou não para *você*. Não se esqueça disso.

Olhei para ele de um jeito que queria dizer: *Cale essa boca, não estrague tudo*, torcendo para ele entender.

Frost fechou a boca bem apertada, claramente contrariado, mas ficou quieto, de cara amarrada. Pelo menos não retrucou.

Ouvi Doyle respirar fundo e olhei para ele. Esse olhar bastou. Doyle assentiu com a cabeça e deixou Rhys escovar seu cabelo. Aquela escuridão toda de fios tinha ondas, eu acho que por causa da trança. Lembrava que o cabelo de Doyle era liso. Fiquei um momento distraída, vendo Rhys ajoelhado, tão claro e perfeito, contrastando com aquele negrume todo. Doyle teve de pigarrear para eu despertar e virar de novo para o espelho.

Niceven deu risada, parecia o badalar de sinos meio desafinados, algo adorável só um pouco deformado.

– Desculpe a minha falta de atenção, rainha Niceven.

– Se eu tivesse tanta fartura à minha espera, acabaria logo com essa conversa.

– E se tivesse a fartura do meu sangue à sua espera? O que faria?

Ela ficou séria.

– Você é persistente. Nada típico dos encantados.

– Tenho uma parte de fada, e somos um povo mais persistente do que os encantados.

– Você também tem uma parte humana.

Sorri.

– Os humanos são como os encantados, alguns são mais persistentes do que outros.

Ela não sorriu para mim.

– Por outra dose do seu sangue vou curar seu cavaleiro verde, mas é só isso. Uma dose, uma cura e estamos quites.

– Por uma dose do meu sangue o rei Kurag dos duendes foi meu aliado por seis meses.

Niceven levantou as delicadas sobrancelhas.

– Isso é negócio de duende com encantado, não temos nada a ver com isso. Nós somos as semifadas. Ninguém se importa com as nossas alianças. Não lutamos em batalha alguma. Não desafiamos ninguém para duelos. Cuidamos da nossa vida e todos os outros cuidam da deles.

– Então está recusando uma aliança?

– Acho que cautela é o que mais vale aqui, princesa, por mais saborosa que você possa ser.

Nas negociações devemos sempre tentar ser gentis primeiro, mas, se gentileza não funcionar, existem outras opções.

– Todos a deixam em paz, rainha Niceven. Porque acham que é pequena demais para ser levada em consideração.

– O príncipe Cel nos considerou suficientemente grandes para estragar seus planos com o cavaleiro verde. – A voz dela tinha um princípio de ameaça.

– É, e o que ele ofereceu por aquele trabalho?

– O gosto de carne de encantado, carne de cavaleiro e sangue. Aquela noite foi um banquete para nós, princesa.

– Ele pagou com sangue de outro, enquanto o corpo dele estava cheio de sangue a apenas uma geração da própria rainha. Você já provou a rainha alguma vez?

Niceven ficou nervosa, parecia até amedrontada.

– A rainha só se oferece aos amantes ou aos seus prisioneiros.

– Você deve ficar muito aflita de ver uma dádiva tão preciosa desperdiçada assim.

Niceven fez bico com seus minúsculos lábios prateados.

– Se ao menos ela levasse alguns do nosso povo para a cama dela... mas nós somos...

– Pequenos demais – terminei a frase para ela.

– Sim – sibilou Niceven. – Ssssssim, sempre pequenos demais. Um poder pequeno demais para tal aliança. Um poder pequeno demais para ser invocado, a não ser como espiões.

As mãos diminutas e pálidas se fecharam. O rato branco se encolheu para longe dela como se soubesse o que estava por vir. Até o trio de damas de companhia atrás do trono estremeceu, ao sabor de algum vento gelado.

– E agora você faz o trabalho sujo para o filho dela – disse eu.

Minha voz soou cuidadosamente neutra, quase simpática:

Pelo menos ele nos procurou para executar esse trabalho.

A raiva naquela figurinha delicada era assustadora. A fúria em Niceven fazia com que ela ocupasse mais espaço do que se podia explicar fisicamente. Era a verdadeira realeza em sua raiva.

– Ofereço o que a rainha nega. Ofereço o que o príncipe nega.

– O quê?

– Sangue real, sangue do trono da Corte Profana. Alie-se a mim, rainha Niceven, e terá esse sangue. Não só uma vez, mas muitas vezes.

Os olhos dela se tornaram fendas estreitas novamente, faiscando com um fogo mais gelado do que os diamantes de sua coroa.

– O que vamos ganhar com essa aliança?

– Você ganhará a atenção e a ajuda dos meus aliados.

– Os duendes não têm quase nada a ver conosco.

– E os encantados?

– O que têm eles?

– Como aliada de um dos seus herdeiros, você ganharia status. Eles não poderiam mais dispensá-la, com medo de que se aborreça com eles e venha contar para mim.

Ela não tirava os olhos brilhantes de mim.

– E o que você ganharia com essa aliança?

– Vocês seriam meus espiões, assim como da rainha.

– E o Cel?

– Deixariam de espionar para ele.

– Ele não vai gostar disso.

– Ele não tem de gostar. Se você for minha aliada, qualquer coisa que façam contra você será um insulto a mim. A rainha já decretou que estou sob proteção dela. Machucar-me agora é pena de morte.

– Então, se ele me insultar, você comparece. E depois?

– Ameaço trazer sua corte inteira aqui para Los Angeles, para ficar comigo.

Ela estremeceu.

– Eu não quero levar o meu povo para a cidade dos homens.

Ela falou como se houvesse apenas uma cidade dos homens, *a* cidade.

– Vocês viveriam no jardim botânico, são quilômetros de terras. Há espaço para vocês aqui, Niceven, eu juro.

– Mas eu não quero deixar a corte.

– Para onde quer que vão as semifadas, os encantados vão atrás.

– A maioria dos encantados não lembra disso.

– Meu pai fez questão de que eu conhecesse a história de todos os encantados. As semifadas são o povo mais próximo da origem do mundo encantado, a própria matéria que nos torna diferentes dos humanos. Vocês não são leprechauns, nem aqueles elfos que sofrem e morrem quando estão longe do mundo encantado. Vocês *são* o mundo encantado. Não dizem que quando a última semifada desaparecer não haverá mais mundo encantado na Terra?

– É uma superstição – disse ela.

– Talvez seja, mas se vocês saírem da Corte Profana e a Corte Abençoada continuar com suas semifadas, os profanos ficarão mais fracos. Cel talvez não lembre dessa parte do nosso folclore, mas a rainha decerto lembrará. Se Cel insultá-la a ponto de fazê-la querer mudar-se de lá, a rainha vai intervir.

– Ela vai nos mandar ficar.

– Ela não pode dar qualquer ordem para outro monarca. Essa é a nossa lei.

Niceven parecia nervosa. Ela tinha medo de Andais. Todos tinham.

– Não quero aborrecer a rainha.

– Nem eu.

– Você realmente acredita que a rainha castigaria o próprio filho se ele nos afastasse, em vez de descarregar sua raiva em nós?

Ela cruzou as pernas de novo, cruzou os braços e esqueceu do charme, esqueceu de ser realeza em seu medo.

– Onde está Cel agora? – perguntei.

Niceven deu uma risadinha muito desagradável.

– Sendo castigado por seis meses. Há apostas circulando, de que a sanidade mental dele não vai sobreviver a seis meses de isolamento e tortura.

Sacudi os ombros.

– Ele devia ter pensado nisso antes de ser um menino tão mau.

– Você brinca, mas, se Cel sair dessa louco, será o seu nome que ele vai berrar. Será seu rosto que ele vai querer destruir.

– Atravessarei essa ponte quando chegar a ela.

– O quê?

– É um ditado dos humanos. Quer dizer que vou tratar do problema quando e se ele ocorrer.

Tive a impressão de que ela raciocinava furiosamente.

– Como faria para oferecer o sangue para mim? Acho que nenhuma de nós ia gostar de viajar toda semana entre o mundo encantado e o oceano Ocidental.

– Eu poderia pôr o sangue num pedaço de pão e a essência seria enviada para você via mágica.

Ela balançou a cabeça, com os cachos esbranquiçados quicando em volta dos ombros estreitos.

– A essência nunca é a mesma coisa.

– O que você sugere?

– Posso enviar um do meu povo para ser meu procurador.

Pensei um pouco nisso, senti a imobilidade de Frost, ouvi o barulho pesado, como algo que se rasga, de Rhys escovando o cabelo de Doyle.

– Concordo. Diga como curar meu cavaleiro e pode mandar seu procurador.

Ela deu risada, aqueles sinos desafinados.

– Não, princesa, conhecerá a cura pelos lábios do meu enviado. Se eu revelar agora, antes de receber meu pagamento, você pode mudar de ideia.

– Eu lhe dei a minha palavra. Não posso voltar atrás agora.

– Convivi tempo demais com os grandes do mundo encantado para acreditar que todos cumprem sua palavra.

– É uma das nossas leis mais rígidas – disse eu. – Descumprir a palavra dada é se tornar um pária.

– A menos que tenha amigos em cargos importantes para garantir que tais histórias nunca se espalhem.

– O que está dizendo, rainha Niceven?

– Vou dizer apenas isso, que a rainha deve amar demais o filho, porque quebrou mais de um tabu para preservá-lo.

Nós nos entreolhamos e eu soube, sem ter de perguntar, que Cel tinha feito promessas e descumprido. Isso bastaria para condená-lo a um exílio forçado e certamente para cassar seu direito a qualquer trono. Andais tinha sempre mimado Cel, mas eu nunca soube quanto.

– Quando é que seu procurador deve chegar? – perguntei.

Ela pensou um pouco, estendeu a mão, distraída, para onde o rato estava encolhido. Ele chegou mais perto dela, agitando os longos bigodes, as orelhas levantadas em estado de alerta, parecia ainda incerto de ser bem recebido. Niceven acariciou o animal suavemente.

– Daqui a alguns dias – disse ela.

– Não estamos sempre em casa para receber visitas. Seria abominável se o seu enviado não gozasse da nossa melhor hospitalidade.

– Deixe um vaso de flores perto da porta, para abrigá-lo.

– É ele?

– Acho que você ficará mais satisfeita com um macho, não é?

Fiz que sim com a cabeça porque não tinha certeza se me importava. Eu ia dar meu sangue, não sexo, por isso não tinha preferência. Pelo menos pensava que não.

– Tenho certeza de que a rainha fará uma escolha sábia.

– Belas palavras, princesa. Ainda temos de ver se terá belos atos para fundamentar todas essas palavras. – Ela olhou mais uma vez para os homens e se concentrou em Doyle e Rhys. – Bons sonhos, princesa.

– Para você também, rainha Niceven.

Alguma coisa cruel modificou as feições dela, fez com que seu rosto parecesse ainda mais magro e pontudo, como uma máscara. Se ela arrancasse fora aquela cara, eu não ia conseguir manter a minha de negociante. Mas Niceven não fez isso. Apenas falou com uma voz que imitava o rumor de escamas sobre pedras:

– Meus sonhos são assunto meu, princesa, e pretendo mantê-los ao meu gosto.

Fiz outra meia mesura.

– Não tive a intenção de ofender.

– Não me ofendeu, princesa, é apenas a inveja erguendo sua cabeça horrenda.

Com essas palavras o espelho ficou limpo, sem nada.

Fiquei olhando para a minha imagem refletida. Um movimento chamou minha atenção, vi Doyle e Rhys ainda de joelhos. Os músculos dos braços de Rhys trabalhavam enquanto ele escovava o cabelo de Doyle. Frost não se mexeu, mas olhou para o espelho e para mim com tanta intensidade que me fez olhar para ele.

Frost tinha fechado a cara. Os outros dois estavam distraídos.

– Niceven não está mais aqui. Podem parar de fingir – disse eu.

– Ainda não acabei de escovar o cabelo dele – disse Rhys. – Foi por isso que parei de deixar o meu crescer até os tornozelos. É quase impossível cuidar dele sozinho.

Rhys separou outra mecha, segurou com uma das mãos e começou a escovar com a outra.

Doyle ficou calado enquanto Rhys penteava seu cabelo, com a concentração séria de uma criança. Não havia absolutamente mais nada de infantil nele ali ajoelhado e nu, cercado por um mar de cabelo preto e almofadas coloridas. O corpo dele era todo musculoso e brilhava. Era uma visão linda, mas ele não estava excitado. Nem sempre a nudez não significava sexo para os encantados.

Frost fez um pequeno movimento e virei de novo para ele. Seus olhos tinham aquele cinza escuro do céu logo antes de uma tempestade. Ele estava com raiva. Demonstrava isso em cada linha do rosto, na tensão dos ombros, seu modo de sentar, tão cuidadoso, tão imóvel e vibrando de energia ao mesmo tempo.

– Sinto se aborreci você, mas eu sabia o que estava fazendo com Niceven.

– Você deixou perfeitamente claro quem é que manda aqui e eu apenas obedeço.

A voz dele soou áspera de tanta raiva.

Suspirei. Era cedo ainda, mas o dia tinha sido longo. Eu estava cansada demais para encarar os sentimentos melindrados de Frost. Especialmente porque ele não tinha razão.

– Frost, neste momento não posso parecer fraca para ninguém. Até Doyle guarda sua opinião em público, por mais que me critique privadamente.

– Aprovei tudo que você fez hoje – disse Doyle.

– Estou muito contente de saber disso – disse eu.

Ele olhou firme para mim, só tremeu um pouco com o puxar do cabelo pela escova. É difícil parecer ameaçador quando alguém está mexendo conosco. Ele olhou fixo um longo tempo, bastante para a maioria das pessoas desviar o olhar ou se encolher. Encarei Doyle com minha expressão vazia. Estava cansada desses joguinhos. O simples fato de saber jogar, e de jogar muito bem, aliás, não queria dizer que eu gostava deles.

– Foram jogos de poder mais que suficientes para um dia, Doyle. Não preciso de mais nenhum, principalmente não dos meus guardas.

Ele piscou aqueles olhos muito escuros para mim.

– Chega, Rhys. Meredith e eu precisamos conversar.

Rhys obedeceu, parou de escovar e recostou nas almofadas, com a escova na mão.

– É particular – disse Doyle.

Frost pulou como se tivesse levado um soco. Foi a reação dele, mais do que as palavras de Doyle, que me fez suspeitar de que não estávamos falando só de alguns poucos segredos.

– Essa é a minha noite com Meredith – disse Frost.

A raiva parecia ter desaparecido nas asas de possibilidades que Frost não previra.

– Se fosse do Rhys, ele teria de esperar a vez dele de novo, mas eu não tive a minha, por isso tenho o direito de pedir esta noite.

Frost se levantou e quase tropeçou na pressa e com a falta de espaço ao pé da cama.

– Primeiro você impede que eu ajude Meredith hoje, agora toma minha noite com ela na cama. Eu o acusaria de ciúme se não o conhecesse.

– Pode me acusar do que bem entender, Frost, mas sabe que não sou ciumento.

– Pode ser que sim, pode ser que não, só sei que você é alguma coisa, e essa coisa tem a ver com a nossa Merry.

Doyle suspirou, um som profundo e quase ferido.

– Eu posso ter pensado que a princesa ficaria intrigada se a deixasse esperando pelas minhas atenções. Hoje eu vi que há mais de uma maneira de perder a admiração de uma mulher.

– Fale claro, Escuridão.

Doyle ficou ajoelhado, seminu, com as mãos soltas sobre as coxas, cercado pelo próprio cabelo. Devia parecer indefeso, ou feminino, alguma coisa assim, mas não. Era a imagem de uma escultura feita da escuridão primordial, surgindo como uma das primeiras coisas que ganharam vida, antes da chegada da luz. O anel de prata no mamilo dele faiscava quando ele respirava. O cabelo cobria todos os brincos, de modo que aquela única faísca prateada era a única cor nele. Era difícil desviar os olhos daquele brilho prateado.

– Não sou cego, Frost – disse Doyle. – Eu vi o modo que ela olhou para você na van, e você também viu.

– Você está com ciúme.

Ele balançou a cabeça.

– Não estou, mas vocês tiveram três meses e não há filho nenhum. Ela é uma princesa e será rainha. Não pode entregar seu coração sem casamento.

– Então você se apresenta e conquista o coração dela no nosso lugar?

A voz de Frost estava mais agressiva do que eu tinha ouvido, fora da cama.

– Não, mas vou cuidar para que ela tenha mais opções. Se eu tivesse prestado atenção direito, teria comparecido mais cedo.

– Ah, com você nos braços ela vai me esquecer, é isso?

– Não sou tão arrogante assim, Frost. Já disse para você que hoje me dei conta de que havia mais de uma forma de perder o coração de uma mulher, e esperar demais é uma delas. Se é para haver uma chance de Meredith não ter de recorrer a você ou a Galen, então algo tem de mudar agora. Não mais tarde. Agora.

– O que Galen tem a ver nessa história? – perguntou Frost.

– Se você precisa perguntar isso, não sou eu que sou o cego aqui – disse Doyle.

Frost ficou confuso. Franziu a testa e balançou a cabeça.

– Não estou gostando disso.

– Não precisa gostar – disse Doyle.

Por mais interessante que fosse aquela conversa, para mim bastava.

– Vocês estão falando como se eu não estivesse aqui, ou como se eu não tivesse escolha nessa questão.

Doyle virou muito sério para mim.

– Você se opõe a que eu deite com você esta noite?

Ele fez a pergunta com a mesma voz neutra que usaria para fazer um pedido num restaurante ou para conversar com um cliente, como se a minha resposta não significasse nada para ele.

Mas eu sabia que ele às vezes usava aquela voz vazia justamente quando não havia neutralidade nenhuma nele. Era uma maneira de se proteger da emoção, agir como se não tivesse importância.

Vi seus ombros largos, o peito musculoso, aquela faísca de brilho da prata, a barriga chata, a linha da calça jeans cortando seu corpo. Nunca tinha visto Doyle nu. Ele não participava da nudez casual da corte. Frost também não.

O cabelo prateado de Frost ainda estava preso em um rabo de cavalo, o rosto limpo e sem enfeites, se é que algo tão bonito podia ser descrito como sem enfeites. O paletó e o coldre de ombro, com a arma dentro, estavam pendurados num braço. Ele usava sua máscara arrogante de novo, aquela atrás da qual se escondia com tanta frequência na corte. O fato de ele achar que tinha de usar aquela máscara aqui e agora, na minha frente, machucava meu coração.

Eu quis abraçá-lo, encostar o rosto no peito dele e dizer *Não vá*. Queria sentir seu corpo junto ao meu. Queria acordar numa nuvem do seu cabelo prateado.

Fui para perto dele sim, mas não do jeito que queria. Eu me aproximei, mas não tive segurança para encostar nele. Tinha medo de não deixá-lo ir se fizesse isso.

– Tenho a chance de satisfazer a minha curiosidade e a de muitas damas da corte esta noite, Frost.

Ele virou de costas para não ver meu rosto.

– Desejo que seja feliz – disse ele, mas sem sinceridade.

– Quero você esta noite, Frost.

Ele virou para mim, muito espantado.

– Com Doyle na minha cama desse jeito, depois de toda a espera, mesmo assim ainda quero você. Meu corpo sofre quando você não está comigo. Só hoje entendi o que isso significa.

Eu não consegui afastar o sofrimento dos meus olhos e acabei parando de tentar.

Ele olhava atônito para mim, ergueu a mão para encostar no meu rosto, mas parou a poucos centímetros da minha pele.

– Se isso é verdade, então Doyle tem razão. Você será rainha. E algumas coisas... você não pode ser como as outras. Você tem de ser rainha antes de tudo.

Encostei o rosto na palma da mão dele e mesmo esse pequeno toque me fez estremecer.

Ele tirou a mão e esfregou-a na calça, como se quisesse limpá-la de algo grudento.

– Amanhã à noite, princesa.

Concordei.

– Amanhã à noite, meu... – Parei de falar com medo da palavra que usaria para terminar a frase.

Ele deu meia-volta sem dizer mais nada e saiu do quarto, fechando a porta com força.

Um barulho me fez virar. Rhys deslizou na cama para o lado da janela e pegou suas roupas amontoadas às pressas no chão.

– A primeira noite não deve ser tarefa de equipe.

– Um *ménage à trois* não tinha passado pela minha cabeça – disse Doyle.

Rhys deu risada.

– Achei que não.

Ele deu a volta na cama segurando a roupa com a escova equilibrada em cima, tudo acima da linha da cintura, de modo que eu tivesse uma vista sem empecilhos. Era uma linda vista.

– Preciso de ajuda com a porta, por favor.

Assim que ele pediu ajuda, percebi que estava se sentindo excluído. Usava todo o seu charme e eu ignorava. Era um insulto mortal entre os encantados.

Levantei e fui abrir a porta para ele, como se ele não pudesse mudar as roupas de mão para fazer isso. Mas parei antes de abrir e fiquei na ponta dos pés para beijá-lo. Equilibrei-me com uma das mãos na parte de trás da cabeça dele, mergulhada nos cachos da nuca, e a outra acariciando suas costelas, seu quadril. Deixei que visse em meus olhos como era lindo para mim.

Ele sorriu e olhou meio constrangido com seu único olho perfeito. O constrangimento era fingido, mas o prazer não.

Fiquei na ponta dos pés tempo suficiente para encostar minha testa na dele. Brinquei com os cachos do cabelo de Rhys e ele estremeceu. Desci da ponta dos pés e me afastei da porta para ele poder passar.

Rhys balançou a cabeça.

– Essa foi a ideia dela de um beijo de despedida, Doyle.

Ele olhou para trás, para Doyle, que continuava ajoelhado na cama.

– Divirtam-se, crianças.

Mas o rosto sério não combinava com as palavras jocosas.

Rhys me estendeu a escova pelo meio da pilha de roupas e então saiu. Fechei a porta e de repente me dei conta de que estava sozinha com Doyle. Doyle, que eu nunca tinha visto nu. Doyle, que me amedrontava quando eu era menina. Doyle, que tinha sido o braço direito da rainha naqueles mil anos. Ele me protegia, guardava meu corpo e minha vida, mas não era meu realmente. Só seria meu quando eu tocasse naquele corpo escuro, quando o visse nu por inteiro diante de mim. Não sabia bem por que dava tanta importância a isso, só sei que dava. Quando ele se guardou para mim, foi quase como se abrisse o leque de opções. Como se ele acreditasse que, no momento que ficasse comigo, não teria mais opção nenhuma. Não era verdade. Eu fiquei sete anos com meu antigo noivo, Griffin, e no fim ele teve muitas opções, eu não era nenhuma delas. Fazer sexo comigo não foi uma experiência que mudou a vida dele. Por que seria diferente para Doyle?

– Meredith.

Ele disse meu nome só uma vez, mas não havia neutralidade nenhuma na sua voz. Aquela única palavra continha incerteza, uma pergunta e uma esperança. Ele pronunciou meu nome de novo e eu dei meia-volta para olhar a cama e o que estava lá à minha espera entre os lençóis cor de vinho.

18

Ele sentou na beirada da cama, mais perto do espelho, mais perto de mim. Quase perdido no meio do sonho negro que era seu cabelo. Quase todos os encantados que eu conhecia tinham as cores do cabelo, dos olhos e da pele contrastantes, mas Doyle era todo uma coisa só. O cabelo solto cascateava em volta dele feito uma nuvem negra, de modo que a pele cor de ébano ficava quase invisível naquelas ondas. Um cacho muito comprido tinha caído sobre o rosto dele e seus olhos pretos sobre preto se perdiam na escuridão. Parecia um pedaço da própria noite que ganhara vida. Ele afastou o cacho do rosto e tentou prendê-lo atrás da orelha pontuda. Os brincos cintilaram como estrelinhas contra aquela negritude.

Avancei até bater com as coxas na cama. Minhas pernas pressionaram a cama, mas eu só podia sentir o cabelo grosso, preso entre o meu corpo e a cama. Ele virou a cabeça e senti o cabelo dele preso embaixo de mim. Fiz mais pressão ainda.

Ele olhou para mim e havia cores naqueles olhos escuros, como nenhuma cor do quarto, como um enxame de vaga-lumes brilhantes, azuis, brancos, amarelos, verdes, vermelhos, roxos e cores que nem tinham nome. Os pontinhos dançavam e rodopiavam, e por um segundo quase pude sentir que voavam em volta de mim, o vento fraquinho quando passavam era como estar no meio de uma nuvem de borboletas. Então eu caí e Doyle me segurou.

Recuperei a consciência nos braços dele, no colo dele, onde ele me pôs. Quando consegui falar, perguntei:

– Por quê?

– Eu sou um poder indiscutível, Meredith, e quero que jamais se esqueça disso. Um rei deve ter mais a oferecer do que apenas sua semente.

Passei as mãos na pele dele e abracei seu pescoço.

– Você está fazendo uma prova?

Ele sorriu.

– Todos nós estamos, Meredith. Alguns podem esquecer isso no enlevo do calor da pele e do sexo, mas você não deve esquecer nunca. Você está escolhendo um pai para seus filhos, um rei para a corte e alguém a quem ficará presa para sempre.

Escondi o rosto no pescoço dele. A pele de Doyle era quente. Sua circulação pulsava contra o meu rosto. O cheiro dele era quente, muito quente.

– Andei pensando nisso.

Eu falei com a boca encostada na pele dele.

Doyle esfregou o pescoço no meu rosto.

– E chegou a quais conclusões?

Recuei o bastante para ver o rosto dele.

– Que Nicca seria uma vítima e um desastre no trono. Que Rhys é ótimo na cama, mas não consigo vê-lo como rei. Que meu pai tinha razão e que Galen seria o mais completo desastre. Que há mais cavaleiros na corte que eu preferiria matar do que ter presos a mim pelo resto da vida.

Ele encostou os lábios no lado do meu pescoço, mas não foi exatamente um beijo. Falou com a boca na minha pele e as palavras formavam pequenos movimentos como beijos:

– Ainda tem o Frost e... a mim.

O toque dos lábios dele provocou arrepios e estremeci em seu colo. Doyle respirou rápido, abraçou minha cintura e passou os braços pelas minhas coxas. Ele sussurrou na minha pele, com a respiração quente e ruidosa, enfiando os dedos na minha cintura, nas minhas coxas:

– Merry.

Havia tanta força nas mãos dele, tanta pressão, que era como se ele pudesse, sem muito esforço, penetrar com os dedos no meu corpo e puxar o sangue e a carne para a superfície, descascar-me como algo maduro e doce. Algo que estava à espera da mão dele para me abrir, me excitar e me derramar em uma onda de prazer sobre suas mãos e sobre o seu corpo.

Ele me levantou e me jogou na cama ao mesmo tempo. Achei que ia deitar em cima de mim. Ele não fez isso. Ficou de quatro e montou em mim como uma égua com um potro, só que não havia nada de maternal no jeito que ele olhava para mim. Ele jogou todo o cabelo para um lado, por cima de um ombro, de modo que o torso ficou exposto à luz. A pele dele brilhava como ébano polido. A respiração dele estava profunda e rápida, e fazia com que o anel do mamilo piscasse e tremeluzisse em cima de mim.

Ergui a mão para tocar nele, passei os dedos naquele anel de prata e Doyle emitiu um som, vindo da parte de baixo do corpo e crescendo, um rugido como se fosse algum animal grande, ecoando naquele corpo elegante e musculoso. Ele montou em mim, arreganhou a boca e exibiu dentes brancos, enquanto aquele rugido lhe escapava dos lábios e vibrava nos dentes, como um aviso.

Com isso meu coração acelerou, mas eu ainda não estava com medo. Ainda não. Ele chegou o rosto perto do meu e rosnou:

– Corra!

Eu só pisquei incrédula, com o coração na boca.

Ele jogou a cabeça para trás e uivou, um som que ecoou e ecoou pelo pequeno quarto. Todos os pelos do meu corpo se arrepiaram e parei de respirar um segundo, porque reconheci aquele som.

Aquele uivo solitário e maligno dos cães negros da caçada selvagem. Ele botou o rosto bem perto do meu e rosnou de novo:

– Corra!

Saí de baixo dele como pude e ele me observou com aqueles olhos escuros, com o corpo imóvel, só que tão tenso que parecia vibrar com a promessa de algum ato violento, de violência contida, reprimida, mas que estava lá mesmo assim.

Eu tinha me arrastado para o lado errado da cama. Estava encurralada entre a janela e a cama. A porta de saída ficava depois da cama, passando por Doyle. Eu já tinha participado de brincadeiras de caçada e pega-pega antes. Muitas coisas na Corte Profana gostavam de nos caçar primeiro, mas aquilo era fingimento, brincadeira, preliminares. O olhar de Doyle era faminto, só que uma fome é muito parecida com outra, até ser tarde demais.

A voz dele lutou para escapar dos dentes cerrados:

– Você... não... está... correndo!

Dito isso, ele avançou para cima de mim de quatro, uma mancha preta. Eu me joguei sobre a beirada da cama, rolei e caí no chão na frente da porta. Já estava de pé. Com a mão na maçaneta, quando o corpo dele bateu no meu. A porta tremeu e meu corpo todo doeu com a violência do ataque. Doyle arrancou minha mão da maçaneta e eu não pude resistir à força dele.

Gritei.

Ele me puxou para longe da porta, jogou-me na cama. Tentei escorregar para o lado, mas ele já estava lá, apertava meu corpo com o dele, mantinha-me presa à lateral da cama. Eu senti a rigidez dele através da calça jeans e da minha calcinha.

A porta se abriu atrás de nós e Rhys apareceu. Doyle rosnou para ele.

– Você gritou? – perguntou ele.

Rhys estava muito sério. Tinha uma arma na mão, ao lado da perna, que não apontava para ninguém, mas estava lá.

Doyle rosnou:

– Saia!

– Eu saio por ordem da princesa, não sua, senhor. – Ele sacudiu os ombros. – Desculpem. Você está se divertindo, Merry, ou... – Ele fez um gesto vago com a arma.

– Eu... eu não sei.

Minha voz saiu ofegante. A sensação de Doyle grudado em mim, fazendo pressão, era excitante, até a promessa de violência era excitante, mas só se fosse apenas a *promessa*, um jogo.

As mãos dele nas minhas coxas tremiam, todo o corpo dele tremia com o esforço de não terminar o que tinha começado. Toquei suavemente no rosto dele. Ele levou um susto, como se eu o tivesse machucado, então virou o rosto e olhou para mim. O olhar dele não parecia humano. Eu olhava para os olhos de um tigre, lindo, neutro e faminto.

– Estamos nos divertindo aqui, Doyle, ou você vai me comer?

Minha voz ficou um pouco mais calma e mais firme:

– Nessa primeira vez não quero arriscar de botar a boca em lugares tão macios.

Levei um segundo para entender que ele tinha entendido errado.

– Não estou falando de me comer no sentido figurado, Doyle. Eu quis saber se sou alimento.

Agora minha voz soava completamente calma, normal. Presa na cama, embaixo dele, seus olhos ainda animalescos e selvagens, eu parecia que estava no escritório, tratando de negócios.

Ele piscou e percebi que ficou confuso. E compreendi que estava pedindo para ele pensar demais. Doyle tinha se rendido a uma parte dele que raramente deixava se manifestar. Essa parte não pensava como uma pessoa.

Ele fez alguma coisa com as pernas e me apertou mais ainda. Eu gritei, mas não foi de dor.

– Você quer isso? – perguntou ele, com a voz quase normal, ofegante, mas normal.

Examinei seu rosto, procurei ver alguma coisa ali que servisse para me tranquilizar. Havia um traço dele nos olhos, uma nesga de Doyle sobrando. Respirei fundo e respondi:

– Quero.

– Você ouviu o que ela disse. Dê o fora.

A voz de Doyle começou a virar rosnado de novo, cada palavra mais grave que a anterior.

– Tem certeza, Merry? – perguntou Rhys.

Tinha quase esquecido que ele ainda estava ali. Meneei a cabeça.

– Tenho.

– Então simplesmente fechamos a porta e ignoramos o barulho, certos de que você está bem?

Olhei bem nos olhos de Doyle e só vi anseio, uma carência como nunca tinha visto em homem nenhum. Era mais do que desejo, ia além de desejo, era uma necessidade como se tem de alimento e de água. Para ele, aquela noite era uma necessidade. Se eu desse as costas para ele agora, poderíamos nos unir como amantes, mas ele jamais se deixaria ir tão longe assim de novo. Podia trancar essa parte dele para sempre e seria como morrer um pouco.

Passei por essa pequena morte anos a fio, morrendo aos pouquinhos nas praias do mar humano. Doyle me encontrou e me levou de volta para o mundo encantado. Ele trouxe de volta todas aquelas partes minhas que tive de deixar para trás para me fazer passar por humana, para fingir que era uma encantada menor. Se eu o rejeitasse agora, será que um dia ele encontraria novamente aquele pedaço dele?

– Ficarei bem, Rhys – disse eu, sem olhar para ele. Eu olhava para Doyle.

– Tem certeza?

Doyle virou e falou com uma voz que era quase grave demais, animalesca demais para ser compreendida:

– Você ouviu. Agora saia.

Rhys fez uma rápida mesura, saiu e fechou a porta. Doyle olhou para mim com aqueles olhos de novo. Rosnou, mais do que falou:

– Você quer isso?

Estava me dando uma última chance de dizer não. Mas esfregava seu corpo no meu, seus dedos afundavam nas minhas coxas, quando fez essa pergunta. Sua mente e boca tentavam me oferecer uma saída, apesar do corpo não querer.

Tive de fechar os olhos quando estremeci sob a pressão que ele fazia. Ele rosnou no meu rosto e o som viajou pelo seu corpo, vibrou no meu, como se pudesse alcançar lugares que ele ainda não tinha tocado.

Enquanto apertava o corpo contra o meu, provocava pequenos ruídos da minha garganta, ele rosnou:

– Você quer isso?

– Eu quero isso.

Doyle deslizou uma das mãos da coxa para o lado da minha calcinha. A seda rasgou com um barulho molhado, feito pele sendo cortada. Senti um espasmo pelo corpo todo quando ele arrancou a calcinha e pressionou o tecido áspero da calça jeans contra meu corpo nu. Ele se esfregou violentamente até eu gritar, metade de prazer, metade de dor.

Empurrou-me para a cama para poder tirar a calça. Abriu o cinto, o botão, o zíper e abaixou a calça. Foi quando o vi nu pela primeira vez. Era comprido e grosso, e perfeito. Ele enfiou um dedo em mim. Eu gritei, mas não foi para isso que ele fez isso. Ao sentir que eu estava molhada e aberta, ele me penetrou, e mesmo estando molhada, teve de fazer força para entrar. Eu gritava embaixo dele antes de ele enfiar tudo. Ele me preencheu, cada centímetro, e eu me contorcia, só de senti-lo duro e grande dentro de mim.

Então ele começou a sair e entrar, e vieram as pequenas ondas de prazer. Observei aquela escuridão inteira deslizando para dentro e para fora da minha carne branca, e a simples visão fez com que eu gritasse.

Minha pele começou a brilhar como se eu tivesse engolido a lua e a pele negra de Doyle também ficou luminosa, com todas as cores que apareciam nos olhos dele. Era como se Doyle fosse um poço de água preta parada refletindo a lua e a lua fosse eu. As cores fortes e dançantes fluíam sob a pele dele, o quarto foi ficando cada vez mais iluminado, piscando, como se nós dois ardêssemos em chamas multicoloridas. Criávamos sombras nas paredes, no teto, parecia que estávamos no centro de alguma fonte imensa de luz, alguma chama gigantesca, e nos tornamos essa luz, esse fogo, esse calor.

Tive a sensação de que nossas peles estavam derretendo e se misturando, que todas as luzes dançantes fluíam na minha pele. Mergulhei no brilho escuro de Doyle e ele foi engolido pelo meu brilho branco. Em algum ponto no meio disso tudo ele me fez gritar, gritar e gritar, eu me afoguei num prazer tão intenso que se igualou à dor. Ouvi Doyle gritar também, aquele uivo agudo, mas naquele instante nada mais importava. Ele podia destroçar minha garganta e eu morreria sorrindo.

Voltei a mim e Doyle estava prostrado sobre o meu corpo, ofegante, com as costas cobertas de suor e de sangue. Levantei as mãos e vi sangue na minha pele branca, brilhando feito néon na luminosidade que se apagava. Naquele último momento de inconsciência eu tinha feito sangrar as costas dele. Senti o primeiro fio ardido de sangue e descobri marcas dos dentes dele no meu ombro, sangrando, doendo um pouco, mas não muito, ainda não. Nada podia doer muito com o corpo de Doyle em cima e dentro do meu, enquanto nós dois reaprendíamos a respirar, a existir em nossos próprios corpos outra vez.

– Machuquei você? – As primeiras palavras ofegantes que Doyle pronunciou.

Toquei a mordida no ombro com os dedos ensanguentados, misturei os brilhos de néon como se mistura tinta, e estendi os dedos na frente do rosto dele.

– Acho que devo fazer a mesma pergunta para você.

Doyle passou a mão no sangue das costas como se não tivesse sentido nada antes. Apoiou-se em um cotovelo e ficou olhando para o sangue nas mãos. Então jogou a cabeça para trás e não parava mais de rir, até cair em cima de mim de novo, e quando parou de rir, ele chorou.

19

Ficamos abraçados sobre o leito do cabelo de Doyle. Parecia uma pele de animal roçando em todo o meu corpo. Aninhei a cabeça na curva do ombro dele. Seu corpo era sedoso, musculoso e quente. Passei os dedos na linha da cintura, na curva do quadril, um gesto distraído, não exatamente sensual. Era mais para ter certeza de que podia tocar nele daquele jeito. Estávamos nos alisando assim, em silêncio, há alguns minutos. Doyle me segurava perto, mas não perto demais, com uma das mãos embaixo de mim, nas minhas costas. Ele queria espaço para passar a outra em todo o meu corpo e também queria dar espaço para eu tocar nele. Queria sentir mãos acariciando seu corpo. Sua carência não era apenas de sexo, era também de contato físico. Eu sabia que os humanos tinham esse tipo de carência. Crianças podiam morrer com a falta desse contato, mesmo que fossem atendidas em todas as outras necessidades. Mas não sabia que os encantados também sentiam isso, especialmente o objeto intocável conhecido como Escuridão da Rainha.

Mas ele estava deitado ao meu lado, sorrindo, passando os dedos na minha barriga, rodeando meu umbigo.

Avistei o espelho da cômoda atrás da cabeça dele. Minha blusa estava pendurada no meio do espelho, como se alguém a tivesse posto lá.

Doyle viu que eu espiava o espelho. Acariciou meu rosto.

– O que está vendo?

Sorri para ele.

– Estava só imaginando como conseguimos pendurar minha blusa no espelho.

Doyle virou a cabeça até onde pôde, com o peso de nós dois em cima do cabelo dele. Quando desvirou, sorria de orelha a orelha.

– Você já procurou seu sutiã?

Arregalei os olhos espantada e me apoiei nos cotovelos para ver o resto da cômoda por cima do corpo de Doyle. Ele me fez abaixar gentilmente, com a mão no meu ombro.

– Atrás de você.

Caí de costas, ainda em cima do braço dele. Meu sutiã de renda verde, que combinava com a calcinha e com a blusa, estava pendurado nas folhas do filodendro cujo vaso ficava em cima do armário de laca preta no canto. Parecia um enfeite de Natal mal escolhido.

Balancei a cabeça, achando certa graça.

– Não lembro de estar com tanta pressa assim.

Doyle curvou a mão na minha cintura, desceu para o quadril e me puxou para mais perto dele.

– Eu estava com pressa. Queria vê-la sem roupa. Queria sentir seu corpo na minha pele.

Ele apertou a pele nua em todo o meu corpo. Bastou a força daqueles braços para me fazer estremecer, mas a sensação de Doyle crescendo e enrijecendo contra mim era avassaladora.

Deslizei as mãos para debaixo das nádegas retesadas dele e o puxei para mim. Ele também desceu as mãos para as minhas nádegas e apertou nossos corpos juntos. Cheguei a imaginar se não doía se espremer assim com tanta força sobre mim. O pênis de Doyle foi crescendo e ele pressionou minha barriga, que ficou mais macia. Ele se esfregou na minha carne e eu gritei.

Senti o formigamento daquela onda de magia um segundo antes de a voz encher o quarto:

– Ora, se isso não é uma bela visão.

Nós dois rolamos para ver a Rainha do Ar e da Escuridão, Andais, minha tia, dona de Doyle, sentada no pé da sua própria cama, nos observando.

20

A rainha usava um vestido de baile preto que brilhava com a luz das velas, fitas pretas prendiam as dobras, luvas de cetim preto cobriam os braços brancos, alças pretas nos ombros. O cabelo negro estava preso no topo da cabeça com cachos soltos emoldurando artisticamente o rosto e o pescoço comprido. Os lábios eram da cor de sangue fresco, os olhos cinzentos tricolores com riscos de rímel preto, de forma que pareciam enormes no rosto magro.

Vê-la assim, vestida a rigor, não era novidade nenhuma. Andais gostava muito de festas e aproveitava qualquer pretexto. A novidade era o fato de a cama atrás dela estar vazia. A rainha nunca dormia sozinha.

Ficamos olhando para ela, meio paralisados. Doyle apertou meu braço e eu falei sem pensar:

– Majestade, fico contente com a sua chamada, apesar de inesperada.

Disse isso com voz neutra, ou com a maior neutralidade possível. Dar algum sinal antes de aparecer daquele jeito era considerado boa educação. Nunca se sabe o que as pessoas podem estar fazendo.

– Você está me criticando, sobrinha?

A voz dela era fria, quase raivosa. Eu não tinha feito nada para aborrecê-la, pelo menos não que eu soubesse.

Instalei-me numa posição mais confortável, encostada em Doyle. Queria ter um robe, mas sabia que me cobrir implicaria em não gostar, ou não confiar na rainha, quando ela tinha sido apenas cortês. E o fato de ser verdade era motivo apenas para eu me preocupar, não ela.

– Não tive a intenção de criticar, tia Andais. Estava apenas constatando um fato. Não esperávamos sua chamada esta noite.

– Não é mais noite, sobrinha, já é de manhã, logo antes do nascer do sol. Vejo que não dormiu mais do que eu.

– Como você, tia, tive coisa melhor para fazer.

Ela tocou na saia rodada do vestido de baile.

– Sim, outra festa. – Andais não parecia muito satisfeita.

Eu queria perguntar se a festa não tinha sido do agrado dela, mas não tive coragem. Era uma pergunta pessoal demais para fazer para a rainha, e ela se ofendia com muita facilidade.

Andais respirou fundo, com isso a frente do vestido se moveu, como se não fosse bastante justa, um bustiê sem enchimento. Se você não é muito bem-dotada, pode usar esses vestidos que parecem flutuar em volta do corpo. Para mim seria um constrangimento com hora marcada. Nudez proposital é muito diferente de escapar do vestido acidentalmente.

Ela olhou para nós com aqueles seus olhos dramáticos. O olhar infeliz mudou, se estreitou e virou outro que eu conhecia bem demais. De malícia.

– Você está sangrando, minha Escuridão.

Olhei para Doyle e notei que ele ainda estava deitado de lado, de frente para mim, o que dava a ela uma visão das costas dele e das marcas de unhas na pele negra.

– Sim, minha rainha – disse ele com a voz perfeitamente neutra e perfeitamente cautelosa.

– Quem machucou a minha Escuridão?

Mas Andais já olhava para mim, com um olhar nada amistoso.

– Não considero isso machucar, minha rainha – disse Doyle.

Ela olhou rapidamente para ele e depois de novo para mim.

– Você andou bastante ocupada, Meredith.

Afastei-me um pouco de Doyle, de modo que fiquei mais ou menos sentada.

– Pensei que você queria que eu me ocupasse bastante, tia Andais.

– Não sei se vi seus seios nus antes, Meredith. São um pouco grandes para uma encantada, mas muito bonitos.

Não havia desejo nos olhos dela, nem bondade, apenas um brilho perigoso. Tudo que Andais tinha dito até aquele momento podia ser confundido com boa educação. Ela de fato nunca vira meus seios, por isso devia elogiá-los. Mas só se eu estivesse procurando ser atraente, e não estava. Por acaso eu estava sem roupa. Não sentia sensualidade nenhuma perto da minha tia, e isso tinha a ver com mais do que o fato de eu ser heterossexual, muito mais.

– E você, minha Escuridão, faz tantos séculos desde que o vi nu pela última vez que nem lembro. Por que está de costas para mim? Tem algum motivo para se esconder? É alguma aberração que não recordo, que estraga toda essa escuridão?

Andais tinha o direito de elogiá-lo, mas perguntar se ele era deformado, exigir que se exibisse para ela, isso era indelicado. Se fosse qualquer outra pessoa, ou quase, eu a mandaria para o inferno.

– Não há nada estragado aqui, tia Andais – disse eu, e sabia que meu tom de voz não soava suficientemente neutro.

Eu tinha perdido a habilidade de controlar a voz em todos aqueles anos que passei longe da corte. Ia ter de reaprender, e rápido.

O olhar dela para mim foi gélido.

– Não estava falando com você, princesa Meredith. Estava falando com a minha Escuridão.

A rainha usou meu título, não sobrinha, nem apenas meu nome, mas o título. Não era bom sinal.

Doyle apertou meu braço de novo, dessa vez com mais força, como se dissesse para eu me comportar. Ele respondeu para Andais, mas não com palavras. Rolou de costas, com os joelhos dobrados, de modo que as coxas o escondiam dela, depois abaixou a perna do lado de Andais, lentamente, como uma cortina descendo.

Agora o que havia nos olhos da rainha era calor, febre, verdadeira carência.

– Minha nossa, Escuridão, você andou guardando segredos.

Ele virou a cabeça para ela.

– Nada que você não pudesse ter descoberto em qualquer minuto dos últimos mil anos.

Agora era a voz dele que não soava neutra. Foi uma pequena mudança de tom, uma leve inflexão de reprovação, mas eu nunca tinha visto Doyle perder nem esse tipo de controle na frente de Andais.

Foi a minha vez de pressionar a mão na barriga dele, apenas um toque para ele lembrar com quem estávamos falando. Acho que meu rosto não aparentou o medo que se enroscava na minha espinha.

O rei Taranis talvez não me fizesse mal com medo de Andais, mas Andais podia me machucar se ficasse irritada. Talvez se arrependesse depois, mas morto é morto.

O olhar que ela deu para Doyle bastou para que eu apertasse a pele dele, uma leve pressão com as unhas. O corpo dele reagiu e torci para ser suficiente para ele se lembrar de pisar em ovos.

– Cuidado, Escuridão, senão vou me distrair e esquecer o motivo desse meu chamado.

– Estamos à espera do seu informe, rainha Andais – disse eu.

Então ela olhou para mim com menos irritação, com certo espanto e por trás um cansaço. Andais não costumava ser assim tão fácil de traduzir. Imaginei que era porque não precisava ter cuidado conosco.

– O Inominável está solto.

Doyle pôs os pés no chão e sentou. De repente não fazia diferença se estava nu, ninguém se importava com isso. O Inominável era o pior das duas cortes, Abençoada e Profana. Era o último grande feitiço que as duas cortes tinham criado juntas. Tinham se livrado de tudo que era horrível demais, faminto demais, para que pudéssemos viver neste novo país. Ninguém exigiu isso dos encantados, mas não queríamos ser forçados a sair do último país que nos aceitava, por isso sacrificamos um pouco do que éramos para nos tornar mais... humanos. Alguns diziam que o Inominável era a razão de estarmos começando a desaparecer, mas isso não era verdade. Os encantados estavam desaparecendo havia séculos. O Inominável era apenas um mal necessário. Por isso não transformamos a América em mais um campo de batalha.

– Foi você que o libertou, minha rainha? – perguntou Doyle.

– Claro que não – disse ela.

– Então quem foi? – perguntou ele.

– Eu podia contar uma bela história, mas, no fim das contas, a resposta é que eu simplesmente não sei.

Era óbvio que ela não gostava de assumir isso e também que estava dizendo a verdade. Andais tirou uma das luvas pretas com um movimento brusco e ficou passando-a de uma mão para outra.

– Há poucos seres no mundo encantado que podem fazer uma coisa dessas – disse Doyle.

– E acha que não sei disso? – retrucou ela.

– O que quer que façamos, minha rainha?

– Eu não sei, mas a última notícia que tivemos foi de que estava indo para o oeste.

– Acredita que virá para cá? – perguntou ele.

– Acho que não – disse ela, batendo com a luva no braço. – Mas o Inominável é praticamente incontrolável. É tudo que abdicamos, uma quantidade grande de poder. Se foi lançado para ir atrás de Meredith, vocês vão precisar de todo o tempo de preparação que puderem ter.

– Você realmente acha que foi libertado para vir atrás da princesa?

– Se tivesse sido libertado à toa, já teria arrasado o país a essa altura. Mas não fez isso.

Ela se levantou e nos deu uma visão do decote do vestido que deixava as costas nuas. Virou de frente de novo, de repente.

– Desapareceu de vista, de todas as nossas visões, com muita rapidez. Não conseguimos rastreá-lo, e isso quer dizer que está recebendo ajuda de alguém muito graduado.

– Mas o Inominável é parte das cortes, uma parte de quem você era. Você devia poder rastreá-lo como faria com a própria sombra.

Assim que acabei de falar, soube que devia ter ficado calada.

Toda a fúria apareceu no rosto dela, na sua postura, nas mãos que apertavam os cotovelos. Ela estremeceu de raiva. Acho que por um segundo ficou furiosa demais até para falar.

Doyle ficou de pé e se posicionou na minha frente.

– Já informou para a Corte Abençoada?

– Não precisa escondê-la, Escuridão. Estou me esforçando demais para mantê-la viva, não vou matá-la. E, sim, os abençoados sabem o que aconteceu.

– As duas cortes vão se unir para procurar o Inominável? – perguntou ele.

Doyle não tinha saído da minha frente, por isso eu tinha de ficar espiando de um lado e de outro do corpo dele, feito criança. Não era exatamente o comportamento de uma presença forte. Mudei de lugar para poder ver o espelho e os dois me ignoraram.

– Não.

– Mas certamente seria bom para as duas cortes.

– Taranis está dificultando as coisas. Age como se o Inominável tivesse apenas energia profana. Finge que toda a sua luz não tem mácula. – Andais fez cara de quem comeu e não gostou. – Ele não vai reconhecer sua paternidade, por isso não quer ajudar, pois fazer isso é admitir sua parte na criação.

– Isso é tolice.

Ela fez que sim com a cabeça.

– Ele sempre se interessou mais pela ilusão da pureza do que pela própria pureza.

– O que pode enfrentar o Inominável? – perguntou ele com a voz suave, quase como se pensasse em voz alta.

– Não sabemos, porque o criamos sem testá-lo. Mas está cheio de mágicas muito antigas, coisas que não toleramos mais nem entre os profanos.

Ela sentou na beira da cama, nervosa.

– Quem quer que o libertou e escondeu de nós... se consegue realmente controlá-lo, tem uma arma poderosa.

– O que quer de mim, minha rainha?

Ela levantou a cabeça e sua expressão era amigável.

– E se eu dissesse para você vir para casa, voltar para cá e me proteger? E se eu dissesse que não me sinto segura sem você e Frost ao meu lado?

Doyle abaixou-se sobre um joelho. O rosto dele sumiu numa onda de cabelo.

– Ainda sou o capitão dos Corvos da Rainha.

– Você viria? – perguntou ela em voz baixa.

– Se você ordenar.

Sentei na cama e procurei manter uma expressão neutra. Abracei os joelhos apertados no peito e tentei não olhar para nada. Se pudesse não pensar, não deixaria nada transparecer.

– Você diz que ainda é o capitão dos meus Corvos, mas será que ainda é minha Escuridão ou pertence a outra agora?

Ele ficou de cabeça baixa e em silêncio. Fiquei me esforçando para não pensar em nada. Ela olhou com raiva para mim.

– Você roubou a minha Escuridão, Meredith.

– O que quer que eu diga, tia Andais?

– É bom mesmo lembrar que é sangue do meu sangue. Ver as costas dele unhadas me dá esperança de que você seja mais minha do que eu imaginava.

Nada, nada, não podia pensar em nada. Imaginei um vazio como se olhasse através de um vidro para outro, e mais um, e mais outro. Transparente, nada.

– O Inominável foi libertado por algum motivo, Escuridão. Enquanto eu não descobrir que motivo é esse, vou tratar de proteger meu patrimônio. A bela Meredith é parte desse patrimônio. Ainda tenho esperança de obter um filho dela.

Ela olhou para mim e não foi um olhar simpático.

– Ele é tão magnífico como parece?

Fiz força para minha voz combinar com minha expressão vazia:

– É.

A rainha suspirou:

– Que pena... mas eu não gostaria que nascessem cachorrinhos, não é?

– Cachorrinhos? – disse eu.

– Ele não contou para você? Doyle tem duas tias cuja forma verdadeira é de cão. A avó dele era um dos cães da grande caçada. Cães do inferno, é como os humanos os chamam agora, mas você sabe que não temos nada a ver com o inferno. É um sistema religioso completamente diferente.

Lembrei dos uivos e da expressão faminta nos olhos de Doyle.

– Eu sabia que Doyle não era encantado puro.

– O avô dele era um puca tão perverso que procriou em forma de cão com a própria matilha infernal e viveu para contar a história.

Ela sorriu, um sorriso docemente malicioso.

– Então Doyle é um saco de gatos genético como eu.

Minha voz continuava neutra. Ponto para mim.

– Mas você sabia que ele era parte cachorro antes de levá-lo para a sua cama?

Doyle ficou meio ajoelhado durante toda essa troca, com o cabelo escondendo o rosto.

– Eu sabia que ele tinha parte do sangue da matilha de cães antes de fazer sexo comigo.

– É mesmo? – perguntou Andais como se não acreditasse em mim.

– Ouvi o uivo dos cães saindo de sua boca.

Afastei o cabelo para ela poder ver a marca da mordida no meu ombro, bem perto do pescoço.

– Eu sabia que ele sonhava com a minha carne de várias maneiras antes de permitir que ele satisfizesse suas diversas fomes.

O olhar de Andais endureceu de novo.

– Você me surpreende, Meredith. Nunca pensei que tivesse estômago para violência.

– Não gosto de machucar as pessoas. Violência no quarto, quando todos estão de acordo, é diferente.

– Nunca achei que fosse diferente – disse ela.

– Eu sei – disse eu.

– Como faz isso? – perguntou ela.

– Como faço o que, minha rainha?

– Como faz para soar tão neutra, completamente insensível, e ao mesmo tempo consegue dizer "vá à merda" com um sorriso e palavras suaves.

– Não é proposital, tia Andais, acredite em mim.

– Pelo menos você não tentou negar.

– Não mentimos uns para os outros – disse eu, e dessa vez minha voz soou cansada.

– Levante-se, Escuridão, e mostre para a sua rainha suas costas lanhadas.

Ele ficou de pé sem dizer palavra, deu as costas para o espelho e afastou o cabelo para um lado.

Andais se aproximou do espelho, estendeu a mão enluvada e por um segundo pensei que ia atravessar o espelho e sair do nosso lado como uma imagem em três dimensões.

– Eu achava que você era dominador, Doyle, e não gosto de ser dominada.

– Você nunca perguntou do que eu gostava, minha rainha. – Ele continuava de costas para o espelho.

– Também nunca pensei que você fosse tão dotado aí embaixo. – A rainha parecia triste, como criança que não recebeu o presente que esperava no aniversário. – Quero dizer, você descende de cães e pucas, e eles não são grande coisa nesse sentido.

– A maioria dos pucas tem mais de uma forma, minha rainha.

– Cão e cavalo, às vezes águia... sim, eu sei muito bem. Mas o que isso tem a ver... – Ela interrompeu a frase e um sorriso entortou os cantos da boca com batom. – Quer dizer que seu avô podia se transformar num cavalo, além de cachorro?

Ele respondeu baixinho:

– Sim, minha rainha.

– O seu está pendurado como o de um cavalo. – Ela deu risada.

Doyle não disse nada, apenas sacudiu seus ombros largos. Eu fiquei espantada demais com a risada para participar. Nem sempre era boa coisa rir com a rainha.

– Minha Escuridão, isso é deslumbrante, mas você não é um cavalo.

– Os pucas são mutantes de formas, minha rainha.

A risada ficou menos exuberante e então ela disse, com voz ainda leve de riso:

– Está querendo dizer que você pode mudar o tamanho?

– E eu insinuaria uma coisa dessas? – perguntou ele com a voz neutra.

Observei emoções passando rápido demais no rosto de Andais, que nem dava para acompanhar: incredulidade, curiosidade e finalmente um desejo sofrido. Ela olhava fixo para ele do jeito que os avarentos admiram o ouro, com um desejo ganancioso, possessivo, egoísta.

– Quando tudo isso acabar, Escuridão, se não tiver gerado um filho com a princesa, cobraremos essa sua bravata.

Acho que minha cara de paisagem falhou, mas ainda tentei me agarrar a ela.

– Não sou de bravatas, minha rainha – disse Doyle, quase sussurrando.

– Não sei o que eu quero neste momento, minha Escuridão. Se você fizer um filho em Meredith, jamais conhecerei a felicidade que poderia me proporcionar. E ainda acredito no que sempre acreditei, naquilo que realmente o manteve afastado da minha cama.

– Posso perguntar o que é? – disse ele.

– Pode. E eu talvez até responda.

O silêncio se prolongou por um ou dois segundos, então Doyle falou:

– O que acha que me manteve afastado de sua cama todos esses anos?

Ele virou a cabeça para poder ver o rosto dela quando fez a pergunta.

– Que você seria rei de fato, não só no nome. E que eu não divido meu poder. – Ela olhou para mim. Lutei para não demonstrar nada, mas sabia que estava perdendo. – E quanto a você, Meredith? Como se sente de ter um verdadeiro rei, alguém que exigirá a partilha do seu poder e de mais do que a sua cama?

Pensei em algumas respostas, descartei todas e procurei dizer a verdade, com muito cuidado:

– Tenho mais facilidade de compartilhar do que você, tia Andais.

Não consegui decifrar o olhar dela para mim. Apenas sustentei o meu para ela, e deixei a sinceridade do que tinha dito aparecer:

– Você compartilha melhor do que eu, você compartilha melhor do que eu. O que isso significa, se eu não compartilho de jeito nenhum?

– É verdade, tia Andais. Significa exatamente o que eu disse, nada mais, nada menos.

Ela continuou olhando para mim por muito tempo.

– Taranis também não divide o poder dele com ninguém.

– Eu sei – disse eu.

– Você não pode ser um ditador se não ordena.

– Estou aprendendo que uma rainha deve governar os que estão à sua volta, governá-los de fato, mas não estou aprendendo que uma rainha deve ordenar para todos à sua volta. Estou descobrindo que vale a pena escutar os conselhos dos meus guardas, que você sabiamente enviou para mim.

– Eu tenho conselheiros – disse ela, e pareceu estar na defensiva.

– Taranis também tem – disse eu.

Andais recostou em uma das colunas da cama. Deu a impressão de que desmoronava, brincando com as fitas pretas do vestido.

– Mas nenhum de nós dá ouvidos para eles. O imperador está nu.

Esse último comentário me pegou desprevenida. E devo ter demonstrado, porque ela disse:

– Você parece surpresa, minha sobrinha.

– Não esperava que você conhecesse a história.

– Tive um amante humano algum tempo atrás, que gostava de histórias infantis. Lia para mim quando eu não conseguia dormir. – Sua voz tinha uma tristeza sonhadora, um tom de verdadeira nostalgia.

Andais continuou falando em tom mais normal:

– O Inominável foi libertado. A última vez que o viram estava indo para o oeste. Duvido que chegue tão longe, ao oceano Ocidental, mas achei que vocês deviam saber mesmo assim.

Com isso Andais fez um gesto e sua imagem sumiu do espelho.

Vi meus olhos muito arregalados no reflexo.

– Você não consegue programar o espelho para que ninguém entre nele sem um aviso antes?

– Consigo – disse ele.

– Então faça isso.

– A rainha pode não gostar.

Fiz que sim com a cabeça, concordando, olhando para minha cara de susto no espelho, porque agora que não precisava mais fingir podia aparentar todo o medo que sentia.

– Apenas faça, Doyle, faça isso. Não quero mais nenhuma surpresa esta noite.

Ele foi até o espelho e fez pequenos gestos nas bordas. Senti o feitiço formigando na minha pele quando subi na cama outra vez.

Doyle chegou perto da cama e hesitou.

– Você ainda quer companhia?

Estendi os braços para ele.

– Venha para a cama e me abrace enquanto eu durmo.

Ele sorriu e entrou embaixo do lençol. Encaixou o corpo no meu, fiquei abrigada em seus braços, no peito dele, na barriga, na virilha, nas coxas. Ele me abraçou e eu puxei seu calor sedoso em volta de mim.

Doyle falou baixinho enquanto eu adormecia:

– Você não se importa com o fato da minha avó ter sido uma cadela da matilha do inferno e meu avô um puca?

– Não – respondi, com a voz cheia de sono. – Posso mesmo acabar tendo filhotinhos de cachorro? – perguntei.

– É pouco provável.

– Está bem.

Eu estava quase dormindo, quando senti que Doyle me abraçou com mais força, como se eu fosse seu porto seguro e não o contrário.

21

A Agência de Detetives Grey não costumava ser chamada para cenas de crimes. No passado tínhamos ajudado a polícia quando algo místico agia mal, mas em geral era como isca ou como consultores. Eu podia contar só nas duas mãos o número de cenas de crime que vi e ainda sobravam uns dois dedos.

Hoje eu tinha um dedo a menos para contar. O corpo da mulher já estava numa maca. O cabelo louro cobria o rosto, dourado mais escuro onde o mar havia molhado. O vestido muito curto era azul-claro mas estava azul-escuro onde a água o tinha encharcado. Uma fita bem larga, que devia ser branca, ficava logo abaixo dos seios, ajustando bem o vestido para levantar e uni-los no colo. As pernas compridas eram bronzeadas e sem meias. As unhas dos pés estavam pintadas de azul, combinando com as da mão. Os lábios tinham uma estranha cor azul também, mas era batom mesmo, não algum sinal da morte.

– A cor do batom tem o nome Asfixia.

Virei para a mulher alta logo atrás de mim. A detetive Lucinda Tate se aproximou com as mãos nos bolsos da calça. Tentou dar seu sorriso habitual, mas não funcionou. O olhar era de preocupação e o riso desapareceu antes de realmente se instalar. Por baixo do senso de humor os olhos dela eram sempre cínicos, mas hoje o cinismo tinha transbordado e engolido o humor.

– Desculpe, Lucy, mas o que você disse sobre o batom?

– O nome dele é Asfixia. Feito para imitar a cor labial de alguém que morreu sufocado. Bem irônico – disse ela.

Olhei para a mulher de novo. Havia manchas azuladas e brancas em volta dos olhos, nariz e bordas dos lábios. Senti uma vontade enorme de limpar o batom para ver se os lábios estavam mesmo daquela cor. Não fiz isso, mas a vontade foi como uma comichão nas palmas das mãos.

– Então ela morreu sufocada – disse eu.

Lucy meneou a cabeça.

– Sim.

Franzi a testa, confusa.

– Ela não morreu afogada?

– Duvido. Nenhum dos outros morreu por afogamento.

Fiquei espantada.

– Outros?

– Jeremy teve de ir com Teresa para o hospital.

– O que aconteceu? – perguntei.

– Teresa tocou num batom que uma das mulheres ia passar nos lábios antes de morrer. Teresa começou a hiperventilar, depois não conseguia mais respirar. Se não tivéssemos os paramédicos na cena, ela poderia ter morrido. Eu devia saber que não podia convidar uma das clarividentes mais poderosas do país para esta confusão.

Ela olhou para Frost, que estava um pouco afastado, com uma das mãos segurando o outro pulso, em pose típica de guarda-costas. O que estragava um pouco o efeito era seu cabelo prateado rodopiando em volta dele com o vento, como se quisesse se libertar do rabo de cavalo. A camisa rosa-claro combinava com o lenço no bolso do paletó branco que combinava com a calça. O cinto fino prateado combinava com o cabelo. Os mocassins brilhantes eram marrons bem claros. Ele parecia mais um manequim da última moda do que um guarda, apesar de o vento de vez em quando revelar o coldre preto de ombro por baixo de todo aquele branco e rosa.

– Jeremy disse que você tinha se atrasado hoje – disse a detetive Lucy. – Tem dormido bem ultimamente, Merry?

– Não muito.

Não me dei ao trabalho de explicar que não foi Frost que me impediu de dormir a noite passada. Estávamos tendo uma conversa amigável, vazia, sem sentido, só para preencher aquele silêncio ventante, ali paradas ao lado da mulher morta.

Examinei o rosto dela, bonito, mesmo na morte. O corpo parecia magro, não exatamente forte, era como se ela tivesse feito dieta para emagrecer até atingir um certo manequim. Se soubesse que ia morrer a noite passada, será que sairia do regime um dia antes?

– Qual é a idade dela?

– A carteira de identidade diz que tinha 23 anos.

– Parece mais velha – disse eu.

– Regime para emagrecer e sol demais provocam isso.

Não havia mais qualquer sinal de humor. Lucy olhou muito séria para o penhasco acima de nós.

– Está preparada para ver o resto?

– Claro, mas estou um pouco confusa, não entendi por que você chamou Jeremy e todos nós. É triste, mas ela se matou, ou sufocou até morrer, ou qualquer coisa. Morreu asfixiada, é horrível, mas por que nos chamou?

– Não pedi que seus dois guarda-costas viessem.

Pela primeira vez vi hostilidade na expressão da detetive. Ela apontou para Rhys lá embaixo, na praia. Frost talvez estivesse meio sem jeito, mas Rhys estava se divertindo muito.

Ele observava tudo com olhos de águia, sorrindo, cantarolando de boca fechada o tema da série *Havaí 5.0*. Pelo menos era isso que ele estava cantando quando fomos até mais adiante na areia para ver alguns policiais chapinhando na água. Rhys já tinha cantarolado o tema de *Magnum*, até Frost dizer para ele parar. Rhys preferia filmes *noir* e no fundo era um eterno fã de Bogart, só que Bogie não fazia mais filmes. Nos últimos meses Rhys tinha descoberto reprises coloridas e estava adorando.

Ele virou-se para nós, acenou e sorriu. Sua capa branca inflou em volta dele como asas quando ele veio andando pela praia. Teve de tirar seu chapéu fedora para não ser levado para o mar pelo vento.

– Rhys é mórbido nas cenas de crime – disse a detetive Lucy. – Ele sempre se diverte muito, como se ficasse feliz de ver alguém morto.

Eu não sabia como explicar que Rhys já tinha sido adorado como deus da morte, de modo que a morte não o incomodava tanto mesmo. Mas era melhor não revelar essa parte para a polícia.

– Você sabe o quanto ele gosta de filmes *noir* – disse eu.

– Isso não é um filme – disse ela.

– Por que está tão irritada, Lucy? Já vi você em cenas de crimes muito piores do que esta. Por que está tão... incomodada?

– Espere só para ver. Não vai precisar perguntar depois.

– Será que pode me contar, Lucy, por favor?

Rhys nos alcançou, com a cara toda brilhante como um garoto na manhã de Natal.

– Oi, detetive Tate. Não há vasos estourados nos olhos da garota, nenhum hematoma em qualquer lugar visível. Alguém sabe como ficou sem ar?

– Você examinou o corpo? – perguntou ela com frieza.

Ele balançou a cabeça que sim, e sorriu.

– Pensei que era para isso que estávamos aqui.

Ela apontou um dedo para o peito dele.

– Você não foi convidado para esse show. Merry foi, Jeremy foi, Teresa foi, mas você... – ela espetou o dedo no peito dele – ... não foi.

O sorriso sumiu e o olho tricolor azul ficou gelado.

– Merry precisa de dois guarda-costas com ela o tempo todo. Você sabe disso.

– É, eu sei disso.

Lucy cutucou Rhys de novo com tanta força que ele recuou um pouco.

– Mas não gosto de ver você se metendo nas minhas cenas de crime.

– Conheço as regras, detetive. Não mexi nas suas provas. Fiquei fora do caminho para não atrapalhar ninguém, desde os médicos legistas até o fotógrafo com a câmera de vídeo.

O vento aumentou e soprou o cabelo preto no rosto de Lucy, por isso ela teve de tirar a mão do bolso para afastá-lo dos olhos.

– Então fique fora do meu caminho também, Rhys.

– Por quê? O que foi que eu fiz de errado?

– Você gosta disso. – Ela praticamente cuspiu isso na cara dele. – Não é para gostar.

Lucy caminhou com passos largos pela praia até a escada que levava até a estrada, o estacionamento e o clube no pequeno promontório.

– Quem foi que pisou no calo dela? – perguntou ele.

– Ela está assombrada com o que tem lá em cima e precisa de alguém em quem descontar. Esse alguém é você.

– Por que eu?

Frost juntou-se a nós.

– Porque ela é humana e os humanos lamentam a morte. Não gostam de ficar remexendo nela como você.

– Isso é mentira – disse Rhys. – Muitos detetives gostam do trabalho deles e eu sei que o médico legista também gosta.

– Mas eles não ficam por aí cantarolando diante da cena do crime – disse eu.

– Às vezes ficam sim – disse Rhys.

Olhei para ele de cenho franzido, procurando descobrir como tornar aquilo mais claro.

– Os humanos cantarolam de boca fechada, ou cantam, ou contam piadas de mau gosto quando estão diante dos corpos para afastar o medo. Você cantarola porque está alegre. Isso não afeta você.

Ele olhou para a mulher morta.

– Ela não se importa mais. Está morta. Não daria a mínima se encenássemos uma ópera wagneriana em cima dela.

Toquei no braço dele.

– Rhys, não são os mortos que você devia tentar contentar. São os vivos.

Ele não entendeu.

– Não demonstre alegria diante dos humanos quando olha para os mortos deles – disse Frost.

– Muito bem, mas não entendo por que eu devo fingir.

– Finja que a detetive Tate é a rainha Andais – disse eu – e que ela se incomoda quando você anda por aí com um risinho de contentamento diante dos mortos.

Vi algum raciocínio aparecer na expressão dele e depois ele sacudiu os ombros.

– Posso parecer menos alegre perto da detetive, mas continuo sem entender por quê.

Suspirei e olhei para Frost.

– Você entende por quê?

– Se fosse alguém da minha família na maca, eu sentiria alguma coisa pela morte dela.

Virei para Rhys.

– Está vendo?

Ele deu de ombros de novo.

– Vou ficar triste perto da detetive Tate.

– Apenas sério já serve, Rhys.

Tive uma visão súbita de Rhys se debulhando de chorar e gritar em cima do próximo cadáver.

– Não exagere.

Ele deu um largo sorriso e eu percebi que estava pensando exatamente no que eu temia.

– Estou falando sério, Rhys. Se não se comportar direito, Tate pode impedi-lo de aparecer nas cenas de crimes.

Rhys ficou sério de repente. Isso era importante para ele.

– Tudo bem, tudo bem. Vou me comportar. Caramba...

A detetive Tate nos chamou com um grito, a voz dela viajou no vento como as gaivotas lá no alto. Ela estava no meio da escada e era impressionante que sua voz chegasse até nós com tanta clareza.

– Venham logo. Não temos o dia inteiro.

– Na verdade, temos sim – retrucou Rhys.

Eu já estava caminhando na areia macia, indo para a escada. Arrependida de ter resolvido usar sapatos de salto alto justo hoje, por isso não recusei quando Frost me ofereceu o braço.

– Na verdade temos o quê? – perguntei para Rhys.

– Temos o dia inteiro. Temos toda a eternidade. Os mortos não vão a lugar nenhum.

Olhei para ele. Ele observava a alta detetive com um olhar distante, quase sonhador.

– Sabe de uma coisa, Rhys?

Ele virou para mim com uma sobrancelha erguida.

– Lucy tem razão. Você é uma assombração numa cena de crime.

Ele deu um sorriso largo outra vez.

– Não tão assombroso como gostaria de ser.

– O que quer dizer com isso?

Rhys não respondeu. Simplesmente saiu andando na nossa frente com seus sapatos de salto baixo. Virei para Frost.

– O que ele quis dizer com aquilo?

– Rhys já foi chamado um dia de Lorde dos Restos.

– E o que é isso? – perguntei, quase tropecei nos saltos e me agarrei com mais força no braço dele.

– Esses restos vêm de uma palavra poética, antiga, que significa cadáver, daí restos mortais.

Fiz Frost parar com as mãos no braço dele. Tentei ver seus olhos através de uma mecha do seu cabelo prateado e do meu, vermelho, esvoaçando na frente do rosto.

– Quando um encantado é chamado de lorde de qualquer coisa é porque tem poder sobre ela. Então o que você está dizendo? Que Rhys pode matar? Eu já sabia disso.

– Não, Meredith. Estou dizendo que em determinado ponto ele era capaz de ressuscitar os mortos, aqueles que tinham morrido há muito tempo, estavam enrijecidos e frios, fazê-los levantar e lutar ao nosso lado em batalhas.

Fiquei olhando para ele.

– Não sabia que Rhys tinha esse tipo de poder.

– Não tem mais. Quando o Inominável foi criado, Rhys perdeu o poder de levantar exércitos de mortos. Não precisávamos mais de exércitos entre nós e lutar contra os humanos desse jeito resultaria na nossa expulsão deste país. – Frost hesitou um pouco e depois continuou: – Muitos de nós perdemos nossos poderes do outro mundo quando o Inominável surgiu. Mas não conheço ninguém que tenha perdido tanto quanto Rhys.

Observei Rhys andando na nossa frente, seus cachos brancos soprados pelo vento e se misturando com o branco do paletó. Ele passara de um deus capaz de invocar exércitos inteiros à vontade para ser... Rhys.

– É por isso que ele não me diz seu verdadeiro nome, o nome com que era adorado?

– Ao perder seus poderes, ele assumiu o nome Rhys e disse que o outro estava morto, junto com a sua mágica. Todos, inclusive a rainha, sempre respeitaram isso. Podia muito bem ser qualquer um de nós no lugar dele, perdendo grande parte de nós mesmos para o feitiço.

Equilibrei-me em um pé para tirar o sapato de salto alto. Meus pés descalços, só de meias, seriam melhores para andar na areia.

– Como vocês conseguiram que todos concordassem com o Inominável?

– Os detentores do poder decretaram pena de morte para qualquer um que se opusesse a ele.

Eu devia ter adivinhado. Passei os sapatos para uma das mãos e apoiei a outra de novo no braço de Frost.

– Eu quis dizer: como foi que Andais convenceu Taranis?

– Esse é um segredo que só a rainha e Taranis conhecem. – Frost tocou no meu cabelo e o afastou do meu rosto. – Diferente de Rhys, eu não gosto de estar próximo de tanta morte e tristeza. Estou querendo que a noite chegue logo.

Virei o rosto e beijei a palma da mão dele.

– Eu também.

– Merry! – berrou Lucy Tate do alto da escada.

Rhys estava a um passo dela. Lucy desapareceu de vista e Rhys junto, como se a perseguisse, mas não exatamente. Se é que se podia chamar de perseguição um andar casual.

Apertei o braço de Frost.

– É melhor nos apressarmos.

– É – disse Frost. – Não confio no senso de humor de Rhys sozinho com a detetive.

Trocamos olhares naquela praia cheia de vento e saímos correndo para a escada. Acho que nós dois esperávamos chegar lá antes que Rhys inventasse alguma gracinha de mau gosto. Só que eu não acreditava que chegaríamos a tempo.

22

Alguns corpos estavam em sacos plásticos, os casulos dos quais nada despertava. Mas os sacos tinham acabado e estavam enfileirando os corpos, descobertos. Não dava para contar quantos eram. Mais de cinquenta. Talvez uma centena, talvez mais. Não consegui começar a contar, transformá-los em objetos em fila, por isso parei de tentar fazer uma estimativa. Tentei parar de pensar em qualquer coisa.

Queria fingir que estava de novo na corte e que aquilo era uma das "diversões" da rainha. Ninguém ousava demonstrar repulsa, desgosto, horror e menos ainda medo de um de seus pequenos espetáculos. Se fizéssemos isso, ela em geral nos obrigava a participar da festa. Seus shows tratavam mais de sexo e tortura do que da morte propriamente dita, e asfixia não era uma das taras de Andais, por isso aquele pequeno desastre não seria do seu agrado. Ela provavelmente acharia que era um desperdício. Tanta gente que poderia tê-la admirado, tanta gente que ela poderia aterrorizar...

Fingi que minha vida dependia de manter a expressão neutra e de não sentir nada. Era o único modo de poder caminhar entre os corpos e não ficar histérica. *Minha vida dependia de não ficar histérica*. Repeti mentalmente, como um mantra, minha vida depende de não ficar histérica, minha vida depende de não ficar histérica, e isso me ajudou a me mover entre as filas, permitiu que eu olhasse para todo aquele horror e não saísse gritando.

Todos os corpos que não estavam cobertos tinham lábios quase do mesmo tom de azul da jovem na praia, só que obviamente não era batom. Todos tinham morrido sufocados, mas não de uma vez. Não tinham caído de repente, mágica e misericordiosamente. Alguns corpos tinham marcas de unhadas de quando agarraram suas gargantas e o peito, como se tentassem pôr ar em pulmões que não funcionavam mais.

Nove corpos pareciam diferentes dos outros. Não conseguia definir por que, mas ficava andando na frente desses nove espalhados numa fila entre os outros. Frost no início foi andando ao meu lado, mas depois voltou para um canto, fora do caminho dos apressados policiais de farda, dos à paisana, dos paramédicos e de todas as outras pessoas que sempre se juntavam em qualquer cena de crime. Lembro que fiquei surpresa a primeira vez que vi tanta gente reunida numa cena de assassinato.

Atrás de Frost havia alguma coisa coberta com uma toalha de mesa, mas não era um corpo. Levei alguns segundos para entender que se tratava de uma árvore de Natal. Alguém tinha coberto a planta artificial, todo o enfeite de Natal estava coberto. Como se não quisessem que a árvore visse os mortos, era o mesmo que tapar os olhos dos inocentes para não se corromperem. Devia parecer ridículo, mas não parecia. De algum modo era natural cobrir as decorações naquele lugar. Tapá-los para não serem contaminados.

Frost não tinha notado a árvore coberta; aliás, não prestava atenção em quase nada. Rhys, por sua vez, parecia observar tudo com muito interesse.

Ele ficou bem ao meu lado. Não estava cantarolando nem sorrindo. Tinha ficado meio amuado desde que avistamos aquela carnificina. Mas *carnificina* não era a palavra certa. Carnificina era mais descrição de sangue e carne rasgada, dilacerada. Aquilo era estranhamente limpo, quase impessoal. Não, não era impessoal, era frio. Eu tinha visto gente que gostava de carnificina e essas pessoas gostavam literalmente de cortar alguém, da sensação da lâmina penetrando na carne. Não havia nenhum êxtase selvagem nesta cena. Era apenas morte, morte fria, como se a própria Morte ganhasse vida para cavalgar naquele lugar.

– O que há de diferente nesses nove?

Eu nem percebi que tinha dito isso em voz alta, até ouvir a resposta de Rhys:

– Eles foram tranquilos, sem marcas de unhas, sem sinais de luta. Estes nove, e apenas eles, simplesmente... desabaram no lugar em que estavam dançando.

– O que, em nome da Deusa, aconteceu aqui, Rhys?

– Que diabo está fazendo aqui, princesa Meredith?

Rhys e eu viramos para o lado oposto do salão. O homem que se aproximava com passos largos desviando dos corpos tinha estatura média, era obviamente forte e estava ainda mais obviamente irritado.

– Tenente Peterson, não é? – disse eu.

A primeira e última vez que encontrei Peterson eu estava tentando convencer a polícia de investigar a possibilidade de um afrodisíaco encantado ter ido parar nas mãos da população humana. Eles me informaram que afrodisíacos não funcionavam, nem os feitiços de amor. Eu provei que funcionavam e quase provoquei um motim no Departamento de Polícia de Los Angeles. O tenente foi um dos homens que usei para provar meu argumento. Tiveram de algemá-lo para poder tirá-lo de cima de mim.

– Não seja simpática, princesa. Que merda está fazendo aqui?

Eu sorri.

– É adorável vê-lo também, tenente.

Ele não sorriu.

– Saiam já daqui, antes que eu mande expulsá-los.

Rhys chegou dois centímetros mais para perto de mim. Os olhos de Peterson viraram para ele, depois de volta para mim.

– Estou de olho nos seus dois gorilas. Se eles tentarem qualquer coisa, com ou sem imunidade diplomática, vão para a cadeia.

Olhei para trás só o suficiente para ver que Frost estava chegando mais perto. Balancei a cabeça e ele parou. Franziu a testa, evidentemente contrariado. Mas ele não precisava ficar satisfeito com nada, tinha apenas de me dar espaço.

– Você já viu tantos mortos assim antes? – perguntei, em voz bem baixa.

– O quê? – perguntou Peterson.

Repeti a minha pergunta.

Ele balançou a cabeça.

– O que isso tem a ver com qualquer coisa?

– É horrível – disse eu.

– É, é horrível, e que merda isso tem a ver?

– Você seria mais cortês se essa cena de crime não fosse tão horrível.

Ele fez um ruído que era quase uma risada, só que rouca demais.

– Ora, porra, princesa. Isso é cortês. É exatamente a cortesia que dedico a assassinos como vocês que se escondem atrás da imunidade diplomática. – Ele sorriu, mas foi mais um arreganhar de lábios, mostrando os dentes, como um rosnado.

Eu tinha sido suspeita de ter matado um homem que tentou me estuprar. Não fiz isso, mas, sem imunidade diplomática, poderia ter ido para a cadeia mesmo assim. Teria pelo menos enfrentado um julgamento. Não quis negar outra vez. Peterson não ia acreditar mais em mim agora do que tinha acreditado antes.

– Por que esses nove corpos são os únicos que morreram quietos? – perguntei.

Ele não entendeu.

– O quê?

– Por que esses nove corpos são os únicos sem sinal de luta?

– Isto é uma investigação policial e eu sou o comandante aqui. Esta investigação é minha e não dou a mínima se você é uma das nossas conselheiras civis para merda metafísica. Nem dou a mínima também para o fato de ter nos ajudado no passado. Você nunca fez merda nenhuma por mim e não preciso da ajuda de nenhuma maldita fadinha. Por isso, pela última vez, estou avisando: dê o fora daqui.

Eu tinha tentado ser simpática. Tentei ser profissional. Quando ser bom não ajuda, podemos sempre ser maus. Estendi a mão para ele, como se fosse tocar em seu rosto. Ele fez o que eu já sabia que ia fazer. Recuou.

– Qual é o problema, tenente? – Fiz questão de fazer cara de confusa.

– Nunca toque em mim.

A voz dele estava mais controlada agora. E percebi que também muito mais perigosa do que a gritaria.

– Não foi o toque na minha pele que o deixou louco na última vez, tenente. Foram as Lágrimas de Branwyn.

A voz dele ficou ainda mais baixa:

– Nunca... mais... toque em mim.

Havia algo de assustador no olhar dele. Peterson tinha medo de mim, muito medo, e por isso me odiava.

Rhys deu um passo e ficou um pouco à minha frente, não entre mim e o tenente, mas quase. Não impedi. Jamais é tranquilo ter alguém olhando para nós com tanto ódio.

– Nós nos vimos apenas uma vez antes, tenente. Por que me odeia?

Foi uma pergunta tão direta que nem um humano teria feito. Mas eu não entendia, não podia entender, por isso tive de perguntar.

Ele baixou os olhos, escondeu-os, como se não esperasse que eu enxergasse tão fundo na alma dele. E disse, com a voz muito baixa:

– Você se esquece de que eu vi o que deixou naquela cama... era só um monte de carne viva, fatiada. Sem as fichas dentárias, não teríamos reconhecido aquele homem. E fica surpresa quando digo que não quero que encoste em mim? – Ele balançou a cabeça e levantou os olhos para mim, olhos inexpressíveis e indecifráveis de policial. – Agora dê o fora, princesa. Leve seus dois capangas e suma daqui. Eu sou o oficial no comando e não quero vocês aqui.

Agora a voz dele estava calma, muito calma, calma demais para estar no meio de tudo aquilo:

– Tenente, fui eu que chamei a Agência de Detetives Grey. – Lucy Tate apareceu, vinda da plataforma.

– E quem foi que autorizou isso? – perguntou Peterson.

– Eu nunca precisei de nenhuma autorização especial para chamá-los antes.

Ela chegou desviando das filas de corpos e, quando estava bem perto, deu para ver que era uma cabeça mais alta do que o tenente.

– A clarividente eu entendo. Até o sr. Grey também, porque ele é um mágico famoso. Mas por que ela? – Ele apontou para mim com o polegar.

– Os encantados são conhecidos pelo uso de mágica, tenente. Pensei que quanto mais cabeças tivéssemos para destrinchar isso, melhor.

– Você pensou, você pensou... Ora, não pense, detetive. Apenas obedeça aos procedimentos. E o procedimento dita que você deve consultar o encarregado da força-tarefa, que sou eu. E eu digo que ela não é bem-vinda.

– Tenente, eu...

– Detetive Tate, se quer ficar nessa força-tarefa, seguirá meu exemplo, minhas ordens e não discutirá comigo. Fui bem claro?

Vi Lucy lutar contra as palavras duras de Peterson e depois responder:

– Sim, senhor, bem claro.

– Bom – disse ele –, porque os chefões podem pensar o que quiserem, mas é o meu que está na reta aqui, na frente das câmeras, e eu digo que é algum tipo de gás tóxico ou veneno. Quando terminarem os testes toxicológicos nos outros corpos, saberão o que foi e caberá a nós descobrir quem fez isso. Procure primeiro quem fez e não o que fez. Não precisa ir para o mundo de faz de conta para solucionar essa matança. É apenas mais um filho da puta maluco, mortal como todo mundo neste salão.

Ele virou a cabeça para um lado, num gesto estranho, depois olhou para mim, para Rhys e para Frost atrás dele.

– Perdão, erro meu. Mortal como o resto de nós, humanos, neste salão. Agora vocês tratem de tirar seus rabos imortais daqui. E se eu souber que qualquer um no meu turno andou conversando com vocês, vai enfrentar um processo disciplinar. Está claro para todo mundo?

– Sim, senhor – disse Lucy.

Eu sorri com simpatia para ele.

– Muito obrigada, tenente. Detestei ficar aqui no meio de todos esses mortos. Foi uma das piores coisas que eu vi em toda a minha vida, por isso agradeço que me deixe ir embora, já que estava usando todas as minhas forças para não sair correndo.

Continuei sorrindo e tirei a luva cirúrgica que tinha colocado em uma só mão. Não tinha tocado em nada, em nenhum corpo, porque não queria levar a sensação da carne morta de volta comigo.

Rhys tirou as luvas também, e ele tinha encostado em coisas. Fomos até o saco separado para as luvas e não pude evitar de dizer logo antes de sair por aquela porta:

– Obrigada de novo, tenente, por me dispensar. Concordo com você, não sei que merda estou fazendo aqui.

Com isso fui embora, com Rhys e Frost atrás de mim feito sombras brancas.

23

Já estava ao volante do Acura quando me dei conta de que não lembrava para onde devíamos ir. Olhei fixo para as chaves na minha mão e não consegui pensar.

– Para onde nós vamos?

Os homens se entreolharam, então Rhys disse, do banco de trás:

– Deixe que eu dirijo, Merry. Ele estendeu o braço no meio dos bancos e pegou gentilmente o chaveiro da minha mão. Não protestei. Parecia que o dia estava cheio de um ruído como o zumbido de um mosquito invisível dentro do meu ouvido.

Rhys segurou a porta aberta para mim e dei a volta no carro para o lado do passageiro. Frost abriu a outra porta e me instalou antes de sentar atrás. Tive sorte de Rhys estar comigo. Frost não sabia dirigir.

– Ponha o cinto – disse Rhys.

Eu não era de esquecer o cinto de segurança. Precisei de duas tentativas para conseguir prendê-lo.

– O que está acontecendo comigo?

– Choque – disse Rhys, quando engatou a marcha.

– Choque? Por quê?

Frost respondeu, inclinado por cima do meu banco. A maioria dos guardas nunca prendia o cinto de segurança. Eles podiam ser decapitados e não morrer, de modo que acho que uma pequena viagem através do para-brisa não os incomodava.

– Você mesma disse para o policial. Você nunca viu nada tão terrível como o que acabou de ver.

– Você já viu pior?

Ele ficou calado um segundo e depois disse:

– Já.

Olhei para Rhys, que tinha entrado com o carro na Pacific Highway e suas lindas vistas do mar.

– E você?

– E eu o quê? – perguntou ele, dando um largo sorriso para mim.

Franzi a testa para ele.

– Você já viu coisa pior?

– Já. E não, não vou contar para você.

– Nem se eu pedir com jeitinho?

– Especialmente se você pedir com jeitinho. Se estivesse com bastante raiva, talvez tentasse chocá-la com os horrores que vi. Mas não estou zangado com você e não quero machucá-la.

– Frost?

– Tenho certeza de que Rhys já viu coisa pior do que eu. Eu não estava por aqui nas primeiras batalhas, quando o nosso povo lutou contra os firbolgs.

Eu sabia que os firbolgs foram os primeiros habitantes semidivinos das Ilhas Britânicas e da Irlanda. Sabia que meus ancestrais os derrotaram e conquistaram o direito de ser os novos governantes daquelas terras. Tudo tinha acontecido há alguns milhares de anos. Isso eu sabia. O que eu não sabia era que Rhys era mais velho do que Frost, mais velho do que quase todos os encantados. Que Rhys era um dos primeiros de nós a ir para as ilhas que hoje consideravam o lar original de todos os encantados.

– Rhys é mais velho do que você?

– É.

Olhei para Rhys.

E ele de repente pareceu muito interessado na direção do carro.

– Rhys?

– Sim – disse ele, olhando para frente.

Rhys entrou rápido demais numa curva para ter de controlar o carro com o volante.

– Quantos anos mais velho do que Frost?

– Não me lembro. – A voz dele soou melancólica.

– Lembra sim.

Ele olhou para mim.

– Não, não lembro. Faz muito tempo, Merry. Não lembro em que ano Frost nasceu.

Agora Rhys estava rabugento.

– Lembra em que ano você nasceu? – perguntei para Frost.

Ele pensou um pouco, depois balançou a cabeça.

– Não. Rhys tem razão em uma coisa. Depois de um tempo é tempo demais para pensar.

– Está dizendo que todos vocês estão começando a perder parte das suas lembranças?

– Não – disse Frost –, mas deixa de ser importante saber em que ano você nasceu. Você sabe que não comemoramos nosso aniversário.

– Bem, eu sei, mas nunca imaginei por quê. – Virei de novo para Rhys. Ele parecia quase triste. – Então você viu coisa pior do que aquilo lá no clube, restaurante, seja lá o que for?

– Vi. – Palavra curtíssima, resposta abreviada.

– Se eu pedisse para você contar, você contaria?

– Não – disse ele.

Existe o *não* que pode ser desgastado até virar sim, e existe o NÃO. O não de Rhys foi um desses.

Deixei para lá. Além do mais, eu não tinha certeza se queria ouvir histórias sobre mortes horríveis hoje, especialmente se essas mortes eram piores do que o que tínhamos acabado de ver. Era o maior número de mortos que eu tinha visto e mais do que eu queria ver.

– Respeito a sua vontade.

Rhys olhou para mim desconfiado.

– Isso é grandeza da sua parte.

– Não precisa ser velhaco, Rhys.

Ele deu de ombros.

– Desculpe, Merry. Só não estou me sentindo muito bem agora.

– Pensei que eu era a única com problema para lidar com isso.

– Não são aqueles corpos que estão me incomodando – disse Rhys. – É o fato de que o tenente está enganado. Não foi gás, nem veneno, nem nada parecido.

– O que está dizendo, Rhys? O que foi que você viu, e eu não?

Frost recostou no banco de trás de novo.

– Muito bem. O que vocês dois viram e eu não?

Rhys continuou olhando reto para a estrada. Silêncio no banco de trás.

– Alguém fale comigo – pedi.

– Parece que está se sentindo melhor – disse Frost.

– Estou. Nada como sentir um pouco de raiva para resolver as coisas. Agora, o que foi que vocês dois viram que eu perdi?

– Você estava se protegendo demais para ver qualquer coisa mística – disse Rhys.

– Pode apostar que estava mesmo. Você tem ideia de quanta porcaria metafísica existe num lugar em que aconteceu um assassinato recente, ainda mais uma execução em massa? Há montes de espíritos que são atraídos para lugares assim. Eles chegam em bando, como abutres, para se alimentar dos que sobraram vivos, para beber o horror deles, a dor deles. Você pode entrar limpo num lugar desses e sair coberto de encostos e parasitas.

– Sabemos o que os espíritos que voam podem fazer – disse Frost.

– Provavelmente melhor do que eu – disse eu –, mas vocês são encantados e não pegam encostos.

– Não pegamos os pequenos – disse Frost –, mas já vi outros da nossa espécie praticamente possuídos por seres imateriais. Acontece sim, especialmente com os que trabalham com magia negra.

– Bem, eu sou suficientemente humana para pegar coisas de vez em quando. Não preciso fazer nada para atraí-las, basta não me proteger bem.

– Você procurou ficar o mais insensível possível enquanto estava lá – disse Rhys.

– Eu sou detetive particular, não uma médium profissional. Não sou nem mágica profissional nem bruxa. Não tinha nada que estar lá hoje. Não podia ajudar.

– Você podia ter ajudado se baixasse um pouco as suas defesas – disse Rhys.

– Está bem. Vou tentar ser mais corajosa da próxima vez. Agora, o que foi que vocês viram?

Frost suspirou tão alto que deu para escutar.

– Senti o resto de um feitiço poderoso, muito poderoso. Continuava grudado no lugar, com ecos cortantes.

– Você sentiu assim que entramos?

– Não, eu não quis tocar nos mortos, por isso examinei com outros sentidos, além do toque e da visão. Como você diz, eu baixei minhas defesas. Foi aí que percebi o feitiço.

– Sabe que feitiço era? – perguntei. Eu tinha virado para trás e vi quando ele balançou a cabeça.

– Eu sei. – A voz de Rhys me fez virar para ele de novo.

– O que você disse?

– Qualquer um que se concentrasse poderia sentir os restos da mágica. Merry podia sentir, se ela quisesse.

– Não teria significado nada para ela, como não significou para mim – disse Frost –, mas tornaria mais difícil para ela enfrentar o que estava vendo.

– Não estou discutindo isso – disse Rhys. – O que estou dizendo é que eu me abaixei e examinei os corpos. Nove caíram onde estavam, mas o resto teve tempo de lutar, de sentir medo, de tentar fugir. Só que eles não correram como correriam se, digamos, fossem atacados por animais selvagens. Não correram para as portas, não quebraram as janelas, assim que viram o que estava acontecendo. Foi como se não pudessem ver nada.

– Você fala por enigmas – disse Frost.

– É, fale inglês simples, Rhys, por favor.

– E se as pessoas não fugiram porque não perceberam que havia alguma coisa no salão?

– O que quer dizer? – perguntei.

– A maioria dos humanos não consegue ver nenhum tipo de espírito.

– É, mas se está insinuando que espíritos, seres imateriais, mataram toda aquela gente no clube, aí não posso concordar. Os seres imateriais, encostos, qualquer um deles, não têm... o poder físico para aniquilar tanta gente assim. Talvez consigam acabar com uma pessoa muito suscetível à influência deles, mas até isso é discutível.

– Não os seres imateriais, Merry, um tipo diferente de espírito.

Pisquei sem entender.

– Está falando de quê? Fantasmas?

Ele fez que sim com a cabeça.

– Fantasmas não fazem coisas como essa, Rhys. Podem até matar alguém de susto, com um ataque do coração, se a pessoa tiver coração fraco, mas é só. Verdadeiros fantasmas não machucam as pessoas. Se você sofre algum dano físico é porque está lidando com alguma coisa que não é fantasma.

– Depende de que tipo de fantasma estamos falando, Merry.

– O que quer dizer com isso? Só existe um tipo de fantasma.

Então ele olhou para mim e teve de virar muito a cabeça por causa do tapa-olho. Ele olhava para mim muitas vezes enquanto dirigia, mas eram movimentos sem sentido, porque faltava o olho direito. Não podia me ver. E agora se esforçava para olhar para mim com o olho esquerdo.

– Você sabe tanta coisa.

Eu sempre achei que Rhys era um dos encantados mais jovens, porque ele nunca me fez sentir que eu estava no século errado. Era um dos poucos que tinham uma casa fora do monte da corte, com eletricidade, ele tinha carteira de motorista. Agora olhava para mim como se eu fosse uma criança que não pudesse jamais entender aquilo.

– Pare com isso – disse eu.

Ele virou para a estrada.

– Parar o quê?

Detesto quando qualquer um de vocês olha para mim assim, esse olhar que diz que sou muito jovem e que não sou capaz de entender as experiências que vocês tiveram. Ora, muito bem, eu jamais terei mil anos de vida, mas tenho mais de trinta e, pelos padrões humanos, não sou mais criança. Por favor, não me tratem como uma.

– Então pare de agir feito uma – disse ele, a voz cheia de reprovação, mais uma vez parecendo um mestre decepcionado.

Doyle fazia muito isso comigo. Não precisava de Rhys fazendo a mesma coisa.

– Quando é que agi como criança? Quando não baixei as defesas e não quis ver todo aquele horror?

– Não, é porque você diz que só existe um tipo de fantasma, como se essa fosse a única verdade. Confie em mim, Merry, há mais do que sombras humanas andando por aí.

– Como o quê? – perguntei.

Ele respirou fundo, flexionou a mão na direção.

– O que acontece com um ser imortal quando morre?

– Reencarna como todo mundo.

Ele sorriu.

– Não, Merry, se pode morrer, então, por definição, não é imortal. Os encantados dizem que são imortais, mas não são. Existem coisas que podem nos matar.

– Sem auxílio de mágica, não podem – disse eu.

– Não importa como é feito, Merry. O que importa é que pode ser feito. Assim, voltamos para a pergunta. O que acontece com os imortais quando eles morrem?

– Eles não morrem, são imortais – disse eu.

– Exatamente – disse ele.

Não entendi.

– Está bem, eu desisto, o que quer dizer?

– Se alguma coisa não pode morrer, mas morre, o que acontece com ela?

– Você está falando dos anciãos – disse Frost.

– É – disse Rhys.

– Mas eles não são fantasmas – disse Frost. – São o que resta dos primeiros deuses.

– Vamos lá, pessoal – disse Rhys. – Raciocinem comigo. Um fantasma humano é o que resta de um humano depois da morte, antes de ir para o outro mundo. Ou, em alguns casos, um pedaço fica para trás porque é difícil demais se desligar dele. Mas é o resto de um ser humano, certo?

Nós dois concordamos.

– Então os restos dos primeiros deuses não são apenas fantasmas dos próprios deuses?

– Não – disse Frost –, porque se alguém conseguir descobrir os nomes deles de novo e arranjar seguidores, teoricamente podem voltar à vida. Os fantasmas humanos não têm essa opção.

– O fato de os humanos não terem essa opção torna os anciões menos fantasmas? – perguntou Rhys.

Eu estava começando a ficar com dor de cabeça.

– Tudo bem, ótimo, digamos que há fantasmas dos deuses mais velhos vagando por aí. O que isso tem a ver com o caso?

– Eu disse que conhecia o feitiço. Mas não conheço, não exatamente. Só que vi as sombras dos anciões atacando os encantados. Era como se o próprio ar se tornasse letal. Suas vidas foram simplesmente sugadas deles.

– Os encantados são imortais – disse eu.

– Qualquer coisa que pode ser morta, mesmo que reencarne, é mortal, Merry. A longevidade não muda isso.

– Então você está dizendo que esses fantasmas foram libertados naquele clube?

– É mais difícil matar encantados do que humanos. Se o lugar estivesse cheio de encantados, alguns poderiam ter sobrevivido ou poderiam se proteger, mas, sim, estou dizendo que foi assim que aconteceu.

– Então os fantasmas dos deuses mortos mataram mais de cem pessoas numa boate na Califórnia?

– Sim – disse Rhys.

– Podia ter sido o Inominável?

Ele pensou um pouco e depois balançou a cabeça.

– Não. Se fosse o Inominável, a construção não estaria de pé.

– Tão poderoso assim?

– Tão destrutivo.

– Quando você viu isso acontecer pela primeira vez?

– Antes de Frost nascer.

– Então, alguns milênios atrás.

– É.

– Quem invocou os fantasmas naquele tempo? Quem fez o feitiço?

– Um encantado que já estava morto havia muito mais tempo do que a Inglaterra foi governada pelos normandos e seus descendentes.

Fiz contas históricas rapidamente, de cabeça.

– Então foi antes de 1066.

– Foi.

– Tem alguém vivo hoje que possa fazer esse feitiço?

– Deve ter, mas é proibido. Se você for pego, é execução automática, sumária, sem julgamento, sem comutação da sentença, simplesmente matam você.

– Quem arriscaria tal coisa para matar um monte de humanos à beira do oceano Ocidental? – perguntou Frost.

– Ninguém – disse Rhys.

– Como pode ter certeza de que esses fantasmas dos anciões fizeram isso? – perguntei.

– Existe sempre a possibilidade de que algum mágico humano tenha inventado um novo feitiço com efeitos semelhantes, mas eu apostaria que foram os fantasmas dos anciões.

– Os fantasmas tiram vidas para o senhor deles? – perguntou Frost.

– Não, eles ficam com elas e se alimentam delas. Teoricamente, se pudessem se alimentar toda noite sem serem detectados, poderiam recuperar... a vida, na falta de palavra melhor. Eles precisam da ajuda de um mortal para fazer isso, mas alguns anciões podem ser trazidos de volta com força total se receberem vidas suficientes. Às vezes um deles convence um culto em algum lugar de que são o demônio e fazem com que os seguidores se sacrifiquem por ele. Isso pode funcionar, mas precisaria de quantidades enormes de vidas. Tirar a vida da boca da vítima é mais rápido, não se desperdiça energia, é como beber sangue de um cálice de oferenda.

– Algum deles já foi trazido de volta com força total? – perguntei.

– Não, sempre foi impedido antes de chegar tão longe. Mas, até onde eu sei, nunca foram invocados para se alimentar diretamente, só uma vez, e mesmo assim numa situação controlada em que foram contidos logo que o feitiço terminou. Se tivessem escapado sem controle, aí...

– O que pode fazê-los parar? – perguntei.

– O feitiço tem de ser invertido.

– Como se faz isso?

– Eu não sei. Terei de conversar com outros lá no apartamento.

– Rhys – disse eu baixinho, porque acabava de ter uma ideia horrível.

– Sim.

– Se a única pessoa que você conheceu capaz de fazer esse feitiço era encantada, então quer dizer que ela é um de nós outra vez?

Alguns segundos de silêncio.

– É disso que tenho medo. Porque se for um encantado e a polícia descobrir... se puderem provar... pode ser motivo para expulsar todos nós do solo americano. Há um adendo no tratado entre nós e Jefferson que diz que, se fizermos magia em detrimento do interesse nacional, seremos considerados párias e teremos de sair daqui.

– Foi por isso que você não mencionou essa hipótese na frente da polícia – disse eu.

– Um dos motivos – disse Rhys.

– Qual é o outro?

– Merry, eles não podem fazer nada. Não podem impedir essas coisas. Nem sei se existe algum encantado vivo hoje que possa impedi-los.

– Tem de haver pelo menos um para combatê-los – disse eu.

– Por quê? – perguntou Rhys.

– Foi um encantado que os libertou. Ele pode contê-los de novo.

– Pode ser – disse Rhys –, ou então eles mataram uma centena de humanos em questão de minutos porque o encantado perdeu o controle que tinha sobre eles. Podem tê-lo matado quando ele perdeu o controle.

– Bem, se um encantado invocou essas coisas, por que elas estão na Califórnia e não em Illinois, onde os encantados estão?

Rhys virou totalmente o rosto de novo.

– Merry, você não entende? E se eles queriam uma maneira de matar você que não pudesse ser rastreada de volta ao mundo encantado?

Ah.

– Mas nós rastreamos de volta ao mundo encantado – disse eu.

– Só porque eu estou aqui. A maioria na corte esquece quem eu fui e eu não refresco a memória deles, porque graças ao Inominável não tenho mais o poder de ser isso. – Ele não conseguia apagar a amargura da voz. Então riu.

– Devo ser um dos poucos encantados vivos que viu o que Esras fez. Eu estava lá, e quem quer que tenha invocado os anciões simplesmente esqueceu de mim. – Rhys riu de novo, mas foi um riso debochado, como se doesse passar pela garganta. – Esqueceram de mim. E espero poder fazer com que se arrependam desse pequeno deslize.

Eu nunca vi Rhys tão cheio de... qualquer coisa, fora desejo ou provocação. Ele nunca ficava sério por muito tempo se pudesse evitar. Olhei para ele enquanto nos conduzia ao apartamento para pegar Kitto. Tinha uma expressão estranha, a postura dos ombros estava diferente. Até o modo de segurar o volante tinha mudado. Naquele instante compreendi que não o conhecia realmente. Ele se escondia atrás de um véu de humor, de leveza, mas por baixo disso havia mais, muito mais. Ele era meu guarda-costas e meu amante, e eu não sabia nada dele. Não tinha certeza se devia um pedido de desculpas a Rhys, ou se era ele que tinha de se desculpar comigo.

24

A viagem de volta para El Segundo era fora do caminho, para dizer o mínimo, mas, quando Kitto acordou esta manhã, tinha os olhos roxos de tanta olheira e a pele clara parecia frágil, como se tivesse ficado mais fina durante a noite. Não consegui vê-lo andando numa praia aberta, com todo aquele céu por cima. Assim que soube o endereço da cena do crime, dei a Kitto a chance de escolher e ele optou por se enfiar novamente na sua casinha de cachorro.

Subi a escada do estacionamento ensanduichada por Frost na frente e Rhys atrás. Frost falou quando demos a volta na pequena piscina:

– Se o pequenino não começar a se adaptar melhor, você vai ter de devolvê-lo para Kurag.

– Eu sei – disse eu.

Subimos o último lance de escada e ficamos praticamente frente a frente com a minha porta.

– Só estou preocupada com o que Kurag vai mandar no lugar dele. Ele esperava que eu me ofendesse quando ofereceu Kitto. Ficou incomodado com o fato de eu tê-lo aceitado e não reclamar.

– Pelos padrões dos duendes, Kitto é feio – disse Rhys.

Virei para trás para olhar para ele. Rhys ainda não tinha recuperado sua diplomacia no trato com os outros. Estava completamente arrasado. Eu nem perguntei como era que Rhys, que não conhecia quase nada da cultura dos duendes, sabia o que eles consideravam bonito. Com um guerreiro encantado no meio deles por uma noite, tenho certeza de que os duendes lhe deram apenas as mais belas, pelos padrões deles. Os duendes davam muito valor a mais de dois olhos e mais de duas pernas e braços, e Kitto não correspondia a isso.

– Eu sei, e ele também não tem nenhuma ligação com a casa real. Kurag esperava que eu recusasse, e assim escaparia do nosso trato.

Estávamos diante da porta do apartamento. Havia um pequeno vaso com um gerânio, rosa-claro, ao lado. Galen tinha assumido a maior parte das tarefas domésticas, como procurar um apartamento maior para cabermos todos e comprar flores para encantados que vagam por aí poderem encontrar um abrigo. Teríamos um apartamento maior muitos anos antes se o preço não fosse problema, mas era um problemão encontrar um lugar com bastante espaço que pudéssemos pagar. A maioria dos imóveis impunha limite ao número de residentes e seis adultos era muito acima desse limite.

Eu continuava recusando o dinheiro das cortes, porque ninguém dá dinheiro sem esperar alguma coisa em troca. Frost achava que era só teimosia minha, mas Doyle concordava que todo favor tinha um preço. Eu tinha certeza de qual seria o favor de Andais – não matar o filho dela se eu chegasse ao trono –, e essa era a única coisa que eu não podia oferecer. Eu sabia que Cel jamais me aceitaria como rainha enquanto vivesse. E Andais não entendia isso pela cegueira de mãe. Cel era um ser perverso e pervertido, mas a mãe dele o amava, coisa que eu não podia dizer da minha.

Frost abriu a porta e entrou primeiro. Verificou as proteções e viu que estavam em ordem. O perfume doce de limpeza, de incenso de lavanda e de sálvia nos recebeu à porta. O altar principal ficava no outro canto da sala, de modo que todos pudessem usar. Nem precisávamos do altar. Podia-se ficar no meio de um campo, ou de uma floresta, ou de uma estação de metrô apinhada que a divindade estava sempre conosco. Se prestássemos atenção e se a convidássemos para o nosso coração. Mas o altar era uma boa lembrança. Um lugar para começar o dia com um pouco de comunhão do espírito.

As pessoas costumavam pensar que os encantados não tinham religião. Porque eles já foram deuses antes, não foram? Bem, de certa forma. Foram adorados como deuses, mas a maioria dos encantados reconhece que há poderes maiores do que o nosso. A maioria se ajoelha diante da Deusa e de seu Consorte, ou de alguma variação desse mesmo tema. A Deusa é a que dá toda a vida e o seu Consorte é tudo que é masculino. Os dois são o modelo de tudo que provém deles. A Deusa, especialmente a Deusa, é o maior poder de todos no planeta, de qualquer coisa que tenha carne e osso, por mais espiritual que essa carne possa ter sido.

Sem contar a fumacinha do incenso que subia do altar e um pequeno pote com água que tinha sido posto sobre o altar, o apartamento parecia vazio. Mas a sensação não era de vazio. Havia o formigar de mágica por perto, não grande mágica, e sim do tipo de todo dia. Doyle devia estar diante do espelho, conversando com alguém. Ele preferiu ficar em casa para tentar obter mais informação sobre o Inominável de um dos nossos amigos na corte. A magia de Doyle era bastante sutil, ele podia passar despercebido entre eles. Eu não tinha essa capacidade.

Rhys trancou a porta e tirou um bilhete pregado nela.

– Galen saiu à caça. Espera que tenhamos gostado da flor.

Rhys pegou um segundo bilhete na porta.

– Nicca deve encerrar seu trabalho de guarda-costas hoje.

– A atriz não corre perigo – disse Frost, tirando o paletó. – Acredito sinceramente que foi o agente dela que arrumou isso, para chamar a atenção para uma... como é que eles dizem? Uma carreira decadente.

Fiz que sim com a cabeça.

– Os dois últimos filmes foram um fiasco, tanto financeira quanto artisticamente.

– Isso eu não sabia. Mas a mídia está lá para nos fotografar, mais do que por ela.

– Ela leva vocês para todos os lugares da moda, onde poderão ser vistos.

Eu queria tirar os sapatos de saltos altos, mas íamos voltar imediatamente ao trabalho. Por isso não os tirei e caminhei direto para o esconderijo coberto do Kitto, ajoelhei no chão e ajeitei automaticamente minha saia atrás para não rasgar as meias com as fivelas do sapato.

Vi as costas dele curvadas para a abertura da caixa.

– Kitto, você está acordado?

Ele não se mexeu.

Toquei nas costas dele e a pele estava gelada.

– Mãe, ajude-nos. Frost, Rhys, tem alguma coisa errada.

Frost veio para o meu lado no mesmo instante. Rhys ficou de longe. Frost tocou nas costas do duende.

– Está feito uma pedra de gelo.

Ele enfiou a mão mais para dentro para sentir o pulso no pescoço. Esperou, esperou tempo demais e acabou dizendo:

– O sangue dele flui, mas lentamente.

Frost então enfiou as duas mãos e começou a puxar Kitto para fora do ninho. Ele saiu como alguém que já tivesse morrido, braços e pernas balançando como peso morto mesmo.

– Kitto! – Não gritei, mas foi quase.

Ele estava de olhos fechados e deu para ver o azul vibrante das pupilas por trás das pálpebras, como se a pele fosse transparente. Ele abriu os olhos e uma nesga de azul apareceu antes de rolarem nas órbitas. Ele murmurava alguma coisa. Inclinei-me para ouvir melhor. Era o meu nome.

– Merry, Merry... – Sem parar.

Estava só de bermuda e vi suas veias através da pele, os músculos também. Uma forma escura se moveu no peito dele e descobri que era o coração batendo. Dava para ver. Era como se ele estivesse derretendo, ou...

Olhei para Frost.

– Ele está desaparecendo.

Frost meneou a cabeça, concordando.

Rhys foi até a porta do quarto e chamou Doyle. Os dois se juntaram a nós, mas seus olhares diziam mais do que palavras.

– Não – disse eu. – Não é para perder as esperanças. Tem de haver alguma coisa que possamos fazer.

Eles se entreolharam, aquele jogo de olhares, como se os pensamentos fossem pesados demais para suportar e tivessem de jogá-los para a pessoa ao lado, depois para a outra e assim por diante.

Agarrei o braço de Doyle.

– Temos de fazer alguma coisa.

– Não sabemos o que impede um duende de desaparecer.

– A mãe dele era encantada. Salvem-no como salvariam qualquer encantado.

Doyle olhou para mim com arrogância, como se eu tivesse insultado a todos.

– Não me venha com pose para cima de mim, Doyle. Não deixe que ele morra porque é menos miscigenado do que qualquer um de nós.

A expressão dele ficou mais suave.

– Meredith, Merry, um encantado só desaparece se ele quiser. E depois que o processo começa, não tem volta.

– Não! Temos de fazer alguma coisa.

Ele franziu a testa e disse:

– Segure-o enquanto tento falar com Kurag. Se não pudermos salvá-lo como encantado, vamos tentar salvá-lo como duende.

Kitto ficou imóvel nos braços de Frost.

– É Merry que tem de segurá-lo – disse Doyle, indo para o quarto.

Frost pôs Kitto nos meus braços, sobre o meu colo. Eu sentei no chão, botei uma das mãos sob as pernas dele e o puxei para mim. Tinha passado grande parte da vida com seres menores do que Kitto, mas nenhum parecia tão encantado. Talvez por isso parecesse tanto um boneco.

Encostei o rosto na testa gelada do duende.

– Kitto, por favor, por favor, volte, volte de onde quer que esteja. Por favor, Kitto, é Merry.

Ele parou de murmurar meu nome. Parou de emitir qualquer ruído e o peso, o jeito que o corpo dele pesava, largado contra o meu...

parecia morto. Não moribundo: morto. O peso de um corpo morto é coisa que os viventes, por mais doentes que estejam, não têm. Logicamente tem de ser o mesmo, mas a sensação nunca é a mesma.

Doyle voltou para a sala, resmungando baixinho:

– Kurag não está perto do espelho dele e de nenhuma superfície de água parada. Não consigo entrar em contato com ele, Merry. Sinto muito.

– Se Kitto fosse encantado, o que faria para salvá-lo?

– Os encantados não se apagam pela distância do mundo encantado – disse Doyle. – Os encantados só apagam quando querem.

Segurei o corpo frio nos braços e senti meus olhos se enchendo de lágrimas. Mas, que droga, lágrimas não iam ajudá-lo. Precisava falar com Kurag, agora. O que era que todos os guerreiros duendes tinham junto ao corpo o tempo todo?

– Dê a sua espada, Frost.

– O quê?

– A minha espada está presa embaixo do Kitto. Preciso de uma lâmina agora.

– Faça o que ela diz – disse Doyle.

Frost não gostava de fazer o que não entendia, mas tirou uma faca das costas, quase tão comprida quanto o meu antebraço, e entregou com o cabo virado para mim.

Tirei a mão debaixo das pernas de Kitto e disse:

– Segure a faca com firmeza.

Frost abaixou em um joelho e firmou a lâmina com as duas mãos. Eu respirei fundo, pus o dedo na ponta e apertei para baixo. Levou um segundo para o sangue aflorar.

– Merry, pare...

– Segure a faca, Frost. Você só precisa fazer isso, então faça. Não posso segurar a lâmina e Kitto ao mesmo tempo. Apenas faça.

Ele franziu a testa, mas continuou meio ajoelhado segurando a faca, enquanto eu passava o dedo sangrando naquela superfície brilhante. O sangue não coagulou, apenas manchou a faca, parecia contas sobre a superfície imaculada.

Desfiz os escudos que me impediam de ver espíritos e de me desfazer de mágica como uma pele velha. A mágica brilhou um segundo, feliz de estar livre, e eu a direcionei para a faca. Visualizei Kurag, o rosto dele, a voz, o jeito grosseiro.

– Kurag, estou chamando. Kurag, Matador de Mil, eu o chamo. Kurag, rei dos duendes, eu o invoco. Três vezes chamado, três vezes seu nome pronunciado, venha a mim, Kurag, venha atender à sua espada.

A superfície brilhou sob a fina camada de sangue, mas era apenas o metal.

– Nenhum encantado invoca um duende pela espada há séculos – disse Rhys. – Ele não vai responder.

– Os três nomes são muito poderosos – disse Doyle. – Kurag talvez seja capaz de ignorar, mas poucos do seu povo poderão fazer isso.

– Só que tenho uma coisa que ele não vai ignorar.

Inclinei-me para perto da lâmina e soprei nela até ficar embaçada com o calor da minha respiração.

A faca cintilou através do sangue e do embaçado. Ficou clara de novo e o sangue penetrou na superfície como se alguém tivesse bebido. Fiquei olhando para uma superfície prateada e opaca. Uma lâmina, mesmo a de melhor qualidade, não é como um espelho, não importa como aparecem no cinema. Uma espada ou faca produz uma imagem enevoada, imprecisa, como se tivéssemos de ajustar algum botão ou manivela, só que não existe esse botão. Apresenta apenas uma vaga silhueta de uma pequena porção do rosto da pessoa. Os olhos em geral são os mais nítidos.

Uma mancha de pele amarela encaroçada e dois olhos cor de laranja apareceram na parte de baixo da lâmina. A parte de cima estava mais indefinida, mas exibia o terceiro olho de Kurag como um sol pálido visto através das nuvens.

A voz dele soou clara como se ele estivesse no meio da sala. Ribombou feito espantoso trovão e dei um pulo de susto.

– Meredith, princesa dos encantados, foi o seu doce hálito que senti na pele?

– Saudações, Kurag, rei dos duendes. E gêmeo de Kurag, carne do rei dos duendes, saudações também.

Kurag tinha um gêmeo parasita, que consistia em um olho violeta, uma boca, dois braços muito finos, duas pernas também finas e uma genitália pequena, mas completamente funcional. A boca respirava, mas não falava. Até onde eu sabia, eu era a única que tinha acusado sua existência separada do rei. Ainda lembro do horror que senti quando me dei conta de que havia uma pessoa inteira presa do lado do corpo de Kurag.

– Faz muito tempo desde que um encantado chamou os duendes pelo sangue e pela espada. A maioria dos guerreiros que lutou ao nosso lado depois do grande tratado esqueceu esse velho truque.

– Meu pai me ensinou muitos truques – disse eu.

Kurag e eu sabíamos que meu pai fez contato com ele muitas vezes pela espada e pelo sangue. Meu pai era embaixador extraoficial de Andais junto aos duendes, porque ninguém mais queria aquela função. Ele me levou inúmeras vezes para o monte dos duendes quando eu era criança.

A risada dele não parecia sair da lâmina, enchia a sala inteira.

– O que quer de mim, Merry, filha de Essus?

Ele ofereceu ajuda, era isso que eu precisava. Descrevi o estado em que encontramos Kitto.

– Ele está desaparecendo.

Kurag praguejou na língua gutural dos duendes nobres. Só entendi uma ou outra palavra. Tinha relação com tetas negras.

– A marca une vocês dois, você e Kitto. A sua força devia alimentá-lo.

Kurag passou a mão pelo rosto como um fantasma amarelo na lâmina.

– Isso não devia estar acontecendo.

Lembrei de uma coisa:

– E se a marca sumiu?

– A marca não devia sumir, devia deixar uma cicatriz – disse ele.

– Mas ela sarou, Kurag, e não deixou cicatriz.

Os olhos cor de laranja se aproximaram muito da lâmina, bem arregalados.

– Isso não devia acontecer.

– Eu não sabia que era um problema curá-la. Kitto não disse nada.

– A marca de um amante sempre deixa cicatriz, Merry. Sempre. Pelo menos entre nós.

Não consegui decifrar a expressão dele naquele reflexo estreito, mas de repente ele bufou bem alto e disse:

– Ele só marcou essa carne branca uma vez?

– Sim – disse eu.

– E o sexo?

Agora Kurag parecia desconfiado.

– O acordo exigia apenas que eu compartilhasse a carne. Compartilhar a carne vale mais para os duendes do que o sexo.

– Que os cães do inferno me levem! Sim, nós damos valor à carne, mas o que é uma mordidela sem uma transa? Enfiar os dentes e o pau na carne, menina Merry, é esse o segredo.

– Kitto divide minha cama e fica comigo quase o tempo todo, tocando em mim. Parece que ele precisa encostar em mim.

– Se ele só teve o toque da sua pele...

Ele se manifestou com a linguagem dos duendes nobres de novo, coisa que os duendes raramente faziam porque era considerado falta de educação usar uma língua que a outra pessoa não conhecia. Meu pai havia me ensinado um pouco do idioma dos duendes, mas fazia tempo demais e Kurag falava muito rápido, por isso, com meus parcos conhecimentos, não entendi.

Depois de resmungar bastante tempo, ele parou para respirar e falou numa língua que todos entendíamos:

– Os nobres e poderosos encantados. Duendes servem muito bem para lutar em todas as suas guerras, são os que mais morrem, mas não são suficientemente bons para trepar. Às vezes odeio vocês todos. Até você, Merry, que é uma das minhas favoritas.

– Eu também adoro você, Kurag.

– Não venha com essa conversa mole, Merry. Se tivesse trepado regularmente com Kitto, a marca teria deixado uma cicatriz. Ele precisa de suprimento constante de carne para se manter nas Terras Ocidentais. Ou carne de verdade ou trepadas, mas o elo dele com você ficou fraco demais sem isso e ele está morrendo por causa disso.

Olhei para o duende imóvel e frio no meu colo e então percebi que ele não estava mais tão gelado. Ainda frio, sim, mas não como gelo.

– Ele está mais quente – disse eu baixinho, acho que porque não estava acreditando.

Doyle tocou no rosto de Kitto.

– Ele esquentou sim.

– É você que está aí, Escuridão? – perguntou Kurag.

– Sou eu, rei dos duendes.

– Ele está desaparecendo mesmo? Acho que Merry nunca viu alguém desaparecer.

– Ele está desaparecendo – disse Doyle.

– Então por que está mais quente? Se estivesse apagando, devia ficar cada vez mais frio.

– Merry está segurando Kitto nos braços há algum tempo. Acho que por isso ele está mais quente.

– Então talvez não seja tarde demais. Ele tem força suficiente para trepar?

– Ele nem está consciente – disse Doyle.

Kurag disse uma palavra áspera que eu sabia que significava uma coisa que nenhum duende desejava para outro: impotente. Era o pior insulto entre eles.

– Ele consegue rasgar a carne com os dentes?

Todos nós olhamos para a figura imóvel. Ele estava esquentando, mas ainda não tinha se mexido.

– Acho que não – disse eu.

– Então sangue. Ele consegue sugar sangue? – perguntou Kurag.

– Pode ser – disse eu.

– Se pusermos um pouco na boca dele, talvez ele beba um pouco – disse Doyle. – Se não engasgar.

– Ele é um duende, Escuridão. Não pode morrer engasgado com sangue.

– Tem de ser o sangue de Merry? – perguntou Rhys.

– Conheço você faz tempo... Rhys. – E o silêncio reticente insinuava um nome que ninguém mais usava. – Você deve vir nos visitar de novo, encantado. As mulheres ainda falam de você. Isso é um grande elogio da parte de uma fêmea duende.

Rhys empalideceu e ficou muito quieto. Não respondeu.

Kurag deu uma risada desagradável.

– É, tem de ser o sangue de Merry. Mais tarde, se algum de vocês quiser partilhar sangue e carne com Kitto, fiquem à vontade. Os encantados são sempre bom alimento.

Ele olhou furioso para mim com aqueles olhos cor de laranja.

– Se ele reviver com o sangue, depois dê-lhe sua carne, Merry, carne de verdade dessa vez.

Os olhos dele ficaram enormes no metal de repente. Kurag devia estar quase achatando o nariz na faca.

– Você pensou que teria a aliança dos duendes por seis meses sem ter de levar para a cama nenhum de nós. Você ofereceu sua carne, por isso não posso dizer que mentiu quanto à aliança. Mas desvirtuou o espírito da coisa. Você e eu sabemos disso.

Pus meu dedo que ainda sangrava nos lábios de Kitto, pintei-os de vermelho enquanto conversava com o rei dele.

– Se eu levá-lo para a minha cama, então ele terá a chance de ser rei, o rei de todos os profanos. Isso vale mais do que uma aliança de seis meses.

As pálpebras de Kitto tremeram, a boca fez um pequeno movimento. Deslizei o dedo entre os lábios, entre os dentes dele, e seu corpo se contorceu, uma vez.

– Ah, não, não vai me pegar assim tão fácil, menina Merry, não tão fácil. Dê-lhe a carne como devia ter dado há muito tempo e terá apenas três meses de nós. Depois disso, suas batalhas ficam por sua conta.

Kitto começou a chupar meu dedo como um bebê, primeiro suavemente, depois com mais força, e mais, começou a arranhar a minha pele com os dentes.

– Ele está chupando meu dedo, Kurag.

– Eu tiraria esse dedo daí, antes de perdê-lo. Ele não está em seu juízo perfeito ainda, e os duendes conseguem morder até ferro.

Kitto lutou contra mim, quis segurar meu dedo com a boca. Quando consegui puxá-lo, ele tentava abrir os olhos.

– Kitto – chamei.

Ele não reagiu ao nome nem a nada, mas estava mais quente e se mexia.

– Ele está se mexendo e está mais quente – disse eu.

– Bom, muito bom. Pratiquei minha boa ação, Merry. O resto é com você.

Olhei diretamente para a lâmina de novo, não mais para Kitto.

– Você vai simplesmente recostar aí e ficar observando quem vence, não é?

– Que importância tem para nós quem senta no trono dos profanos? A única coisa que importa para nós é quem senta no trono dos duendes.

A voz profunda de Doyle nos interrompeu:

– E se os seguidores de Cel estiverem planejando entrar em guerra contra os abençoados?

Doyle se ajoelhou e apertou meu ombro de leve, mas com firmeza. Acho que estava me avisando para não interromper.

– O que é que você está resmungando aí, Escuridão?

– Sei muita coisa dos encantados que os duendes não sabem.

– Você não está na corte agora.

– Mas tenho minhas orelhas.

– Seus espiões, você quer dizer.

– Não usei essa palavra.

– Está bem, está bem, faça esses jogos de que vocês gostam tanto, mas fale claramente comigo.

– Há alguns na Corte Profana que acreditam que Andais está desesperada para nomear Meredith sua herdeira. Eles acham que ter uma mortal no trono é o seu fim. Estão falando de lutar contra os abençoados antes que todos virem mortais impotentes. A nossa força vem dos nossos reis e rainhas, como você bem sabe.

– O que você diz é suficiente para me fazer apostar minhas fichas no pessoal do Cel.

– Se os duendes fossem aliados de Merry, ninguém da Corte Profana ia querer se arriscar a lutar contra ela. Os profanos só não ousam desafiar os abençoados porque assumem que eles terão o apoio dos duendes.

– O que nos importa se os encantados se exterminarem?

– Você tem compromisso de palavra, sangue, terra, fogo, água e ar de apoiar o herdeiro legítimo do trono profano em qualquer situação. Se Merry ocupar o trono e os rebeldes profanos se insurgirem contra ela enquanto você fica aí sentado sem fazer nada, o seu juramento vai se virar contra você.

– Você não me assusta, encantado.

– O Inominável vaga pela Terra novamente e pensa que sou eu que tenho de ficar assustado? Há coisas terríveis muito acima de mim que se erguerão das profundezas, cairão do céu e cobrarão o pagamento justo daqueles que não cumpriram sua palavra como no juramento que você fez.

Era difícil dizer pela imagem imprecisa, mas Kurag parecia preocupado.

– Ouço suas palavras, Escuridão, mas Merry está calada. Você é o novo mestre de marionetes dela?

– Estou cuidando do seu duende, Kurag, e tenho coisa melhor para fazer com a minha língua do que dizer o que você já sabe.

– Lembro bem dos juramentos que fiz, menina.

– Não, Kurag, não foi isso que eu quis dizer. Os encantados talvez não levem histórias para o monte dos duendes, mas você e eu sabemos que você tem outros meios.

Eu não disse em voz alta que os encantados menos privilegiados da corte, alguns servos, outros não, contavam coisas para os duendes, às vezes em troca de pagamento, às vezes pela sensação de poder que tinham. Meu pai dera sua palavra de que nunca revelaria o esquema de espionagem de Kurag. Eu não jurei nada. Tinha liberdade para revelar o segredo dos duendes, mas não fiz isso.

– Pode falar livremente, princesa, não brinque com este velho duende.

– Falei com toda a liberdade que quis, Kurag, rei dos duendes.

Ele bufou ruidosamente.

– Menina Merry, você é mesmo filha do seu pai. Essus era meu preferido de todos os encantados. A perda dele foi muito grande para todas as cortes dos profanos, pois era amigo verdadeiro de muitos.

– Isso significa muito vindo de você, Kurag.

Não agradeci porque nunca se agradece a um encantado mais velho. Alguns jovens já aceitam isso agora, mas é uma antiga proibição entre nós, quase um tabu.

– Você cumpre todas as promessas do seu pai?

– Não, eu não concordei com algumas e outras eu nem conheço.

– Pensei que ele contasse tudo para você – disse Kurag.

– Não sou mais nenhum bebê, Kurag. Sei que até meu pai guardava seus segredos. Era jovem quando ele morreu. Não estava preparada para saber algumas coisas.

– Você é sábia, além de sedutora. Que tristeza! Em alguns momentos teria gostado mais de você se fosse só um pouco menos inteligente. Gosto que minhas mulheres sejam menos brilhantes do que eu.

– Kurag, seu velho conquistador.

Ele deu risada, uma risada espontânea, que era muito contagiante. Ri com ele e, quando os seus olhos começaram a desaparecer da lâmina, ele falou:

– Vou pensar no que a sua Escuridão disse e no que você disse, até no que o seu pai dizia. Mas você deve alimentar muito bem o meu duende, senão, dentro de três meses, estarei livre de você.

– Você nunca se livrará de mim, Kurag, não até trepar comigo. Pelo menos foi isso que me disse quando eu tinha dezesseis anos.

Ele deu risada de novo, mas depois completou:

– Costumava pensar que seria mais seguro se você aceitasse ser minha rainha, mas estou começando a achar que você é perigosa demais para chegar assim tão perto de qualquer um.

25

Kitto parecia um fantasma deitado nos lençóis vinho-escuro. Os cachos pretos acentuavam a palidez dele. Os olhos tremulavam e abriam de vez em quando, exibiam as íris azuis e depois fechavam, ficavam roxos atrás da pele fina das pálpebras.

Toquei em seu ombro nu.

– Ele ainda parece... quase transparente.

– Os encantados menores se apagam mesmo – disse Doyle.

Ele estava ao meu lado, em frente do espelho da cômoda.

Rhys olhava fixamente para o duende, do pé da cama.

– Ele não aguenta sexo, sem brincadeira.

Olhei para ele. Tinha a expressão triste, talvez preocupada, mas só.

– Você não vai protestar por eu oferecer meu corpo para um duende?

– E adiantaria alguma coisa? – perguntou ele.

– Não – disse eu.

Ele deu uma versão fraca do seu largo sorriso.

– Então o melhor que faço é me adaptar. Além do mais, acho que não temos de nos preocupar de você deitar e rolar com ele esta noite. Não sobrou muito dele.

– Merry precisa oferecer sua carne para Kitto, para que ele se recupere – disse Doyle.

Sentei na beira da cama e Kitto rolou para mim como o mar atraído pela lua. Encolheu-se perto de mim e deu um suspiro que foi quase um gemido.

– Ele não pode me morder se não estiver consciente.

– Ponha poder nele como fez com a espada – disse Doyle. – Chame a atenção dele, como fez com Kurag.

Olhei para o homenzinho. Parecia dormir, mas a pele ainda tinha aquele horrível aspecto transparente, como se estivesse se esgarçando. Passei a mão no ombro dele. Ele se remexeu e se aninhou mais perto de mim, mas não acordou.

Inclinei a cabeça sobre Kitto e botei a boca logo acima da pele do ombro dele. Eu tinha reativado meus escudos automaticamente depois que acabei de usar a mágica para falar com Kurag. Essa proteção era como respirar para mim. Para baixá-la é que eu tinha de me concentrar. Aprendi a montar essa proteção quase ao mesmo tempo que aprendi a ler.

Mas não era um feitiço, era menos e mais ao mesmo tempo. As bruxas humanas chamam de mágica natural, que significa uma habilidade natural que se usa sem muito aprendizado ou esforço.

Concentrei magia, energia no meu hálito e soprei na pele dele. Desejei que acordasse, que me visse.

Kitto abriu os olhos e dessa vez realmente me viu. A voz dele saiu rouca:

– Merry.

Sorri para ele e toquei nos cachos ao lado do rosto pálido.

– Sim, Kitto, sou eu.

Ele franziu a testa e fez uma careta, como se sentisse alguma dor.

– O que está acontecendo?

– Você precisa tirar um pedaço de carne de mim.

Ele continuou com a testa franzida, com cara de quem não entendeu.

Tirei meu blazer e comecei a desabotoar a blusa. Talvez pudesse puxar a manga até acima do ombro, mas não queria manchar o tecido branco de sangue. O sutiã era branco também, mas tinha certeza de que conseguiria evitar que manchasse, se tomasse cuidado.

Kitto arregalou os olhos.

– Carne? – perguntou ele.

– Deixe sua marca no meu corpo, Kitto.

– Falamos com Kurag – disse Doyle. – disse ele que você está assim doente porque sua marca em Meredith ficou curada. É a energia dela que deve sustentá-lo fora do mundo encantado, e para isso você precisa de mais carne.

Kitto olhou para o homem alto e negro.

– Não estou entendendo.

Toquei no rosto dele e fiz com que olhasse de novo para mim.

– Alguma coisa tem importância além do cheiro da minha pele?

Pus meu pulso perto do rosto dele, deslizei o braço lentamente sobre os lábios, de modo que nossos corpos se tocaram aqui e ali. Acabei de joelhos ao lado da cama, com um braço por trás da cabeça dele para puxar seu rosto para a parte de cima do outro braço, logo abaixo do ombro. Quando fazemos sexo, morder é ótimo, até sangrar um pouco, mas aquilo era a frio e eu não estava preparada. Ia doer, por isso preferi que fosse em um ponto com algum enchimento, mais carne.

As pupilas de Kitto tinham se transformado em fendas finas e pretas. Ele estava imóvel, mas não estático. Era uma imobilidade prenhe de coisas, vontade, desejo e fome, uma terrível fome cega. Alguma coisa naquele momento em que ele olhava para a carne branca do meu ombro me fez lembrar de que o pai dele não era só um duende, e sim um duende-cobra. Kitto estava ficando quente e terrivelmente mamífero, mas tinha um pouco daquela imobilidade ofídica. Continuava sendo uma versão pequena de um guerreiro encantado, só que vendo seu corpo tenso lembrei de uma cobra pronta para dar o bote. Por um minuto fiquei com medo dele, então ele se moveu com muita velocidade e fiz muita força para não me encolher.

Foi como receber uma pancada no braço com um taco de beisebol, ou mordida por um cachorro grande. O impacto assustava, mas não doía muito, pelo menos não no início. O sangue escorreu dos lábios dele no meu braço. Ele ficou serrando como um cão tentando quebrar o pescoço de uma ratazana e eu gritei.

Caí do lado da cama, longe dele, e ele continuou grudado no meu ombro, com os dentes enterrados na minha carne. Espirrou sangue no meu peito e manchou meu sutiã branco.

Respirei bem fundo, mas não gritei novamente. Ele era um duende. Gritos e resistência provocavam mais sede de sangue neles. Soprei suavemente no rosto dele. Ele ficou pregado no meu braço, de olhos fechados, com cara de êxtase. Soprei com força no rosto dele, como se faz com pequenos animais de estimação quando eles mordem. A maioria dos bichos não gosta desse sopro na cara, especialmente nos olhos.

Kitto abriu os olhos. Vi quando ele voltou para aqueles olhos, ocupou o seu corpo e o animal recuou. Ele largou meu braço.

Despenquei contra a cômoda e a dor foi aguda e imediata. Tive vontade de xingá-lo bem alto, mas, olhando para o rosto dele, não consegui.

O sangue cobria sua boca feito batom todo manchado. Escorria pelo queixo, manchava sua garganta. Os olhos tinham foco e ele era Kitto novamente, mas ainda passava aquela pequena língua bifurcada pelos dentinhos ensanguentados. Rolou de costas na cama e ficou curtindo aquele prazer.

Eu continuei sentada no chão, sangrando.

Doyle se ajoelhou ao meu lado com uma pequena toalha. Levantou meu braço e enrolou a toalha nele, não tanto para estancar a hemorragia, mas para impedir que escorresse e sujasse tudo.

O perfume de flores encheu o ar, agradável, mas forte. Doyle olhou para o espelho.

– Alguém está pedindo permissão para falar pelo espelho.

– Quem é?

– Não tenho certeza. Talvez Niceven.

Olhei para meu braço sangrento.

– Esse espetáculo está bom?

– Se não demonstrar que sente dor enquanto fazemos o curativo, sim.

Suspirei.

– Ótimo. Ajude-me a sentar na beira da cama.

Doyle me levantou nos braços e me pôs sentada na cama.

– Não preciso de tanta ajuda assim.

– Desculpe. Não sabia o quanto estava ferida.

– Vou sobreviver.

Peguei a toalha e a apertei na ferida. Kitto se enrolou em mim ainda com a cara suja de sangue. Tinha chutado a coberta para longe, de modo que com o corpo encostado no meu não dava para ver a bermuda do espelho. Parecia que estava nu. Ele se esfregou em mim, lambendo o sangue em volta da boca com a língua bifurcada. Acariciava minha cintura e meus quadris.

Kurag podia dizer o que quisesse, mas arrancar carne daquele jeito era sexo para os duendes.

– Atenda, Doyle, depois pegue alguma coisa para estancar o sangue.

Ele sorriu e fez uma pequena mesura. Fez um gesto e o espelho ganhou vida, mostrou um homem de nariz adunco com a pele da cor de jacintos.

Era Hedwick, secretário social do rei Taranis. Além de não ser Niceven, ele não ia gostar daquela exibição.

26

Hedwick nem espiou através do espelho. Estava lendo uma lista, com a cabeça abaixada.

– Saudações à princesa Meredith NicEssus, do rei supremo Taranis do Trovão. Comunicamos que haverá um baile pré-natalino daqui a três dias. Sua Majestade conta com a sua presença.

Durante o discurso ele não olhou para o quarto. Já tinha esticado o braço para apagar o espelho quando eu falei.

Eu disse a única palavra que ele não esperava ouvir:

– Não.

Ele abaixou a mão, levantou a cabeça e olhou para o quarto com ar contrariado. A contrariedade deu lugar ao espanto, depois ao nojo. Talvez porque Kitto se remexia na cama. Talvez porque eu estava suja de sangue. De qualquer modo, ele não gostou do que viu.

– Você é a princesa Meredith NicEssus, não é? – O desprezo escorria da voz dele, já que achava difícil acreditar.

– Sou.

– Então nos veremos no baile.

Hedwick ergueu a mão mais uma vez para limpar o espelho.

– Não – respondi de novo.

Ele abaixou a mão e fez cara feia para mim.

– Ainda tenho muitos convites para comunicar hoje, princesa, por isso não tenho tempo para histeria.

Sorri, mas senti meu olhar ficar gelado. Por baixo da raiva havia prazer. Hedwick sempre foi um laborioso lambedor de botas e eu sabia que era ele que transmitia os convites para todos os encantados menores, aos povos menores. Outro encantado se ocupava dos contatos sociais importantes. O fato de ser Hedwick a transmitir o meu convite era um insulto. E do jeito que ele fez foi um duplo insulto.

– Não estou nem um pouco histérica, Hedwick. Não posso aceitar o convite dessa maneira.

Ele se arrepiou de raiva, pôs a mão na gravata branca e fofa. Ele se vestia como se os anos 1700 não tivessem passado. Pelo menos não usava peruca. Ainda bem.

– O rei supremo exige pessoalmente a sua presença, princesa. – O tom dele era o mesmo de sempre, como se fosse a honra suprema ser capacho do rei.

– Eu sou profana e não tenho rei supremo – disse eu.

Doyle se ajoelhou aos meus pés com um pequeno cesto de primeiros socorros. Passamos a manter esse cesto sempre à mão, apesar das mordidas dos outros guardas não serem tão feias como aquela.

Hedwick olhou para Doyle, depois para mim, com a testa franzida.

– Você é uma princesa abençoada.

Doyle passou por trás de mim, de modo a ficar do lado do ferimento. Pegou a toalha e fez pressão diretamente para estancar o sangue.

Respirei com um pouco mais de força quando ele apertou a toalha na mordida, mas fora isso minha voz continuou normal. Eu soava muito tranquila enquanto Doyle cuidava do ferimento e Kitto se esfregava em mim.

– Foi combinado que meu título na Corte Profana sobrepujava meu título abençoado. Agora que sou herdeira do trono profano, não posso mais reconhecer meu tio como rei supremo. Se eu reconhecer esse título, pode ficar implícito que ele é também rei supremo dos profanos, e isso não é verdade.

Hedwick ficou nitidamente perplexo. Ele era bom para obedecer ordens, bajular quem estivesse acima dele e bancar o garoto de recados. Eu o estava forçando a pensar. Ele não tinha costume de fazer qualquer coisa tão complexa assim.

Hedwick alisou sua gravata de novo e finalmente, aparentando muito menos segurança, disse:

– Como quiser. Então o rei Taranis ordena que esteja presente no baile daqui a três dias.

Ouvindo isso, Doyle olhou para mim. Eu sorri e balancei discretamente a cabeça. Tinha entendido.

– Hedwick, a única realeza que pode ordenar a minha presença é a Rainha do Ar e da Escuridão.

Ele balançou a cabeça, teimando.

– O rei pode ordenar a presença de qualquer um com título menor do que o dele, e você ainda não é uma rainha... – Ele enfatizou o *ainda*. – Princesa Meredith.

Doyle tirou a toalha para ver se o ferimento tinha parado de sangrar. Devia ter parado, porque ele pegou o antisséptico para limpar os cortes.

– Se eu fosse a herdeira real do rei Taranis, ele poderia me dar ordens, mas não sou herdeira dele. Sou herdeira da rainha Andais. Só ela pode me dar ordens, porque apenas ela possui título maior que o meu.

Hedwick se encolheu ao ouvir o verdadeiro nome da rainha. Todos os encantados faziam isso, jamais invocavam o verdadeiro nome dela, com medo de que isso a chamasse para perto deles.

– Está dizendo que é superior ao rei?

Ele parecia muito indignado.

Doyle começou a limpar o ferimento com gaze macia. Mesmo assim, os pequenos toques lançavam minúsculas ondas de dor pelo meu braço. Cerrei os dentes um pouco e me esforcei para não demonstrar que sentia dor.

– Estou dizendo que a hierarquia na Corte Abençoada não tem mais sentido para mim, Hedwick. Quando eu era simplesmente uma princesa da Corte Profana, eu também podia ter o mesmo título na Corte Abençoada. Mas sou candidata a rainha. Não posso ter um título menor em outra corte se vou governar.

– Há muitas rainhas na corte que reconhecem Taranis como seu rei supremo.

– Sei disso, Hedwick, mas elas fazem parte da Corte Abençoada, e não são encantadas. Eu faço parte da Corte Profana e sou encantada.

– Você é sobrinha do rei – disse ele, ainda querendo pensar do modo dele no labirinto político em que eu o havia metido.

– É muito bom que alguém tenha se lembrado disso, mas seria como se Andais chamasse Eluned e pedisse para ela reconhecê-la como sua rainha suprema.

– A princesa Eluned não tem laços com a Corte Profana.

Hedwick soou terrivelmente ofendido.

Dei um suspiro que foi bem profundo, pois Doyle tinha acabado de limpar o ferimento.

– Hedwick, procure entender uma coisa. Eu serei rainha da Corte Profana. Sou a herdeira real. O rei Taranis não pode ordenar que eu faça qualquer coisa, ou que apareça em qualquer lugar, porque não sou herdeira real dele.

– Está se recusando a comparecer sob ordem do rei?

Hedwick continuava com cara de quem não acreditava no que ouvia. Devia ter ouvido mal alguma coisa.

– O rei não tem o direito de me dar ordens, Hedwick. Seria como se ele pedisse para você falar com o presidente dos Estados Unidos, ordenando que ele comparecesse.

– Você está se dando importância além da conta, Meredith.

Deixei a raiva transparecer:

– E você parece que não sabe mais qual é a sua, Hedwick.

– Está realmente ignorando a ordem do rei?

O espanto estava estampado na voz, no rosto e na postura dele.

– Estou, porque ele não é meu rei e não pode dar ordens para ninguém fora do seu reino.

– Está dizendo que renuncia a todos os títulos que possui na Corte Abençoada?

Doyle tocou no meu braço e me fez olhar para ele. Os olhos dele diziam: *Cuidado agora*.

– Não, Hedwick, e você dizer tal coisa é um insulto proposital. Você é um funcionário menor, um mensageiro, nada mais.

– Sou o secretário social do rei – disse ele, se esticando em cada centímetro de sua pequena estatura, apesar de estar sentado.

– Você leva mensagens para os seres menores do mundo encantado e para humanos que não têm grande importância. Todos os convites importantes passam por Rosmerta, e você sabe disso. Enviar esse convite por seu intermédio, e não dela, foi um insulto.

– Você não merece a atenção da duquesa Rosmerta.

Balancei a cabeça.

– O seu recado está incompleto, Hedwick. É melhor voltar para o seu senhor e aprender um novo. Um que tenha alguma chance de ser bem recebido.

Meneei a cabeça para Doyle. Ele se levantou e limpou o espelho no meio da gagueira furiosa de Hedwick. Doyle sorriu, quase deu um sorriso largo para mim.

– Bem feito.

– Você acabou de insultar o Rei da Luz e da Ilusão – disse Rhys, meio abatido.

– Não, Rhys, ele me insultou, e foi mais do que isso. Se eu tivesse aceitado essa ordem de Taranis, poderiam interpretar que quando subisse ao trono profano eu o reconheceria como rei supremo das duas cortes, a abençoada e a profana.

– Pode ter sido erro do secretário? – perguntou Frost. – Será que ele simplesmente usou com você as mesmas palavras que dirigiu a todos na lista dele?

– Pode ser, mas mesmo assim continuaria a ser um insulto.

– Insulto, talvez. Mas, Merry, nós podemos engolir alguns insultos para não cair em desgraça com o rei – disse Rhys.

Ele sentou no outro lado da cama como se suas pernas estivessem fracas.

– Não podemos não – disse Doyle.

Todos olhamos para ele.

– Não percebe, Rhys? Merry vai governar o reino rival do rei Taranis. Ela tem de determinar as regras agora, senão ele a tratará sempre como subordinada. Pelo bem de todos nós, ela não pode demonstrar fraqueza.

– O que o rei vai fazer? – perguntou Frost.

Doyle virou para ele e os dois se entreolharam longamente.

– Para dizer a verdade, eu não sei.

– Ele já foi desafiado por alguém assim antes? – perguntou Frost.

– Eu não sei – respondeu Doyle.

– Não – disse eu.

Todos olharam para mim.

– Assim como se anda perto de Andais como se ela fosse uma serpente pronta para dar o bote, da mesma forma se anda na ponta dos pés com Taranis.

– Ele não parece tão ameaçador como a rainha – disse Frost.

Dei de ombros, doeu e parei.

– Ele é como uma criança grande mimada que teve seus caprichos satisfeitos tempo demais. Se não consegue o que quer, entra em crise. Os servos e lacaios vivem com medo dessas crises. Ele tem fama de matar acidentalmente durante esses ataques de fúria. Às vezes se arrepende, às vezes não.

– E você acabou de jogar uma luva de aço na cara dele – disse Rhys, olhando fixo para mim do outro lado da cama.

– Uma coisa que sempre notei na agressividade de Taranis foi que ele jamais atacava os poderosos. Se estava com tanta raiva assim, por que sempre direcionava seus ataques a pessoas impotentes, que não podiam revidar? Suas vítimas têm sido sempre magicamente inferiores, ou politicamente inferiores, ou pessoas que não têm aliados fortes entre os encantados. – Balancei a cabeça. – Não, Rhys, ele sempre sabe em quem está descarregando sua fúria. Não é impensado. Ele não vai me machucar, porque não recuei. Vai me respeitar e talvez até começar a se preocupar comigo.

– Se preocupar com você? – perguntou Rhys.

– Ele tem medo de Andais... e até de Cel, porque Cel é maluco, e Taranis não tem certeza do que ele vai fazer se subir ao trono. Taranis devia estar achando que podia me controlar. Agora vai começar a pensar melhor.

– Interessante é que esse convite chegou depois que falamos com Maeve Reed – disse Doyle.

– É mesmo – concordei.

Os três trocaram olhares. Kitto só continuou enrolado em mim, mais quieto agora.

– Acho que não seria bom Meredith ir a esse baile – disse Frost.

– Também acho – disse Doyle.

– É unanimidade – disse Rhys.

Olhei para os três.

– Não pretendo ir. Mas por que vocês estão tão sérios?

Doyle sentou do meu outro lado e forçou Kitto a recuar um pouco.

– Taranis é bom estrategista político como você?

Franzi o cenho, sem entender aonde ele queria chegar.

– Não sei. Por quê?

– Será que ele vai pensar que você recusou pelos motivos reais, ou ficará imaginando que você recusou por causa de alguma coisa que Maeve contou?

Eu ainda não tinha contado para eles o segredo de Maeve, e eles não perguntaram. Deviam supor que ela me fez dar minha palavra de que não contaria, coisa que Maeve não fez. Eu não tinha contado porque era o tipo de informação que podia ser uma sentença de morte. E agora, de repente, sem mais nem menos, aparecia aquele convite da corte. Merda!

Olhei para Doyle e depois para os outros. Frost tinha ido se encostar na cômoda, de braços cruzados. Rhys continuava sentado na cama. Kitto enrolado em mim. Encarei cada um deles.

– Eu não ia contar para vocês o que Maeve me contou, porque é informação perigosa. Achei que evitaríamos completamente a Corte Abençoada, e que não ia afetar nada. Taranis não me convida para qualquer coisa há anos. Mas se vamos ter de negociar com ele, então vocês precisam saber.

Contei para eles por que Maeve tinha sido expulsa. Rhys apenas apoiou a cabeça nas mãos e não disse nada. Frost arregalou os olhos. Até Doyle ficou sem fala. Foi Kitto que falou:

– Taranis condenou seu povo.

– Se ele realmente for estéril, então sim, condenou todos eles à morte como povo – disse Doyle.

– A mágica morre porque o rei deles é estéril, terra infértil – disse Frost.

– É o que eu creio que Andais teme para os profanos. Mas ela teve um filho e Taranis nunca teve nenhum.

– É por isso que ela está tão interessada que Cel ou eu procriemos – disse eu.

Doyle concordou:

– Acredito nisso, mas ela guarda em segredo o motivo que a levou a pôr você e Cel um contra o outro.

– Taranis vai matar todos nós. – A voz de Rhys soou baixa, mas muito segura.

Nós três viramos para ele. Comecei a ter a sensação de que assistia a uma partida de tênis muito confusa, olhando de uma pessoa para outra.

Ele levantou a cabeça e abaixou as mãos.

– Ele tem de matar todos aqueles que sabem que ele é estéril. Se os outros abençoados descobrirem que ele os condenou, vão exigir que faça o grande sacrifício de espalhar seu sangue para recuperar a fertilidade do povo.

Olhei para o rosto impávido de Rhys e era difícil contra-argumentar nesse caso, especialmente porque eu tinha pensado a mesma coisa.

– Então por que Maeve Reed está viva e saudável? – perguntou Frost. – Julian disse que não houve nenhum atentado contra a vida dela, nunca.

– Eu posso explicar – disse Rhys. – Talvez seja porque ela não tem como contar para ninguém mais do mundo encantado. Nós fomos encontrá-la, mas ela não pode conversar com ninguém mais que já não esteja no exílio. Meredith não é exilada e pode falar com pessoas de peso. Pessoas que acreditariam nela e agiriam de acordo.

Ficamos todos quietos, pensando. Doyle quebrou o silêncio:

– Frost, chame Julian e diga que pode haver encrenca.

– Não posso explicar para ele por quê – disse Frost.

– Não – disse Doyle.

Frost fez que sim com a cabeça e foi para o outro quarto para telefonar. Olhei para Doyle.

– Você conversou com mais alguém sobre isso?

– Só Barinthus – disse ele.

– O pote com água sobre o altar – disse eu.

Doyle confirmou:

– Ele foi um dia governador de todos os mares em torno das nossas ilhas, por isso é praticamente impossível alguém detectar o contato com ele pela água.

– Meu pai costumava conversar com Barinthus dessa forma. Como vai Barinthus?

– Como seu mais forte aliado entre os profanos, ele está fazendo algum progresso na formação de alianças para vocês.

Olhei bem nos olhos escuros de Doyle.

– O que você acabou de omitir?

Ele fechou os olhos e abaixou a cabeça.

– Houve um tempo em que você não conseguia ver isso no meu rosto.

– Andei praticando. O que deixou de dizer?

– Houve dois atentados contra ele.

– Meu Senhor e minha Senhora, protegei-nos... muito sérios?

– O bastante para ele ter mencionado, mas não tão sérios que representassem uma verdadeira ameaça. Barinthus é um dos mais velhos de todos nós. É um ser do elemento água. Não é fácil matar a água.

– Como você disse, Barinthus é meu aliado mais forte. Se o matarem, o resto cai junto.

– Sim, princesa, eu também temeria isso, mas muitos têm medo de como Cel vai estar quando for liberado do seu tormento. Acham que ele pode estar completamente louco e não querem alguém assim ocupando o trono. Barinthus acredita que é por isso que os seguidores de Cel estão espalhando o boato de que você vai contaminar a todos com sua mortalidade.

– Eles parecem desesperados – disse eu.

– Não, o que é desesperado é essa conversa de declarar guerra à Corte Abençoada. O que eu não disse para Kurag foi que essa ameaça de guerra existe, não importa qual de vocês dois ocupe o trono. Eles veem a loucura de Cel, a sua mortalidade e a fraqueza da rainha como sinais de que os profanos estão acabando, que o povo está se apagando. Há alguns que falam de partir para a guerra pela última vez, enquanto ainda temos chance de derrotar os abençoados.

– Se tivermos uma guerra total em solo americano, os exércitos humanos serão convocados. Isso desfaria parte do tratado que permitiu que vivêssemos neste país – disse Rhys.

– Eu sei – concordou Doyle.

– E eles acham que o louco é Cel – disse Rhys.

– Barinthus revelou quem está por trás dessa ideia da guerra contra os abençoados?

– Siobhan.

– A líder da guarda de Cel.

– Há apenas uma Siobhan – disse Doyle.

– Demos graças ao Senhor e à Senhora por isso – disse Rhys.

Siobhan equivalia a Doyle. Ela era pálida como uma leprosa, o cabelo feito de teias de aranha e não era muito alta. Fisicamente não se parecia nada com Doyle. Mas do mesmo modo que, quando a rainha dizia: "Onde está a minha Escuridão, chamem a minha Escuridão", alguém morria, isso também acontecia com Cel e Siobhan. Só não tinha nenhum apelido. Era apenas Siobhan.

– Detesto ser tão exigente – disse eu –, mas por acaso ela recebeu alguma punição por ter obedecido às ordens de Cel para tentar me matar?

– Recebeu – disse Doyle. – Mas isso foi meses atrás, Meredith, e o castigo já acabou.

– Quanto tempo durou? – perguntei.

– Um mês.

Balancei a cabeça.

– Um mês, por ter quase matado uma herdeira real. Que tipo de recado é esse para todos que querem me ver morta?

– Foi Cel que deu a ordem, Meredith, e está passando por um dos nossos piores castigos durante seis meses. Ninguém espera que o cérebro dele resista. Encaram isso como a punição propriamente dita.

– E vocês já estiveram sob os cuidados delicados de Ezekiel por um mês inteiro? – perguntou Rhys.

Ezekiel era o torturador da corte e ocupava esse posto havia muitas vidas mortais. Mas ele era mortal. A rainha o descobriu prestando seus serviços para uma cidade humana e admirou tanto suas habilidades que lhe ofereceu o emprego.

– Nunca passei um mês no Salão da Mortalidade, mas já tive minha cota de tempo lá. Ezekiel sempre disse que tinha de tomar muito cuidado comigo. Que tinha passado tantos séculos com os imortais, que tinha medo de me matar por acidente. "Tenho de tomar muito cuidado com você, princesa, tão delicada, tão frágil, tão humana..."

Rhys estremeceu.

– Você imita a voz dele muito bem.

– Ele gostava de falar enquanto trabalhava.

– Peço desculpas, Merry, você cumpriu seu tempo lá, mas isso significa que você entende o que foi para Siobhan estar aos cuidados de Ezekiel por um mês.

– Eu entendo, Rhys, mas me sentiria melhor se ela tivesse sido executada.

– A rainha odeia perder qualquer encantado de linhagem nobre – disse Doyle.

– Eu sei, não estão sobrando.

Mas eu não estava satisfeita com isso. Para alguém que tentasse matar um herdeiro real a punição devia ser a morte. Qualquer coisa que fosse menos do que isso era incentivo para que se tentasse novamente. Aliás, a própria Siobhan podia tentar de novo.

– Por que ela deseja a guerra? – perguntei.

– Ela gosta da morte – disse Rhys.

Olhei para ele.

– Não sou o único que já foi uma divindade da morte, e não sou o único que perdeu muito poder quando criaram o Inominável. E o nome dela não foi sempre Siobhan também.

Lembrei de uma coisa:

– Conte para Doyle o que você descobriu na cena do crime hoje.

Ele contou para Doyle sobre os deuses mais velhos e seus fantasmas. Doyle foi ficando cada vez mais descontente.

– Não vi Esras fazer isso, mas sei que a rainha deu a ordem. Um dos acordos que temos com os abençoados é que alguns feitiços nunca mais devem ser executados. Esse era um deles.

– Teoricamente, se pudermos provar que um encantado de cada corte lançou esse feitiço, isso anularia o tratado de paz entre nós?

Doyle ficou pensando.

– Eu não sei. Nesse acordo atual, sim, mas nenhum lado deseja uma guerra total.

– Siobhan deseja – disse eu –, e ela quer me ver morta. Será que ela poderia ter feito isso?

Os dois ficaram calados e pensando alguns minutos. Kitto continuou quieto ao meu lado.

– Ela quer guerra, então não teria nenhum escrúpulo ao fazer isso – acabou dizendo Doyle. – Mas, se é tão poderosa assim, isso eu não sei.

Doyle olhou para Rhys.

Rhys suspirou.

– Ela já foi. Merda, mas eu também já fui. Talvez ela tivesse poder, mas para isso teria de estar aqui na Califórnia. Não se lança esse tipo de feitiço para fora da vista, porque senão ninguém controla. Longe da vista do zelador mágico, esses feitiços simplesmente ficam vagando por aí e matando pessoas. Não vão machucar Merry, não especificamente.

– Tem certeza disso? – perguntou Doyle.

– Sim, disso tenho certeza.

– Barinthus não teria mencionado se Siobhan tivesse sumido da corte? – perguntei.

– Ele disse especificamente que ela o incomoda muito.

– Então ela está lá – disse eu.

– Mas não garante que não passou um tempo fora.

– Mesmo assim, o feitiço não mataria Merry – disse Rhys.

– Bom saber – disse eu, e acrescentei: – Mas e se minha morte for apenas um efeito colateral? E se o verdadeiro objetivo por trás de tudo isso seja a guerra entre as cortes?

– Então por que não deixaram os anciões cometerem aqueles horrores em Illinois, perto das cortes? – perguntou Doyle.

– Porque quem fez isso quer guerra, não ser executado – disse eu.

Doyle concordou:

– Isso é verdade. Se a rainha descobrisse que alguém tinha feito um dos feitiços proibidos, ela executaria essas pessoas, torcendo para apaziguar Taranis.

– E ele ficaria satisfeito – disse Rhys –, porque nenhum governante quer uma guerra total.

– Então, para dar início à guerrinha deles, precisam sair impunes dessa – disse eu. – Pense um pouco. Se ficar provado para as cortes que é mágica de encantados, mas sem poder provar qual encantado lançou o feitiço, a suspeita recairá sobre os dois lados.

– E o Inominável – disse Doyle –, só um encantado poderia tê-lo libertado. Só um encantado poderia esconder isso das duas cortes.

– Siobhan não é capaz de libertar o Inominável – disse Rhys. – Tenho certeza disso.

– Esperem – disse eu –, a rainha não disse que Taranis se recusa a ajudar a procurar quem fez isso? Que ele se recusa a admitir que uma coisa assim tão terrível podia ter partido da corte dele?

Doyle fez que sim com a cabeça.

– É, ela disse isso sim.

– E se for alguém da Corte Abençoada? – disse eu. – Nós teríamos mais dificuldade para rastrear?

– Talvez.

– Você está dizendo que o traidor é um abençoado? – perguntou Rhys.

– Pode ser, ou também podem ser dois traidores. Siobhan pode ter invocado os deuses anciões e alguém da outra corte pode ter libertado o Inominável.

– Por que libertar o Inominável? – perguntou Rhys.

– Podendo controlá-lo – disse Doyle, quase como se pensasse em voz alta –, ele daria acesso a todos os poderes mais antigos e mais assustadores do mundo encantado. Se você pudesse controlá-lo, poderia se tornar imbatível.

– Alguém está se preparando para a guerra – disse eu.

Doyle respirou fundo e deixou o ar sair lentamente.

– Devo informar à rainha sobre os fantasmas dos anciões. Vou contar alguma coisa do que concluímos sobre o Inominável também. – Ele olhou para mim. – E até termos certeza de que os fantasmas dos anciões não podem ser encaminhados para você, você ficará sempre dentro das defesas.

– E as defesas podem mantê-los longe?

Ele franziu a testa e olhou para Rhys, que deu de ombros.

– Eu os vi soltos em batalha aberta. Sei que as defesas bloqueiam a entrada de qualquer ameaça, mas não sei até que ponto vai o poder dessas coisas. Especialmente se puderem se alimentar. Podem crescer e ser capazes de romper praticamente qualquer defesa.

– Obrigada, isso foi bom para nos tranquilizar – disse eu.

Ele olhou sério para mim.

– Não era para tranquilizar, Merry. Estava apenas sendo franco. – Ele deu um sorriso triste. – Além do mais, todos nós daremos nossas vidas para mantê-la em segurança, e é bem difícil nos matar.

– Não acha que vai vencer – disse eu. – Como se enfrenta uma coisa que é invisível, intocável, mas que pode ver você, tocar em você? Uma coisa que pode sugar sua vida pela sua boca, como esvaziamos uma garrafa de refrigerante. Como se combate uma coisa dessas?

– É por isso que vou falar com a rainha.

Doyle se levantou e foi para o banheiro, onde havia um espelho menor. Ele devia querer privacidade.

Parou quando chegou à porta.

– Ligue para Jeremy e diga que não voltamos para lá hoje. Enquanto não soubermos se essa é uma ameaça direta para Merry, nós vamos protegê-la, e só a ela.

– E como vamos ganhar dinheiro? – perguntei.

Ele suspirou e esfregou os olhos, com um gesto de cansaço.

– Admiro sua determinação de não dever nada a ninguém. Até concordo com isso. Mas tudo seria mais simples se aceitássemos uma mesada da corte e só tivéssemos de nos preocupar com a política dela. Vai chegar uma hora, Meredith, em que não poderemos mais trabalhar de nove às cinco e sobreviver à política.

– Não quero o dinheiro dela, Doyle.

– Eu sei, eu sei. Ligue para o Jeremy, explique que ficará aqui cuidando do Kitto. Quando disser que Kitto está desaparecendo e que você o salvou, Jeremy vai entender.

– Você não quer que ele saiba dos fantasmas dos ancioes?

– Isso é assunto de encantados, Meredith, e ele não é um encantado.

– Claro, mas, se os encantados entrarem em guerra, todos os duendes, fadas e tudo o mais no mundo encantado também estarão em guerra. Minha bisavó era fada. Tudo que ela queria era ficar perto do seu lar humano e cuidar da casa, mas acabou sendo morta em uma das últimas grandes guerras. Se vão ser arrastados para a luta, não acha que devem saber de antemão?

– Jeremy está exilado do mundo das fadas, por isso ele não vai se envolver.

– Você ignorou o que eu disse.

– Não, Meredith, não ignorei, mas não sei como responder ao que disse. Enquanto não souber o que dizer, não direi nada.

Com isso, Doyle virou no corredor. Ouvi a porta do banheiro se abrir e se fechar.

Rhys deu um tapinha no meu braço.

– Muito ousado da sua parte sugerir que outros que não são encantados devam opinar. Muito democrático.

– Não me venha com condescendência, Rhys.

Ele tirou a mão.

– Até concordo com você, Meredith, mas nossos votos não contam muito. Quando você ocupar o trono, talvez isso mude, mas neste momento não há como, em todos os reinos encantados, um governante encantado aceitar incluir os encantados menores em nossas conferências de guerra. Eles serão notificados quando nós decidirmos entrar em guerra, não antes.

– Isso não é justo – disse eu.

– Não, mas é assim que fazemos as coisas.

– Ponham-me no trono e quem sabe isso não muda?

– Ah, Merry, não faça com que arrisquemos nossas vidas para fazê-la rainha, só para dar as costas e enfurecer todos os encantados. Podemos derrotar alguns deles, mas não todos.

– Há muito mais duendes, fadas e elfos do que encantados, Rhys.

– O que conta não são números, Merry.

– O que conta, então?

– Força, força do arsenal, força da mágica, força da liderança. Os encantados têm tudo isso e é por esse motivo, minha linda princesa, que governamos o mundo encantado há milênios.

– Ele tem razão – disse Kitto baixinho.

Olhei para ele, ainda muito pálido, mas não tinha mais aquela assustadora cor transparente.

– Os duendes são grandes guerreiros.

– São, mas não grandes feiticeiros. E Kurag tem medo dos encantados. Todos que não são encantados temem os encantados – disse Kitto.

– Não sei bem se isso é verdade – disse eu.

– Eu sei – disse ele, e chegou ainda mais perto, encaixando o corpo todo em volta de mim, tão apertado quanto podia. – Eu sei.

27

O lado bom de Kitto ter ficado à beira da morte foi que pude voltar para a cama e dormir. Sugeri que Doyle deitasse conosco, mas Frost teve um ataque. Por isso Doyle apenas pediu licença, desde que Frost também não se juntasse a nós. Observei que Doyle e eu quase não tínhamos dormido a noite anterior, mas Frost nem ligou. Também comentei que íamos só dormir mesmo, que não importava quem dormia comigo. Nenhum dos dois se comoveu com os meus argumentos.

Por isso fui para a cama e me aninhei com Kitto. Eu o deitei no meu lado da cama para poder me encaixar nele sem me apoiar no ombro mordido. Tinha tomado o analgésico Advil, mas o ombro ainda doía demais, como se tivesse vida própria. A primeira vez que ele me mordeu não doeu tanto. Podia ser um bom sinal. Eu torcia por isso. Ia odiar se esse sofrimento todo não servisse para nada.

Jeremy ficou furioso quando soube que nenhum de nós ia voltar para o escritório, até descobrir que Kitto tinha quase morrido.

Não disse nada por um bom tempo, tanto que tive de chamar o nome dele baixinho.

– Estou aqui, Merry, apenas relembrando. Eu já vi encantados desaparecendo. Faça o que tiver de ser feito para cuidar dele. Nós damos um jeito na firma. Vão manter Teresa no hospital esta noite, em observação. Ela está sedada, de modo que não sei como vão observar.

– Ela vai ficar boa?

Ele não respondeu logo.

– Provavelmente sim. Mas nunca a vi do jeito que estava hoje. O marido dela gritou comigo, disse que eu estava pondo a vida dela em perigo. Ele não quer mais que ela trabalhe em cenas de crime. E não posso condená-lo por isso.

– Acha que Teresa vai concordar com ele?

– Nem sei se isso importa, Merry. Tomei uma decisão administrativa. A Agência de Detetives Grey não fará mais trabalho de segurança. Sou um bom mágico, mas não tinha a mínima ideia do que provocou aquilo lá hoje. Consegui sentir os resíduos de algum feitiço, mas foi só. Disse para a detetive Tate o que estava sentindo, mas o tenente Peterson nem quis saber. Ele já resolveu que foi alguma coisa mundana. Extraordinária, mas mundana.

Jeremy parecia cansado.

– Está me parecendo que você precisa ir para a cama e se enroscar com alguém também.

– Está se oferecendo? – Ele deu risada. – A velha Merry gulosa querendo pegar todos os machos encantados de Los Angeles.

– Se tiver vontade de vir até aqui para ser abraçado, será bem-vindo.

Ele ficou quieto alguns segundos.

– Quase esqueci disso.

– Esqueceu o quê?

– Que não tem nada de mais ser abraçado pelos amigos de um modo que os humanos consideram sensual. Que eu poderia ir me enroscar e dormir com você sem problema.

– Se precisar disso, pode vir.

– Vivi com os humanos tempo demais, Merry. Acho que não gosto mais desse aconchego tanto assim. Não sei se conseguiria ir para a cama com você sem transformar isso em uma relação sexual.

Eu não sabia o que dizer.

Quando acordei, a luz na cortina estava se apagando no lusco-fusco do anoitecer. Eu continuava encaixada em volta do corpo de Kitto e ele continuava o mais agarrado em mim que podia. Era como se nenhum de nós tivesse se mexido o dia inteiro. Fiquei ali deitada um instante, sentindo meu corpo doído só de ter ficado imóvel assim tanto tempo. O ombro doía um pouco, mas dava para ignorar. A respiração de Kitto ainda estava profunda e ritmada. O que tinha me despertado?

Então ouvi batidas suaves na porta, pela segunda vez. E a porta se abriu sem que eu tivesse tempo de responder. Galen enfiou a cabeça no quarto. Sorriu ao me ver acordada.

– Como está o Kitto?

Mudei de posição, apoiei o corpo no cotovelo e espiei o duende. Ele fez um ruído e se aconchegou em mim para não deixar nenhum espaço entre nós de novo.

– Parece melhor e está quente.

Passei os dedos nos cachos do cabelo de Kitto. Ele moveu a cabeça na direção da minha mão, mas não acordou.

– Algum problema? – perguntei.

Galen fez uma cara que não consegui traduzir.

– Bem, não exatamente.

Franzi o cenho.

– O que foi?

Ele entrou no quarto e fechou a porta devagar. Estávamos falando baixinho para não incomodar Kitto.

Galen parou no pé da cama. Usava uma camisa de mangas compridas, cujo verde realçava o esverdeado da pele e intensificava o tom mais escuro do cabelo. Usava um jeans azul desbotado, quase branco de tão lavado. Tinha um furo no meio da coxa, com uma franja de fios brancos através dos quais se via a pele verde-clara.

Percebi que ele tinha falado alguma coisa e eu não prestei atenção.

– Perdão, o que você disse?

Ele deu um largo sorriso e exibiu os dentes bem brancos.

– O representante da rainha Niceven está aqui. Diz que tem ordens expressas para receber a primeira parcela do pagamento antes de contar o segredo da minha cura.

Olhei de novo para o furo na calça dele, fui subindo pelo corpo até encontrar os olhos verdes cor de grama. O calor naqueles olhos era o mesmo que deixava meu corpo todo retesado.

Kitto se agitou ao meu lado e abriu seus olhos muito azuis. A conversa, abrir e fechar a porta, meus movimentos, nada disso o tinha acordado. Mas a tensão no meu corpo reagindo a Galen, isso sim o fez despertar.

Expliquei rapidamente que o enviado de Niceven tinha chegado. Kitto não se importava de um semifada entrar no quarto. Eu sabia que ele não ia se importar. Só perguntei por cortesia. A rainha não teria perguntado, mas acho que seria por não ligar para o que os outros pensavam e não por saber que o outro não se incomodava.

Galen voltou para a porta e a abriu toda. Uma figura pequenina entrou voando. O corpo dele tinha mais ou menos o tamanho de uma boneca Barbie. As asas eram maiores do que o resto do corpo, amarelo forte com linhas e faixas pretas, pontos azuis e vermelho-alaranjados. Ele pairou sobre a cama, em cima de mim. O corpo dele era uma versão um pouco mais clara do amarelo profundo das asas. Estava de saia, ou kilt, amarelo transparente, e essa era a única peça de roupa que vestia.

– Saudações para a princesa Meredith da Corte Profana da rainha Niceven das semifadas. Chamam-me de Sage, o semifada mais privilegiado por ter sido escolhido como embaixador de Sua Majestade Real nas Terras Ocidentais.

A voz dele era como o tilintar de sinos, o som de uma risada. Fez com que eu sorrisse e naquele momento descobri que era glamour.

Estalei a língua para ele.

– Nada de glamour entre nós, Sage, pois é uma espécie de mentira.

Ele apertou as mãos minúsculas e perfeitas no peito, bateu as asas mais rápido e provocou uma lufada de ar no meu rosto.

– Glamour, eu? Um humilde semifada seria capaz de fazer glamour para uma encantada da Corte Profana?

Ele teve o cuidado de não negar a acusação, simplesmente esquivou-se da pergunta.

– Pode desfazer o glamour, senão será arrancado de você. Depois pode usá-lo de novo, mas nesse nosso primeiro encontro quero ver com o quê, ou com quem, eu estou tratando realmente.

Ele voou para mais perto, tão perto que o vento das asas brincava com mechas do meu cabelo em volta do rosto.

– Minha adorável donzela, está me magoando. Sou bonito como está me vendo.

– Se isso é verdade, então pouse em mim e deixe-me verificar se está sendo sincero. Porque se de fato é assim como parece, tocar na minha pele não vai mudar nada, mas se estiver mentindo, aí só de encostar em mim já terá de revelar sua verdadeira aparência.

O estilo formal das minhas palavras era uma espécie de feitiço. Falei sinceramente, acreditando mesmo no que tinha dito, por isso era verdade. Quando ele tocasse na minha pele, seria forçado a se mostrar como realmente era.

Sentei para poder estender a mão. A coberta deslizou e se amontoou em volta da minha cintura. Kitto se aninhou mais perto de mim, arregalando os olhos grandes para o semifada esvoaçante. Ele observou o homenzinho feito um gato fascinado com um passarinho. Eu sabia que os duendes eram capazes de canibalizar outros do mundo encantado. A expressão de Kitto indicava que as semifadas talvez fossem uma iguaria especial.

– Você está bem, Kitto?

Ele piscou e olhou para mim. Mudou o foco do semifada voador passando pelos meus seios descobertos e a expressão faminta mudou, mas só um pouco. Esse olhar me assustou. Alguma coisa deve ter transparecido no meu rosto, porque Kitto escondeu o dele contra o meu quadril, enfiado embaixo dos lençóis.

– A prova de carne deixou mais afoito o nosso duendezinho – disse Doyle da porta.

O mensageiro minúsculo deu meia-volta no ar e fez uma pequena mesura.

– Escuridão da Rainha, é uma honra para mim.

Doyle retribuiu a mesura com um gesto rápido, mero meneio de cabeça.

– Sage, devo dizer que estou surpreso de vê-lo aqui.

O homenzinho voador subiu para poder ficar cara a cara com Doyle. Mas ficou fora do alcance dele, como o tímido inseto que parecia ser.

– Por que surpreso, Escuridão?

Dessa vez a voz dele não soou tanto como o badalar alegre de sinos.

– Eu não imaginava que Niceven fosse capaz de expor e de dispor do seu amante preferido.

– Não existe mais isso, Escuridão, e você sabe muito bem.

– Eu sei que Niceven teve filhos e se casou com outro, mas não pensava que as semifadas tivessem esses escrúpulos.

Sage subiu mais um pouco, um milímetro mais perto.

– Pensa que por não sermos encantados não conhecemos as leis.

A raiva devia soar impotente, vinda daquela vozinha melodiosa, mas não soou. Foi o dobrar de sinos açoitados por ventos de tempestade, uma música assustadora.

– Então não é mais amante da rainha – disse Doyle. – O que anda fazendo na vida, Sage?

Nunca tinha ouvido Doyle debochar desse jeito de alguém. Ele estava provocando Sage de propósito. Nunca vi Doyle fazer qualquer coisa que não tivesse uma intenção por trás, por isso deixei passar. Mas aquilo dava a impressão de ser muito pessoal. O que aquele homenzinho minúsculo podia ter feito para a Escuridão da Rainha para merecer atenção tão individualizada?

– Tive todas as mulheres do nosso reino para me satisfazer, Escuridão. – Ele voou até quase encostar no rosto de Doyle. – E você, um dos eunucos da rainha, o que tem feito?

– Veja o que está na cama, Sage. E diga se não é um prêmio pelo qual qualquer homem ou encantado trocaria sua alma.

O homem voador nem se deu ao trabalho de virar para trás.

– Não sabia que você gostava de duendes, Doyle. Achei que era uma peculiaridade exclusiva do Rhys.

– Você pode ser deliberadamente obtuso, Sage, mas conhece muito bem o significado do que eu disse.

– Boatos são muito velozes, Escuridão. Dizem por aí que você protege a princesa, mas não compartilha a cama com ela. Há muita especulação para entender por que você se privaria de tal prêmio, enquanto os outros aproveitam. – O homenzinho quase roçou o rosto de Doyle com as asas, de tão próximo que estava. – Dizem as más línguas que talvez exista mais de um motivo para a rainha Andais não tê-lo recebido na cama dela. Segundo os rumores, você é de fato um eunuco, não é apenas questão de falta de uso.

Não pude ver a cara de Doyle atrás das asas do semifada que batiam muito rápido. Percebi que, apesar de parecerem asas de borboleta, adejavam com uma velocidade muito maior, e que os movimentos não eram iguais aos do inseto que ele copiava.

– Juro solenemente – disse Doyle – que tive prazer com a princesa Meredith da forma que um homem tem prazer com uma mulher.

Sage pairou uma batida de asas e depois mergulhou como se tivesse esquecido de voar por um segundo. Mas se recuperou, adejando para cima, para encarar Doyle olho no olho de novo.

– Quer dizer que não é mais o eunuco da rainha, é o amante da princesa.

Sage disse isso com voz baixa e perversa, um sibilo metálico. Aquele diálogo deles era definitivamente muito pessoal.

– Como você mesmo disse, Sage, os boatos voam, e rumores dizem que Niceven tirou uma página do livro de Andais. Você era o amante preferido antes de a transa de uma noite com Pol tê-la emprenhado. Quando a sua cama passou a ser proibida, você foi impedido de partilhar a cama de qualquer outra. Se ela não podia ter seu preferido, ninguém mais teria.

Sage sibilou para ele como uma abelha enfurecida:

– Você deve ficar muito satisfeito com nossos papéis trocados, Escuridão.

– O que quer dizer, Sage?

Mas a voz de Doyle soou muito baixa, indicando que ele sabia exatamente o que o semifada queria dizer.

– Assombrei você e os seus durante séculos. Os grandes guerreiros encantados, os grandes corvos do passado, reduzidos a eunucos da corte, ah, sim, assombrei a todos vocês. Eu me gabava da minha potência e dos prazeres da minha rainha, como um sussurro maligno em seus ouvidos.

Doyle ficou apenas olhando para ele.

Sage se afastou um pouco e deu uma volta no ar como alguém que caminha em círculos no chão.

– Agora, o que há de bom na minha potência? Qual é a vantagem de vê-la, em toda a sua beleza, e não poder tocar nela? – Ele virou de novo para Doyle. – Ah, eu pensei muito todos esses anos, Escuridão, em como atormentei você. Não pense que não entendo a ironia disso tudo só porque não sou encantado. – Ele chegou muito perto do rosto de Doyle, e apesar de eu saber que era apenas um sussurro, o sibilar dele ocupou o quarto todo: – Tanta ironia que dá para sufocar com ela, Escuridão... Tanta ironia que dá para morrer disso, tanta ironia que basta para eu ter vontade de matar para me livrar dela.

– Então desapareça, Sage, apague e ponha um fim nisso.

O pequeno semifada voou para trás.

– Suma você, Escuridão. Desapareça e dê um fim a si mesmo. Estou aqui por ordem da rainha Niceven, na função de seu procurador. Se deseja curar o cavaleiro verde, terá de tratar comigo.

A voz dele ficou pesada com a ameaça.

Galen apareceu na porta ainda aberta da sala de estar.

– Desejo ser curado, mas não a qualquer preço.

Seu sorriso habitual tinha desaparecido, Galen estava muito sério.

– Já chega – disse eu com voz suave, sem raiva.

Todos viraram para mim. Vi os outros homens, inclusive Nicca, amontoados na porta.

– Fui eu que tratei do negócio com Niceven, não foi Doyle. Só eu negociei a cura de Galen. O preço dessa cura é meu sangue.

Sage adejou sobre a cama, mas não exatamente em cima de Kitto ou de mim.

– Uma dose do seu sangue azul e uma cura para seu cavaleiro verde, foi o que minha rainha disse para mim.

A voz dele não era mais o tilintar de sinos. Estava quase normal, pequena, aguda, mas voz de homem. Seus olhos escuros ficaram rasos e negros como os de um boneco. Não havia nada de amistoso naquele rostinho bonito de brinquedo.

Levantei a mão e ele pousou nela. Era mais pesado do que parecia, mais concreto. Lembrei que Niceven era mais leve, mais ossos do que músculos. A sensação com ela foi de alguém cadavérico, como sua aparência. Sage era... mais carnudo, ou o corpo magro dele tinha mais matéria do que o de Niceven.

As asas pararam de bater e revelaram-se asas de borboleta enormes e perfeitas. Moviam-se suavemente enquanto ele olhava fixo para mim. Fiquei imaginando se batiam em compasso com o coração dele.

O cabelo amarelo-manteiga de Sage era desgrenhado, grosso, liso, caía em mechas descuidadas em volta do rosto triangular. Algumas pontas tocavam seus ombros. Houve um tempo em que Andais o teria castigado por deixar o cabelo crescer tanto. Só os homens encantados podiam ter cabelos compridos como os das mulheres. Era um sinal de status, de realeza, um privilégio.

As mãos dele não eram maiores do que a unha do meu dedo mindinho. Sage botou uma mãozinha na cintura fina, a outra deixou caída ao lado do corpo, e ficou com um pé diante do outro, em pose desafiadora.

– Se nos derem privacidade, coletarei meu pagamento e lhe darei a cura para o seu cavaleiro – disse ele em tom petulante.

Ao ouvir isso, eu sorri, e o meu sorriso gerou ódio na expressão do semifada.

– Não sou criança para ser tratado com indulgência, princesa. Sou um homem. – Ele fez um gesto largo com as duas mãos. – Pelos seus padrões, um homem pequeno, mas macho mesmo assim. Não gosto de ser tratado com esse tipo de sorriso que se dá para uma criança levada.

Era quase exatamente o que eu estava pensando, que ele ficou bonitinho com aquela pose, me desafiando, tão minúsculo. Eu o tratava como se fosse um boneco, ou um brinquedo, ou uma criança.

– Peço perdão, Sage, você tem razão. É um semifada e é macho, independentemente do seu tamanho.

Ele franziu a testa.

– Você é da realeza e está pedindo perdão para mim?

– Aprendi que a verdadeira realeza está em saber quando cometemos erros e quando acertamos, em admitir a diferença, não em aparentar uma falsa perfeição.

Ele inclinou a cabeça para o lado, numa pose que era quase a de um passarinho.

– Ouvi dizer que você trata a todos com justiça, como seu pai fazia.

A voz fina de Sage parecia pensativa.

– É bom saber que ainda falam do meu pai.

– Todos nós lembramos do príncipe Essus.

– Sempre fico contente de poder compartilhar as boas lembranças do meu pai com os outros.

Sage me observou atentamente, só que não era igual a ser observada por uma pessoa maior. A ideia que ele tinha de contato visual parecia exatamente isso. O rosto inteiro dele focalizava meu olho direito, só que ele devia ter visto o meu sorriso, o qual julgou corretamente, e isso indicava que ele via todo o meu rosto. Eu simplesmente não estava acostumada a lidar com semifadas. Meu pai sempre foi respeitoso com eles, mas não me levou para a corte de Niceven como fez com o reino de Kurag e de outros.

– O príncipe Essus tem o nosso respeito, princesa, mas o tempo passa e nós também devemos seguir em frente.

O tom era quase de tristeza. Ele olhava para mim e foi readquirindo sua expressão arrogante. Esforcei-me para não sorrir diante daquela figurinha minúscula que parecia tão cheia de si. Não era engraçado nem bonitinho. Sage era uma pessoa como qualquer outra naquele quarto. Acontece que era difícil acreditar nisso pra valer.

– Vamos à nossa privacidade para eu cumprir o desejo da minha rainha e depois terá a cura para o cavaleiro verde.

Olhei para Doyle e Galen dentro do quarto e para os outros na porta. Frost já estava balançando a cabeça.

– Meus guardas não permitem que eu fique sozinha com qualquer membro das cortes.

– Acha que devo me sentir lisonjeado por me considerarem uma ameaça em potencial?

Ele deu meia-volta na minha mão e apontou o dedo para Doyle.

– Escuridão me conhece há muito tempo e sabe do que sou capaz, ou pensa que sabe.

Sage virou de frente para mim outra vez e seus pés descalços provocaram uma sensação estranha na minha pele.

– Mesmo assim, prefiro ter privacidade para isso.

– Não – disse Doyle.

Sage virou para ele de novo, flutuando a poucos centímetros da minha mão.

– Você devia entender, Escuridão. Fazer o que minha rainha pediu é tudo que me resta. Fazer exatamente o que ela ordena é tudo que eu tenho. O que vou fazer esta noite neste quarto será o mais próximo de curtir as delícias femininas em muito, muito tempo. Não acho que querer privacidade é pedir demais.

Os guardas não ficaram nada satisfeitos, mas acabaram aceitando. Só Kitto ficou, enrolado no meu corpo, no meio dos lençóis.

– Esse aí também – disse Sage, apontando para o duende.

– Ele apagou hoje, Sage – disse eu.

– Está me parecendo saudável.

– O rei dele, Kurag, informou que meu corpo, meu sangue, minha carne, minha mágica é que sustentam Kitto aqui fora, entre os humanos. Ele precisa ter contato com a minha pele mais um tempo.

– Você o expulsaria da sua cama por um dos seus guerreiros encantados.

– Não – disse Kitto baixinho. – Eu tive o privilégio de ficar enquanto eles copulavam. Vi suas luzes formarem sombras nas paredes, tão fortes que iluminavam tudo.

Sage desceu e pairou sobre o rosto de Kitto, que estava virado para cima.

– Duende, os da sua espécie devoram os da minha em tempos de guerra.

– Os fortes comem os fracos. O mundo é assim – disse Kitto.

– O mundo dos duendes – disse Sage.

– É o único que conheço.

– Agora você está longe desse mundo.

Kitto se enfiou embaixo do lençol de modo que apenas seus olhos apareciam.

– Merry é meu mundo agora.

– Você gosta desse seu novo mundo, duende?

– Tenho calor, segurança e ela tem minha marca em seu corpo. É um bom mundo.

Sage ficou planando mais algum tempo, depois voou de volta para a minha mão.

– Se o duende der sua palavra de honra que não vai contar para ninguém nada do que vir, ouvir, sentir ou intuir, então ele pode ficar.

Kitto repetiu a promessa, palavra por palavra.

– Muito bem – disse Sage.

Ele olhou para o meu corpo. E apesar de não ter mais altura do que o comprimento do meu antebraço, eu tremi e tive o desejo muito desagradável de me cobrir. Uma linguinha vermelha que parecia uma gota de sangue lambeu os lábios pálidos dele.

– Primeiro o sangue, depois a cura.

O modo de ele dizer a palavra *cura* me fez desejar não ter concordado com a saída de todos os guardas. O elfo era menor do que uma boneca Barbie, mas naquele instante fiquei com medo dele.

28

Sage esvoaçou da minha mão para meus seios. Pus o outro braço entre meu corpo e ele, o elfo acabou pousando no meu outro pulso, que afastei do corpo para vê-lo melhor. Com a outra mão, puxei o lençol para me cobrir.

Ele parecia revoltado.

– Vai negar o sangue do coração?

– Eu vi o que vocês fizeram com o meu cavaleiro. Seria tolice deixá-lo chegar perto dessa carne tão tenra antes de ver exatamente como faz para sugar meu sangue.

Ele sentou no meu pulso, com as pernas cruzadas na altura dos tornozelos, apoiado nas mãos, uma de cada lado. Parecia mais pesado assim sentado. Não muito, mas dava para notar.

– Eu seria muito gentil, bela senhora.

A voz dele era o som de carrilhões numa brisa quente de verão. Os lábios dele tinham formado uma flor vermelha minúscula um segundo atrás? Ele encostou aquela boca macia de flor na minha mão, reclinado no meu braço como eu recostaria num sofá. Passou a boca diminuta e as mãos nos pelinhos curtos do meu braço. Um amante maior teria alisado os pelos com a boca ou a ponta dos dedos, mas Sage brincou com eles como se fizesse música na minha pele, música silenciosa que só ele podia ouvir, mas que eu podia sentir. A música tocou na minha pele, no meu braço, como se tudo fosse maior, mais do que o que realmente acontecia.

Sacudi bruscamente o elfo para longe, e ele voou e zumbiu para mim feito abelha zangada.

– Por que fez isso? Estávamos nos divertindo tanto.

– Sem glamour, lembra? – disse eu, fazendo cara feia para ele, agarrada ao lençol.

– Sem glamour a sensação não seria tão agradável para você. – Ele sacudiu os ombros estreitos e o movimento fez com que mergulhasse no ar. – Para mim é a mesma coisa, para os objetivos de Niceven também, mas para você, bela princesa, não é. Deixe-me poupá-la de alguma dor e desconforto, e que esta partilha seja amigável.

Se ele me pegasse outro dia, em que a mordida de Kitto ainda não estivesse doendo, eu poderia ter dito que não, que ele devia apenas sugar o sangue para sua rainha e acabar logo com aquilo. Os duendes não eram capazes de qualquer glamour, por isso Kitto não tinha escolha. Sem o glamour natural do sexo para suavizar a mordida, não havia nada que pudesse fazer em termos de magia. Sage estava me dando uma opção.

Respirei fundo, soltei o ar lentamente e balancei a cabeça, concordando.

– Use apenas o suficiente para tornar agradável, só isso, Sage. Se passar da conta eu chamo os guardas e não vai gostar nada do que eles vão fazer com você.

O semifada emitiu um ruído que devia ser grosseiro, só que saiu como um minúsculo trompete, uma borboleta ensaiando o zurro de um burro.

– Escuridão está há séculos esperando que eu saia da linha, princesa. Sei muito bem, talvez até melhor do que você, do que ele é capaz de fazer comigo.

– Notei que a discussão foi pessoal entre vocês dois, mais do que com os outros.

– Pessoal? É, pode-se dizer que sim.

Ele sorriu, um sorriso simpático e maligno ao mesmo tempo, como se estivesse imaginando que seria muito divertido fazer coisas terríveis.

Eu podia ter perguntado para Sage o que era tão pessoal assim, mas não perguntei. Doyle explicaria depois, ou então eu nunca saberia. Doyle não ia gostar nada se eu soubesse dos seus segredos por meio de um ser que ele odiava. Uma coisa era obter informação de um amigo sobre outro amigo, mas não podíamos falar sobre nossos amigos com os inimigos deles nem deixar esses inimigos falarem mal dos nossos amigos pelas costas. Isso simplesmente não era correto.

– Pode sugar, Sage, e pode usar um pouco de glamour para tornar um pouco menos desagradável. Mas tenha modos.

– Precisa se preocupar tanto assim com sua proteção? Você tem seu duende aí do seu lado. Ele não é capaz de me dar um safanão e moer meus ossos se eu passar dos limites?

– Os duendes não podem grande coisa contra glamour forte, e você sabe muito bem disso.

Ele pôs as mãos no peito e arregalou os olhos.

– Mas sou apenas um semifada. Não tenho o glamour de um lorde encantado. Por que um duende teria medo de um tipo como eu?

– As semifadas de todos os tipos têm glamour poderoso e você sabe muito bem. Enganam viajantes e desavisados há séculos.

– Um pouquinho de água de pântano não faz mal a ninguém – disse Sage, planando mais perto de mim.

– A não ser que haja areia movediça ou lama pegajosa embaixo dessa água. Vocês são semifadas profanos, o que quer dizer que, se o viajante cai na lama e morre, é mais divertido ainda.

Ele cruzou os braços, mais finos do que um lápis, sobre o peito.

– E o que acontece quando um encantado abençoado atrai os viajantes para terreno pantanoso e eles caem em areia movediça? Não me diga que eles correm para acudi-los e jogam uma corda. Podem até derramar lágrimas boazinhas por um pobre mortal, mas assim que as últimas bolhas de ar da vítima chegam à superfície do pântano eles vão embora dando risada, à procura de outro viajante para tirar do caminho. Talvez evitem aquela parte do pântano, mas não encerram a brincadeira só por ter provocado a morte de algum infeliz. – Ele pousou no lençol, em cima do meu joelho. – E será que é tão injusto assim provocar a morte de um colecionador de borboletas? Se um deles me pegasse, certamente me jogaria dentro de um vidro e depois espetaria um alfinete no meu coração.

– Você tem glamour suficiente para evitar esse destino – disse eu.

– É, mas e os meus irmãos mais gentis, as borboletas e insetos que nós, semifadas, imitamos, o que será deles? Um idiota com uma rede pode devastar uma comunidade inteira.

Dito dessa forma, ele tinha razão, ou parecia ter.

– Está usando glamour agora?

– Uma princesa encantada devia saber quando está sendo iludida – disse ele, ainda de braços cruzados.

Suspirei:

– Muito bem, não é glamour, mas não posso concordar que você tem o direito de levar um entomologista para a morte só porque ele coleciona borboletas.

– Ah – disse Sage, olhando para mim –, mas você concorda pelo menos em parte, senão não teria perguntado sobre o glamour.

Suspirei de novo. Tinha cometido o erro terrível de estudar entomologia na faculdade. Não sabia que tínhamos de matar insetos para fazer o curso. Lembrava de um monte de borboletas presas num vidro. Era uma das coisas mais lindas que eu tinha visto. Vivas eram pura magia. Mortas, pareciam lenço de papel e palitos. Acabei perguntando quantos insetos tinha de pegar para tirar a nota suficiente, peguei esse número e nada mais. Não havia por que colecionar os insetos, se a escola tinha exemplares de quase todos os tipos que a turma matava. Foi a última matéria de biologia em que se tinha de matar qualquer coisa que eu cursei.

Olhei para o homenzinho com asas de borboleta no meu joelho e não encontrei argumento nenhum que me fizesse sentir menos hipócrita. Não mataria ninguém por colecionar borboletas, mas se tivesse asas de borboleta nas costas e passasse a maior parte da vida no meio delas, voando de flor em flor, talvez encarasse a morte de uma borboleta por um ângulo diferente. Se tivéssemos o tamanho de uma boneca Barbie, podia ser que o ato de matar as pequenas criaturas fosse tão horripilante como matar pessoas. Podia ser. E podia não ser. Mas eu não tinha certeza suficiente para discutir isso.

29

Amontoei os travesseiros atrás de mim para me apoiar meio sentada. Tive de fazer Kitto se mexer para arrumá-los. Ele se agarrou a mim com as mãos e os braços, mas só tinha olhos para Sage. Observava o semifada como se não confiasse nele, ou como se esperasse que ele fizesse algo perigoso. Talvez estivesse só imaginando qual seria o gosto do elfo. Mas, fosse o que fosse que Kitto estivesse pensando, não era nada amigável.

Sage dava a impressão de não ter percebido o olhar belicoso do duende. Ficou ali pairando no ar enquanto eu recostava nos travesseiros.

Arrumei as cobertas sobre o peito e estendi a mão para ele, em concha, virada para cima, de modo que Sage alcançasse as pontas dos dedos, porque era delas que ia tirar o sangue. Niceven tinha sugado meu sangue da ponta de um dedo uma vez, e, se servia para a rainha dele, serviria também para Sage. Além do mais, alguma coisa nele me incomodava. Era ridículo ficar nervosa com alguém que eu podia esmagar na parede com uma das mãos, acontece que eu não podia negar o que sentia, bobagem ou não. Não questionei isso, apenas cobri as partes mais vulneráveis e ofereci minha mão.

Sage pousou no meu pulso. Ajoelhou na palma da minha mão e segurou meu dedo médio. Acariciou o dedo e a sensação que tive foi ao mesmo tempo agradável e perturbadora.

Devo ter ficado tensa, porque ele disse:

– Você me deu permissão para usar glamour, não deu?

Fiz que sim com a cabeça, por não confiar na minha voz.

Ele sorriu e sua boca era como uma pétala vermelha minúscula, o olhar, carinhoso e sincero. Senti que relaxei, meu nervosismo desapareceu como num passe de mágica. Não lutei contra isso porque tinha concordado e porque a dor no ombro tinha passado. Não sentia dor alguma.

Kitto se encolheu em volta da minha cintura e deslizou a perna sobre a minha. Soltei o lençol e afaguei os cachos dele. O cabelo do duende era extraordinariamente macio. Ele escondeu o rosto na minha cintura e estremeci com esse contato na pele. Acho que teria essa mesma reação com o toque de qualquer um naquele momento.

Virei para Sage.

– Você é muito bom.

Minha voz saiu rouca.

– Temos de ser – disse ele, passando a mão para cima e para baixo no meu dedo.

Já não era mais só agradável, aquilo tinha ficado erótico, como se houvesse nervos naquele dedo que não estavam lá antes. Eu sabia que era glamour, a mágica natural de todas as fadas, mas mesmo assim era muito gostoso, gostoso demais.

Render-se ao glamour de alguém, quando esse glamour apelava para a sensualidade, podia ser uma experiência maravilhosa. Os encantados não faziam isso porque aplicar glamour em outro encantado numa situação íntima era considerado grave insulto. Mas os seres menores do mundo encantado praticavam muito entre si e quase sempre quando iam para a cama com um encantado. Podia ser insegurança. Podia ser apenas um modo de dizer: *Olhe o que nós temos para oferecer.*

Sage tinha muito a oferecer.

Ele abraçou meu dedo e a sensação foi de que tocava em coisas maiores, coisas muito mais íntimas. Ele deu um beijo na ponta do dedo que foi como o roçar da melhor seda. Senti seus lábios se abrindo e pareciam maiores do que realmente eram. Tive de abrir os olhos e olhar para ele para ter certeza de que ainda estava pequeno, ajoelhado na palma da minha mão.

Kitto enroscou a perna na minha e senti seu pênis enrijecendo. Fiquei um segundo pensando o que o glamour estava fazendo com e para o duende, e de repente Sage me mordeu. Ele mordeu como se morde uma maçã, com força, mas a dor foi embora e, quando começou a sugar o sangue, foi como se tivesse um fiozinho vermelho ligando a ponta do meu dedo às minhas partes íntimas. Cada movimento que ele fazia com a boca provocava sensações na parte debaixo do meu corpo.

O semifada bebeu, sugou mais rápido, com mais força, exatamente como se acariciasse lá embaixo, mais rápido, com mais força. Senti aquele peso quente crescendo em meu corpo, avisando que eu estava chegando à beira do prazer. A impressão era de que Sage me encurralava à beira de um precipício que eu não tinha visto e que eu precisava escolher se me jogava naquele abraço além.

Eu não conseguia pensar. Não conseguia tomar nenhuma decisão. Eu era só sensação, a pressão crescente do prazer, o peso do calor aumentando e aumentando no meu corpo todo. Então esse calor jorrou de dentro de mim, por cima de mim, através de mim. Gritei, mas não foi a dor que escapou dos meus lábios. Gritei de prazer e estremeci sob o lençol, balizada pela boca de Sage ainda grudada no meu dedo e a rigidez do corpo de Kitto apertada contra a minha perna. O corpo de Kitto cavalgou o meu quando me contorci na cama, ele deslizou as mãos na minha cintura, subiu e tocou o mamilo de um seio. Era uma carícia tímida, só que no estado em que eu estava a sensação foi ampliada.

Gritei outra vez e, quando Kitto escorregou com o corpo apertado ao longo da minha coxa, sem penetração, mas meio atravessado em cima de mim, nós dois nus, ambos excitados, não protestei.

Kurag tinha dito que eu precisava dar para Kitto sexo de verdade, e para um duende isso queria dizer apenas uma coisa: copular. Mas eu também sabia que os duendes não faziam sexo sem tirar sangue. E naquele instante nada doía, nada ia doer.

Olhei para cima e vi Sage esvoaçando sobre nós. Ele brilhava com uma luz suave cor de mel, como se tivesse uma vela acesa dentro dele. Os olhos ardiam feito pedras negras e as veias das asas bruxuleavam com fogo negro. O amarelo, o azul e o laranja cintilavam como vitrais num raio de sol muito luminoso.

Tive consciência suficiente para agarrar um punhado do cabelo de Kitto e levantar o rosto dele para perto do meu.

– Só sangue, Kitto. Nada de pedaço de carne faltando quando terminarmos aqui.

Ele sussurrou:

– Sim, senhora.

Larguei o cabelo dele bruscamente e ele olhou para mim com aqueles olhos azuis demais, de afogado, as pupilas eram linhas finas e pretas naquela piscina. Eu podia cair no azul dos olhos dele e sabia que era ainda o glamour de Sage funcionando, mas não me importei. Entreguei-me a todas as sensações e me deixei levar pelas ilusões.

Kitto penetrou em mim e eu estava mais do que molhada, mais do que pronta. Ele parecia maior do que eu sabia que era, me preencheu completamente, inchou dentro de mim. Ele se ergueu com os dois braços, apertou mais nossos corpos um no outro, ficou um tempo parado enfiado dentro de mim, unidos assim. Ele olhou bem para mim, aberta embaixo dele, e uma lágrima solitária transbordou de um olho profundamente azul.

Eu sabia como os duendes faziam sexo, e que não choravam na primeira vez. Através do glamour, eu vi Kitto... através de toda a magia, eu o vi realmente... e levantei a mão, a qual já estava branca e brilhando. Toquei naquela única lágrima de cristal e fiz o que os duendes fazem com os preciosos fluidos do corpo. Encostei nos lábios. Bebi o sal das lágrimas dele, ele emitiu um ruído grave no fundo da garganta e começou a dar estocadas dentro de mim.

Cada vez que forçava a entrada ele parecia maior, mais inchado, mais largo, tocando partes de mim que jamais tinham sido tocadas, que não deviam ser tocadas. Observei Kitto penetrando no meu corpo, a pele dele começou a brilhar, branco e perolado. Kitto enfiava em mim seu pênis brilhante como se todo ele fosse feito de luz, e isso não era glamour. Minha pele também brilhava, ali deitada embaixo dele. As cores começaram a dançar por baixo da pele dele, eram arco-íris rodopiando dentro do seu corpo, chegando à superfície da pele feito fogos de artifício avistados através de água cristalina.

Os olhos dele eram só uma chama azul atrás de um vidro. Os cachos curtos de cabelo se moviam em volta da cabeça, brincadeira de um vento invisível, e esse vento era Kitto. Ele era encantado. Minha Deusa, ele era encantado.

Ele me fez gozar com uma enxurrada de luz e de mágica que me deixou cega por um momento. Tudo que via era luz branca e clarões de arco-íris. Só sentia meu corpo pregado no dele, como se aquele ponto em que nos juntávamos fosse a única parte dos nossos corpos que ainda era sólida. Como se tivéssemos nos transformado em luz, ar e magia, e só aquela âncora do ponto em que nos uníamos nos segurava, nos amarrava, era nosso laço. Então até isso desapareceu quando ele gozou dentro de mim, nós dois viramos apenas luz, mágica, cores, em onda após onda de prazer. Era como se pudéssemos nos tornar riso, felicidade, o que nos desse mais prazer.

Recuperei o senso lentamente. Kitto estava caído em cima de mim. Continuávamos ligados, nossos corpos ainda brilhavam suavemente como fogueiras protegidas para durar toda uma longa noite de inverno. O calor que manteria a casa, a família, tudo em segurança nas noites longas e frias que viriam.

Clarões de cor ainda piscavam pelo quarto, arco-íris perdidos de algum cristal que captava os raios de sol. Mas não havia sol, não havia cristal, só nós.

Bem, só nós, não. Os guardas estavam em volta da cama, com as mãos para cima, as palmas viradas para nós. Eu me concentrei e vi a barreira quase invisível que tinham criado em volta de nós. Eles construíram um círculo sagrado, um círculo do poder.

Ouvi a voz profunda de Doyle:

– Da próxima vez que você resolver invocar energia suficiente para suspender uma ilha do mar, Meredith, seria bom avisar.

Pisquei para ele olhando para cima, pois ele estava mais perto.

– Provocamos algum estrago?

– Impedimos a tempo, eu acho, mas o noticiário certamente estará cheio de enchentes incomuns. Teremos de ver se a própria Terra aguentou uma descarga dessas.

Kitto escondeu o rosto entre meus seios e murmurou:

– Sinto muito.

– Não sinta, Kitto. Nós é que lhe devemos um pedido de desculpas. Considerávamos você um duende porque é metade deles. Nunca imaginamos o que significava você ser metade nosso.

Kitto moveu a cabeça e olhou para Doyle, depois se escondeu de novo.

– Não entendo.

Ele disse isso com a boca encostada em mim e, mesmo depois de tudo que tínhamos feito, sentir aquele sussurro no peito me fez estremecer.

Minha voz estava um pouco ofegante, mas respondi:

– Você é encantado, Kitto, um verdadeiro encantado. Acabou de receber o seu poder.

Ele balançou a cabeça, com o rosto ainda enfiado entre meus seios.

– Não tenho poder nenhum.

Pus as mãos de cada lado do rosto dele e o levantei carinhosamente, para que olhasse para mim.

– Você é encantado, um dos que brilham. Agora terá poder.

Ele arregalou os olhos e ficou assustado.

– Nós vamos ajudá-lo – disse Galen, do outro lado da cama. – Vamos ajudá-lo a aprender a controlar a sua magia. Não é tão difícil. Se eu consigo, qualquer um consegue.

Ele sorriu e marcou a frase como brincadeira.

Kitto não se convenceu.

Um pequeno movimento me fez virar a cabeça um pouco mais e vi Sage pousado num monte de almofadas. Ele ainda brilhava um pouco, um boneco dourado, uma joia. Seu rosto minúsculo tinha marcas prateadas de lágrimas. E uma expressão de êxtase.

– Maldição, princesa, e maldito esse novo príncipe. Eu vislumbrei o céu, achei lindo, e agora estou aqui na Terra, abandonado. Até agora não tinha entendido o que significava vocês serem encantados e eu não.

Ele pôs as mãos no rosto e chorou, encolhido de lado numa almofada de cetim, com as asas estendidas para trás, duras, quase esquecidas.

Kitto tocou no meu peito e doeu um pouco. Descobri que tinha me mordido entre os seios, um pouco para um lado, de modo que parte da marca ficava no topo do seio esquerdo. Não tinha doído até ele encostar a mão. Não era uma mordida tão profunda como a do ombro, porque não precisava ser. O sexo compensou a falta de violência. Já devia ter fechado completamente, mas de algum modo eu sabia que não ia sarar. Que eu teria aquela marca dele sobre o coração para sempre.

– Sinto muito – murmurou ele baixinho, como se estivesse lendo minha mente.

Balancei a cabeça e toquei a pele sedosa do rosto dele.

– É uma honra ter a sua marca, Kitto. Nunca duvide disso.

Ele deu um sorriso tímido, depois se ergueu nos braços como tinha feito quando começamos a fazer amor. Primeiro notei as gotas de sangue na minha pele branca. Kitto tinha me machucado mais do que eu pensava. Então olhei para ele e vi que eu o tinha arranhado com as unhas desde a base do pescoço até a cintura. Havia arranhões sangrentos na perfeição da pele dele, passando pelos pequenos mamilos. Eu cortei um deles mais fundo e dali saía mais sangue do que nos outros pontos.

Foi a minha vez de pedir desculpas.

Ele balançou a cabeça e agora o sorriso não era mais tímido.

– Você me marcou e não existe cumprimento maior para o meu povo. Que as marcas não desapareçam nunca.

Passei o dedo em um dos arranhões e ele estremeceu em cima de mim.

– Você está com o seu povo, Kitto. Neste momento.

Doyle adivinhou o que eu queria, porque levantou sua camiseta preta para mostrar para Kitto as marcas de unha em sua pele negra.

– Você é um encantado profano – disse eu.

Ele saiu de cima de mim, tinha relaxado com toda aquela conversa. Deitou ao meu lado, com um braço sobre a minha cintura. Olhou para os homens em volta da cama.

– O povo da minha mãe era abençoado. Deram-me como morto e me deixaram do lado de fora do monte dos duendes.

Ele contou isso com muita calma, era apenas a verdade, algo que sempre soube.

Doyle abaixou a camiseta e virou de frente para a cama.

– Nós não somos abençoados.

Ele não abaixou o círculo em volta da cama. Apenas entrou nele. Ergueu Kitto com a mão no ombro do duende. Kitto parecia amedrontado, mas não resistiu.

Doyle deu um beijo casto na testa dele.

– Você já provou o sangue da nossa corte e foi provado por sua vez também. Agora receba o nosso beijo e seja bem-vindo no nosso meio.

Um por um os outros guardas se abaixaram e beijaram a testa de Kitto. Ele estava chorando e tremendo quando terminaram. E depois que o último dos meus cavaleiros beijou a testa de Kitto, Sage subiu no ar, com as asas zunindo e uma mancha de cores. O ruído era sinal de raiva.

– Odeio todos vocês. – O veneno nessas palavras era tanto que dava até para engasgar. – Agora deixem-me sair desse círculo maldito.

Doyle fez uma abertura que bastasse para o semifada passar. A figurinha voou por ela e Doyle fechou o círculo de novo.

Sage pairou no ar diante da porta fechada do quarto. Pensei que um de nós ia ter de ir até lá para abri-la, mas a porta se abriu sozinha e Sage saiu apressado. Chegou à sala de estar às escuras, ainda brilhando um pouco de toda aquela mágica.

– A rainha recebeu seu pagamento, mas vocês não receberam sua cura. A cura está dentro do meu corpo, onde a rainha pôs. Eu pretendia compartilhá-la com o duende para garantir o silêncio dele, não ser excluído por ele. – Sage sibilava como um gato furioso. – Quem ia saber que um duende podia ser um encantado? Queria que fosse eu nos seus braços, e não ele. O que podia ter sido feito com glamour agradável não será feito numa barganha desagradável.

Ele sibilou de novo e desapareceu na escuridão atrás dele. A porta se fechou com estrondo.

Ficamos todos olhando para a porta.

– Ele quis dizer o que eu acho que quis dizer? – perguntou Galen.

– Niceven realmente acharia divertido forçar uma princesa encantada a satisfazer um dos seus homenzinhos minúsculos – disse Doyle.

Ergui as sobrancelhas.

– Como?

– É melhor não perguntar – disse ele e olhou para Kitto –, porque esta noite não vamos nos preocupar com nada. Descobrimos um novo sangue do nosso sangue, membro da nossa espécie. Não vamos lamentar nada desta noite.

Comparada com uma comemoração da corte encantada, o que tivemos foi modesto. Pedimos tudo com entrega em casa, escolha de Kitto, compramos vinhos muito bons e a festa foi até de madrugada.

Logo depois que o sol nasceu o terremoto nos atingiu, quatro ponto quatro na escala Richter, epicentro em El Segundo. Não existe nenhuma falha significativa sob El Segundo. Provavelmente foi só isso que nos impediu de demolir a cidade inteira. Durou apenas um minuto, não causou mesmo muitos danos. Ninguém morreu, mas teve gente ferida. Só que acrescentou um dado inteiramente novo à ideia de sexo seguro.

30

No meu primeiro dia de "prisão domiciliar" no apartamento, escondida atrás das nossas defesas, a principal secretária social de Taranis, dona Rosmerta, apareceu. Sua roupa era cor-de-rosa e dourada, combinando perfeitamente com a pele ouro e o cabelo ouro-escuro. Ela foi a alma do decoro e da polidez, o que compensou a rudeza de Hedwick. Ela também deixou claro que o baile em questão era o baile de Natal. Eu tinha de recusar. Se comparecesse a qualquer baile de Natal, seria ao baile dos profanos. Rosmerta deu sinal de que ela entendia isso, é claro.

Não sentiram nossa falta na investigação dos assassinatos, porque Peterson proibiu qualquer um da Agência de Detetives Grey de interferir no caso. Jeremy ficou tão irritado que disse para Teresa não contar para eles o que tinha visto, só que Teresa faz questão de ajudar seu companheiro. Foi direto do hospital para uma delegacia de polícia e acabou encontrando um detetive que aceitou registrar seu relato.

Teresa tinha sentido aquela gente sufocando, sentiu quando morreram e tinha visto os fantasmas, formas brancas, disse ela, que sugavam a vida deles. A polícia disse para ela que todo mundo sabia que fantasmas não faziam uma merda dessas. Peterson entrou na jogada e jogou o relatório na lata de lixo, na frente de Teresa. A polícia costuma esperar até a pessoa sair da sala para fazer isso.

Teresa conseguiu arrastar o marido para fora antes de ele ser preso por atacar um policial. O marido de Teresa costumava jogar no time dos Rams no tempo em que eram o time de futebol americano em Los Angeles. Ray é como uma montanha bem-cuidada, com um sorriso de campeão e aperto de mãos muito firme.

E assim ficamos com tempo de sobra nas mãos. Não, não fizemos sexo o dia inteiro. Perseguimos Sage. Eu tinha pago o preço que a rainha Niceven pediu, mas não recebemos a cura. Por que Sage não nos deu a cura na noite passada? Por que o fato de Kitto ter se tornado encantado mudava tudo para Sage? Ele realmente quis dizer que precisava fazer sexo comigo para concretizar a cura? Sage não quis responder a nenhuma dessas perguntas.

Ele voava pelo apartamento todo tentando escapar das nossas perguntas, mas o apartamento era pequeno, mesmo para quem tinha o tamanho de uma boneca Barbie. No fim do dia ele decolou do parapeito da janela e chegou perto demais de Galen, que o acertou como se bate num mosquito. Acho que não pretendia acertar.

Sage caiu pesadamente no chão. Ficou imóvel, uma coisa pequenina, amarelo-clara, com as asas coloridas parecendo um escudo frágil. Ergueu-se devagar em um braço e logo me ajoelhei ao lado dele.

– Você está bem? – perguntei.

Ele olhou para mim com tanto ódio naqueles olhinhos minúsculos de boneco que eu me encolhi. Cambaleou quando se pôs de pé, mas bateu as asas e recuperou o equilíbrio. Recusou a mão que ofereci. Ficou lá parado, com as mãos na cintura, olhando para nós, bem acima dele.

– Se eu morrer, cavaleiro verde, a cura morre comigo. É melhor lembrar disso para não ser descuidado.

– Não pretendia machucá-lo – disse Galen, mas havia alguma coisa no olhar dele que não era bondade, nem gentileza, que não era Galen.

Talvez outras coisas além da sua masculinidade tivessem sido danificadas pelas semifadas.

– Isso está parecendo muito uma mentira – disse Sage, subindo no ar, com as asas de borboleta indefinidas, apenas manchas coloridas.

Asas de borboleta simplesmente não funcionavam assim. Era mais o jeito de voar de uma libélula. Quando ele ganhou altura suficiente para ficar cara a cara com Galen, o ritmo das batidas das asas diminuiu e ele ficou pairando, as grandes asas mais lentas, só que com força bastante para soprar os cachos em volta do rosto de Galen.

– Eu não tive a intenção de acertar com tanta força – disse Galen com a voz baixa e quente de raiva.

Havia uma frieza nele que eu nunca vi antes. Uma parte de mim lamentou aquele tom. Outra parte sentiu uma pontada de esperança. Quem sabe até Galen pudesse aprender aquelas lições duras que seriam necessárias se um dia se tornasse rei. Ou talvez ele estivesse apenas aprendendo a odiar. Dessa lição eu o teria poupado, se pudesse.

Observei os dois homens olhando feio um para o outro, ambos cheios de ódio. Sage continuava do tamanho de uma boneca Barbie, mas sua fúria tinha perdido a graça. O fato de ele conseguir provocar tanta negatividade do meu Galen sorridente era um pouco assustador.

– Muito bem, meninos, vamos ser gentis agora.

Os dois se viraram e olharam com raiva para mim. Bem feito por querer quebrar a tensão.

– Tudo bem, continuem assim. Mas o que quis dizer, Sage, que se você morrer a cura morre junto?

Sage girou no ar com os braços meio cruzados sobre o peito minúsculo, dando a impressão de que não conseguia cruzá-los bem e voar ao mesmo tempo.

– Eu quero dizer, princesa, que a rainha Niceven deixou um presente no meu corpo. A cura do seu homem está presa nessa pequena embalagem.

Ele abriu os braços quando disse isso, e quase fez uma mesura em pleno ar, adejando.

– O que isso quer dizer, Sage? – perguntou Doyle. – O que quer dizer exatamente, sem rodeios, apenas a verdade, toda ela.

Sage deu outra volta no ar para poder olhar direto para Doyle. Podia ter simplesmente virado a cabeça para trás, mas acho que queria que Doyle soubesse que estava olhando para ele.

– Você quer a verdade, Escuridão, toda ela?

– Quero – disse Doyle com a voz grossa mais baixa, mais profunda, sem raiva, mas com um tom que deixava muitos encantados apavorados.

Sage deu risada, um riso alegre e tilintante que quase arrancou um sorriso de mim. Ele era muito bom com glamour, melhor do que eu pensava que qualquer semifada pudesse ser.

– Ah, você vai ficar mais furioso ainda quando souber o que a minha querida rainha fez.

– Apenas conte para nós, Sage – disse eu. – Pare de encompridar a história.

Ele virou para mim e se aproximou até o ar movido pelas suas asas acariciar meu rosto.

– Peça por favor. – O tom com que ele disse isso foi insultante.

Galen ficou tenso e Rhys pôs a mão no ombro dele. Acho que eu não era a única que não confiava totalmente em Galen perto do semifada.

– Por favor – disse eu.

Eu tinha muitos defeitos, mas orgulho besta não era um deles. Não custava nada dizer por favor para o homenzinho.

Ele sorriu, obviamente satisfeito.

– Como pediu com educação...

Ele agarrou o próprio pênis por cima da saia transparente que usava.

– A cura está presa aqui, onde a rainha Niceven pôs.

Arregalei os olhos.

– E como Meredith vai obter essa cura? – perguntou Doyle.

A voz dele era um vazio, sem entonação nenhuma.

Sage sorriu e mesmo naquele rosto que era pouco maior do que meu polegar reconheci um sorriso zombeteiro.

– Do mesmo jeito que a rainha deu para mim.

– Niceven não pode copular com ninguém além do marido dela – disse Doyle.

– Ah, mas toda regra tem sua exceção. Você devia saber disso, Escuridão, melhor do que a maioria.

Parecia que Doyle estava ruborizando, mas na noite escura que era sua pele ficava difícil ter certeza.

– Se a rainha Andais souber que ela quebrou os votos matrimoniais, será ruim para a sua rainha.

– As semifadas nunca obedeceram a essas leis até Andais ficar com inveja dos filhos de Niceven. Ela tem três filhos, três semifadas puro-sangue. Só um é de Pol, mas Andais escolheu a união com ele para ser permanente. Andais tem inveja dos filhos de Niceven, e toda a corte sabe disso.

– Eu teria cuidado de não sair dizendo isso por aí para qualquer um – disse Rhys.

Ele não disse isso para provocar, era verdade.

Sage descartou a ideia com suas mãos pequeninas.

– Você pediu a cura do seu cavaleiro verde e só existe um remédio para isso. Ela teve de deitar comigo para pôr o feitiço dentro de mim. Andais concordou que o cavaleiro verde precisa ficar curado a qualquer custo. Não parecia se preocupar muito com o preço.

Balancei a cabeça.

– Não, sem sexo, com você, não.

Sage subiu voando.

– Então seu cavaleiro verde continua castrado.

Balancei a cabeça outra vez.

– Isso nós veremos.

Senti a primeira pontada de raiva. Não me permitia sentir raiva com muita frequência. Nas cortes era uma concessão que só os mais poderosos podiam se permitir. Jamais fui tão poderosa assim. E talvez ainda não fosse, mas isso teríamos de ver.

– Doyle, chame a rainha Niceven. Precisamos conversar.

A raiva escapou na minha voz.

Sage chegou bem perto e abanou meu rosto com o vento das asas.

– Não tem outro jeito, princesa. A cura já foi dada para essa maldição e não pode ser dada duas vezes.

Olhei furiosa para ele.

– Não sou carne qualquer para todos os homens se banquetearem comigo, homenzinho. Sou a Princesa da Carne e herdeira do trono profano. Não vou me prostituir para Niceven.

– Só para Andais – disse Sage.

Quase dei um safanão nele, mas não sabia com que força devia bater para não machucá-lo muito, não queria isso, não acidentalmente. Para machucar Sage de verdade, eu queria que fosse de propósito.

– Doyle, chame Niceven, agora.

Ele não protestou, apenas foi para a porta do quarto. Fui atrás dele e os outros me seguiram. Sage ficou falando no caminho:

– O que pretende fazer, princesa? O que pode fazer? Será que uma noite comigo é um preço muito alto pela virilidade do seu cavaleiro verde?

Eu o ignorei.

Niceven já estava no espelho quando eu entrei no quarto. Hoje estava usando um vestido preto, completamente transparente, de forma que seu corpo pálido parecia cintilar através do tecido escuro. Toques discretos de lantejoulas pretas faiscavam no pescoço e nas mangas. O cabelo branco caía solto em volta do corpo. Ia quase até os tornozelos minúsculos, mas era muito fino, estranho, não parecia cabelo de verdade. Eu sempre lembrava de teia de aranha balançando ao vento. As asas claras eram uma moldura para ela, uma cortina branca. As três aias estavam de pé atrás da cadeira, mas cada uma estava vestida apenas com um robe de seda, talvez tivessem levantado recentemente da cama. Cada robe combinava com as asas delas, vermelho, amarelo e roxo. O cabelo das aias, também solto, estava todo despenteado, como ficava cabelo de verdade depois de uma noite de sono.

O rato branco estava lá de novo ao lado dela, com uma coleira de pedras preciosas. Como Niceven estava sem coroa, sem nenhuma joia, eu sabia que quis atender às pressas o nosso chamado.

– Princesa Meredith, a que devo essa honra inesperada?

A voz tinha apenas uma leve insinuação de impertinência. Parecia que tínhamos tirado toda a corte da cama.

– Rainha Niceven, você me prometeu a cura para Galen se eu desse meu sangue para o seu servo. Cumpri minha parte do negócio, mas você não cumpriu a sua.

Ela endireitou as costas, com as mãos postas no colo, os tornozelos cruzados.

– Sage não lhe deu a cura? – Ela parecia sinceramente confusa.

– Não – respondi.

Ela olhou para o homem minúsculo que tinha pousado na ponta da cômoda para poder ficar bem à vista do espelho.

– Sage, que história é essa?

– Ela recusou a cura – disse ele, estendendo as mãos como se dissesse: *Não foi culpa minha*.

Niceven olhou de novo para mim.

– Isso é verdade?

– Você pensou mesmo que eu ia aceitá-lo na minha cama?

– Ele é um amante maravilhoso, princesa.

– Para alguém com a sua altura, talvez, mas para quem tem o meu tamanho, fica meio ridículo.

– Não cresce bastante – disse Rhys, do fundo do quarto.

Olhei feio para ele. Ele deu de ombros, quase pedindo desculpas, depois virou para o espelho.

– Se tamanho é o único problema, isso pode ser remediado – disse Niceven.

– Sua Majestade – disse Sage –, não acho isso apropriado. Só Meredith jurou solenemente não revelar nosso segredo.

– Então todos devem jurar – disse ela.

Balancei a cabeça.

– Não vamos jurar nada – disse eu. – Se você não der a cura para o meu cavaleiro agora, vou dizer que quebrou a promessa. Os que quebram promessas não têm longas carreiras políticas no mundo encantado.

– A cura está aí, é só pegar, princesa. Não é culpa minha se você não quer colaborar.

Cheguei mais perto do espelho.

– Sexo é um privilégio maior do que doar sangue, você sabe muito bem disso, Niceven.

O rosto dela ficou ainda mais fino, os olhos claros arderam de raiva.

– Você está abusando, Meredith, esquecendo meu título.

– Não, a abusada aqui é você, Niceven. Você bem sabe que possui esse título por condescendência de Andais. Vou levá-la para falar com a minha tia como quem quebrou uma promessa se a cura de Galen não for providenciada imediatamente.

– Não vou desviar do meu caminho por raiva, por mais que me ridicularize, Meredith – disse Niceven. – Revele-se, Sage.

– Minha rainha, não acho isso sensato.

– Não perguntei o que você acha, apenas disse para fazer. – Ela se inclinou para frente. – Agora, Sage.

Ninguém precisou de tradutor para entender a ameaça naquelas palavras.

As asas de Sage grudaram uma na outra, então ele se jogou de cima da cômoda, sem voar, como se quisesse mergulhar para a morte, mas não caiu. Ele cresceu. De repente ficou alto, mais alto. Tinha quase a minha altura, um metro e quarenta e dois, quarenta e quatro. As asas que eram bonitas quando pequenas pareciam vidro manchado nas costas dele. Dava para ver os músculos por baixo da pele amarela e, quando ele virou a cabeça para olhar para mim por cima do ombro, vi que os olhos negros tinham formato amendoado e os lábios vermelhos eram úmidos e carnudos. Havia algo de terrivelmente sensual nele ali parado com as asas quase preenchendo um canto inteiro do quarto.

– Ele não é lindo, Meredith? – disse Niceven, com voz saudosa.

Dei um suspiro:

– Ele é lindo para os olhos, mas, com esse tamanho, sexo é um privilégio ainda maior, pois quem me engravidar será rei.

Tive de chegar para o lado para vê-la por trás das asas de Sage.

– É uma aposta no trono profano, Niceven? É esse o seu objetivo? Nunca pensei que você fosse tão ambiciosa.

– Não aposto em trono nenhum – disse ela.

– Mentirosa. Quebradora de promessas – disse Doyle.

Ele não saíra do ângulo de visão do espelho em momento algum, como se quisesse que ela lembrasse sempre que ele estava ao meu lado.

Niceven lançou um olhar frio e belicoso para ele.

– Tenha modos, Escuridão.

– Dê para Meredith a cura que prometeu dar.

– A rainha Andais disse que o cavaleiro verde devia ser curado a qualquer custo.

Doyle balançou a cabeça.

– Ela não podia imaginar esse preço. Sempre ouvimos boatos de que alguns semifadas podiam ficar maiores, mas só rumores, fábulas, nada de verdade até agora. A rainha ia abominar um rei semifada, especialmente sendo marionete seu.

Ela sibilou para ele e com aquele som ficou parecendo muito uma alienígena, que era o que eu tinha concluído, pensando bem, que Niceven realmente era, e que não seria humana. O rato branco tinha se afastado dela, com medo da sua agressividade.

– Você pode escolher, rainha Niceven – disse eu. – Pode me dar a cura para Galen como se comprometeu, ou então posso contar para Andais o seu complô.

Niceven virou para mim com os olhos semicerrados.

– Se eu lhe der a cura, não contará nada para Andais?

– Bem, nós somos aliadas, rainha Niceven. Aliados se protegem mutuamente.

– Não concordei completamente com uma aliança pelo simples fato de receber sangue uma vez por semana. Faça sexo com Sage e serei sua aliada.

– Dê-me a cura para Galen, recolha a oferta semanal de sangue e seja minha aliada, senão conto para tia Andais o que tentou fazer aqui.

Niceven não parecia mais furiosa, estava amedrontada.

– Se eu não tivesse feito Sage mostrar o segredo dele, você não teria com que me chantagear.

– Pode ser, ou também que uma sementinha no lugar errado pode criar um grande problema.

– O que quer dizer?

– O pai de Galen era um gnomo, não muito maior do que Sage em sua forma verdadeira. Já houve misturas mais estranhas nas cortes. Acho que Andais ia considerar sua exigência, de que um dos seus homens transasse comigo, uma grave quebra de confiança.

Ela cuspiu e o rato correu para longe. Até as damas de companhia recuaram.

– Confiança, o que os encantados sabem de confiança?

– O mesmo que as semifadas – disse eu.

O olhar dela para mim ficou realmente maligno, mas eu já esperava isso, ou algo parecido. Sorri para ela ao lado da curva das asas de Sage.

– Eu propus a aliança para que você e os seus espionassem para mim.

Olhei para Sage, quase tão alto quanto eu.

– Mas existem provas de que vocês possuem outros talentos. Suas espadas não são apenas picadas de abelhas, são muito mais.

Ela se mexeu na cadeira, um pequeno movimento, mas que provou que estava nervosa.

– Não sei do que está falando, princesa Meredith.

– Acho que sabe sim. Ainda quero uma aliança, mas a sua contribuição nessa aliança irá além da espionagem.

– Será o quê? Sage é um só. Você tem outras espadas maiores que a protegem.

Toquei no ombro de Sage. Ele deu um pulo como se tivesse doído, mas eu sei que não doeu. Inclinei o corpo para perto das costas dele.

– O que a rainha diz é verdade, Sage? A sua espada é tão pequena assim?

Olhei para Niceven quando fiz essas perguntas para ele.

Ela ficou com raiva.

– Não foi isso que eu quis dizer e você sabe.

– Sei? – perguntei, passando as pontas dos dedos no braço de Sage.

Ele estremeceu. Vi o ciúme estampado na expressão de Niceven, antes que ela disfarçasse.

– Niceven, Niceven, não entregue para terceiros o que considera mais precioso.

A expressão dela transmitia ódio frio.

– Não sei do que está falando.

Toquei o cabelo de Sage, macio feito teia de aranha ou a plumagem de filhotes de pássaros, mais macio do que qualquer cabelo que eu conhecia.

– Nunca abra mão do que não pode perder.

Ela balançou a cabeça.

– Não estou entendendo, princesa.

– Então continue a se fazer de desentendida, mas saiba de uma coisa. Eu ofereço essa aliança, uma verdadeira aliança em troca de sangue uma vez por semana. E você para de espionar para Cel e o povo dele.

– O príncipe Cel pode estar trancafiado, princesa, mas Siobhan não está, e ela é mais assustadora para alguns do que Cel jamais poderá ser.

Observei as palavras que ela usou.

– Mais assustadora para alguns, mas não para você.

Niceven abaixou a cabeça.

– Acho o tipo de loucura de Cel mais assustador do que a crueldade de Siobhan. Pode-se contornar um homem cruel, mas um louco lança todos os nossos planos ao vento.

Fiz que sim com a cabeça.

– Sua sabedoria é admirável, rainha Niceven.

– Pela chance de um dos meus homens ser rei de todos os profanos eu arriscaria tudo, mas por sangue apenas terei de pensar.

– Não. É a aliança agora ou então a rainha saberá da sua ambição.

O olhar dela foi puro veneno.

– Farei isso, Niceven, não se engane comigo. É a aliança ou terá de se explicar para Andais.

– Então não tenho opção – disse ela.

– É – disse eu.

– Temos a aliança, mas acho que nós duas vamos nos arrepender.

– Pode ser – disse eu –, mas agora cure Galen e está dispensada por hoje.

Niceven concentrou a atenção em Sage.

– Dê a cura para a princesa, Sage.

Ele franziu a testa.

– De que modo, minha rainha, se não posso dar para ela como Sua Majestade deu para mim?

– Nada de sexo – disse eu.

Ela olhou para mim com expressão de cansaço.

– Um beijo, Meredith, basta um beijo e não precisa ter prazer nenhum com ele.

Tive de chegar perto de Doyle para Sage poder dar meia-volta. As asas dele preenchiam todo o espaço entre a cômoda e a cama. Depois que Sage virou de frente, voltei para o lugar de antes e fiquei na frente dele. Ele elevou as asas acima dos ombros formando o que parecia o topo de um coração de ouro com pedras preciosas. O cabelo dele era só um tom mais dourado do que o amarelo-claro da pele. Ele parecia quase irreal em sua beleza, até chegar aos olhos. Aqueles olhos negros faiscantes não encerravam apenas raiva, mas também perversidade. E me fizeram lembrar que ele não passava de uma versão maior daquelas coisas que arrancaram pedaços de Galen com os dentes.

– Sem morder, sem tirar sangue – disse eu.

Ele deu risada e exibiu dentes pontudos demais para o meu gosto.

– Negociação agressiva para uma princesa encantada.

– Não quero deixar nenhum espaço para você depois dizer que entendeu mal, Sage. Quero que isso fique muito claro entre nós.

Niceven falou do espelho.

– Ele não vai prejudicá-la, princesa.

Sage virou a cabeça para trás para olhar para ela.

– Um pouco de sangue é um ótimo tempero para o beijo – disse ele.

– Talvez para nós, mas você vai fazer exatamente o que a princesa determinar. Se ela diz nada de sangue, então é nada de sangue.

– Por que temos de obedecer a uma princesa encantada? – perguntou ele.

– Você não está obedecendo à princesa, Sage, está obedecendo a mim.

O olhar dela fez diminuir um pouco da malícia dos olhos dele.

Os ombros de Sage caíram, as asas se dobraram até encostar na cômoda.

– É uma ordem da minha rainha, então que assim seja.

Ele não parecia nada satisfeito.

– Dou a minha palavra de que ele não vai machucá-la com isso – disse Niceven.

Meneei a cabeça.

– Aceito a palavra da rainha.

Sage virou e olhou furioso para mim.

– Mas não a minha.

– A minha palavra é a sua palavra – disse Niceven com a voz reduzida a um sussurro sibilante.

A expressão de Sage era tão beligerante que eu sabia que, se Niceven visse, não ficaria nada contente. Ele estava de costas para ela, por isso não dava para ela ver, e por um instante apenas alguma coisa passou pelos olhos dele, quase uma dor, uma tristeza, ousaria até dizer que era quase humano. Sumiu na mesma hora, mas aquela rápida visão me deu o que pensar. Talvez a pequena corte de Niceven não fosse mais feliz do que a de Andais.

Pus as mãos dos dois lados do rosto de Sage, não como um carinho, mas para controlá-lo melhor. A pele dele era como a de um bebê, macia demais, incrivelmente lisa. Jamais toquei em um semifada daquela maneira, porque não tinham tamanho para isso. Inclinei-me para perto dele e ele ficou lá parado, com os braços esticados ao lado do corpo. Ele esperou enquanto eu completava o ato.

Virei a cabeça um pouco para um lado e hesitei, minha boca parou quase encostando na dele. Os lábios de Sage pareciam mais vermelhos do que deviam estar. Fiquei pensando se a sensação seria diferente, como a textura da pele, então meus lábios encostaram nos dele e tive a resposta. Eram apenas lábios, mas macios, macios feito seda, cetim, saborosos como a polpa de alguma fruta madura.

Foi interessante, mas não senti mágica nenhuma. Afastei o rosto do dele, mas não tirei as mãos. Olhei para Niceven no espelho.

– Não teve feitiço, nenhuma cura.

– O corpo dele penetrou no seu? – perguntou ela.

– Quer dizer a língua?

– É isso que quero dizer, já que está tão decidida a não ter mais nada com ele.

– Não – disse eu.

– Beije-a, Sage, beije-a com vontade, e assim tudo será consumado.

Ele deu um suspiro pesado, moveu o corpo sob minhas mãos.

– Como deseja a minha rainha.

Ele me abraçou e me puxou para perto. Estávamos próximos demais para eu manter as mãos no rosto dele, mas, quando as deslizei para suas costas, achei as asas e não sabia onde segurar.

– Embaixo, onde as asas se prendem nas minhas costas – disse ele, entendendo o problema.

Devia ter tido o mesmo problema antes, com outra que não era semifada.

Movi os braços por baixo dos dele, deslizei as mãos pelas costas até chegar ao ponto em que as asas se ligavam ao corpo. As costas dele pareciam normais, sem contar a maciez extrema da pele. Não devia ter mais músculos ali para flexionar as asas?

Ele acariciou minhas costas quando aproximou o rosto, foi chegando, chegando... Nós nos beijamos e dessa vez ele retribuiu, primeiro com gentileza, depois os braços se moveram em volta do meu corpo e ele enfiou a língua na minha boca. A língua e a boca de Sage pareciam calor de fogo. Um calor que enchia minha boca, se derramava pela minha garganta, um calor como um rio que percorria meu corpo, transbordava, derramava nas pontas dos dedos, nos dedos dos pés, até me encher por completo, até minha pele ficar ardendo com ele.

Foi a voz de Niceven que me trouxe de volta:

– Você já tem a sua cura, princesa. Dê para o seu cavaleiro verde antes que esfrie.

Sage e eu nos soltamos, mas nossos corpos relutaram para se separar. Deslizamos as mãos nos braços um do outro, dei meia-volta e vi Galen. Galen tinha ido para junto de nós.

Fui até ele, pus as mãos muito quentes nos seus braços e mesmo por cima das mangas da camisa dava para sentir a pele dele, dava para sentir o calor se espalhando nele. Galen já estava ofegante quando se abaixou para receber o beijo.

Nossos lábios se encostaram e foi como se o calor estivesse faminto por ele. Grudou nossos lábios para que nenhuma gota daquele calor se perdesse. Lábios, línguas, até os dentes se uniram aos do outro. O calor encheu minha boca dando a impressão de ser líquido. Sentia a espessura quente e doce dele, era mel aquecido, um xarope quente que enchia minha boca e se derramava em Galen. Ele bebeu da minha boca, bebeu toda a mágica.

Galen tirou aquele calor de mim, puxou a mágica de mim com sua boca, suas mãos, seu corpo. O calor mágico se alimentava com calor de outro tipo e com um pequeno grito escalei o corpo do meu cavaleiro verde, prendi as pernas em volta da cintura dele. Ele gritou quando encostei o corpo no seu pênis, e não foi de prazer.

Galen me pôs no chão rapidamente, mas não me afastou. Com voz ofegante, disse:

– Não me sinto curado.

– Ficará curado à noite, daqui a dois dias ou mais cedo – disse Niceven.

Eu ainda estava de pé, balançando, com a respiração entrecortada, ofegante também. Mal consegui ouvir o que ela disse por causa das batidas do meu coração dentro dos ouvidos. Então Doyle teve de ser o sensato:

– Quero a sua palavra, rainha Niceven, de que Galen estará curado daqui a dois dias.

– Você a tem – disse ela.

Ele assentiu com a cabeça.

– Nós agradecemos.

– Não agradeça, Escuridão, não agradeça a mim.

Então ela sumiu, o espelho voltou a ser apenas um espelho outra vez.

Galen sentou pesadamente na beirada da cama. Continuava sem ar, lutando para recuperar o fôlego, mas sorriu para mim.

– Daqui a dois dias.

Quis tocar no rosto dele, mas minha mão tremia tanto que errei o alvo. Ele agarrou minha mão e pôs no rosto dele.

– Dois dias – disse eu.

Ele balançou a cabeça, dizendo que sim, ainda com a minha mão no rosto. Mas não pude retribuir o sorriso dele. Estava vendo a cara de Frost. Arrogante, zangado, com ciúme. Notou que eu olhava para ele e virou para outro lado. Escondeu o rosto porque acho que não conseguia controlar sua expressão. Frost estava com ciúme de Galen. Isso não era um bom sinal.

31

Aquela noite era de Frost e ele parecia decidido a fazer com que eu esquecesse todos os outros. Eu estava lambendo a barriga dele quando a voz de Andais soou, feito pesadelo, vinda do espelho vazio:

– Não podem bloquear a visão que quero ter, não você, minha própria Escuridão. Você tem um minuto, depois abrirei caminho por minha conta.

Nós ficamos paralisados, rolamos da cama, ficamos de pé, nos enrolamos nos lençóis e quase caímos.

Frost disse:

– Minha rainha, Doyle não está aqui. Vamos chamá-lo, se puder esperar um pouco.

Ela emitiu um ruído baixo, quase um rosnado.

– Minha paciência está no fim esta noite, meu Frost Matador. Dou-lhe dois minutos para encontrá-lo e liberar esse espelho, senão farei isso por vocês.

– Vamos nos apressar, minha rainha.

Eu já estava na porta.

– Doyle, a rainha no espelho, agora. Ela quer vê-lo.

Minha voz deve ter passado a urgência que eu sentia, porque Doyle rolou para fora do sofá, sem camisa, apenas de calça jeans. E já estava no quarto com a mão estendida na hora em que Frost pedia mais um minuto.

Subi na cama porque esse foi o modo mais fácil de dar espaço para os dois homens ficarem de pé na frente do espelho. Doyle tocou na moldura e apareceu primeiro um clarão no vidro, depois ficou límpido. Havia alguma coisa no espelho. Eu não via grande coisa por trás dos dois homens espadaúdos, e o que dava para ver me deixou contente de ter a visão obstruída.

Havia luz de tochas tremulando, paredes de pedras escuras e gemidos baixos, desesperados, como se quem gemia tivesse passado do ponto de gritar, estivesse além das palavras, muito além de qualquer coisa que não fossem aqueles lamentos completamente sem esperança. Quando eu era pequena, sempre pensei que os lamentos dos fantasmas deviam ser como os ruídos do Salão da Mortalidade. Só que estranhamente os espíritos não faziam ruídos como aqueles. Pelo menos nenhum que encontrei.

– Como ousa me bloquear, Doyle? Como ousa?

– Eu pedi para Doyle bloquear a visão do espelho – disse eu, falando para as costas dos dois.

– Ouvi a voz da nossa princesinha, mas não estou vendo ninguém. Se vamos brigar, quero vê-la cara a cara.

O tom de Andais continha raiva feito copo cheio até a boca com algo quente, fervendo.

Os homens se afastaram para eu ficar subitamente visível, ajoelhada na cama, no meio dos lençóis e travesseiros. Andais também ficou visível de repente. Ela estava de pé no meio do Salão da Mortalidade, onde já sabia que estava. O ângulo de visão do espelho na área de tortura não permitia ver nenhum dos aparelhos, mas Andais tinha feito questão de exibir uma imagem horripilante de si mesma.

Estava coberta de sangue, parecia que alguém tinha jogado um balde em cima. O rosto salpicado de pequenos pontos já meio secos e um lado do cabelo duro de sangue e de outras coisas. Fiquei um minuto olhando boquiaberta até entender que ela estava coberta de pedaços de carne, vísceras e sangue, e nada mais. Na verdade, o sangue e os pedaços eram tantos que no início não percebi que estava nua.

Respirei pelo nariz, soltei o ar pela boca algumas vezes enquanto Doyle quebrava o silêncio:

– Recebemos muitos chamados, minha rainha. A princesa se cansou de ser pega despreparada pelas visitas.

– Quem mais andou fazendo chamados, sobrinha?

Engoli em seco, soltei o ar que estava segurando e minha voz saiu normal, sem tremer. Bom para mim.

– Os secretários de Taranis, principalmente.

– O que ele queria? – Ela quase cuspiu o "ele".

– Fui convidada para o baile de Natal, mas recusei – acrescentei apressadamente que tinha recusado porque não queria que ela pensasse que tinha desprezado sua corte.

– Que autoritarismo pretensioso o dele, tão típico de Taranis.

– Se permite certa ousadia da minha parte, minha rainha – disse Doyle baixinho –, você está com um humor excepcional, apesar do fato de ter obviamente se concedido um grande prazer. O que foi tão desagradável assim?

Doyle estava certo. Eu tinha visto Andais voltar cantarolando de uma sessão de tortura, coberta de sangue e cantarolando. Ela devia estar tendo prazer pelos padrões dela, mas não estava.

– Eu peguei aqueles considerados capazes de liberar o Inominável ou de invocar os anciões. Interroguei minuciosamente todos eles. Se algum tivesse feito uma dessas coisas, já teriam aberto o bico a essa altura.

Andais parecia cansada, a raiva já se esvaía.

– Tenho certeza, minha rainha, de que seu empenho foi total – disse Doyle.

Ela olhou séria para ele.

– Está zombando de mim?

Doyle fez uma mesura profunda, até onde o espelho permitia.

– Nunca, minha rainha.

Ela esfregou a mão na testa e manchou de sangue sua pele branca.

– Nenhum encantado na nossa corte fez isso, minha Escuridão.

– Então quem foi, senão alguém do nosso povo? – perguntou Doyle, sem se levantar.

– Nós não somos os únicos encantados, Doyle.

– Está se referindo à corte de Taranis – disse Frost.

Ela virou para ele e semicerrou os olhos de um jeito pouco amigável.

– Sim, foi o que eu quis dizer.

Frost se abaixou, imitando Doyle.

– Não pretendi desrespeitá-la de jeito nenhum, Majestade.

Doyle, ainda fazendo a mesura, naquela posição desajeitada, disse:

– Já informou ao rei o perigo que ele corre?

– Ele se recusa a acreditar que qualquer um da sua linda corte brilhante poderia fazer tal coisa. Diz que ninguém do seu povo saberia como invocar os velhos deuses mortos e que ninguém tocaria no Inominável, porque não tem nada a ver com eles. O Inominável é problema dos profanos, e os deuses antigos são espíritos, também problema dos profanos.

– O que seria exatamente um problema dos abençoados? – perguntei.

Não gostei nada de atrair novamente a atenção dela para mim, mas queria mesmo saber. Se nada daquilo era problema dos abençoados, o que, exatamente, era problema deles?

– Essa, sobrinha, é uma excelente pergunta. Ultimamente Taranis parece que não quer sujar as mãos com qualquer coisa importante. Não sei qual é o problema dele, mas parece estar vivendo cada vez mais isolado em seu porto seguro de sonho, feito de belas ilusões e da sua própria magia. – Ela cruzou os braços manchados e ficou pensativa. – Tem de ser alguém da corte dele. Só pode ser.

– O que podemos fazer para ele entender isso? – perguntei.

– Não sei. Gostaria de saber. – Ela gesticulou com as duas mãos. – Ah, tenham dó, levantem-se vocês dois. Vão se sentar na cama. Fiquem à vontade.

Frost e Doyle se endireitaram e vieram sentar comigo, um de cada lado. Frost ainda estava nu, mas seu belo corpo não exibia mais a rigidez que tinha antes de a rainha chamar. Ele se sentou com as mãos no colo, se escondendo um pouco. Doyle se sentou do meu outro lado, completamente imóvel, feito presa que não quer atrair a atenção do predador. Eu não pensava quase nunca em Doyle como uma presa, ele era certamente um predador, mas aquela noite o único predador nos espiava do espelho.

– Tire as mãos daí, Frost. Quero vê-lo inteiro.

Frost hesitou, apenas um segundo, e depois deixou as mãos caírem ao lado das pernas. Ficou lá sentado, nu, olhando para baixo, pouco à vontade com a sua nudez.

– Você é realmente lindo, Frost. Tinha esquecido disso. – Ela franziu o cenho. – Ando esquecendo de muita coisa ultimamente.

Andais disse isso em tom de quase tristeza, depois sua voz recuperou a aspereza, voltou a ser a voz dela. Bastava aquele tom para deixar nós três tensos, quase trêmulos, com um tremor de antecipação, mas não de prazer.

– Hoje não me diverti. Eram pessoas que eu respeitava, ou de quem eu gostava, ou dava valor, e agora nunca mais serão meus aliados. Eles terão medo de mim, só que já temiam antes e medo não é realmente sinônimo de respeito. Finalmente estou aprendendo isso. Deem-me alguma coisa agradável para eu lembrar desta noite. Quero ver vocês três juntos. Deixem-me ver as luzes das suas peles iluminando o céu como fogos de artifício.

Nós três ficamos parados um instante, então Doyle falou:

– Eu já tive a minha noite com a princesa. Frost deixou bem claro que não deseja compartilhá-la esta noite.

– Ele vai compartilhar se eu ordenar que compartilhe – disse Andais.

Era difícil argumentar com ela, encharcada de sangue e nua, parecendo uma criatura primitiva... mas tentamos.

– Pediria que não fizesse isso, Majestade – disse Frost.

Ele não estava nada arrogante. Ao contrário, parecia quase assustado.

– Você pediria? Pediria? O que está me pedindo?

– Nada – disse ele, de cabeça baixa, com o brilho do cabelo escondendo o rosto. – Absolutamente nada.

Frost disse isso num tom amargo e arrependido.

– Tia Andais – disse eu com a voz controlada, suave, aquela que se usa para convencer um louco a não armar a bomba amarrada ao corpo. – Por favor, nós não fizemos nada para aborrecê-la. Fizemos tudo que podíamos para agradar. Por que quer nos punir?

– Vocês iam fazer sexo esta noite?

– Sim, mas...

– Você vai trepar com Frost esta noite, não vai?

– Vou.

– Você trepou com Doyle a noite passada, certo?

– Bem, sim, mas...

– Então que diferença faz se trepar com os dois agora, esta noite?

A voz dela ganhava volume de novo, perdia o tom de calma.

A minha ficou mais baixa ainda, mais equilibrada, enquanto a dela se descontrolava:

– Nunca estive com os dois juntos antes, Majestade, e um *ménage à trois* deve ser feito com cuidado, para não estragar a brincadeira. Acho que Doyle e Frost são ambos dominadores demais para ficarem à vontade juntos comigo.

Ela fez que sim com a cabeça.

– Muito bem.

Nós relaxamos, suspiramos de alívio.

– Então substitua um deles por um dos outros. Dê-me um espetáculo, sobrinha minha, dê-me alguma coisa para curtir esta noite.

Fiz o melhor que pude argumentando com ela, ela chegou a concordar comigo, mas isso não nos ajudou. Olhei para um e para o outro.

– Neste momento estou aberta para sugestões.

Esperava que Andais pensasse que *sugestões* seriam quem devíamos chamar ou quem devíamos substituir. Mas esperava que os homens entendessem que eu ainda queria uma saída para aquela situação.

– Nicca é menos dominador – disse Frost devagar.

Será que ele tinha entendido o que eu quis dizer?

– Ou Kitto – disse Doyle.

– Kitto já teve sua chance hoje, e Nicca só ia ter daqui a duas noites. Acho que todos concordamos que Nicca tenha sua noite adiantada, e não que Kitto tenha duas vezes seguidas.

– Concordamos? – disse a rainha. – Por que os homens têm de concordar sobre qualquer coisa? Meredith, você não escolhe um simplesmente?

– Não. Temos um cronograma e costumamos segui-lo.

– Um cronograma? Um cronograma? – Ela começou a sorrir e depois deu risada. – E como foi que chegaram a esse cronograma?

– Era em ordem alfabética – disse eu, procurando não parecer tão confusa como me sentia.

– Ela tem um esquema em ordem alfabética, alfabética.

A rainha começou a rir, no início baixinho, mas depois aumentou e virou uma verdadeira gargalhada. Dobrou o corpo para frente, segurando a barriga, e riu até as lágrimas escorrerem pelo sangue do rosto.

Gargalhadas em geral eram contagiantes, mas, estranhamente, essa não foi. Ou melhor, não foi para nós. Deu para ouvir outros rindo atrás dela. Ezekiel e seus ajudantes deviam estar achando muita graça naquilo. Torturadores têm um senso de humor peculiar.

A gargalhada foi acabando e finalmente Andais endireitou as costas, secando os olhos. Acho que todos nós estávamos prendendo a respiração, imaginando o que ela ia dizer. Ela chegou a engasgar, com o riso ainda presente na voz:

– Vocês me deram o primeiro verdadeiro prazer do dia e por isso vou poupá-los. Apesar de não entender qual é o problema de fazer na minha frente o que farão quando eu os deixar. Não vejo diferença.

Sabiamente guardamos nossas opiniões para nós mesmos. Todos nós sabíamos que, se ela realmente não entendia a diferença, não havia como explicar.

A rainha foi embora e deixou nós três lá, olhando para o espelho. Eu estava chocada, estupefata com o erro que quase cometemos. O rosto de Doyle não demonstrava nada. Frost se levantou e gritou, um grito com tanta raiva que reverberou pelo quarto e trouxe os outros à porta com as armas em punho.

Rhys olhou em volta, sem entender.

– O que houve?

Frost avançou para ele despido e desarmado, mas dava medo.

– Não somos animais em exibição para ela se divertir!

Doyle ficou de pé e fez sinal para os outros saírem. Rhys olhou para mim e eu meneei a cabeça. Eles saíram e fecharam a porta sem fazer barulho.

Doyle falou suavemente com Frost. Em parte era uma conversa só para acalmá-lo, mas outra parte tinha mais consistência.

– Estamos seguros agora, Frost. – Ouvi Doyle dizer. – Ela não pode nos machucar aqui.

Frost ergueu a cabeça e agarrou Doyle pelos ombros. A pressão de suas mãos brancas marcou a pele escura de Doyle.

– Você ainda não entendeu, Doyle? Se não conseguirmos engravidar Merry, voltaremos a ser os brinquedinhos de Andais, seus brinquedinhos negligenciados. Acho que não ia suportar isso de novo, Doyle. – Ele sacudiu Doyle um pouco. – Não posso voltar para aquilo, Doyle, não posso!

Frost balançou Doyle para frente e para trás, para frente e para trás.

Fiquei esperando que Doyle se soltasse, forçasse Frost a largá-lo, mas ele não fez isso. Levantou os braços para segurar os de Frost. Fora isso, permaneceu imóvel.

Vi o brilho das lágrimas através do cabelo prateado de Frost. Ele caiu lentamente de joelhos, as mãos escorregaram pelos braços de Doyle, mas nunca perderam o contato. Apertou o topo da cabeça no outro homem, ainda agarrado a ele com as mãos.

– Eu não posso, Doyle. Não posso. Prefiro morrer. Eu me deixo apagar primeiro.

Com essa última palavra engasgada ele começou a chorar pra valer, enormes soluços lancinantes que pareciam vir lá do fundo mesmo. Frost chorou como se fosse se partir em dois.

Doyle deixou o outro chorar e, quando se acalmou, ajudou-me a pô-lo na cama. Deitamos Frost no meio, entre nós, Doyle encostado nas costas e eu na frente dele. Não havia nada de sensual naquilo.

Nós o envolvemos enquanto ele chorava até adormecer. Doyle e eu nos entreolhamos por cima do corpo encolhido de Frost. O olhar de Doyle e a expressão no rosto dele eram mais assustadores do que aquela visão de Andais coberta de sangue.

Observei um propósito nascer do medo aquela noite. Talvez tivesse nascido há muito tempo e apenas tivesse me escapado. Doyle também não ia voltar. Vi isso nos olhos dele. Abraçamos Frost e acabamos os dois chorando também.

No meio da noite Doyle se levantou e nos deixou. Acordei quando ele se mexeu, mas Frost não. Doyle deu um beijo carinhoso na minha testa, depois pôs a mão no cabelo brilhante de Frost.

Ele falou baixinho, a voz grave parecia ronronar, mais do que sussurrar:

– Eu juro.

Levantei um pouco e perguntei:

– Jura o quê?

Ele apenas sorriu, balançou a cabeça e saiu fechando a porta de mansinho.

Aninhei-me ao lado de Frost, mas o sono não vinha. Meus pensamentos não eram suficientemente tranquilos para me fazer adormecer. A luz da manhã já tinha clareado a janela quando mergulhei num sono agitado.

Sonhei que estava ao lado de Andais no Salão da Mortalidade. Todos os homens estavam acorrentados aos aparelhos de tortura, intocados, incólumes, as únicas coisas limpas e brilhantes em todo aquele lugar escuro. Andais ficava tentando me convencer a juntar-me a ela para torturá-los. Eu recusava e não deixava que ela encostasse neles. Ela me ameaçou e ameaçou todos eles, eu continuei negando e a minha recusa de alguma forma impedia que ela encostasse neles. Continuei recusando, até um gemido de Frost me fazer acordar. Ele se revirava dormindo, lutando contra alguma coisa. Acordei-o da forma mais suave possível, alisando seu braço. Ele despertou com um grito meio sufocado na garganta, de olhos arregalados.

O grito fez os homens voltarem para a porta do quarto. Acenei para eles irem embora e abracei Frost.

– Está tudo bem, Frost, está tudo bem. Foi só um sonho.

Ele engasgou e disse, histérico, com o rosto escondido contra o meu corpo, me abraçando com tanta força que chegava a doer:

– Não era sonho, era real. Eu me lembro. Sempre lembrarei.

Doyle foi o último a chegar à porta, e fechou-a devagar. Olhei nos olhos negros dele e soube o que ele havia jurado.

– Vou proteger você, Frost – disse eu.

– Você não pode – respondeu ele.

– Juro que protegerei vocês, todos vocês.

Ele levantou a mão e cobriu minha boca com os dedos.

– Não jure, Merry, não prometa isso. Não perca a sua palavra por algo que não pode fazer. Ninguém mais ouviu. Eu relevo. Você nunca disse nada.

O rosto de Doyle era apenas uma forma escura diante da porta quase fechada.

– Mas eu falei sim, Frost, e tive toda a intenção. Sou capaz de transformar o outro mundo em deserto, mas não vou deixar que ela os tenha de volta – disse eu.

Assim que pronunciei essas palavras, ouvi um pequeno ruído, mas nem era um barulho, foi como se o próprio ar tivesse prendido a respiração. Foi como se naquele instante a realidade ficasse congelada, depois se refizesse, um pouquinho diferente do que era antes.

Frost desceu da cama e não queria olhar para mim.

– Você vai acabar sendo morta, Merry.

Ele foi para o banheiro sem olhar para trás. Ouvi o chuveiro um minuto depois.

Doyle abriu mais um pouco a porta, o bastante para me cumprimentar com a arma dele, como se fosse uma espada, tocando o lado da pistola na testa, depois estendendo para frente e para baixo. Meneei a cabeça, reconhecendo o gesto. Então ele soprou um beijo para mim com a outra mão e fechou a porta.

Não entendi completamente o que tinha acabado de acontecer. Mas sabia o que significava. Eu agora estava comprometida a proteger os homens de Andais. Mas eu tinha sentido o mundo mudar, como se o próprio destino estremecesse. Alguma coisa havia mudado no funcionamento bem orquestrado do universo. E tinha mudado porque eu jurei proteger os homens. Aquela afirmação tinha modificado as coisas. Tinha espantado os destinos, mas eu não saberia se estava melhor ou pior com isso até já ser muito tarde, tarde demais.

32

Estávamos falando do ritual da fertilidade para Maeve Reed quando o espelho soou novamente. Mas dessa vez foi o som límpido de um sino, o chamado de um clarim, um trompete.

Doyle se levantou e disse:

– Alguém novo.

Ele voltou alguns minutos depois com uma expressão estranha.

– Quem é? – perguntou Rhys.

– A mãe de Meredith.

Doyle parecia confuso.

– Minha mãe.

Eu me levantei e deixei cair as anotações que fazia no chão. Ia me abaixar para pegar as folhas, mas Galen segurou minha mão.

– Quer companhia?

Acho que de todos eles só Galen sabia o que eu realmente sentia pela minha mãe. Ia dizer que não, mas mudei de ideia.

– Quero, gostaria muito que você fosse comigo.

Ele ofereceu o braço e eu pus a mão sobre a dele, de um jeito muito formal.

– Quer mais companhia? – perguntou Doyle.

Dei uma olhada no quarto e procurei resolver se queria impressionar minha mãe ou insultá-la. Com os homens na sala, podia fazer qualquer uma dessas coisas, talvez as duas ao mesmo tempo.

Não havia espaço para irem todos, por isso escolhi apenas Galen e Doyle. Não precisava de proteção contra a minha própria mãe. Pelo menos não o tipo de proteção que guarda-costas dariam.

Doyle foi antes para avisar que a princesa já vinha. Galen e eu esperamos um pouco do lado de fora da porta, depois entramos. Ele me guiou até a frente do espelho e sentou na colcha vinho-escura, procurando ficar fora do caminho.

Olhei para o espelho. Eu sabia que o cabelo dela descia em ondas espessas e perfeitas até abaixo da cintura, mas não dava para ver isso na imagem dela. O penteado elaborado empilhava o cabelo todo em camadas sobre a cabeça. Usava folhas de ouro em volta do coque. Elas quase escondiam o castanho comum do cabelo. Não era porque nenhum encantado puro-sangue tinha cabelo castanho, alguns tinham. Acho que ela escondia o cabelo porque era exatamente igual ao da mãe dela, minha avó meio-fada e meio-humana. Besaba, minha mãe, detestava ser lembrada das suas origens.

Os olhos eram apenas castanhos, um marrom-chocolate bonito e uniforme, com cílios muito compridos. A pele dela era linda. Sempre passava horas cuidando da pele, com banhos de leite, cremes, loções, mas nada que fizesse a deixaria com aquela pele branco puro de luar, nem com o tom dourado suave. Ela jamais teria pele de encantado, jamais. Sua irmã gêmea mais velha, Eluned, tinha pele brilhante. Mas era a pele da minha mãe, mais do que o cabelo ou os olhos, que a distinguia, que indicava imediatamente que não era encantada pura.

O vestido creme era duro de tantos fios de ouro e de cobre. O decote quadrado favorecia o busto, os seios aveludados, mas havia um motivo para as encantadas gostarem tanto de roupas que valorizavam os seios: elas não tinham muito o que ressaltar.

A maquiagem dela era artística, e ela estava linda, como sempre. Todas as vezes que me visitava tinha de me fazer lembrar que era adorável, uma princesa abençoada, e que eu não era. Eu era baixa demais, tinha formas exageradamente humanas e o meu cabelo, minha Deusa, meu cabelo era ruivo cor de sangue, uma cor que só se via na Corte Profana.

Olhei para ela, para a sua beleza, e percebi que poderia ser humana. Havia humanos que eram altos e magros, e tinha só isso para provar que era mais encantada do que eu.

Minha mãe estava exageradamente vestida e arrumada para visitar a própria filha. O cuidado que tinha dispensado à aparência me fez imaginar se sabia o quanto eu não gostava dela. Então me dei conta de que ela quase sempre se arrumava daquele jeito, com tanto esmero.

Eu estava de short e com um top que deixava a barriga de fora. O short era preto, o top, vermelho-sangue, e minha pele cintilava entre as duas cores. Meu cabelo até os ombros estava começando a ficar com as ondas que tinha quando eu deixava crescer, não o ondulado profuso do cabelo da minha mãe e da minha avó, mas mesmo assim com ondas. E era só dois tons mais escuro do que o vermelho-sangue do top.

Eu não usava joia alguma, mas meu corpo já era uma. Minha pele brilhava como marfim polido. Meu cabelo cintilava feito granada. E meus olhos, acontece que eu tinha olhos tricolores. Olhei para minha mãe, linda, mas humana demais, e tive um momento de revelação. Foi só quando eu cresci que ela começou a reclamar da minha aparência. Ah, o cabelo, ela sempre detestou meu cabelo, e sempre foi cruel, mas os piores insultos começaram mesmo quando eu tinha dez ou onze anos. Ela se sentiu ameaçada. Nunca entendi até aquele momento, vendo-a ali sentada em seus trajes abençoados e eu com minha roupa informal, que eu era mais bonita do que minha mãe.

Fiquei apenas olhando para ela um tempo, porque era como reescrever parte da minha infância numa fração de segundo.

Não consegui lembrar a última vez que a vi. Talvez ela também não conseguisse, porque ficou olhando para mim com expressão de surpresa, até choque. Acho que de certa forma havia se convencido de que eu não era aquela coisa brilhante. Ela se recuperou logo, porque, acima de tudo, é a última política da corte. Consegue disciplinar seus traços para atender a qualquer capricho do rei sem mover um cílio sequer.

– Filha, que bom ver você.

– Princesa Besaba, a Noiva da Paz, saudações.

Tinha omitido nossos laços de sangue de propósito. A única mãe que realmente tive foi vovó, mãe da minha mãe. Ela eu teria recebido bem. A mulher sentada na cadeira forrada de seda era uma desconhecida para mim, e sempre foi.

Ela pareceu espantada e não recobrou a expressão calma, mas suas palavras foram bem gentis:

– Princesa Meredith NicEssus, saudações da Corte Abençoada.

Tive de sorrir. Ela retribuiu o insulto com outro. NicEssus queria dizer filha de Essus. A maioria dos encantados perdia sobrenomes como esse na puberdade, no máximo aos vinte anos, quando seus poderes mágicos se manifestavam. Como os meus não se manifestaram quando eu tinha vinte anos, fui NicEssus até os trinta. Mas as cortes sabiam que finalmente meus poderes tinham chegado. Sabiam que eu tinha um novo título. Ela esqueceu de propósito.

Tudo bem. Aliás, eu tinha sido mal-educada antes.

– Serei sempre filha do meu pai, mas não sou mais NicEssus. – Fiz cara de pensativa. – O rei, meu tio, não contou que minha mão de poder se manifestou?

– Claro que contou – disse ela, se defendendo e contrita, tudo ao mesmo tempo.

– Ah, desculpe. Como você não usou o meu novo título, imaginei que não soubesse.

Ela deixou a raiva transparecer por um instante naquele rosto lindo e estudado, depois sorriu, um sorriso tão sincero quanto o amor que sentia por mim.

– Sei que você agora é Princesa da Carne. Parabéns.

– Ora, obrigada, mãe.

Ela se remexeu na pequena cadeira, como se eu a tivesse surpreendido de novo.

– Bem, filha, não devemos deixar passar tanto tempo entre nossas conversas.

– Claro que não – disse eu, mantendo uma expressão simpática e indecifrável.

– Ouvi dizer que você foi convidada para o baile de Natal deste ano.

– Fui.

– Espero encontrá-la lá, para pôr a conversa em dia.

– Fico surpresa de ver que você também não soube que tive de recusar o convite.

– Soube sim, e achei difícil acreditar.

Ela manteve as mãos graciosamente apoiadas nos braços da cadeira, mas inclinou um pouquinho o corpo para frente, estragando aquela postura perfeita.

– Muitos fariam de tudo para serem honrados com esse convite.

– É, mas você sabe que agora sou herdeira do trono da Corte Profana, não sabe, mãe?

Ela endireitou o corpo de novo e balançou a cabeça. Fiquei pensando se aquelas folhas de ouro no cabelo eram muito pesadas.

– Você é coerdeira, não uma verdadeira herdeira. Seu primo continua sendo o herdeiro real daquele trono.

Suspirei e parei de me fazer de simpática, preferi um tom neutro:

– Estou surpresa, mãe. Em geral você é mais bem-informada.

– Não entendi o que quer dizer – disse ela.

– A rainha Andais tornou o príncipe Cel e a mim iguais. Basta ver qual de nós produz um filho primeiro. Se puxei a você, mãe, certamente serei eu.

– O rei quer muito que você compareça ao nosso baile.

– Você prestou atenção no que eu disse, mãe? Sou herdeira do trono profano. Se voltar para casa para qualquer comemoração do Natal, terá de ser para o baile profano.

Ela fez um pequeno movimento com as mãos, depois lembrou da pose e se apoiou de novo, com todo o cuidado, nos braços da cadeira.

– Você podia voltar às boas graças do rei se viesse para o nosso baile, Meredith. Podia ser bem-vinda na corte outra vez.

– Já sou bem-vinda na corte, mãe. E como posso voltar às boas graças do rei se, até onde eu sei, jamais gozei das boas graças dele, para começar?

Ela mais uma vez afastou a ideia com as mãos e até esqueceu de pô-las de novo nos braços da cadeira. Estava mais agitada do que parecia, para esquecer e falar com as mãos. Ela sempre odiou aquilo de falar com as mãos. Achava que era coisa de gente comum.

– Você devia voltar para a Corte Abençoada, Meredith. Pense nisso, finalmente uma verdadeira princesa encantada.

– Sou herdeira de um trono, mãe. Por que ia querer me associar a uma corte na qual sou a quinta colocada na hierarquia do trono, se posso governar outra?

Ela agitou as mãos.

– Não pode comparar fazer parte da Corte Abençoada com qualquer coisa relacionada à Corte Profana, Meredith.

Olhei bem para ela, tão bem-cuidada e tão linda, tão preconceituosa e obstinada.

– Está dizendo que seria melhor eu ser a menos importante da realeza na Corte Abençoada, em vez de rainha da Corte Profana?

– Você está insinuando que é melhor reinar no inferno do que no céu? – perguntou ela, quase rindo.

– Já vivi nas duas cortes, mãe. Não há muita diferença entre as duas.

– Como pode dizer isso para mim, Meredith? Já vivi um tempo na corte sombria e sei como é pavorosa.

– E eu passei um tempo na corte brilhante e sei que meu sangue é tão vermelho sobre o mármore com veios dourados como é sobre o preto.

Ela franziu a testa e ficou confusa.

– Não sei o que quer dizer.

– Se vovó não tivesse intercedido por mim, você deixaria mesmo Taranis me espancar até a morte? Matar a própria filha de pancada diante dos seus olhos?

– Isso é uma coisa horrível de se dizer, Meredith.

– Apenas responda à pergunta, mãe.

– Você tinha feito uma pergunta muito impertinente para o rei e não é nada sensato fazer isso.

Eu tinha a minha resposta, o que eu sempre soube. Segui em frente.

– Por que é tão importante para você que eu vá a esse baile?

– Porque o rei quer – disse ela.

E assim como eu, ela também foi em frente, para longe das primeiras perguntas, mais dolorosas:

– Não vou insultar a rainha Andais e todo o meu povo desprezando a comemoração deles do Natal. Se eu voltar para casa, será para o baile de Natal deles. Certamente você entende que é assim que deve ser.

– Não entendo nada, só que você não mudou. Continua voluntariosa e decidida a se fazer de difícil como sempre.

– E você também não mudou nada, mãe. O que foi que o rei ofereceu para você me convencer a ir a esse baile?

– Não sei do que está falando.

– Sabe sim. Não basta ter o título de princesa. Você quer o que vem junto com o título, o poder. O que o rei ofereceu para você?

– Isso é entre mim e ele, a não ser que você venha para o baile. Venha, que eu conto.

Balancei a cabeça.

– Isca besta essa, mãe, muito besta.

– O que quer dizer com isso?

Ela estava muito zangada e não se esforçou nem um pouco para disfarçar, o que, para uma alpinista social do calibre dela, era o insulto supremo. Eu não merecia o trabalho de ocultar a raiva. Era talvez uma das pouquíssimas encantadas que ela insultaria dessa maneira. Com a própria irmã, ela pisava em ovos.

– Quero dizer, mãe querida, que não vou ao baile de Natal dos abençoados.

Fiz um gesto para Doyle e ele cortou a transmissão abruptamente, deixou minha mãe falando sozinha quando a imagem se desfez.

O espelho tocou quase que imediatamente com aquele som de sino, o toque dos clarins, mas agora sabíamos quem era e não estávamos em casa para ela.

33

Dona Rosmerta apareceu cedo na manhã seguinte, tão cedo que ainda estávamos na cama. O tilintar de sininhos me fez acordar, ecoando no quarto escuro. O perfume de rosas era quase sufocante, o cartão de visitas de Rosmerta. Devia estar tentando nos acordar há algum tempo e acabou tendo de recorrer aos sinos minúsculos e ao perfume das rosas.

Tentei sentar, mas estava tão enrolada no cabelo comprido de Nicca e nos braços de Rhys que não consegui. Rhys abriu seu olho bom e piscou remelento para mim.

– Que horas são?

– Cedo – disse eu.

– Cedo quanto?

– Se tirar seu braço daí, poderei ver o relógio e dizer para você.

– Ah, desculpe – resmungou ele nos lençóis roxo-escuros.

Ele tirou o braço.

Sentei e olhei para o relógio.

– Oito.

– Doce consorte, o que poderia ser tão importante?

Nicca se apoiou em um cotovelo, tentou jogar o cabelo para trás e não conseguiu, porque Rhys e eu ainda estávamos sentados em cima dele. Adorava a sensação de todo aquele cabelo sobre o meu corpo, mas estava começando a lembrar por que nunca deixei o meu crescer tanto.

Rhys e eu mudamos de lugar para Nicca poder recuperar seu cabelo. Ele não chegou a jogá-lo para trás, deixou ao lado do corpo como uma capa meio amassada.

Rhys virou de barriga para cima, não para se exibir, apesar de fazer isso de qualquer maneira, mas porque queria poder ver o espelho com seu olho bom.

Nicca continuou apoiado no cotovelo atrás de mim. Eu sentei entre os dois. Consegui puxar o lençol debaixo dos dois para me cobrir. Nudez era casual na Corte Profana, mas nem sempre na Corte Abençoada. A vaidade humana tinha sido mais contagiante lá. Nós três estávamos acomodados para receber a visitante, quando Rhys e eu lembramos ao mesmo tempo que alguém tinha de tocar no espelho.

– Merda – disse ele, rolou da cama, tocou no espelho e rolou de volta muito rápido, como se estivéssemos posando para uma foto com a câmera no automático. Nessa de rolar na cama, o peso do corpo dele arrancou o lençol da minha mão, que caiu no meu colo. Rhys percebeu que agora estava em cima das cobertas, não embaixo delas. Nós dois tivemos um segundo para escolher se íamos aparecer brigando com os lençóis quando o espelho ganhasse vida, ou se íamos fazer uma pose bem calma. Resolvemos parecer confortáveis, não afobados. Rhys deitou na minha frente, com um braço atrás da cabeça, a imagem de músculos bem à vontade. Eu recostei em Nicca como se ele fosse o encosto de uma cadeira. Ele se enroscou atrás de mim de modo que seu corpo me rodeava e me emoldurava ao mesmo tempo. E conseguiu ocultar o suficiente das partes íntimas e ficar coberto.

Dona Rosmerta apareceu no espelho. Hoje ela usava um vestido de seda com bordado que era um tom de rosa mais escuro, quase fúcsia. As tranças louro-escuras estavam entrelaçadas com uma fita cor-de-rosa que combinava exatamente com o vestido. Estava toda de rosa e ouro, e perfeita como uma boneca. Os olhos dourados tricolores estavam claros e brilhantes, como se já tivesse acordado havia horas.

O sorriso falhou um pouco quando ela deu uma boa olhada em nós. Abriu a boca, mas não disse nada.

Eu a ajudei.

– Deseja alguma coisa, dona Rosmerta?

– Ah, sim, sim.

Ela se recompôs visivelmente, lembrando do seu dever. E ficou mais concentrada.

– O rei Taranis deseja convidá-la para um banquete em sua homenagem poucos dias antes do Natal. Sentimos muito o mal-entendido sobre o baile de Natal. Entendemos perfeitamente que precisa, é claro, comparecer às festividades da sua corte.

Ela sorriu e foi a quantidade exata e correta de *desculpe a nossa falha, mas agora vamos consertar*. Podia até ser sincero.

Eu estava cansada. Nicca e Rhys tinham começado a compartilhar sempre suas noites comigo. Acho que era só para que os dois tivessem duas noites seguidas, e não que um tivesse preferência em relação ao outro, mas isso queria dizer que minha noite foi muito movimentada. Como não tínhamos de ir trabalhar, não nos incomodamos de ficar acordados até tarde. E agora lá estava Rosmerta, com o frescor de uma margarida, às oito da manhã. Era desanimador.

Por que o rei insistia tanto em me ver antes do Natal? Será que queria saber de Maeve? Ou era alguma outra coisa? Por que ele queria me ver agora? Antes ele nunca fez questão de estar comigo.

– Dona Rosmerta – disse eu, procurando não parecer tão cansada –, tenho de ser direta, e sei que não é delicado, mas preciso de respostas para algumas perguntas antes de aceitar ou não esse convite para o banquete.

– Claro, princesa – disse ela, fazendo uma pequena mesura ao pronunciar meu título.

– Por que a minha presença é tão importante para o rei, a ponto de resolver organizar um banquete em minha homenagem dias antes do Natal? A corte inteira está planejando e trabalhando para efetivar esse baile há meses. Os servos e os funcionários devem estar histéricos só de pensar num banquete poucos dias antes do grande evento. Por que o rei precisa tanto me ver antes do Natal?

O sorriso dela não mudou nada, nem falhou.

– Isso você terá de perguntar pessoalmente ao rei.

– Será ótimo – disse eu –, se você fizer o favor de chamá-lo.

Isso deixou Rosmerta desconcertada. Confusão ocupou seu rostinho bonito. Acho que a maioria das pessoas teria simplesmente aceitado que não se fala diretamente com o rei, só que havia coisas demais em jogo e eu não podia me dar ao luxo de ser tão educada assim.

Rosmerta se recuperou, não tão depressa como poderíamos imaginar, mas acabou respondendo:

– Vou perguntar a Sua Majestade se pode falar com você. Mas a agenda dele está lotada e não posso prometer nada.

– Eu não pediria que você prometesse qualquer coisa em nome de Taranis, dona Rosmerta. E tenho certeza de que a agenda dele está abarrotada de compromissos. Mas realmente preciso dessa resposta. Não posso, de maneira alguma, concordar com o banquete sem uma resposta para isso e acho que obter essa resposta direto do rei deve agilizar consideravelmente as coisas.

Sorri enquanto falava, imitando o sorriso dela, simpático e quase profissional.

– Darei o recado a ele. Ele pode entrar em contato com você daqui a pouco, de modo que humildemente sugiro que nesse meio-tempo aproveite para se vestir e se apresentar de modo mais condizente com a sua posição.

Ela sorriu ao dizer isso, mas havia uma tensão em volta dos olhos que indicava que não tinha certeza se devia ter dito qualquer coisa. Ou talvez eu estivesse revelando o que estava pensando enquanto ela falava.

– Vou me apresentar ao rei da maneira que achar conveniente, Rosmerta.

Deixei o *dona* de fora de propósito. Ela era uma nobre menor e eu estava acima dela. O fato de dar-lhe a cortesia do título era apenas isso, uma cortesia. Não precisava fazer isso.

– Não pretendia desrespeitá-la, princesa Meredith.

Agora ela não estava mais sorrindo. Seu rosto tinha se fechado naquela beleza gelada, que os encantados costumam manipular.

Ignorei, porque dizer qualquer coisa era praticamente acusá-la de estar mentindo. Talvez ela não tivesse mesmo a intenção de ser desrespeitosa. Podia não ter conseguido se conter.

– Pode ser, dona Rosmerta, pode ser. Estou aguardando notícias do rei. Acha que ele pode ligar de volta antes de termos tempo de levantar da cama?

– Não me dei conta de que tinha acordado você, princesa, e peço humildemente desculpas. – Ela parecia sincera. – Vou me certificar de que tenha tempo para se levantar e fazer seu... ritual matinal.

Ela ruborizou um pouco e fiquei imaginando em qual palavra pensou antes de dizer *ritual matinal*, ou que ritual era esse.

De repente compreendi que Rosmerta achava que estávamos fazendo sexo, não despertando. Andais costumava atender as ligações dos abençoados em "flagrante delito" com bastante frequência. Deviam esperar a mesma coisa de mim.

– Agradeço pelo tempo extra, dona Rosmerta. É muito inadequado falar com um rei recém-saída da cama de manhã.

Ela sorriu e fez uma mesura graciosa, quase desapareceu fora da borda do espelho. Rosmerta era a imagem da mais completa propriedade em relação aos padrões de comportamento. Uma mesura profunda da parte dela era realmente uma grande deferência, porque significava que ela compreendia que eu estava a apenas um passo do trono. Era bom saber que alguém da Corte Abençoada tinha consciência disso.

Ela não se reergueu e descobri por que, um pouco tarde.

– Pode se levantar, dona Rosmerta, e muito obrigada.

Ela se endireitou, um pouco desequilibrada, mas é que eu tinha deixado que ficasse abaixada fazendo aquela mesura tempo demais. Não tive intenção. Simplesmente esqueci que a Corte Abençoada não era igual à corte inglesa. Quando dobravam o corpo até lá embaixo não podiam levantar até a realeza na frente deles ordenar. Já fazia muito tempo que eu tinha convivido com os abençoados. Tinha mesmo de estar meio enferrujada com o protocolo da corte. A Corte Profana era bem menos formal.

– Vou interceder por você junto ao rei, princesa Meredith. Tenha um bom dia.

– E um bom dia para você também, dona Rosmerta.

A imagem sumiu do espelho. Senti que nós três relaxamos, soltamos o ar.

Rhys pôs as duas mãos atrás da cabeça, cruzou os tornozelos e disse:

– O que vocês acham? Vamos usar algumas joias para parecermos mais formais?

Examinei o corpo dele de alto a baixo, lembrei da sensação quando passei a língua na barriga firme e mais embaixo. Tive de fechar os olhos e espantar essa lembrança para poder responder:

– Não, Rhys, acho que devemos nos vestir primeiro. Pensamos nos acessórios depois.

Ele deu um largo sorriso para mim.

– Ah, não sei não, Merry. Não se sente nem um pouco tentada a aparecer junto conosco na cama quando ele entrar em contato? Você, cercada de corpos.

Eu ia dizer que não. Então percebi que seria uma mentira.

– Fiquei um pouco tentada sim, mas vamos nos comportar, Rhys.

Ele sorriu ainda mais.

– Se insiste...

– É você que sempre diz: *Oooh, o Rei da Luz e da Ilusão*. Por que mudou de ideia agora?

– Ele ainda é assustador, Merry, mas também é muito arrogante e pretensioso. Não foi sempre assim, mas em algum ponto nos últimos séculos tornou-se mais... humano, no pior sentido da palavra.

O sorriso se desfez um pouco.

– O que foi? – perguntei.

– Só estava pensando como podia ter sido. Taranis já foi bom para dar boas risadas, para umas farras de porre.

Ergui as sobrancelhas.

– Taranis? Badalando pela cidade com os rapazes? Não consigo imaginar.

– Você só o conhece há trinta anos. Ele não tem estado em seus melhores dias nesse tempo. – Rhys se sentou e desceu da cama. – Marraio no chuveiro.

– Se tomar banho primeiro hoje, eu tomo primeiro amanhã – disse Nicca.

– Só se for mais rápido do que eu – disse Rhys, indo para o banheiro.

Nicca me abraçou pela cintura e me fez virar de frente para ele.

– Deixe Rhys ir tomar seu banho.

Ele ergueu a mão elegante e morena para mexer nas mechas de cabelo em volta do meu rosto. Rolou de costas e me puxou com as mãos no meu pescoço e na minha cintura. O lençol tinha saído de cima dele e vi que estava firme e pronto de novo.

Dei uma risada.

– Você nunca se cansa?

– Disso, nunca. – Ele ficou mais sério, menos suave. – Com você foi a primeira vez que estive com uma mulher sem sentir medo.

– O que quer dizer?

– A rainha é assustadora, Meredith, e gosta de homens submissos. Eu não sou dominador, mas não gosto da ideia que ela tem de sexo.

Eu me inclinei e dei-lhe um beijo muito carinhoso.

– Nós pegamos pesado.

Ele me apertou de repente.

– Não, Meredith, não, você não. Você nunca me assustou.

Ele ficou me segurando e eu relaxei, deixei que me abraçasse. Um pouco com força demais. Quase doeu.

Acariciei os lados do corpo dele e o que pude alcançar das costas, até ele também relaxar. O abraço ficou menos sufocante. Tinha pensado dias antes em mandar Nicca de volta para casa, porque não queria que ele fosse rei. Não tinha capacidade para ser rei e isso não tinha nada a ver com a possibilidade de ele procriar.

Eu o abracei e o acariciei gentilmente, até aquele súbito pânico dele diminuir. Quando se acalmou, ele quis me segurar outra vez, aceitei seus braços, sua boca, seu corpo. Torci para o rei Taranis não aparecer no espelho enquanto estávamos naquela função toda, mas o sexo acabou de vez com a expressão de animal ferido nos olhos dele. Eu quis ver aqueles olhos castanhos estampando apenas sorrisos.

Quando Rhys saiu do banheiro enrolado na toalha, estávamos acabando. Ele xingou baixinho.

– É tarde demais para eu entrar na brincadeira?

– É – disse eu, e dei um último beijo em Nicca. – Além do mais, eu sou a próxima a tomar banho.

Saí da cama e fui para o banheiro antes de Nicca poder protestar. Deixei os dois rindo e eu também ri a caminho do chuveiro. Existe jeito melhor de começar o dia?

34

Aquela tarde Maeve e Gordon Reed bateram à nossa porta. Fazia poucos dias que nos vimos, mas pela aparência de Gordon pareciam anos. A pele dele, de pálida agora era cinzenta. Devia ter perdido peso, pois a ossatura forte que fazia dele um homem imponente e alto dava a impressão de um esqueleto com ossos avantajados, coberto com aquela camada fina de pele cinza. Os olhos pareciam maiores e o sofrimento neles constante. O câncer o fazia secar, Gordon era devorado de dentro para fora.

Maeve disse ao telefone que Gordon tinha piorado, que estava muito pior, mas não nos preparou para aquilo. Meras palavras não poderiam preparar ninguém para ver um homem morrendo.

Frost e Rhys desceram até o carro deles na rua para ajudar o marido de Maeve a subir os poucos degraus até o nosso apartamento. Maeve seguiu os três com a maior parte do rosto escondida atrás de enormes óculos escuros e um lenço de seda cobrindo todo o cabelo louro. Segurava fechada a gola de um casaco de pele como se fizesse frio. Parecia uma imitação hollywoodiana de uma grande estrela de cinema. Mas, claro, quem mais teria tanto direito de usar essa imagem?

Os homens ajudaram Gordon a ir para o quarto descansar, enquanto fazíamos a primeira parte do ritual da fertilidade. Maeve ficou andando de um lado para outro. Quase acendeu um cigarro, mas eu disse que não era permitido fumar na minha casa.

– Por favor, Meredith, eu preciso.

– Então pode fumar lá fora.

Ela abaixou os óculos escuros até exibir aqueles famosos olhos azuis. Estava usando seu glamour humano de novo, procurando parecer o menos encantada possível. Fixou aquele olhar azul em mim e abriu o casaco para revelar aquele corpo esguio e dourado. Estava nua, só de botas.

– Pareço vestida para me expor aos seus vizinhos?

Balancei a cabeça.

– O seu glamour pode escondê-la nua em pelo no meio de uma via expressa, por isso feche o casaco e leve seus nervos e seu cigarro lá para fora.

Ela fechou o casaco e deixou só uma linha fina do corpo aparecendo entre os montes de pelo macio.

– Como pode ser tão cruel?

– Isso não é crueldade, Maeve, e você sabe. Você passou anos demais nas cortes para pensar que estou sendo cruel só por não querer que meu apartamento fique fedendo a cigarro.

Ela fez um bico de contrariedade. Perdi a paciência:

– Quando eu voltar cheia de mágica, quero encontrar Conchenn, deusa da beleza e da primavera, não uma estrela mimada. E sem glamour também. Quero ver aqueles olhos beijados pelos relâmpagos.

Ela abriu a boca, acho que para protestar. Não deixei, com um gesto da mão:

– Poupe-me, Maeve, e faça o que tem de fazer para ajudar nesse trabalho.

Ela empurrou os óculos de volta para o lugar e disse, com a voz bem mais fraca:

– Você mudou, Meredith. Tem uma dureza que não tinha antes.

– Não é dureza – disse Doyle –, é comando. Ela será rainha e agora entende isso.

Maeve olhou para ele e depois para mim.

– Muito bem, e para que esse biquíni? Pensei que você fosse transar, não ir à praia.

– Sei que você está com raiva e assustada por causa do seu marido, e por isso dou um desconto, mas esse desconto tem limite, Maeve. Não force a barra.

Ela abaixou a cabeça, ainda manuseando o cigarro apagado e o isqueiro.

– Não tenho a intenção de ser uma bosta de uma prima-dona, mas estou desesperadamente preocupada com Gordon. Não dá para entender isso?

– Eu entendo, mas, se não tivesse de ficar aqui discutindo com você, já podia estar lá no lugar do ritual, me preparando.

Dei as costas para ela de propósito, torcendo para ela se mancar.

– Doyle, você ampliou as defesas para incluir o pequeno jardim da casa nos fundos, como pedi?

– Sim, princesa, fiz isso.

Respirei bem fundo. Aquele era o momento que eu temia. Tinha de escolher um dos homens para fazer o papel do meu consorte para o ritual, mas qual deles? Não sei o que teria decidido, porque Galen avisou, com a voz clara, mas insegura:

– Estou inteiro de novo, Merry.

Todos, menos Maeve, viraram para olhar para ele. Galen não ficou muito à vontade com toda aquela atenção, mas exibia também um sorriso simpático e um olhar que eu não via fazia muito tempo.

– Não pretendo estragar o clima – disse Rhys –, mas como vamos saber se ele está realmente curado? Maeve e Gordon podem não ter outra chance além dessa.

Doyle interrompeu:

– Se Galen diz que está curado para este ritual, eu, pessoalmente, acredito nele.

Olhei para Doyle. O rosto dele era a máscara escura de sempre, indecifrável. Ele raramente falava, a não ser que tivesse certeza.

– Como pode ter tanta certeza? – perguntou Frost.

– Meredith precisa de um consorte para a deusa dela. Quem melhor do que o homem verde, que recuperou a vida recentemente?

Eu sabia que homem verde era apelido do Deus Consorte, às vezes um nome genérico para o deus da floresta. Olhei para Galen. Ele era definitivamente o homem verde.

– Se Doyle acha que está tudo certo, então que seja Galen.

Sei que Frost não ficou contente com a escolha, mas todos os outros aceitaram bem, então Frost ficou de boca fechada. Às vezes isso é tudo que se pode pedir de um homem, ou de qualquer pessoa.

35

Precisava ficar sozinha para me preparar para o ritual. Doyle não gostava que eu ficasse sozinha nem um minuto, mas tínhamos ampliado a proteção da casa através da parede dos fundos, até o jardim abandonado da casa de trás. Estar abandonado era bom nesse caso, porque significava que não usavam herbicidas e pesticidas havia muito tempo. Tínhamos feito um círculo ritualístico mais cedo aquele dia mesmo. Abri uma passagem naquele círculo, entrei nele e fechei a passagem outra vez. Agora, além das defesas da casa, eu estava dentro de um círculo de proteção. Nada mágico podia atravessar esse círculo, a não ser uma divindade ou o próprio Inominável. Os famintos que estavam massacrando pessoas não romperiam essa barreira, pois não eram divindades ainda.

O jardim inteiro tinha sido plantado, como a maioria dos jardins do sul da Califórnia. Era um pomar de limoeiros agora. As pequenas árvores estavam cobertas de folhas verde-escuras. Era tarde demais naquele ano para florescerem. Lamentei isso. Mas assim que caminhei entre as árvores muito juntas, andando sobre o capim seco, quebradiço, e as folhas, soube que era o lugar certo. As árvores cochichavam entre si como senhoras idosas falando baixinho do passado, com as cabeças encostadas ao calor do sol. Os eucaliptos ao longo da rua do lado de fora do jardim emanavam um perfume forte que se misturava com o cheiro dos limoeiros quentes de sol.

Tinham estendido uma grande colcha de algodão no chão. Maeve se oferecera para levar lençóis de seda, mas o que precisávamos era de alguma coisa que viesse da terra, do reino animal ou vegetal. Que fosse suficientemente grosso para cobrir o terreno duro, mas não tão grosso que nos privasse do contato com o solo. Nós ainda tínhamos necessidade de sentir a terra embaixo dos nossos corpos.

Deitei na colcha como se fosse pegar sol. Encostei bem no tecido, com braços e pernas bem abertos, afundei naquela maciez, passei dela, senti a relva, as folhas, gravetos, um tapete de coisas pequenas e com arestas, e mais além a terra compacta por baixo de tudo. Havia água ali, senão os limoeiros teriam secado e morrido, mas a terra parecia completamente seca, como se jamais tivesse contato com a chuva.

O vento acariciou meu corpo, me trouxe de volta. Ele brincava na minha pele, agitava as folhas e o mato ressecado nas bordas da colcha. As folhas sussurravam. O perfume dos eucaliptos cobria tudo com seu cheiro quente de pinho.

Rolei de costas para poder ver as árvores se movendo ao vento, sentir o calor do sol na frente do corpo. Não sei se ouvi algum barulho, ou se apenas senti que ele estava ali de pé, ao meu lado. Virei a cabeça, deitei o rosto em uma mecha do meu cabelo e lá estava ele.

Galen, perdido em meio ao verde das folhas e das pequenas árvores sussurrantes. O cabelo dele formava um halo de cachos verdes em volta do rosto. Aquela trança única e fina que era tudo que restava do cabelo muito comprido serpeava no peito.

Quando ele saiu da linha das árvores, eu vi que estava completamente nu. A pele dele era toda branca, sem mácula, com um leve tom de verde, como a parte interna cintilante de uma concha. A cintura parecia mais longa sem roupa, uma superfície esguia de carne e osso que subia até os ombros largos e descia para a estreiteza dos quadris. Ele era maior do que eu pensava, mais comprido, mais grosso, crescia enquanto eu observava, como se ele sentisse o meu olhar percorrendo seu corpo. As pernas eram compridas e musculosas.

Acho que parei de respirar um segundo ou dois. Não estava realmente acreditando que ele viria. Tinha cansado de esperar. E agora ali estava ele.

Olhei para o rosto dele e encontrei seu sorriso. O sorriso de Galen, aquele que fazia meu coração perder uma batida desde muito pequena. Sentei na colcha e estendi a mão para ele. Queria correr e abraçá-lo, mas tive medo de sair do círculo das árvores, do vento e da terra. Quase tive medo de desviar os olhos dele, porque, se eu piscasse, ele desapareceria no meio das árvores como um sonho de verão.

Galen parou na ponta da colcha, fora do meu alcance, e estendeu lentamente a mão até nossos dedos se encostarem de leve. Esse pequeno contato provocou um tremor feito nuvem de borboletas dentro do meu corpo. Arrancou um suspiro dos meus lábios. Galen caiu de joelhos sobre a colcha, com as mãos ao lado do corpo, sem nenhum movimento para tocar em mim outra vez.

Fiquei ajoelhada também, igual a ele. Nós nos entreolhamos assim, tão próximos que quase não precisávamos das mãos para nos tocar. Ele levantou a dele devagar e chegou bem perto do meu ombro. Pude sentir sua aura, seu poder, como um bafo quente vindo do corpo dele. Galen deslizou a mão pela energia trêmula da minha aura e o calor das duas fulgurou num clarão, uma buscando a outra. Tive medo de que seria difícil invocar a magia, mas é que estava esquecida. Esqueci o que era ter esse poder, ser encantado de verdade. Nós éramos mágicos, como a terra e as árvores eram mágicas. Ardíamos com a mesma chama invisível que mantinha o mundo. Aquela chama quente cresceu entre nós, encheu o ar à nossa volta com uma energia brilhante e palpitante que parecia o ruído de asas batendo.

E nos beijamos em meio àquela energia que ganhava força. Ela fluiu nas nossas bocas, Galen debruçou-se sobre mim e eu ergui o rosto para encontrar os lábios dele. Era um calor aveludado na minha boca, dentro da minha boca. O poder dele se derramou na minha garganta e por todo o meu corpo. Quando compartilhamos o poder de Niceven a sensação foi explosiva, quente, quase uma dor. Mas isso era muito mais, um calor suave, a primeira brisa de primavera depois de um longo inverno.

As mãos de Galen encontraram meu corpo e expuseram meus seios nus ao vento. Ele afastou os lábios dos meus, abaixou a cabeça até meus seios, abocanhou um, depois o outro, circulando os mamilos com aquele poder aconchegante. Apertou meus seios com as mãos até eu gritar de dor. Passou os dedos pelas minhas costas até os quadris, pegou a cintura do biquíni e puxou para baixo, pelas coxas, parando na altura dos joelhos. Galen me fez rolar de costas e desvencilhou-se dessa última peça de roupa.

Estava nua diante dele pela primeira vez. O vento brincava no meu corpo e no dele. Galen se apoiou em um braço, seu corpo longo muito perto do meu. Passei a mão no peito dele, na barriga, na cintura e finalmente toquei em seu pênis. Segurei com as duas mãos, estava ereto e quente, e Galen estremeceu, fechou os olhos. Quando os abriu de novo, as pupilas verdes tinham uma luz misteriosa, um conhecimento oculto que me fez parar de respirar e me contrair por dentro. Apertei suavemente, acariciei, e ele curvou as costas, com a cabeça jogada tão para trás que não dava para ver se estava de olhos abertos ou fechados.

Cheguei para baixo enquanto ele olhava para o céu, sem parar de acariciá-lo com as mãos. Enfiei o pênis dele na boca, de repente, com um único movimento, e Galen deu um gemido gutural. Rolei os olhos para poder ver a expressão dele ao abaixar a cabeça para frente e olhar para mim. Parecia meio louco, com a boca entreaberta. A respiração ofegante e rápida começou na barriga, subiu para o peito e saiu pela boca pronunciando uma palavra. Ele disse o meu nome como uma oração e tocou nos meus ombros, balançando a cabeça.

– Não vou aguentar muito tempo.

Parei o que estava fazendo e empurrei Galen, que deitou de costas. Ajoelhei sobre suas pernas e olhei para ele. Passei tanto tempo desejando isso... Acariciei o corpo dele só com os olhos, memorizando a pele que ia do branco ao verde-claro de primavera, o tom escuro dos mamilos retesados. Passei a mão no torso dele e senti a pele, que tinha a maciez do veludo escovado ou da camurça, e mesmo assim não encontrei palavras para descrever essa suavidade, nem a carne, firme e dura. Mas não era só a carne dele que eu andava desejando todos esses anos. Era a magia dele.

Invoquei o meu poder como um bafo quente da pele, a aura de Galen se elevou feito um mar morno e se derramou em meu poder. A nossa mágica fluiu em conjunto, duas correntes no oceano, se misturando, mergulhando juntas.

Movi meu corpo sobre o dele, guiei-o para dentro de mim devagar, um centímetro de cada vez, até o fim. Ele sussurrou meu nome, debrucei sobre ele, nos beijamos, o beijo com a sensação de Galen dentro de mim, nossos corpos apertados no mais íntimo de todos os abraços.

O vento soprou nas minhas costas, parecia uma mão fria. Ergui o corpo e fiquei sentada, olhando para ele. Senti as árvores mais uma vez. Ouvi que cochichavam umas com as outras, sussurravam para mim segredos inimagináveis, trancados nas profundezas da terra que eu percebia embaixo de nós. E senti que a terra se movia numa dança pesada sob o corpo de Galen.

Nós nos tornamos parte dessa dança. Nossos corpos presos um ao outro, eu movia os quadris para frente e para trás, Galen os dele, para cima e para baixo, de modo que compúnhamos um ritmo que se alimentava de cada movimento, até eu sentir que ele chegou ao ponto máximo de intumescência, apertei-o dentro de mim como se fosse desaparecer se não o prendesse bem. O calor se espalhou pela parte interna das minhas coxas e subiu numa onda crescente que tomou conta de todo o meu corpo, então foi como se minha pele se soltasse, eu flutuei para longe, com o vento e as árvores sussurrantes. A única coisa que me mantinha ancorada à terra era o membro rijo e quente de Galen. Senti quando ele também se despiu da própria pele, senti seu poder extravasar e por um momento luminoso deixamos de ser carne, sangue, deixamos de ser matéria. Éramos o vento, as árvores presas às suas raízes feito pipas voadoras, pensando ao mesmo tempo nas profundezas da terra e na luz do sol. Éramos o perfume doce e verde dos eucaliptos e o aroma espesso da relva queimada de sol. Quando não podia mais sentir meu corpo e mal lembrava de quem eu era, comecei a escorrer de volta. Meu corpo se recompôs e Galen ainda estava dentro de mim, com o corpo também recomposto embaixo do meu, nós dois ofegantes, sem ar, rindo nos braços um do outro. Rolei e deitei ao lado dele e continuamos abraçados, meu rosto apertado contra o peito dele, ouvindo as batidas rápidas e fortes do seu coração.

Quando achamos que podíamos andar, nós nos levantamos e voltamos pelo mesmo caminho para encontrar Maeve Reed e o marido dela, para dar-lhes a magia que havíamos descoberto.

36

Era Conchenn, em toda a sua glória, que me esperava no quarto para receber seu beijo mágico. Gordon Reed ficava mais esquelético e cinzento ao lado da presença cintilante dela. Era horrível ver o sofrimento estampado no rosto dele enquanto olhava para ela. Mesmo através do brilho pulsante da mágica que tínhamos dentro de nós, a dor de Gordon era visível. Eu não podia curar sua doença, mas tinha esperança de amenizar o sofrimento.

– Você cheira a mato – disse Conchenn. – O coração da terra bate em você, Meredith. Posso vê-lo como um brilho verde por trás das minhas pálpebras fechadas.

Ela começou a derramar lágrimas de cristal, que davam a impressão de poderem ser recolhidas e incrustadas em prata e ouro.

– Seu homem verde tem cheiro de céu, vento e luz do sol. Ele brilha amarelo dentro da minha cabeça.

Maeve sentou na beira da cama, como se suas pernas não aguentassem mais mantê-la de pé.

– Vocês nos trazem a terra e o céu, vocês trazem mãe e pai, vocês trazem a deusa e o deus para nós.

Eu quis dizer: *Não agradeça ainda, nós ainda não lhe demos um filho*. Mas não disse, porque sentia a mágica dentro do meu corpo, sentia em Galen, que segurava minha mão. Era o poder puro da vida, a dança antiga da terra que abrigava a semente que daria frutos. Esse ciclo não podia parar, porque, se parasse, a própria vida pararia.

Maeve foi se sentar ao lado de Gordon e segurou com suas duas mãos brilhantes a mão magra do marido. Galen e eu ficamos na frente dos dois. Eu me ajoelhei diante de Gordon e Galen perto de Maeve. Beijamos os dois ao mesmo tempo, nossos lábios tocaram nos deles como o último movimento de uma coreografia perfeita. O poder saltou de nós para eles com tal velocidade que parecia um raio prestes a cair. O quarto ficou de repente tão cheio de magia que era difícil respirar.

Galen e eu recuamos, e agora eu podia ver, atrás dos meus olhos, que os dois brilhavam, cheios do fogo da terra e do ouro do sol. Maeve já ia beijar os lábios finos do marido quando os deixamos a sós e fechamos a porta do quarto. Sentimos aquele momento de entrega como um vento que passou por baixo da porta e tocou em todos nós.

Doyle falou no silêncio repentino:

– Você conseguiu, Meredith.

– Você não pode ter certeza disso – disse eu.

Ele olhou para mim, não disse nada, mas foi como se o que eu acabara de dizer fosse completamente ridículo.

– Doyle tem razão – disse Frost. – Um poder como esse não vai falhar.

– Se eu tenho tal poder de fertilidade, por que ainda não estou grávida?

Fez-se um segundo de silêncio, dessa vez não de deslumbramento, mas de constrangimento.

– Eu não sei – finalmente respondeu Doyle.

– Temos de tentar com mais empenho, é só isso – disse Rhys.

Galen meneou a cabeça solenemente.

– Mais sexo, precisamos fazer mais sexo.

Olhei para eles com o cenho franzido, mas não consegui fingir muito tempo. Acabei dando risada.

– Se fizermos mais sexo, não vou poder mais andar.

– Levamos você no colo para todos os lugares – disse Rhys.

– Isso mesmo – disse Frost.

Olhei para cada um deles, bem devagar. Tinha certeza de que estavam brincando... é, devia ser brincadeira.

37

No dia seguinte, estávamos acabando de almoçar quando Taranis entrou em contato conosco. Engoli rapidamente o resto da salada de frutas e do pão enquanto Doyle falava com ele. Maeve estava grávida, a mágica tinha germinado dentro dela. Taranis não podia saber disso ainda, mas eu temia o que ele ia fazer quando descobrisse. Era mais um fator de estresse no relacionamento com o rei.

Tinha escolhido um vestido roxo de verão com decote redondo e um lacinho nas costas. Era muito feminino, nada ameaçador, um estilo que estava na moda havia muito tempo. A única coisa que tinha mudado era o comprimento. Às vezes, quando tratávamos com a Corte Abençoada, era melhor maneirar nos costumes do século XXI.

Sentei na cama recém-arrumada e não era por acaso que o roxo do meu vestido combinava com a colcha vinho e as almofadas roxas espalhadas entre as outras, pretas e cor de vinho.

Tinha retocado o batom vermelho e não usava nenhuma outra maquiagem. Optamos pelo dramático natural. Cruzei os tornozelos, embora Taranis não pudesse vê-los, e fiquei com as mãos sobrepostas no colo. Não era um cenário formal, mas o melhor que eu podia fazer, já que não tinha um gabinete formal para atender ao chamado.

Doyle ficou de um lado e Frost do outro. Doyle estava com suas habituais calça jeans e camiseta pretas. Tinha calçado botas pretas que chegavam até as coxas e dobrado para ficarem logo acima dos joelhos. Tinha até tirado o cordão com a aranha de dentro da camiseta, de modo que brilhava bem à vista sobre a malha preta. A aranha era parte do seu brasão, era seu timbre, e vi uma vez quando ele fez a pele de um mágico se rasgar e de dentro do corpo dele saírem as aranhas representadas na joia até o mágico virar uma massa fervilhante delas. A pobre vítima era o homem que o tenente Peterson pensava que eu tinha matado.

Frost adotou estilo mais tradicional, usava uma túnica branca com bordado branco, prata e ouro na barra, que ia até o meio das coxas. O bordado tinha flores e ramos minúsculos trabalhados com tantos detalhes que dava para ver que as folhas eram de hera e de rosas, com algumas campainhas e violas bordadas em volta delas. Na cintura tinha posto um cinto de couro branco com fivela prateada. A espada, Beijo de Inverno, Geamhradh Pòg, pendurada ao lado. Frost costumava deixar a espada encantada em casa quase sempre porque não era proteção para as balas de armas modernas. Não possuía esse tipo de mágica. Mas, para uma audiência com o rei, era perfeita. O cabo era de osso entalhado com incrustação de prata. O osso tinha uma pátina que fazia parecer marfim envelhecido, madeira clara polida pelo manuseio de séculos.

Os dois fizeram o possível para não ficar no caminho e não me apagar fisicamente, mas era tarefa difícil. Mesmo se eu ficasse de pé, seria difícil. Sentada era quase impossível, mas estávamos tentando fazer com que eu parecesse simpática. Fariam o papel mais agressivo se fosse preciso. Eram uma espécie de dupla de policiais, o bonzinho e o durão, só que para política.

Taranis, Rei da Luz e da Ilusão, estava sentado em um trono dourado. A roupa que usava era luz. A camiseta por baixo da túnica era o movimento dos raios de sol através das folhas das árvores, luz suave e filtrada, com pontos amarelos fortes e luminosos, como estrelas piscando no meio das luzes e das sombras. A sobretúnica era amarelo brilhante, quase ofuscante, sol pleno de verão em folhas muito verdes. Era verde e dourada e ao mesmo tempo não era nenhuma dessas cores. Era luz, não tecido, e a cor mudava e se movimentava quando ele se mexia. Até o peito subindo e descendo com a respiração fazia essa luz dançar e fluir.

O cabelo de Taranis caía em ondas de luz dourada em volta do rosto, que estava tão luminoso que só os olhos sobressaíam brilhando em meio a todo aquele fulgor. Eram três círculos de um azul claro cintilante, como três círculos de três oceanos diferentes, mergulhados na luz do sol, cada um com um tom diferente de azul. Mas, como a água que imitavam, mudavam e se transformavam com correntes invisíveis que se agitavam por dentro.

Havia um excesso de movimento nele, nem todo complementar. Era como ver diversos tipos de luz, em dias diferentes, em diversas partes do mundo, tudo isso reunido à força. Taranis era uma colagem de iluminação que explodia, fluía e tremeluzia, nunca na mesma direção. Tive de fechar os olhos. Era estonteante. Achei que ia ficar nauseada se olhasse para aquilo muito tempo. Imaginei se Doyle ou Frost também tinham ficado mareados, ou se era só eu.

Mas não podia perguntar uma coisa dessas na frente do rei. Então eu disse:

– Rei Taranis, meus olhos em parte mortais não podem divisar o seu esplendor sem certo desconforto. Imploro que reduza a sua glória para eu poder olhar para você sem desmaiar.

A voz dele soou feito música baixa, o cantarolar de uma deslumbrante canção, mas era apenas fala. Na minha cabeça, eu sabia que não era o som mais maravilhoso que tinha ouvido, mas meus ouvidos escutaram algo além da farsa.

– Terá tudo que precisar para tornar essa conversa agradável. Veja, sou mais suave para os olhos mortais.

Abri os olhos com todo o cuidado. Ele continuava brilhante do mesmo jeito, mas a luz não se movia e fluía com a mesma velocidade. Era como se ele tivesse reduzido a marcha do jogo de luzes, e seu rosto não estava mais tão ofuscante. Deu para ver melhor a linha do maxilar, só que não havia sinal da barba que eu sabia que ele usava. As ondas douradas do cabelo ficaram mais sólidas, menos radiantes. Eu conhecia a cor do cabelo dele e não era aquela. Mas pelo menos minha cabeça não rodava mais só de olhar.

Bem, exceto pelos olhos. Que ele manteve com aquele jogo flutuante de luz e mar azuis. Sorri e perguntei:

– Onde estão aqueles lindos olhos verdes que lembro tão bem da minha infância? Estava ansiosa para vê-los de novo. Ou será que minha memória me pregou uma peça e estou lembrando dos olhos de algum outro encantado como sendo os seus? Esses olhos eram verde-esmeralda, verde de folhas no verão, verde de águas tranquilas e profundas, num poço à sombra.

Os homens tinham me dado dicas de como lidar com Taranis, dos séculos que passaram fazendo isso e observando a rainha fazer. Dica número um: nunca seria um erro bajular Taranis. Se era doce para os ouvidos, ele tendia a acreditar. Especialmente dito por uma mulher.

Ele deu uma risadinha musical e seus olhos ficaram de repente exatamente do jeito que eu lembrava da minha infância. As enormes íris pareciam uma flor com muitas e muitas pétalas, todas verdes, só que em tons diferentes, algumas com bordas brancas, outras pretas. Até ver os olhos verdadeiros de Maeve Reed, eu achava que os de Taranis eram os olhos de encantado mais bonitos que conhecia.

Consegui exibir um sorriso sincero.

– Sim, seus olhos são tão lindos como eu lembrava.

Ele finalmente se apresentou como um ser formado por luz dourada, com cabelo dourado mais claro em ondas caindo pelos ombros. Os olhos verdes flutuavam sobre aquela luminosidade de ouro como flores boiando na água. Os olhos eram verdadeiros, por mais extraordinários que fossem, mas o resto não. Se alguém tentasse tirar uma foto dele naquele momento, captaria os olhos e uma mancha indefinida. As câmeras modernas não se dão bem com tanta mágica apontada para elas.

– Saudações, princesa Meredith, Princesa da Carne, pelo que fiquei sabendo. Parabéns. É um poder realmente assustador. Fará com que os encantados da Corte Profana pensem mais de duas vezes antes de desafiá-la para um duelo.

A voz dele tinha se acalmado, estava quase normal, mas continuava adorável.

– É bom ter proteção, finalmente.

Acho que ele franziu a testa. Era difícil saber através de toda aquela glória no rosto dele.

– Sinto que você tenha enfrentado tantos perigos na Corte Profana. Asseguro que na Corte Abençoada não acharia a vida tão difícil.

Pisquei, incrédula, e esforcei-me para manter uma expressão tranquila. Lembrei de como tinha sido minha vida na Corte Abençoada e a palavra "difícil" não dava nem para o começo. Fiquei calada tempo demais, porque o rei disse:

– Se vier para o nosso banquete em sua homenagem, posso garantir que achará agradável e muito bonito.

Respirei fundo, soltei o ar e sorri.

– Fico muito honrada com esse convite, rei Taranis. Um banquete em minha homenagem na Corte Abençoada é uma surpresa inesperada.

– Surpresa agradável, espero. – Ele deu risada, mais uma vez aquele som alegre e melodioso.

Tive de sorrir. O som arrancou o riso dos meus lábios.

– Ah, muito agradável, Sua Majestade.

Fui sincera. Claro que era agradável ser convidada por aquele homem brilhante, com olhos extraordinários, para um banquete em minha homenagem, naquela corte linda e cintilante. Nada podia ser melhor do que isso.

Fechei os olhos e respirei fundo, segurei o ar alguns segundos enquanto Taranis continuava falando, com uma voz cada vez mais bonita. Concentrei-me na respiração, não na voz dele. Senti o ar entrando e saindo. Pensei apenas em inspirar e em soltar o ar, no controle, no corpo sugando, prendendo a respiração até não poder mais e por fim soprando lentamente.

Ouvi a voz de Doyle ocupando suavemente o silêncio que eu deixara. Peguei partes enquanto executava o exercício de respiração e começava a tomar consciência do que acontecia fora do meu corpo de novo.

– A princesa está deslumbrada com a sua presença, rei Taranis. Ela é, no fim das contas, uma criança, proporcionalmente. É difícil encarar tal poder e não ser afetada.

Foi Doyle que me avisou que Taranis era tão bom com glamour pessoal que usava sempre contra outros encantados. E ninguém dizia para ele que era ilegal, porque era o rei e a maioria tinha muito medo dele. Medo demais para dizer que ele jogava sujo. Foi esse aviso de Doyle que me deixou preparada para fazer o exercício de respiração, em vez de tentar ser corajosa e enfrentá-lo com agressividade. Passei quase toda a vida convivendo com seres que tinham mais glamour de persuasão do que eu, por isso aprendi a me livrar disso. Às vezes precisava fazer coisas bem visíveis, como a respiração. A maioria dos encantados preferia ser enfeitiçada a mostrar que achava difícil suportar o poder de outro encantado. Eu nunca pude me dar ao luxo de ceder a esse tipo de orgulho.

Abri os olhos devagar, piscando até sentir que tinha voltado para o aqui e o agora. Sorri.

– Perdão, rei Taranis, mas Doyle tem razão. Estou um pouco deslumbrada com a sua presença cintilante.

Ele sorriu.

– Aceite meu sincero pedido de desculpas, Meredith. Não pretendia provocar nenhum desconforto.

Não devia pretender mesmo, mas queria que eu fosse à sua festinha. Queria tanto que chegava a tentar me "persuadir" com mágica. E eu queria muito perguntar simplesmente por que era tão importante que eu fosse à festa. Mas Taranis sabia exatamente quem tinha me criado e ninguém jamais acusou meu pai de ser mal-educado. Ele era direto às vezes, mas sempre polido. Eu não podia fingir ser um humano ignorante, como tinha feito com Maeve Reed. Não ia enganá-lo. O problema era que, sem perguntas diretas, não sabia bem como ia descobrir o que precisava saber.

Mas isso não tinha importância. O rei estava ocupado demais tentando me enfeitiçar para eu poder me preocupar com qualquer outra coisa.

Não procurei competir com o glamour de um dos maiores ilusionistas que as cortes tinham gerado em todos os tempos. Primeiro testei a verdade:

– Lembro que o seu cabelo era como o pôr do sol entrelaçado em ondas. Muitos encantados têm cabelo amarelo-dourado, mas só o seu possui as cores do sol quando se põe. – Franzi a testa de um jeito delicado e gracioso, uma expressão que as mulheres usam há séculos e que sempre funciona. – Ou será que estou enganada? A maior parte das lembranças que tenho de você quando não está coberto de glamour são da memória de uma criança. Talvez eu tenha apenas sonhado com essa cor, essa beleza toda.

Eu não teria caído nessa. Nenhum dos meus guardas acreditaria. Andais teria me dado um tapa por essa manipulação tão óbvia. Mas nenhum de nós conhecia o código social com o qual Taranis tinha se acostumado. Há séculos as pessoas falavam com ele exatamente desse jeito, até com mais doçura. Se a única coisa que ouvimos é que somos deslumbrantes, adoráveis, perfeitos, ninguém tem culpa se acabamos acreditando. E se acreditamos, isso acaba deixando de ser tolice ou tentativa de manipulação. Parece verdade. O maior segredo era que eu de fato achava que a forma real dele era mais atraente do que o jogo de luzes. Eu estava sendo sincera e bajuladora. Essa podia ser uma combinação poderosa.

Foi como se as ondas douradas estivessem tortas, em cachos separados de cabelo, porque o cabelo real dele não apareceu de uma vez só, foi surgindo aos poucos, como num striptease. A verdadeira cor era o vermelho que aparece quando o sol se põe, o céu inteiro cheio de sangue de néon. Mas, entrelaçados, havia cachos vermelho-alaranjados, que às vezes ocorre na hora que o sol começa a mergulhar no horizonte, como se tivessem amassado o próprio sol no céu. Algumas mechas de cabelo sobressaíam, o amarelo do sol reduzido a fios que piscavam e tremeluziam através das ondas mais concretas do cabelo dele.

Soltei o ar que nem lembrava que estava prendendo. Eu não tinha mentido quando disse que a cor natural era mais espetacular do que a ilusão.

– Está melhor assim para você, Meredith?

A voz dele tinha tanta substância que quase dava para pegar, como se eu segurasse punhados dela e apertasse contra o meu corpo. Não consegui imaginar qual seria a sensação nos meus braços, mas devia ser algo grosso, doce talvez. Era como me cobrir com algodão-doce, só ar e açúcar centrifugado, que derretia e ficava pegajoso.

Caí em mim de supetão quando Doyle tocou no meu ombro. Taranis estava usando mais do que simples glamour. O glamour muda a aparência de alguma coisa, mas ainda temos a opção de aceitar ou não. O glamour pode fazer uma folha seca parecer um doce pedaço de bolo, e o mais provável é que se coma a ilusão de bolo do que a folha seca, mas ainda podemos resolver se vamos comer. O glamour muda apenas a experiência. Não obriga ninguém a aceitá-lo.

O que Taranis tinha acabado de fazer era tentar fazer a escolha por mim.

– Perguntou alguma coisa, Majestade?

– Perguntou – disse Doyle.

A voz dele me fez lembrar de coisas misteriosas, densas e doces, como hidromel bem escuro. Percebi que era um toque de glamour que me fazia pensar dessa maneira. Mas Doyle não tentava me controlar. Ele queria me ajudar a lutar contra o poder do rei.

– Perguntei se você me daria a honra de comparecer ao banquete em sua homenagem.

– É uma honra saber que se daria a todo esse trabalho, Majestade. Ficaria muito feliz de ir a um evento desses daqui a mais ou menos um mês. Estamos todos sobrecarregados neste momento com os preparativos para o Natal e tudo, você sabe. Eu não tenho um quadro de criados para pôr em prática meus planos com tanta eficiência como o seu.

Eu sorri, mas por dentro estava gritando com ele. Como é que ele ousava tentar me manipular daquele jeito, como se eu fosse uma humana ébria ou uma encantada menor. Não era assim que se tratava um igual. Não devia ser surpresa para mim. Todo o tempo o tratamento que ele dispensava a mim era desleixado, na melhor das hipóteses. Não me considerava uma igual. Por que me trataria como tal?

Eu podia mudar a cor do meu cabelo, bronzear minha pele, fazer pequenas mudanças na minha aparência. Eu era mestre nesse tipo de glamour. Mas não tinha nada que me protegesse do imenso poder que Taranis jogava em mim, com tanta naturalidade.

O que eu fazia melhor do que Taranis? Eu tinha a mão da carne e ele não, mas isso era uma coisa que só podia matar e, além disso, só com contato físico. Não queria matá-lo, apenas mantê-lo longe.

A voz doce do rei continuou:

– Gostaria muito de ter a sua companhia antes do Natal.

Doyle apertou meu ombro. Levantei o braço para tocar na mão dele e o contato com sua pele me equilibrou. Em que eu era melhor do que Taranis?

Movi minha mão de modo que Doyle fechasse os dedos em volta dos meus. A mão dele era muito concreta, muito sólida. Era como se o contato da mão de Doyle ajudasse a empurrar para longe aquela voz pesada e aquela beleza luminosa.

– Detestaria dizer não para Sua Majestade, mas certamente essa visita pode esperar até depois do Natal.

O poder dele me empurrou como uma onda quase real. Se fosse fogo, eu teria explodido em chamas. Se fosse água, teria me afogado. Mas era persuasão, quase uma espécie de sedução, e eu não conseguia mais lembrar por que não queria ir para a Corte Abençoada. Claro que eu ia.

Um movimento súbito me impediu de aceitar. Doyle tinha sentado atrás de mim, com uma perna de cada lado do meu corpo, de modo que fiquei encaixada nele. Continuou apertando a minha mão. Aquilo me impediu de dizer que sim, mas não era suficiente. A pressão da pele dele na minha mão era ainda mais valiosa para mim do que o corpo inteiro vestido encostado no meu.

Estendi a mão às cegas e Frost a segurou. Ele também deu um apertão, e isso também ajudou.

Olhei de novo para o espelho. Taranis continuava brilhando, lindo como uma obra de arte, só que não era o tipo de beleza que fazia meu coração bater mais rápido. Parecia que se esforçava para que eu não o levasse a sério. Ele ficava meio ridículo com sua máscara luminosa e suas roupas feitas de luz do sol.

O poder dele avançou novamente, foi um tapa no meu rosto.

– Venha, Meredith. Venha ao meu encontro dentro de três dias, e mostrarei para você um banquete como você nunca viu.

Alguém abriu a porta e isso me salvou naquele instante. Era Galen. Ele ficou olhando para Doyle na cama e para Frost segurando minha mão.

– Você chamou, Doyle?

Eu não tinha ouvido Doyle falar nada. Acho que um ou dois minutos não ouvi mesmo nada além da voz do rei.

Recuperei a minha, que saiu fina e ofegante:

– Chame Kitto. Do jeito que ele estiver, por favor.

Galen arregalou um pouco os olhos diante dessa ordem, mas fez uma rápida mesura, invisível para o espelho, e foi buscar o duende. Escolhi as palavras do meu pedido deliberadamente. Kitto costumava usar pouquíssima roupa quando se encolhia no seu esconderijo. Queria a pele dele encostando na minha e não pretendia pedir para os guardas se despirem.

Kitto entrou no quarto apenas de short, bem curto. Do ponto de vista de Taranis, ia talvez parecer que estivesse nu. Que ele pensasse o que quisesse.

Kitto olhou para Doyle e para mim sem entender. Teve o cuidado de não olhar para o espelho. Apoiei a mão de Doyle em um lado do meu pescoço e estendi a minha para Kitto. Ele se aproximou de mim sem questionamento. Com sua mão pequena ele envolveu a minha e eu o puxei para o chão, para ele sentar aos meus pés. Puxei-o de encontro às minhas pernas descobertas. Eu estava sem meias, só de sandálias, roxas e abertas na frente, que combinavam com o vestido.

Kitto se enrolou nas minhas pernas e o contato quente da pele dele na minha, a sensação provocada por suas mãos, seus braços em volta das minhas pernas, por baixo da saia, me deu firmeza.

Comecei a entender que existia um método por trás da loucura quando Andais discursava para a Corte Abençoada coberta por corpos nus. Sempre achei que fazia isso para insultar Taranis, mas agora não tinha mais tanta certeza. Talvez o insulto surgisse do lado do rei, não da rainha.

– Agradeço essa honra que presta a mim, Taranis, mas não posso, em sã consciência, aceitar esse banquete antes do Natal. Ficaria muito honrada de comparecer assim que passar essa época tão atarefada do Natal.

Minha voz soou bastante clara, bem firme, quase seca.

Doyle finalmente entendeu que eu precisava de pele, porque não parava com as mãos no meu pescoço, acariciava as partes dos ombros e braços que estavam descobertas. Se fosse uma situação normal, a sensação das mãos dele seria sedutora. Naquele momento era apenas algo que ajudava a me manter ancorada.

O rei me açoitou com seu poder, fez dele um chicote que doía e ao mesmo tempo era gostoso. Arrancou um grito sufocado da minha garganta e eu teria me jogado no espelho, e até gritado sim, se conseguisse falar, se conseguisse me mexer. Naquele segundo de desespero, aconteceram três coisas. Doyle deu um beijo suave no meu pescoço, Kitto lambeu a parte de trás do meu joelho, Frost sentou na cama e pôs minha mão em sua boca.

O toque da boca dos três foram três âncoras que impediam que eu ficasse à deriva. Frost deslizou para o chão, do outro lado de Kitto, e enfiou meu dedo na boca, talvez para esconder de Taranis o que fazia. Eu não tinha certeza e não me importava. A boca de Frost era uma luva de veludo em volta do meu dedo.

Soltei um suspiro tremido e consegui raciocinar de novo, pelo menos um pouco. Doyle passou os dedos da base do crânio até o topo da minha cabeça, massageando o couro cabeludo. E o que devia ser uma grande distração foi essencial para clarear minha mente.

– Procurei ser cortês, Taranis, mas você foi grosseiro com a sua magia, e assim serão minhas palavras agora. Por que é tão importante me ver, ainda mais antes do Natal?

– Nós somos parentes. Desejo que nos conheçamos melhor. O Natal é época de união.

– Você mal reconheceu minha existência quase toda a vida. Por que quer essa aproximação agora?

O poder dele preencheu o quarto todo, a sensação era que fazíamos força para respirar algo mais sólido do que o ar. Eu estava sufocando. Não enxergava nada. O mundo estava se reduzindo a luz. Havia luz por toda parte.

Uma dor aguda me trouxe de volta tão de repente que soltei um grito. Kitto tinha mordido a minha perna como um cachorro procurando chamar a atenção, mas funcionou. Estiquei o braço e acariciei o rosto dele.

– Essa entrevista acabou, Taranis. Você está sendo extraordinariamente rude. Nenhum encantado faz isso com outro encantado, só com os seres inferiores.

Frost se levantou para apagar o espelho, mas Taranis disse:

– Ouvi boatos sobre você, Meredith. Quero ver por mim mesmo no que você se transformou.

– O que está vendo agora, Taranis? – perguntei.

– Vejo uma mulher que era uma menina. Vejo uma encantada que era um ser inferior. Vejo muitas coisas, mas algumas não serão respondidas até vê-la pessoalmente. Venha para cá, Meredith, venha e vamos nos conhecer.

– Sinceramente, cá entre nós, Taranis, eu praticamente paro de funcionar diante do seu poder. Você sabe disso, eu sei disso. E é assim porque estamos distantes. Eu seria uma idiota se deixasse você experimentar isso pessoalmente.

– Dou-lhe a minha palavra de que não vou constrangê-la dessa maneira se vier à minha corte antes do Natal.

– Por que antes do Natal?

– Por que depois do Natal? – retrucou ele.

– Porque parece que você deseja isso demais, e então desconfio dos seus motivos.

– Então, pelo fato de eu querer demais uma coisa, você nega isso para mim, só porque eu quero.

– Não. Eu temo esse seu desejo porque você quer demais isso e parece disposto a fazer qualquer coisa para consegui-lo.

Mesmo através da máscara dourada pude ver o cenho de Taranis franzido. Ele não estava seguindo a minha lógica, que parecia bem clara para mim.

– Você me assustou, Taranis. Simples assim. Não vou ficar ao seu alcance, pelo menos até você jurar coisas muito sérias... que vai se comportar quando estiver perto de mim e dos meus.

– Se você vier antes do Natal, juro tudo que quiser.

– Eu não vou antes do Natal e mesmo assim vai prometer o que eu quiser. Senão não vou dia nenhum.

Ele começou a brilhar, o cabelo vermelho faiscava como sangue coagulado.

– Vai me desafiar?

– Não posso desafiá-lo porque você não tem poder nenhum sobre mim.

– Sou Ard-Ri, rei supremo.

– Não, Taranis, você é o rei supremo da Corte Abençoada, assim como Andais é a rainha suprema da Corte Profana. Mas não é o meu Ard-Ri. Não sou da sua corte. Você deixou isso muito claro para mim quando eu era mais jovem.

– Você guarda rancor, Meredith, quando eu estendo minha mão em paz.

– Não vou me deixar levar por palavras bonitas, Taranis, nem por visões bonitas. Você uma vez me espancou quase até a morte, quando eu era criança. Não pode me condenar por ter medo de você, já que teve tanto trabalho para me ensinar a temê-lo.

– Não era isso que eu queria que você aprendesse – disse ele, sem negar que havia me espancado.

Pelo menos nessa parte foi honesto.

– O que queria que eu aprendesse, então?

– A não questionar seu rei.

Concentrei-me na sensação das mãos e da boca de Doyle na minha nuca, da língua de Frost lambendo a palma da minha mão, dos dentes de Kitto mordiscando de leve a minha perna.

– Você não é meu rei, Taranis. Andais é a minha rainha e não tenho nenhum rei.

– Você está em busca de um rei, Meredith, pelo menos é o que dizem por aí.

– Estou buscando um pai para os meus filhos, e ele será o rei da Corte Profana.

– Eu sempre disse para Andais que o problema dela é a falta de um rei, um verdadeiro rei.

– E você é esse rei, Taranis?

– Sou – disse ele, e acho até que acreditava.

Eu não sabia o que dizer a respeito disso.

– Então eu procuro um tipo diferente de rei, um que entenda que uma verdadeira rainha vale mais do que todos os reis.

– Você me insulta – disse ele, e a luz que antes era amigável ficou violenta, desejei ter óculos escuros para me proteger daquele olhar hostil.

– Não, Taranis, é você que me insulta, e insulta a minha rainha, a minha corte. Se não tem nada melhor a dizer, então não temos mais nada que conversar.

Inclinei a cabeça para Frost e ele apagou o espelho antes de Taranis poder fazer o mesmo do outro lado.

Ficamos em silêncio um ou dois segundos, depois Doyle falou:

– Ele sempre se considerou um sucesso com as mulheres.

– Quer dizer que aquilo foi alguma espécie de sedução?

Senti Doyle dar de ombros, depois ele me abraçou.

– Para Taranis, qualquer um que não se impressione com ele é um desafeto. Ele precisa atazanar os que não o veneram. Tem necessidade de ficar cutucando, como se fosse um grão de poeira no olho, sempre ali, incomodando.

– É por isso que Andais sempre fala com ele nua e cercada de homens?

– É – respondeu Frost.

Olhei para Frost, que continuava de pé ao lado do espelho.

– Certamente é um insulto fazer isso com outro governante, não é?

Ele deu de ombros.

– Eles tentam seduzir um ao outro, ou matar um ao outro, há séculos.

– Matar ou seduzir... existe uma terceira opção?

– Eles encontraram essa terceira opção – disse Doyle ao pé do meu ouvido. – Uma paz instável. Acho que Taranis quer controlar você e, através de você, a Corte Profana, no futuro próximo.

– Por que ele faz tanta questão de que seja antes do Natal? – perguntei.

– Houve um tempo em que se fazia sacrifícios no Natal – disse Kitto baixinho. – Para garantir que a luz voltaria, matavam o Rei Sagrado para abrir caminho para o renascimento do Rei do Carvalho, o renascimento da luz.

Nós nos entreolhamos. Foi Frost que falou:

– Você acha que os nobres dessa corte estão finalmente suspeitando do fato de Taranis não ter filhos?

– Nunca ouvi nem insinuação disso – disse Doyle.

Isso queria dizer que Doyle tinha espiões próprios naquela corte.

– Era sempre um rei a ser sacrificado por um rei – disse Kitto. – Nunca uma rainha.

– Talvez Taranis queira modificar esse costume – disse Doyle, me abraçando com força. – Você não irá para a Corte Abençoada antes do Natal. Não há nenhum bom motivo para isso.

Afundei no corpo dele e deixei o círculo sólido dos seus braços me consolar.

– Concordo – respondi em voz baixa. – Não quero participar do que Taranis estiver planejando.

– Então todos concordamos – disse Frost.

– Sim – disse Kitto.

Foi uma decisão unânime, só que não serviu para tranquilizar ninguém.

38

Fomos para a sala, ao encontro da detetive Lucy Tate, que estava sentada na poltrona cor-de-rosa, bebendo chá e com cara de poucos amigos.

Galen estava sentado no sofá, procurando ser simpático, e ele era bom nisso. Lucy não se convencia. Tudo nela, desde a postura dos ombros até o jeito de cruzar as pernas compridas, com o pé balançando, indicava que estava zangada, nervosa, ou as duas coisas.

– Já não era sem tempo – disse ela, quando eu saí do quarto.

Lucy olhou para nós três, de cima a baixo, com cara de reprovação.

– Vocês não estão um pouco vestidos demais para uma farrinha vespertina?

Olhei para Galen no sofá, para Rhys e Nicca. Kitto foi direto para sua "casinha de cachorro" sem dizer nada. Não vi Sage, imaginei que devia estar lá fora, no vaso de flores ao lado da porta de entrada. Galen tinha comprado mais alguns vasos para manter o pequeno semifada contente. Não funcionou, mas Sage de fato passava muito tempo refestelado nas plantas. Os três homens visíveis fizeram cara de inocentes. Inocentes demais.

– O que vocês disseram para ela?

Rhys sacudiu os ombros e se afastou da parede em que estava encostado.

– Dizer para ela que você estava transando com Doyle e Frost foi a única maneira de impedi-la de derrubar os muros do castelo enquanto vocês terminavam sua reunião de negócios.

Lucy Tate se levantou e jogou a xícara de chá na direção do rosto de Galen. Ele agarrou a xícara no ar, no último segundo. O rosto de Lucy adquiriu uma cor nada saudável.

– Estão me dizendo que fiquei quase uma hora aqui plantada e eles estavam tratando de negócios?

Ela disse isso com uma voz perigosamente baixa, cada palavra com muita calma e muita clareza.

Galen também levantou, levou a xícara pingando para a cozinha, com a mão por baixo para evitar deixar um rastro de chá no caminho.

– Chamada de negócios para as cortes encantadas – disse eu. – Pode acreditar que eu preferia que você tivesse invadido um *ménage à trois* em andamento do que a chamada que acabei de atender.

Parecia que Lucy estava me vendo pela primeira vez.

– Você parece abalada.

Dei de ombros.

– É a minha família... tenho de amá-los.

Ela ficou olhando para mim um bom tempo, quase um minuto, como se estivesse raciocinando sobre alguma coisa. Acabou balançando a cabeça.

– Rhys tem razão. A única coisa que me faria ficar aqui esperando esse tempo todo seria a ameaça de pegá-la em flagrante delito. Mas negócios de família não é caso de polícia; por isso, que se dane.

– Você está aqui representando a polícia? – perguntou Doyle quando passou por mim e entrou na sala.

– Estou – disse ela, e deu a volta no sofá para ficar de frente para ele.

Doyle continuou andando até a sala de jantar de modo que não se configurasse um confronto cara a cara, mas Lucy queria esse confronto mesmo. Ficou parada, de braços cruzados, com expressão desafiadora, como se quisesse puxar briga com alguém.

– Qual é o problema, Lucy? – perguntei, e fui sentar na outra ponta do sofá.

Se ela quisesse manter contato visual comigo, teria de dar a volta no sofá para me encarar. Foi o que ela fez, instalou-se de má vontade na poltrona cor-de-rosa de novo.

Lucy se inclinou para frente, com as mãos juntas e os dedos entrelaçados, enquanto travava uma luta consigo mesma.

Perguntei outra vez:

– Qual é o problema, Lucy?

– Houve outra matança ontem à noite.

Lucy costumava olhar nos olhos do interlocutor, mas não dessa vez. Hoje os olhos dela voaram pelo apartamento, inquietos, não se detinham em nada.

– Foi como aquela que nós vimos? – perguntei.

Ela fez que sim com a cabeça, o olhar parou momentaneamente em mim, depois desviou para a televisão e para a fileira de ervas que Galen tinha plantado na janela.

– Exatamente a mesma coisa, só que em outro lugar.

Doyle veio se ajoelhar atrás do sofá e tocou meus ombros de leve com os braços. Acho que se ajoelhou para não se avultar sobre nós.

– Jeremy informou que todos na agência foram proibidos de tratar nesse caso. O seu tenente Peterson não ficou satisfeito com a nossa presença.

– Não sei que bicho mordeu Peterson, e estou aqui tentando resolver se me importo. Se eu falar sobre esse caso com vocês, posso até perder meu emprego.

Ela ficou de pé e começou a andar de um lado para outro no pequeno espaço da sala de estar. Da janela para a poltrona rosa, espremida entre o sofá e a madeira pintada de branco da área de entretenimento.

– Tudo que eu sempre quis foi ser policial. – Ela balançou a cabeça e passou os dedos pelos cabelos castanhos e grossos. – Mas prefiro perder meu emprego a ter de ver outra cena dessas.

Ela sentou na poltrona rosa de repente e dessa vez olhou para mim com aqueles olhos grandes, aquele rosto abnegado. Tinha tomado sua decisão. Estava ali na expressão dela.

– Vocês têm acompanhado o caso nos jornais, ou nos noticiários?

– Os noticiários chamaram o incidente no clube de misterioso vazamento de gás. – Doyle apoiou o queixo no meu ombro enquanto falava. A voz profunda dele vibrou na minha pele, ao longo da minha coluna.

Tive de me esforçar para não deixar transparecer no meu rosto como aquilo me afetava. Acho que consegui.

– O segundo massacre foi em um desses clubes itinerantes, *raves*; eu acho que são drogas pesadas.

Ela fez que sim com a cabeça.

– Uma cepa ruim de ecstasy, é isso mesmo. Pelo menos foi essa a história que deixamos vazar. Fizemos questão de que a imprensa tivesse algum alvo para correr atrás e não juntar as pontas e dar início ao pânico generalizado na cidade. Mas a *rave* era igualzinha às duas primeiras cenas.

– Duas primeiras? – perguntei.

Ela meneou a cabeça.

– A primeira de todas provavelmente não teria aparecido no radar de ninguém se não fosse numa área chique da cidade. Foram apenas seis adultos daquela vez, um pequeno grupo de comensais que deu azar. Ainda deve estar boiando na pilha de merda não resolvida de alguém por aí. Mas as vítimas eram classe A, por isso, quando o clube foi atacado, soaram os alarmes na central e de repente viramos uma força-tarefa. Precisávamos de uma, sim, mas nunca conseguiríamos uma tão rápido se uma das primeiras vítimas não fosse amiga de alguns prefeitos e de um ou dois chefes de polícia.

Lucy parecia amarga e cansada.

– Os primeiros assassinatos foram numa residência particular? – perguntei.

Lucy indicou que sim, agora com as mãos juntas, mas sem esfregá-las. Estava cansada e deprimida, só que mais calma.

– Foi, e foi também a primeira cena relacionada, pelo que pude descobrir. Fico imaginando se existe algum ponto de crack, ou alguma fábrica ilegal que foi realmente o primeiro ataque, e que vamos encontrar dúzias de corpos apodrecendo no calor de dezembro. A única coisa pior do que uma dessas cenas de crime recentes seria uma muito antiga.

Ela balançou a cabeça de novo e afofou o cabelo que tinha acabado de alisar.

– De qualquer modo, a primeira foi uma residência particular, sim. Encontramos o casal que morava lá, dois convidados e dois criados.

– A que distância essa casa fica do clube que nós vimos? – perguntei.

– Holmby Hills fica a cerca de uma hora de carro.

Senti Doyle ficar completamente imóvel atrás de mim. O silêncio parecia se alargar a partir de nós, como círculos num lago. Nós todos olhamos para ela, e lutamos para não olhar uns para os outros.

– Você disse Holmby Hills? – perguntei.

Ela retribuiu o nosso olhar.

– Disse. Por que isso fez todo mundo lembrar de alguma coisa?

Olhei para Doyle. Doyle olhou para mim. Rhys recostou na parede como se aquilo não significasse nada, mas sua expressão não conseguia esconder muito bem o brilho da excitação. O mistério estava se aprofundando, ou talvez ficando mais raso, se é que essa era a palavra. E Rhys não conseguia disfarçar que estava gostando.

Galen foi se esconder na cozinha, à procura de um pano para secar a xícara de chá. Frost veio e se sentou no sofá ao meu lado, deixando bastante espaço para não incomodar Doyle. A expressão de Frost não entregava nada. Nicca parecia sinceramente confuso e lembrei que ele não sabia exatamente onde Maeve Reed morava. Tinha ajudado com o plano do ritual de fertilidade, mas não conhecia o endereço dela.

– Não – disse Lucy. – Não, vocês não vão ficar todos aí parados, com cara de inocente. Quando eu disse Holmby Hills, todos fizeram cara de que eu tinha pisado em alguma coisa, alguma coisa muito ruim. Não podem fazer essas caras de inocentes agora e não contar o que anda acontecendo.

– Nós podemos fazer o que bem quisermos, detetive – disse Doyle.

Ela olhou para mim.

– Vocês vão me ignorar desse jeito? Arrisquei a minha carreira para vir até aqui conversar com todos vocês.

– Estamos um pouco curiosos sobre isso – disse Doyle. – Por que valeria a sua carreira vir até aqui falar conosco? Você tem a informação da Teresa e a garantia de Jeremy de que foi um feitiço. O que mais podemos dizer?

Lucy olhou furiosa para ele.

– Eu não sou burra, Doyle. Há encantados de qualquer lado que eu olhe para esse caso. Peterson simplesmente não quer ver. O primeiro incidente é em Holmby Hills, quase grudado na casa de Maeve Reed. Ela é uma encantada nobre. Exilada ou não, continua encantada. Enviamos boletins para todos os hospitais daqui, procurando qualquer pessoa que tivesse sintomas parecidos com os das nossas vítimas. Só soubemos de uma pessoa viva. Nenhum outro corpo apareceu.

– Você tem um sobrevivente? – perguntou Rhys.

Lucy virou rapidamente para ele, depois para Doyle e depois para mim.

– Não temos certeza. Ele está vivo e melhorando a cada dia.

Ela encarou nós dois.

– Vocês trocariam informações comigo se eu dissesse que nosso suposto sobrevivente é encantado?

Não sei quanto ao resto deles, mas eu nem tentei disfarçar a confusão no meu rosto.

Lucy sorriu para nós, foi quase um sorriso cruel, como se soubesse que estávamos no laço.

– Esse encantado não quer contato com o Bureau de Assuntos Humanos e Encantados. Parece muito aflito para evitar isso. O tenente Peterson diz que os encantados não têm nada a ver com o caso, diz que é uma coincidência o fato de Maeve Reed morar perto do primeiro incidente. Ele mandou interrogar o encantado, mas insiste que nunca se sabe realmente o que há de errado com esse pessoal. E diz também que se tivesse sido o mesmo tipo de acontecimento o encantado estaria morto. – Ela olhou em volta, para todos nós. – Eu não acredito nisso. Já vi encantados curarem ferimentos que teriam matado qualquer ser humano. Eu vi um de vocês cair de um arranha-céu e sair andando.

Lucy balançou a cabeça mais uma vez.

– Não, isso tem de ter alguma coisa a ver com o seu mundo, não é?

Fiz força para não olhar para ninguém.

– Vocês se abririam comigo, contariam toda a verdade, se eu deixasse que entrevistassem o encantado ferido? O tenente Peterson já declarou que ele não tem nenhum envolvimento. Desse modo, tecnicamente, mesmo se descobrir que eu fiz isso, não pode me demitir. Nem me castigar por isso. Na verdade, o encantado ferido é a minha fachada. Como o encantado não quer falar com nenhuma autoridade dos encantados, estou procurando alguns outros encantados para conversar com ele, ajudá-lo a se adaptar à cidade grande.

– Você acha que ele é de fora da cidade? – perguntei.

– Ah, sim, está na cara que ele *nunca esteve na cidade grande* antes. Ele deu um berro quando o monitor dos batimentos cardíacos bipou para ele a primeira vez.

Lucy sacudiu o cabelo grosso em volta do rosto.

– Ele vem de algum lugar em que ninguém nunca viu os equipamentos modernos. As enfermeiras dizem que tiveram de tirar a televisão do quarto porque ele teve uma espécie de convulsão quando a viu funcionando.

Ela olhou para todos nós, um de cada vez, e acabou voltando para mim, para Doyle e para Frost.

– Fale comigo, Merry, por favor. Converse comigo. Não vou contar para o tenente. Não posso. Por favor, ajude-me a acabar com isso, seja o que for.

Olhei para Doyle, Frost e Rhys. Galen voltou da cozinha, mas só abriu as mãos e deu de ombros.

– Não tenho feito muita coisa em termos de investigação ultimamente, por isso acho que não tenho direito a voto.

Nicca intercedeu, o que foi uma surpresa para todos nós:

– A rainha não vai gostar.

A voz dele soou bem clara, encheu a sala, mas ao mesmo tempo era suave, feito uma criança murmurando no escuro, com medo de ser ouvida.

– Ela não disse que não podíamos trocar informação com a polícia humana – disse Doyle.

– Não disse?

A voz de Nicca era juvenil, muito mais jovem do que aquele corpo alto e forte.

Virei no sofá para Nicca poder ver meu rosto de frente.

– Não, Nicca, a rainha nunca disse que não podíamos falar com a polícia.

Ele deu um longo suspiro:

– Está bem.

Outra vez uma resposta de criança. Os adultos tinham dito para ele que não estaria se metendo em encrenca, e ele acreditou.

Todos trocamos olhares mais uma vez e então eu disse:

– Rhys, conte para ela a história do feitiço.

Ele contou. Enfatizamos que não tínhamos certeza de que os que ainda estavam nas cortes seriam capazes de produzir aquele feitiço e que talvez fosse obra de algum mágico ou bruxo humano. Não era ninguém da Corte Profana, isso nós podíamos afirmar.

– Como podem ter tanta certeza? – perguntou Lucy.

Trocamos mais uma série de olhares.

– Acredite em mim, Lucy, a rainha não precisa se preocupar com direitos civis nem supervisionar diretorias. Ela é muito meticulosa.

Ela examinou cada um de nós.

– Até que ponto vocês podem ser meticulosos?

Franzi a testa, sem entender.

– O que quer dizer?

– Ouvi histórias sobre o que sua rainha faz com as pessoas. Vocês conseguem fazer algo tão eficiente assim, sem deixar marcas?

Ergui as sobrancelhas.

– Está pedindo para fazermos o que eu acho que está pedindo para fazermos?

– Estou pedindo para vocês impedirem que isso aconteça de novo. O encantado no hospital não abre a boca para a polícia. Não fala com a assistente social que o Bureau de Assuntos Humanos e Encantados enviou para lá. O encantado teve uma crise quando eu disse que ele podia falar pessoalmente com o embaixador se não se sentia à vontade com a assistente social humana. Ele ficou tão apavorado de pensar em falar com o embaixador que cheguei a imaginar que pode ter mais medo ainda de vocês.

– Por quê? – perguntei.

– O embaixador não é encantado.

– O que espera que façamos com esse encantado? – perguntou Doyle.

– Espero que façam tudo que for necessário para fazê-lo falar. Temos mais de quinhentos mortos, Doyle, quase seiscentos. Além do mais, de acordo com o que Rhys disse, se não acabarmos com essas coisas, se deixarmos que continuem se alimentando, elas vão se regenerar, ou algo parecido. Eu não quero um bando de divindades antigas recém-nascidas e com gosto de matança solto por aí na minha cidade. Temos de fazer isso parar agora, antes que seja tarde demais.

Aceitamos ir com ela, mas primeiro fizemos uma ligação. Telefonamos para Maeve Reed e informamos para ela que os fantasmas dos deuses mortos tinham ressuscitado para matá-la. Ou seja, era alguém da Corte Abençoada, e pior, tinha a permissão do rei para fazer isso.

39

Lucy teve de dar muitas carteiradas com seu distintivo para nos fazer passar pelos detectores de metal com nossas armas e lâminas. Os homens até tiveram de mostrar seus cartões que os identificavam como guardas da rainha para a enfermeira encarregada nos deixar subir para o quarto do hospital. Mas finalmente chegamos diante do leito de um homem... bem, de um macho. Ele era uma coisinha minúscula, deformada. Sage era minúsculo também, mas bem-proporcionado. Foi criado para ser daquele tamanho. Obviamente o homem deitado naquela cama com os lençóis presos embaixo dos braços era, à primeira vista, um equívoco.

Eu sou da Corte Profana e posso considerar muitas formas corretas, agradáveis, mas alguma coisa naquele ali provocava arrepios nos pelinhos da minha nuca. Tive vontade de virar para o outro lado, como se ele fosse horrendo, apesar de não ser.

E não fui a única que tive esse problema. Rhys e Frost não quiseram olhar, viraram de costas. Essa reação deles indicava que não o conheciam, ou então que sabiam o que tinha acontecido. Era dar as costas como reprovação. Será que ele tinha quebrado algum tabu antigo? Doyle não virou a cara, mas também não era de fazer isso. Galen trocou olhares comigo que sugeriram que ele estava tão confuso e perturbado como eu. Kitto ficou ao meu lado, onde sempre ficava, segurando minha mão feito criança querendo proteção.

Fiz força para continuar olhando, para tentar entender o que havia naquele pequeno homem que provocava asco. Tinha pouco mais de sessenta centímetros de altura, os pés minúsculos formavam pequenos montes no lençol. Alguma coisa no corpo dele parecia encolhido, embora estivesse tudo lá. A cabeça era meio grande para o torso mirrado. Os olhos eram grandes e líquidos, grandes demais para o rosto. Eram como sobras de algum outro rosto. O nariz combinava com os olhos, mas como o resto do rosto tinha encolhido, também parecia grande demais. Era isso mesmo que parecia, que os olhos e o nariz ficaram esquecidos enquanto todo o resto do rosto diminuía, adquiria uma aparência cruel, manchada, com imperfeições e acabada.

Nicca passou por nós e estendeu a mão.

– Ah, Bucca, o que aconteceu com você?

A minúscula criatura na cama não reagiu logo. Então levantou lentamente a mão pequena, num braço tão fino que mais parecia um barbante grosso. Encostou aquela mãozinha morena na mão mais bronzeada de Nicca.

Kitto ergueu o rosto molhado de lágrimas para a luz.

– Bucca-Dhu, Bucca-Dhu, o que você é aqui?

Primeiro pensei que Kitto tinha engolido uma ou duas palavras na pergunta. Então entendi que não tinha. Perguntou exatamente o que queria saber.

– Vocês dois o conhecem – disse Doyle, afirmando mais do que indagando.

Nicca fez que sim com a cabeça, dando tapinhas suaves na mão minúscula. Começou a falar rapidamente, entoando a estranha música de uma das línguas celtas antigas. Não consegui acompanhar a velocidade das palavras, só sabia que não era galês, nem escocês, nem gaélico, nem irlandês, mas ainda restavam vários idiomas, sem falar de todos os outros países.

Kitto também se pronunciou, usando um idioma muito próximo do que Nicca falava, mas não exatamente igual. Era um dialeto diferente, talvez de um outro século, como a diferença que existe entre o inglês da Idade Média e o inglês moderno.

Observei o rosto de Kitto, a aflição dele, o sofrimento. Percebi que ele estava muito triste de ver aquele homem ali, naquele estado, mas foi só isso que pude concluir.

Doyle finalmente falou em inglês moderno. Talvez todos os outros tivessem acompanhado muito bem a conversa, mas eu não.

– Nicca o conheceu com uma forma bem parecida com essa, mas Kitto lembra dele como somos agora, um encantado. Bucca já foi adorado como um deus.

Olhei para aquela forma murcha e descobri o que me deixou toda arrepiada. Aqueles enormes olhos castanhos, aquele nariz forte e reto eram muito parecidos com os de Nicca. Eu sempre achei que a pele morena e os olhos castanhos de Nicca vinham dos semifadas antepassados dele. Mas naquele momento, olhando para a minúscula criatura, percebi que estava enganada.

Vi aquele homem com nova sensação de horror, pois de repente entendi. Era como se alguém tivesse pegado um encantado e espremido até reduzi-lo ao tamanho de um coelho grande. Eu não tinha palavras para descrever o horror que jazia quase morto naquele leito de hospital. E não imaginava como podia ter chegado a tal forma.

– Como? – perguntei baixinho e na mesma hora desejei não ter perguntado, porque a pequena figura na cama olhou para mim com aqueles olhos, naquele rosto murcho.

Ele falou em inglês bem claro, mas com sotaque carregado:

– Eu mesmo provoquei isso, menina. Fui eu, apenas eu.

– Não – disse Nicca. – Isso não é verdade, Bucca.

A pequena figura balançou a cabeça e o cabelo escuro cortado curto, mas abundante no travesseiro, amontoou-se quando ele se moveu.

– Há rostos aqui que eu conheço, Nicca, além do seu e do duende. Há outros que já foram venerados no passado e que acabaram perdendo seus seguidores. Eles não se acabaram assim como eu. Eu me recusei a desistir do meu poder, porque achei que isso me diminuiria.

Ele deu risada e o som foi tão amargo que poderia sufocá-lo.

– Agora olhe para mim, Nicca, o que minha vaidade e meu medo fizeram de mim.

Eu estava confusa, para dizer o mínimo, mas, como costuma acontecer na sociedade encantada, as próprias perguntas que eu precisava fazer eram consideradas grosseiras e diretas demais.

O homem na cama virou a cabeça estranhamente pesada para olhar para Kitto.

– A última vez que nos encontramos, achei você minúsculo. – Aquele olhar comovente encarou o duende. – Você mudou, duende.

– Ele é encantado – disse Nicca.

Bucca pareceu surpreso, depois deu risada.

– Está vendo, eu lutei tanto, por tantos séculos, para manter nosso sangue puro, para não nos misturarmos com ninguém. Considerei você uma criatura impura um dia, Nicca.

Nicca continuou a bater de leve na mão do homem.

– Isso foi há muito tempo, Bucca.

– Eu não deixava ninguém da nossa linhagem pura bucca-dhu se misturar com os outros encantados. Agora tudo que resta da minha linhagem são seres como você, que não eram puros. – Ele virou a cabeça outra vez e deu a impressão de ter de fazer um esforço para isso. – E tudo que resta de todos os bucca-gwidden é você, duende.

– Existem outros entre os duendes, Bucca-Dhu. E está vendo a pele de luar desses encantados? Os bucca-gwidden são lembrados.

– Podem ter a mesma pele, mas não o cabelo, nem os olhos. Não, duende, estão perdidos, e é culpa minha. Não deixava ninguém do nosso povo unir-se aos outros. Nós seríamos o povo escondido e manteríamos os costumes antigos. Não há mais costumes antigos, duende.

– Ele é encantado – disse Doyle –, reconhecido como tal pela Corte Profana.

Bucca sorriu, mas não foi um sorriso de felicidade.

– Agora só consigo pensar que eu não sabia que os encantados profanos tinham afundado tanto, a ponto de aceitar duendes em suas fileiras. Mesmo moribundo como estou, tendo visto os últimos do meu povo morrerem diante de mim, não consigo vê-lo como um encantado. Não consigo.

Ele puxou a mão que Nicca segurava e fechou os olhos, não como se adormecesse, era mais como se não quisesse ver.

A detetive Lucy tinha sido muito paciente durante essa conversa toda.

– Será que alguém pode me explicar o que está acontecendo?

Doyle trocou olhares com Frost e com Rhys, mas nenhum deles disse nada. Sacudi os ombros.

– Não olhe para mim. Estou quase tão confusa quanto você.

– Eu também – disse Galen. – Não reconheci o idioma da Cornualha nem o bretão, o sotaque é antigo demais para mim.

– É córnico – disse Doyle. – Eles estavam falando em córnico.

– Eu pensava que não havia nenhum duende na Cornualha – disse Galen.

Kitto virou e olhou para o cavaleiro alto.

– Os duendes não eram um povo só, assim como os encantados não se resumem a duas cortes diferentes. Todos fomos mais do que isso um dia. Eu era um duende córnico, porque minha mãe encantada era uma bucca-gwidden, encantada da Cornualha, antes de juntar-se à Corte Abençoada. Quando viu a forma com que seu bebê nasceu, soube onde devia depositar seu fardo e me deixou entre as cobras da Cornualha.

– Há ninhos de cobras por toda parte nas ilhas – disse Bucca com voz rouca. – Mesmo na Irlanda, não importa o que os seguidores de Padrig querem que vocês acreditem.

– A maioria dos duendes está na América agora – disse Kitto.

– É – disse Bucca –, porque nenhum outro país quis aceitá-los.

– É – disse Kitto.

– Muito bem – disse Lucy –, seja lá o que está acontecendo, se é a semana do antigo lar, feudo familiar, não importa. Eu quero saber é como esse Bucca, que diz que seu nome é Nick Bottom, que eu pesquisei e descobri que é o nome de um personagem de *Sonho de uma noite de verão*, muito bonitinho, acabou aqui quase seco e sem vida.

– Bucca – disse Nicca baixinho.

A figurinha abriu os olhos. Estavam cheios de um cansaço e um sofrimento tão grandes que tive de virar para o lado. Era como olhar para um túnel, para algo pior do que o esquecimento, muito pior do que a morte.

O sotaque dele ficava mais forte com a emoção:

– Não posso morrer, você entende isso, Nicca, não posso morrer. Eu era rei do meu povo e não posso nem me apagar como alguns fizeram. Mas estou apagando. – Ele levantou um braço, fino de dar pena. – Estou apagando assim, como se alguma mão gigantesca me espremesse.

– Bucca, por favor, conte como você foi atacado pelos fantasmas famintos – disse Nicca com sua voz suave.

– Quando essa carne à qual estou me agarrando desaparecer, serei um deles. Serei um dos famintos.

– Não, Bucca.

Ele estendeu aquele braço fino demais.

– Sim, Nicca, foi isso que aconteceu com a maioria dos outros que eram fortes. Nós não podemos morrer, mas não podemos viver, por isso ficamos entre os dois, ficamos no meio.

– Não é bom o bastante para o céu – disse Doyle –, nem bastante mau para o inferno.

Bucca olhou para ele.

– É.

– Sempre gostei de aprender a cultura dos encantados, mas vamos voltar para os ataques – disse Lucy. – Conte como o atacaram, sr. Bottom, ou sr. Bucca, ou qualquer outro nome que tenha.

Bucca piscou para ela que nem uma coruja.

– Eles me atacaram ao primeiro sinal de fraqueza.

– Dá para elaborar um pouco isso? – disse Lucy, que estava com o bloco de notas aberto e a caneta pronta.

– Você os invocou – disse Rhys.

Foi a primeira vez que ele virou de frente, a primeira vez que realmente olhou para Bucca, desde a hora que entrou no quarto.

– Sim – disse Bucca.

– Por quê? – perguntei.

– Era parte do preço que eu tinha de pagar para retornar para as cortes encantadas.

Isso nos paralisou. Por um segundo, tudo parecia ter sentido. Andais tinha feito isso, ou mandou fazer. Por esse motivo ninguém conseguia rastrear de volta para ela. Explicava por que ninguém do povo dela sabia. Ela não usou ninguém do seu povo.

– Pagar para quem? – perguntou Doyle.

Olhei para ele e quase disse em voz alta Todos nós sabemos.

Então Bucca respondeu:

– Taranis, é claro.

40

Todos nós viramos para a cama como numa cena de cinema em câmera lenta.

– Você disse Taranis? – perguntei.

– Ficou surda, menina?

– Não – disse eu –, apenas surpresa.

Bucca franziu a testa para mim.

– Por quê?

Fiquei confusa e pensei um pouco.

– Não pensava que Taranis fosse tão louco assim.

– Então você não anda prestando atenção.

– Ela não vê Taranis desde criança, Bucca – disse Doyle.

– Então peço perdão. – Ele olhou atentamente para mim. – Ela parece uma encantada abençoada.

Eu não sabia ao certo como reagir ao elogio. Nem tinha certeza, naquelas circunstâncias, se realmente era um elogio.

Lucy deu a volta e foi para o outro lado da cama.

– Está dizendo que o rei da Corte Abençoada obrigou-o a invocar esses fantasmas famintos?

– Sim.

– Por quê? – perguntou ela.

Aquele dia estávamos fazendo muito essa pergunta.

– Queria que eles matassem Maeve Reed.

Lucy ficou olhando para ele, espantada.

– Muito bem, eu me perdi. Por que o rei ia querer matar a deusa dourada de Hollywood?

– Por que eu não sei – disse Bucca –, e nunca me importei de saber. Taranis prometeu que me daria poder suficiente para compensar tudo que eu havia perdido. Eu finalmente ia fazer parte da Corte Abençoada. Só que ele prometeu com a condição de Maeve morrer, e achava que eu seria capaz de controlar os famintos. Muitos deles eram amigos de longa data. Pensei que eram como eu, que iam gostar dessa chance de retornar, mas eles não são mais bucca, nem encantados, nem duendes ou fadas. São coisas mortas, monstros mortos. – Ele fechou os olhos e deu um suspiro trêmulo. – No primeiro momento em que titubeei eles me atacaram e agora estão se alimentando, não para voltar aos tempos antigos, mas porque têm fome. Eles sugam vidas pelo mesmo motivo que os lobos se alimentam. Porque têm fome. Se arrebatarem vidas suficientes para retornar à condição de algo próximo dos encantados, será uma coisa tão pavorosa que nem a Corte Profana estará à altura do horror deles.

– Não estou criticando – disse Lucy –, mas por que não contou tudo isso para a assistente social ou para o embaixador?

– Foi só quando vi Nicca, e até o duende, que me dei conta de que tinha sido tolo. Meu tempo passou, mas meu povo seguiu vivendo. Enquanto meu sangue estiver circulando por aí, os bucca não estão mortos. – Os olhos dele se encheram de lágrimas. – Eu tentei me salvar, mesmo que isso significasse destruir o que restava do meu povo. Estava errado, terrivelmente errado.

Dessa vez foi ele que estendeu a mão para Nicca, que a segurou sorrindo.

– Como podemos derrotá-los? – perguntou Doyle.

– Fui eu que os invoquei, mas não posso mandá-los de volta. Não tenho essa força.

– Pode revelar o feitiço para nós? – perguntou Doyle.

– Posso, mas não quer dizer que vocês vão conseguir.

– Deixe que nós nos preocupamos com isso – disse Doyle.

Bucca contou de que forma tinha planejado desfazer a invocação dos fantasmas. Lucy anotou tudo. Nós apenas ouvimos. Não era uma questão de palavras mágicas, era mais o propósito mágico e saber como raciocinar o processo.

Quando ele terminou de contar tudo que sabia dos famintos, eu perguntei:

– Você estava escondendo o Inominável da Corte Profana?

– Menina, você não estava prestando atenção? É Taranis que está fazendo isso.

– Você invocou isso para ele também?

Não pude evitar o tom de surpresa.

– Fui eu que invoquei os famintos com uma pequena ajuda de Taranis, mas foi Taranis que invocou o Inominável com apenas uma pequena ajuda minha.

– Ele foi um dos principais poderes por trás dessa invocação – disse Doyle.

– Por que Taranis faria isso? – perguntei.

– Achei que ele queria tomar parte do seu poder de volta daquela coisa – disse Bucca –, e talvez até tenha feito isso mesmo, mas não funcionou do jeito que ele planejou.

– Então Taranis está controlando o Inominável – disse Galen.

– Não, rapaz, você ainda não entendeu? Taranis libertou aquilo, deu ordens para matar essa Maeve, mas não tem mais controle do que eu com os famintos. Ele fez o que fez, mas é a própria coisa que está se escondendo agora. Taranis não ficou pouco abalado quando compreendeu isso, podem acreditar. Ele ficou muito assustado, e tinha de ficar mesmo.

– O que quer dizer? – perguntei.

– Quando eu tentei enviar os famintos através das proteções de Maeve, eles não conseguiram atingi-la. E se voltaram contra mim, depois foram buscar novas presas. Eu vi a coisa que vocês chamam de Inominável. Ele vai passar pelas defesas de Maeve e, depois de matá-la, fará o quê?

– Eu não sei – respondi baixinho.

– O que bem quiser – disse Bucca.

– Ele está dizendo – explicou Rhys – que, assim que o Inominável matar Maeve, não terá mais nenhum objetivo. Será apenas essa coisa imensa e poderosa que destruirá tudo à sua volta.

– Esse é um garoto inteligente – disse Bucca.

Virei para Rhys.

– Como tem tanta certeza disso?

– Dei quase toda a minha magia para aquela coisa. Eu sei o que ela é capaz de fazer, Merry. Precisamos impedir que mate Maeve. Enquanto ela estiver viva, vai continuar a tentar matá-la, vai continuar a tentar se esconder, até cumprir esse objetivo. Depois que Maeve morrer, simplesmente explodirá sobre a cidade. A energia mais alienígena que os encantados tinham para oferecer estará à solta sobre o sul da Califórnia. A coisa marchará sobre Los Angeles feito Godzilla sobre Tóquio.

– Como é que vou convencer Peterson que uma mágica encantada antiga está prestes a arrasar a cidade? – perguntou Lucy.

– Não vai – respondi. – Ele não vai acreditar de jeito nenhum.

– Então o que vamos fazer? – perguntou ela.

– Vamos manter Maeve Reed viva. Talvez convencê-la de que a Europa é muito agradável nesta época do ano. Talvez só fazer com que ela esteja sempre um passo adiante da coisa, até podermos pensar em outro tipo de ação.

– Não é uma má ideia – disse Rhys.

– Retiro o que eu disse – afirmou Bucca. – Você também é inteligente.

– Gostei de ouvir isso – disse eu. – Alguém aí tem um celular?

Lucy tinha. Ela me deu o número de Maeve Reed, anotado em seu pequeno bloco. Disquei e Marie, a assistente pessoal, atendeu. Estava histérica. Começou a berrar:

– É a princesa, é a princesa!

Julian tirou o telefone da mão dela.

– Meredith, é você?

– Sou eu, Julian, o que aconteceu?

– Tem alguma coisa aqui, fisicamente tão grande que não sou capaz de avaliar. Está tentando romper as defesas e acho que vai conseguir.

Fui indo para a porta.

– Estamos indo para aí, Julian. Vamos mandar a polícia na frente.

– Você não parece surpresa, Meredith. Sabe o que é essa coisa?

– Sei – respondi já correndo pelos corredores do hospital, indo para os nossos carros.

Contei para Julian o que era, mas não sabia se qualquer coisa que eu dissesse para ele ia ser de alguma ajuda.

41

Quando chegamos, a casa de Maeve Reed estava cercada pela polícia. Carros oficiais, carros comuns, veículos armados das forças especiais e ambulâncias aguardavam a uma distância presumidamente segura. Havia atiradores por toda parte. Até enfileirados no muro diante da casa de Maeve. O problema é que não tinham em quem atirar.

Uma mulher trajando a armadura completa de batalha da polícia, com SWAT escrito em cima, estava parada atrás de uma barreira de carros dentro de um pentagrama e de um círculo que tinha desenhado com giz na rua. A polícia de Los Angeles foi uma das primeiras a recrutar bruxas ou magos em todas as unidades especiais.

Assim que desligamos o carro eu senti o feitiço. Tornava difícil respirar. Doyle, Frost e eu fomos de carona com Lucy. Doyle foi o que menos gostou da viagem alucinada. Ele desceu do carro meio cambaleante e caiu de joelhos numa linha de arbustos plantados. Os humanos iam pensar que ele estava rezando. De certa forma estava mesmo. Era a renovação do seu contato com a terra. Doyle tinha muito medo de quase todos os meios de transporte fabricados pelos humanos. Era capaz de viajar por caminhos místicos que me fariam gritar sem parar, mas costurar no trânsito de Los Angeles em alta velocidade quase acabara com ele. Frost estava bem.

Os outros guardas, inclusive o Sage, desceram da van. Atendendo ao pedido de Doyle, tínhamos passado em casa para pegar mais espadas e adagas. Lucy foi contra, até ele observar que enquanto não desfizéssemos o glamour do Inominável as balas não iam prejudicá-lo.

Doyle garantiu que tínhamos coisas no apartamento que podiam desfazer o glamour, se é que alguma coisa era realmente capaz disso.

Lucy então decidiu que valia a pena fazer mais aquela viagem. Enviou mensagem por rádio informando que sem alguma ajuda mágica a polícia não ia ver a coisa, que dirá atirar nela.

Acho que levaram a sério o nosso aviso. A bruxa devia ter tentado algo simples, quando viu que não funcionava começou a elaborar o desenho com giz, completo, com todas as runas e os nove metros. Isso criou uma onda de poder arrepiante e sufocante, semelhante a um vento localizado.

O feitiço se projetou e atingiu o alvo. O ar tremulou feito o calor que sobe do asfalto no verão. Só que esse calor pairava para cima e para baixo, chegando a mais de seis metros de altura.

Eu não tinha certeza de que os policiais sem talentos mediúnicos iam enxergar alguma coisa, mas a onda de gritos sufocados e de maldições me convenceu de que estava enganada.

Lucy olhou lá para cima, para o ar tremido.

– Devemos simplesmente começar a atirar nisso? – perguntou ela.

– Sim – disse Frost.

Só que não importava o que fizéssemos. Quem estava no comando deu a ordem e de repente o barulho dos disparos soou em toda parte, como uma imensa explosão.

Os projéteis passaram direto pela forma indefinida do tremor no ar, como se não houvesse nada ali. Imaginei onde iam parar todas aquelas balas, porque iam seguir sua trajetória até encontrar um obstáculo. Os homens começaram a berrar em todas as fileiras:

– Parem de atirar, cessar-fogo!

O silêncio repentino reverberou nos meus ouvidos. A forma trêmula continuou a pressionar a parede, ou melhor, as defesas na parede. Parecia não ter registrado as balas nem a presença da polícia.

– O que aconteceu? – perguntou Lucy.

– A coisa está num tempo que fica entre o nosso e o futuro – disse Doyle.

Ele tinha voltado para perto de nós enquanto observávamos os tiros contra a coisa.

– É uma espécie de glamour que os duendes, elfos e fadas usam para se esconder dos olhos mortais.

Lucy virou para mim.

– Você consegue fazer isso?

– Não – respondi.

– Nem o resto dos encantados – disse Doyle. – Desistimos dessa habilidade quando fizemos o Inominável.

– Eu nunca pude fazer nada parecido – disse eu.

– Você nasceu depois que já tínhamos feito duas criaturas como o Inominável – disse Doyle. – Como é que alguém podia condená-la por ser menos do que fomos no passado?

– A bruxa desfez um pouco do glamour – disse Frost.

– Mas não o bastante – concluiu Doyle.

Os dois se entreolharam.

– Não – disse eu. – Não para qualquer coisa que vocês estejam pensando.

Os dois viraram para mim.

– Meredith, precisamos acabar com isso aqui.

– Não – disse eu. – Não, precisamos manter Maeve Reed viva. Foi sobre isso que conversamos. Ninguém falou de matar o Inominável. Aliás, ele não morre, não é?

Eles se entreolharam novamente. Rhys juntou-se a nós.

– É, ele não morre.

– Ele é real? – perguntou Lucy.

Rhys olhou para ela.

– O que quer dizer?

– Se é bastante sólido para ser ferido pelas nossas balas.

Rhys fez que sim com a cabeça.

– Ah, é, ele é bem concreto para isso. Depois de despir a mágica que o mantém em segurança.

– Precisamos tirar essa mágica dele – disse Doyle.

– Como? – perguntei, com o estômago apertado só de pensar no que seria necessário.

– Temos de feri-lo – disse Frost.

Olhei para a expressão arrogante dele e vi que estava escondendo alguma coisa de mim. Segurei seu braço.

– Como pode feri-lo?

O olhar dele ficou mais suave quando virou para mim. O cinza foi da cor de nuvens de tempestade para a cor do céu logo depois da chuva, quando o sol está quase aparecendo. Vi as cores rodopiando feito nuvens mesmo nos olhos dele.

– Uma arma de poder poderia feri-lo, se o guerreiro tivesse bastante habilidade.

Agarrei o braço dele com mais força.

– O que quer dizer com bastante habilidade?

– Bastante habilidade para não morrer fazendo isso – disse Rhys.

Frost e Doyle olharam feio para ele.

– Olhem aqui, não temos tempo para brincadeiras. Um de nós com a arma de poder e bastante destreza tem de fazê-lo sangrar – disse Rhys.

Continuei apertando o braço de Frost, mas olhei para Doyle.

– Quem está nessa lista de habilidade suficiente?

– Ora, isso é simplesmente um insulto – disse Rhys. – Doyle e Frost não são os únicos aqui presentes.

Os dois olharam feio para Rhys de novo.

– Eu nunca fui o guarda preferido da rainha, mas fui favorecido uma vez em batalha.

– Sou como Merry. Cheguei muito depois dos velhos tempos. Tenho boas espadas, mas nenhuma é arma de poder – disse Galen.

– Porque perdemos o jeito de fazer essas coisas – disse Frost.

– Nós nos tornamos mais carne e osso e menos puro espírito com cada criação de inomináveis. Isso garantiu nossa sobrevivência, até progredimos, mas teve seu preço.

Encostei no corpo de Frost e encontrei a espada dele, o Beijo de Inverno, entre nós. Muito adequado. Olhei para os outros. Frost era o único de túnica. Todos eles usavam roupas casuais, camisetas, calças jeans, botas, exceto Kitto, que vestira uma camisa por cima do short curto. As roupas estavam erradas, mas as armas, certas.

Frost tinha uma segunda espada presa nas costas que era quase da minha altura. Eu sabia que a túnica cobria mais armas brancas. Ele sempre carregava alguma lâmina para onde quer que fosse, a não ser que a rainha proibisse.

Doyle continuava com sua arma no coldre de ombro, mas tinha acrescentado uma espada na cintura e punhais presos aos dois pulsos. As facas cintilavam prateadas contra a pele escura, a espada era negra como ele. A lâmina era de ferro, não de aço. Eu nunca soube de que era feito o cabo. Era metal, mas não sabia qual. O nome da espada era Loucura Negra, Báinidhe Dub. Qualquer pessoa que tocasse nela ficaria permanentemente louca. As adagas nos pulsos eram gêmeas, forjadas juntas. Diziam que essas lâminas lendárias atingiam qualquer alvo depois de lançadas. Seus apelidos na corte eram Snick e Snack. Eu sabia que tinham nomes próprios, mas nunca ouvi ninguém mencionar esses nomes, só os apelidos.

Galen tinha uma espada no cinto, uma boa espada, só que não era mágica, não como as grandes armas. Ele carregava também uma adaga no outro lado do cinto, para contrabalançar a espada. Tinha acrescentado um coldre de ombro por cima da camisa social e uma segunda arma presa nas costas, no cós da calça.

Eu tinha posto um cinto sobre o vestido de verão e prendi um coldre lateral nele, com a minha arma. Estragava o caimento do vestido, mas se tudo desse errado eu preferia sobreviver malvestida a morrer perfeitamente elegante. Tinha duas facas retráteis em bainhas firmes embaixo do vestido e uma pistola menor em um coldre de tornozelo. As duas cortes tinham determinado que eu não merecia uma espada sem magia.

Rhys tinha sua espada pendurada nas costas, a que usava havia muito tempo, Uamhas, Morte Pavorosa. Carregava um machado no cinto, porque com apenas um olho seu golpe de vista não permitia uma espada. Também levava adagas, mas eu não queria estar ao lado de qualquer alvo dele. Com um olho só, não dava para ter precisão absoluta.

A espada de Nicca era quase idêntica à de Galen, armamento padrão de cavaleiro, bela, mortal, mas sem poder. Nicca tinha duas pistolas em dois coldres de ombro. Eu sabia que ele podia usar ambas as mãos muito bem. Ele acrescentou uma arma pequena presa à cintura, nas costas, e um punhal do lado oposto da espada. Devia ser uma faca comum também, como a espada.

Kitto não conhecia o bastante de armas de fogo para garantir que não ia arrancar o próprio pé com um disparo acidental, mas ostentava uma espada curta no cinto, nas costas de sua camiseta Wile E. Coyote.

Sage portava uma espada minúscula que brilhava prateada à luz do sol. Não revelou o nome dela.

– Saber o nome de alguma coisa é ter poder sobre essa coisa – dizia ele.

Ouvimos um estrondo e a terra parecia inchar quando uma parte do muro da casa de Maeve ruiu para o lado de dentro. O Inominável tinha trapaceado. Não passou pelas defesas. Destruiu o que as sustentava.

A coisa tremulante moveu-se pelo buraco e alguns tiros foram disparados contra ela. Comandantes da polícia gritaram:

– Não atirem! Não atirem!

Doyle avançou com passos largos.

– Vou usar as adagas. Elas devem atingir o alvo, como é da sua natureza.

– Você consegue se aproximar e mesmo assim ficar fora de alcance? – perguntou Frost.

Doyle olhou rapidamente para trás.

– Acho que sim.

Ele continuou avançando.

Frost me afastou dele, pondo as mãos suavemente nos meus braços.

– Preciso ir com ele. Se ele cair, tenho de estar lá.

– Então me dê um beijo primeiro – disse eu.

Ele balançou a cabeça.

– Se tocar nos seus lábios, jamais sairei do seu lado.

Frost beijou minha testa rapidamente, depois correu atrás de Doyle.

Rhys me levantou do chão enquanto eu ainda estava atônita demais para reagir. Ele me beijou, um beijo profundo e completo, e acabou com quase todo o meu batom nos seus lábios. Depois me pôs de novo no chão, um tanto ofegante.

– Você não pode roubar minha coragem com um beijo, Merry. Não me ama o suficiente para isso.

Ele correu ao encontro dos dois e não tive tempo de pensar no que dizer.

A polícia reuniu um grupo de membros da SWAT para dar cobertura aos três. Então avançaram, pelo buraco no muro, e desapareceram de vista.

Estranho foi que o Inominável também desapareceu, como se além do muro ele perdesse sua marca tremulante, mesmo devendo ser muito mais alto do que a construção.

– E se formos para os fundos da casa para tirar Maeve de lá? – sugeriu Galen naquele silêncio pesado.

Todos olhamos para ele.

– Não podemos lutar contra o Inominável, mas talvez possamos fazer isso.

Lucy deu um tapa na testa.

– Burrice. Fomos *muito* burros, devíamos ter evacuado a sra. Reed antes disso.

– Aquela coisa vai acompanhá-la – disse eu. – A menos que vocês consigam enviar um helicóptero para cá, não conseguiremos tirá-la daqui em tempo.

Lucy pensou um pouco.

– Acho que posso arrumar isso. Os Reed têm muita influência nesta cidade.

– Então faça isso, se puder – respondi.

– Nesse meio-tempo, nos dê alguns homens para nos acompanhar até os fundos da casa – disse Galen.

– Eu vou com você – respondi.

Ele balançou a cabeça com ar muito sério.

– Não, Merry, não vai não.

– Vou sim, Galen. Aprendi com meu pai que um líder jamais pede do seu povo o que não está disposto a fazer ele mesmo.

– Seu pai era um bom homem... mas você é mortal, Merry. Nós não somos.

– A polícia também é, toda ela, e mesmo assim está aqui.

Ele balançou a cabeça de novo.

– Não.

Discutimos, mas no fim eu venci, porque todos os homens que podiam me derrotar com argumentos estavam atrás do muro derrubado, enfrentando a coisa que pretendiam destruir.

42

Passar pelo muro foi surpreendentemente fácil. Era alto, mas não demais, e o disparo silencioso do alarme não era mais um problema. A polícia já estava lá. Recebi ajuda para descer num caminho estreito que tinha tantos pés de camélia verde-escuros que chegavam a formar um segundo muro e quase escondiam a casa à nossa frente. Não era a época certa para florescer, de modo que não passavam de altos arbustos com folhas grossas e enceradas. Descobri exatamente qual era a textura das folhas porque Lucy e Galen me puseram no meio dos malditos arbustos. Eu podia ir junto, mas os dois queriam se certificar de que eu não faria nada.

Um policial fardado se adiantou numa curva do caminho e voltou com a informação sussurrada de que lá havia uma porta envidraçada de correr, de fácil acesso. Já íamos virar aquela curva e entrar pela porta de vidro para procurar Maeve Reed quando aconteceu uma coisa horrível.

O Inominável tornou-se visível.

Seu glamour caiu com um ricochete mágico, que estarreceu todos os encantados da área. Ainda encostada nos arbustos das camélias, não pude ver nada, mas dois policiais abriram a boca até o peito e começaram a berrar. Os outros empalideceram, mas procuraram acalmar os dois, até que um dos que estavam berrando caiu de joelhos e tentou arrancar os próprios olhos com os dedos. Um dos mais calmos lutou para afastar as mãos dele do corpo. Outro policial mais velho estapeou o que berrava muitas vezes e xingava baixinho com cada golpe.

– Filho da puta, filho da puta. – E repetia os tapas, até que o policial ajoelhado sentou na grama e escondeu o rosto nas mãos, chorando e gemendo.

Os dois policiais que restavam e Lucy, pálida, mas preparada, tinham suas armas em riste.

Galen se afastara do muro quando o glamour se desfez e todos os encantados que estavam conosco olhavam fascinados para o que havia à frente. Eu quase não olhei. Eu era em parte humana e meu cérebro podia ceder como o dos dois policiais. Só que, afinal, não podia deixar de olhar.

Como descrever o indescritível? Havia tentáculos, olhos, braços, bocas, dentes, tudo isso em profusão. Mas toda vez que eu achava que entendia aquela forma, ela mudava. Eu piscava e não era mais como lembrava. Talvez eu não pudesse ver a aparência do Inominável. Talvez minha mente não pudesse gravar tudo e isso foi o melhor que consegui elaborar. E só pensava que, se aquela montanha instável de horrores era a versão censurada que minha mente permitia que eu visse, não queria ver mais nada.

Lucy olhou para o chão com o sofrimento estampado no rosto, como se doesse o simples fato de ver a coisa.

– Nós vamos matar aquilo?

– Vamos contê-lo – disse Galen. – Não se pode matar a mágica.

Ela balançou a cabeça, apertou sua arma com mais força e se virou, decidida, para olhar para o alvo enorme.

Ouvi a estática dos rádios dos policiais fardados. O recado era: se podemos vê-lo, podemos matá-lo. Fogo!

Tive um segundo para pensar *Onde está Maeve*, e então Galen se jogou em cima de mim e me forçou a deitar no chão. Uma fração de segundo depois as balas passaram por cima da minha cabeça. Um dos policiais que tinham berrado se livrou dos dois que tentavam imobilizá-lo e, quando se levantou, seu corpo executou uma dança convulsiva e ele caiu morto ao nosso lado. Naquele momento as balas eram mais perigosas do que o Inominável.

Lucy berrou no rádio portátil:

– Estamos sob fogo amigo aqui! Não evacuamos os civis ainda! Cessar-fogo até saberem em quem estão atirando!

Os tiros continuaram. Lucy berrou de novo:

– Policial caído, policial caído, atingido por fogo amigo! Repetindo, atingido por fogo amigo!

As rajadas diminuíram e depois cessaram completamente. Todos nós ficamos grudados no chão alguns segundos, esperando. Parecia muito importante respirar, como se eu nunca tivesse feito isso direito antes. Ou talvez fosse o corpo ensanguentado do policial morto que tornava a respiração uma ameaça, tínhamos de compensar a morte dele de alguma maneira.

Quando tudo se aquietou, Lucy se ajoelhou com todo o cuidado. O resto da polícia começou a se erguer de joelhos também e finalmente um dos mais jovens ficou de pé. Ele não caiu morto, de modo que todos se puseram de pé, ressabiados.

– Olhem – disse um dos policiais.

Nós olhamos. O Inominável estava sangrando. O sangue escorria como um fio vermelho na "cabeça" dele.

– Merda – disse Lucy. – Vamos precisar de artilharia pesada antitanque para explodir aquela coisa.

Concordei com ela.

– Quanto tempo leva para o arsenal da Guarda Nacional chegar aqui?

– Tempo demais – disse ela.

O rádio da detetive chiou novamente. Ela ouviu a fala ininteligível e disse:

– O helicóptero está a caminho. Precisamos encontrar a sra. Reed e levá-la para fora do muro.

Não tivemos de encontrar a sra. Reed, foi ela que nos encontrou. Gordon Reed e ela saíram correndo do canto da casa, o mais rápido que ele podia. Julian veio atrás deles. O maior perigo naquele primeiro momento era um tiroteio movido por nervosismo. Nós conseguimos não ser tão burros assim, mas meu sangue latejava no pescoço e todos tinham os olhos arregalados, como se prontos para recuar para trás do muro.

Maeve Reed estendeu as duas mãos e agarrou a minha.

– É o Taranis? Ele sabe?

– Ele não sabe do bebê.

Ela franziu a testa.

– Então...

– Ele descobriu que estivemos com você.

– Sra. Reed... – um policial estendeu a mão para ela – ... precisamos levá-la para o outro lado do muro.

Ela me beijou no rosto e deixou o simpático policial passá-la para outro policial simpático que esperava em cima do muro.

Gordon Reed foi em seguida. Ele não disse nada. Parecia fazer muita força só para respirar e ficar ereto entre Julian e o policial simpático que tinha ajudado Maeve a pular o muro.

Quando os dois estavam a salvo do outro lado, perguntei para Julian:

– Onde está o resto do seu pessoal?

Ele balançou a cabeça.

– Todos estão mortos, exceto Max. Ele está machucado demais para andar. Eu o deixei escondido na casa para poder sair com os Reed.

Eu não sabia o que dizer, mas um policial interveio:

– Você é o próximo – disse ele para Julian.

Não precisei dizer nada, fiquei só observando enquanto ele passava para o outro lado em segurança.

A maior parte dos policiais que ainda conseguiam andar já tinha pulado o muro também.

– Ah, meu Deus! – exclamou Lucy baixinho.

Dei meia-volta e vi o Inominável.

O cabelo branco de Rhys se destacava brilhante contra as cores escuras do monstro. Uma coisa que era meio braço, meio tentáculo se enrolou no peito dele. A lâmina da espada de Rhys faiscou ao sol quando ele a enfiou num olho que era do tamanho de um Volkswagen. O olho sangrou, o monstro berrou e Rhys também.

– Tirem Merry daqui – disse Galen.

E ele correu para a luta.

43

Não esperei que Nicca ou Lucy me segurassem. Corri atrás de Galen. Minhas sandálias não eram feitas para corrida, por isso as joguei fora numa curva do caminho. Kitto estava nos meus calcanhares, e Nicca, com Sage no ombro, não muito atrás. Lucy e o último policial fardado também nos acompanharam.

Mas o que vimos nos paralisou alguns segundos. O Inominável não tinha pernas, mas ao mesmo tempo tinha. Era uma massa que se agitava toda, meus olhos não conseguiam registrar. Senti um grito subindo pela garganta, mas sabia que se deixasse aquele berro escapar nunca mais ia parar, como o policial que ainda estava caído perto do muro. Às vezes a única coisa que nos impede de enlouquecer é a obstinação e a necessidade.

Rhys ainda estava envolvido pela carne do monstro, mas tinha parado de se mexer. Os braços pendiam pálidos e ocos, eu sabia que para ter deixado as armas caírem era porque devia estar inconsciente, ou, na pior das hipóteses... recusei-me a completar o pensamento. Teria tempo para pensar no impensável mais tarde.

Os policiais de armadura que tinham chegado com os outros guardas jaziam espalhados em volta da coisa como brinquedos descartados. A coisa estava logo atrás da piscina e seu rastro de destruição tinha atingido a casa de hóspedes.

O cabelo prateado de Frost esvoaçava como uma cortina brilhante. Um braço pendia ao lado do corpo, mas tinha conseguido chegar à base da criatura. Enfiou o Beijo de Inverno num membro que se movia e o tentáculo se despregou da massa e bateu nele, jogando-o contra o muro. Frost ficou imóvel onde caiu. A única coisa que me impediu de correr para ele foi a mão de Galen no meu ombro.

– Veja – disse Galen.

No lugar em que a espada continuava espetada na carne da coisa crescia um ponto branco. Quando ficou do tamanho de uma mesa grande, percebi que era gelo. O Beijo de Inverno era exatamente isso. Mas o Inominável arrancou a lâmina, que saiu rodopiando e foi cair atrás dele. O ponto de gelo continuou lá, só que parou de crescer.

Procurei Doyle e o encontrei como uma mancha negra ao lado da água turquesa. O sangue se espalhava em poça embaixo dele. Ele se ergueu com um braço e a coisa bateu nele, jogando-o na água. Doyle desapareceu de vista, nem uma das mãos subiu à tona. Ele simplesmente afundou na água azul e sumiu.

Galen me fez girar e olhar para ele, segurando meus braços com tanta força que chegou a doer.

– Jure para mim que não vai chegar perto dele.

– Galen...

Ele me sacudiu.

– Jure para mim. Jure!

Eu nunca vi Galen tão agressivo, sabia que ele não ia permitir que eu fosse ajudá-los e que ele não ia se juntar aos outros até eu jurar.

– Eu juro.

Ele me puxou e me deu um beijo violento, que quase me machucou, depois me entregou para Kitto.

– Fique com ela, mantenha Merry viva.

Galen e Nicca trocaram olhares e sacaram suas armas. Lucy e o policial fizeram a mesma coisa, espalharam-se em leque e começaram a atirar. Era fácil não atingir Rhys. Havia monstro demais para mirar.

Eles dispararam até acabar a munição. A criatura se arrastou para cima deles e Lucy conseguiu desviar e correr para a casa, mas o policial foi agarrado por coisas que pareciam mãos com esporões gigantes, mas não eram exatamente isso. As garras imensas rasgaram o corpo do policial e o sangue dele espirrou formando um arco vermelho vivo. O grito do homem foi agudo, cheio de dor, cheio de pavor. Depois veio o silêncio, um silêncio repentino, e eu jurava que podia ouvir tecido rasgando, o ruído mais encorpado da carne se abrindo, o estalo molhado dos ossos quando a coisa dividiu o homem morto em dois e lançou na nossa direção.

Kitto se jogou em cima de mim e me pressionou contra o chão com seu pequeno corpo, enquanto as partes do policial passavam voando espirrando e respingando sangue na roupa dele feito chuva.

Quando consegui levantar a cabeça para espiar a luta de novo, Nicca e Galen tinham sacado suas espadas e adagas, uma em cada mão. Eles começaram a rodear o monstro, um de cada lado... mas como é que se rodeia uma coisa que tem tantos olhos e tantos membros?

Não sei se as outras lâminas o tinham machucado muito e por isso a coisa não queria se arriscar mais, ou se estava simplesmente cansada de ser espetada. Só sei que atacou, não com os membros, mas com mágica. Nicca ficou coberto de névoa de repente. Quando essa névoa clareou, ele estava imobilizado no chão. Nem sequer tive tempo de ver se ainda respirava, porque o Inominável atacou Galen, que se manteve firme. Ninguém jamais acusara Galen de covardia.

Gritei seu nome, mas ele não virou para trás e eu não quis distraí-lo da luta. Só queria que ficasse a salvo.

Lutei para me levantar do chão, Kitto finalmente parou de tentar impedir e me ajudou. Galen não tinha arma mágica de nenhuma espécie. Eu tinha de fazer alguma coisa. Avancei e Kitto me puxou para trás. Tentei me livrar dele, dei meia-volta nos calcanhares descalços para ordenar que me soltasse, mas escorreguei no chão cheio de sangue e caí sentada na grama pegajosa. Fiquei com as mãos cobertas de sangue, sangue vivo, cor de vinho, parecia chuva que a terra ainda não tinha absorvido. A palma da mão esquerda começou a coçar, depois ardeu feito queimadura. Era o sangue do Inominável, tão venenoso quanto o resto dele.

Fiquei de pé para limpar o sangue da mão com a ponta do vestido, mas não adiantou. A queimação tinha penetrado na mão toda, na pele, e fluía nas minhas veias, com a sensação de que todo o sangue do meu corpo tinha se transformado em metal derretido, sólido e quentíssimo, meu sangue fervia, querendo sair pelos poros.

Berrei de dor e Kitto encostou em mim, querendo ajudar. Ele também berrou e me largou, recuou cambaleando. A frente da camiseta dele ficou manchada de vermelho, de sangue vivo. Ele pegou a camiseta e levantou o suficiente para eu ver as marcas das minhas unhas espirrando sangue para todo lado, pior, muito pior do que o ferimento inicial.

Meu primo Cel era o Príncipe do Sangue Antigo. Conseguia curar qualquer ferimento, por mais antigo que fosse. Mas a gravidade era a mesma do machucado original. Aquilo era diferente. Doyle me disse uma vez que eu teria uma segunda mão de poder, só que não havia como saber quando ia se manifestar ou o que seria. A dor no meu corpo diminuiu enquanto Kitto sangrava. Mas eu não queria que Kitto perdesse sangue. Era o Inominável que eu queria que sangrasse.

Se tinha de tocar no Inominável para aquela nova mão de poder funcionar, eu ia morrer, mas, antes, experimentaria a mágica como se experimenta uma arma. Atire de longe antes de ser obrigada a atirar de perto. E continue atirando, enquanto tiver munição.

Apontei a mão esquerda para a criatura, com a palma para frente, e pensei não na palavra *sangue*, mas no *próprio* sangue. Pensei no gosto que tem, salgado, metálico. Na sensação do sangue fresco e quase escaldante em grandes doses, no jeito que ia engrossando quando esfriava. Pensei no cheiro de sangue, aquele cheiro que ardia na garganta, em como uma quantidade de sangue derramado sempre cheirava a carne, carne crua e moída.

Pensei em sangue e comecei a andar na direção do Inominável.

44

Dei poucos passos e a dor voltou, o sangue ferveu nas veias, eu tropecei e caí de joelhos, mas mantive a mão estendida para a criatura, apostando que Kitto tinha parado de sangrar. Gritei e vi um enorme olho girar para olhar para mim, para realmente olhar para mim pela primeira vez. A dor turvou minha visão e acabou tirando minha voz, meu ar. Eu estava sufocando de dor. Então melhorou, só um pouco, depois mais um pouco. Quando minha visão clareou, vi que escorria sangue nos ferimentos da montanha de carne e não escorria como o sangue costumava fazer, era mais como água, mais rápido e mais ralo. O que restava da minha dor desapareceu quando o sangue passou a jorrar de todos os ferimentos que a criatura havia sofrido aquele dia. Cada buraco de bala, cada corte de espada explodia vermelho. O sangue começou a descer pelos lados da coisa.

O Inominável veio na minha direção, pesado e assustador, era como ver uma montanha rolando para cima de você. Eu sabia que se ele me alcançasse ia me matar, por isso tinha de impedi-lo.

Pensei não só em sangue, mas em feridas. Não pensei só em *sangramento*, pensei em *morte*. Desejei que aquilo morresse.

Uma ferida se abriu feito outra boca, desceu rasgando pelo lado do corpo dele, depois mais uma, mais outra. Era como se uma lâmina gigantesca e invisível estivesse golpeando o monstro. O sangue fluiu mais depressa, o Inominável acabou coberto por um manto vermelho viscoso de cima a baixo, vestido com o próprio sangue. Então o sangue jorrou violentamente, quase uma onda negra, um lago derramado na grama. Derramou-se, fluiu e cresceu para cima de mim até eu ajoelhar numa poça de sangue, e continuou sangrando.

Quanto mais ele sangrava, mais calma eu ficava. Uma quietude encheu meu corpo, era quase uma sensação de paz. Ajoelhei na poça cada vez maior de sangue, vendo a coisa estremecer e avançar na minha direção, sem sentir medo. Eu não sentia nada, não era nada além da mágica. Naquele segundo eu vivia, respirava e era um feitiço. A mão de sangue me dominou, usou-me da mesma forma que eu tentara usá-la. Com as magias antigas, nunca fica claro quem é o mestre e quem é o servo.

O Inominável se avolumou sobre mim como uma enorme montanha sangrenta, com um apêndice daquele corpo estendido para mim e a poucos metros, então ouvi quando ele respirou fundo, um barulho forte, quase de medo, e aí explodiu, não seu corpo, mas foi como se tudo que restava de sangue naquela criatura imensa tivesse jorrado de uma só vez. Por um segundo pensei que ia me afogar, engasguei com o ar e tentei cuspir o sangue ao mesmo tempo.

Alguma coisa grande bateu no lado da minha cabeça e caí naquele mar de sangue. Até em seus estertores de morte a coisa tinha tentado me levar com ela. O rosto de Kitto, lambuzado de sangue, e Sage, também encharcado de sangue, no ombro dele, foram as últimas coisas que vi antes de a escuridão engolir o mundo.

45

Acordei flutuando. Flutuava no ar, e primeiro pensei que era um sonho. Então vi Galen flutuando também, fora do meu alcance. Despertei e vi que todos os encantados estavam flutuando. Havia mágica por toda parte, espalhada no ar como fogos de artifício multicoloridos, voando em volta de nós em bandos de pássaros fantásticos que nunca povoaram o céu dos mortais. Florestas inteiras subiam e desciam diante dos nossos olhos. Os mortos se levantavam, caminhavam e desapareciam. Parecia que assistia aos sonhos e pesadelos de outra pessoa marchando através do sol brilhante da Califórnia. Era puro encantamento sem ninguém para contê-lo ou comandá-lo. Era simplesmente mágica, por toda parte.

E essa mágica se derramava sobre Rhys, Frost, Doyle, Kitto, Nicca e até sobre Sage. Vi uma árvore fantasma flutuar sobre o corpo de Nicca e desaparecer dentro dele. Sage estava coberto por uma vinha florida. Os mortos todos foram até Rhys e marcharam para dentro dele, enquanto ele gritava. Frost estava escondido atrás do que parecia neve. Batia nela com o braço bom, mas não conseguia impedir que se amontoasse. Vi Doyle de relance, meio escondido atrás de uma coisa preta e coleante. Então a mágica finalmente me encontrou e encontrou Galen, ali pendurados a poucos metros um do outro. Fomos alvejados por perfumes e explosões de cores. Senti o cheiro de rosas e apareceu sangue no meu pulso como se espinhos me espetassem. Acho que os outros recuperavam o que tinham perdido para o Inominável, mas nem Galen nem eu tínhamos oferecido nada para ele. Achei que ele ia passar direto por nós por causa disso, mas foi engano meu. Uma mágica violenta tinha sido libertada e ela queria estar em algum lugar, em alguém, outra vez.

Uma coisa branca como um grande pássaro se elevou da sangueira e veio para mim com um propósito definido. Galen gritou:

– Merry!

E a forma brilhante colidiu comigo, através de mim, mas não saiu do outro lado. Por um instante vi o mundo através de um cristal e névoa. Senti cheiro de alguma coisa queimando, depois voltou a escuridão.

Quando Galen e eu recuperamos a consciência, os outros tinham prendido o Inominável no solo, na água e no próprio ar. Prenderam-no como devia ser preso. Não podia morrer, mas não podia ficar solto também.

Maeve Reed gentilmente permitiu que usássemos uma parte de sua grande propriedade como sepultura, só que não foi exatamente isso que fizemos. O Inominável ficou ao mesmo tempo enterrado nas terras dela e não enterrado em nenhuma terra. Estava preso num lugar intermediário, no meio do caminho.

Maeve convidou-nos a usar permanentemente a casa de hóspedes, que era maior do que a casa da maioria das pessoas. Isso resolveu o problema de procurar um apartamento maior e ali ficávamos sempre por perto, para o caso de Taranis inventar algum jeito novo de atacar Maeve.

Eu sempre pensei que a louca era Andais, mas mudei de ideia. Taranis estava disposto a fazer qualquer coisa para se salvar, qualquer coisa. Não é assim que um bom rei deve pensar. Bucca-Dhu está sob proteção da custódia profana. Tivemos de contar tudo para Andais. Temos uma testemunha do que Taranis fez, mas isso não basta para derrubar um reinado de mil anos. Teremos de pisar em ovos em volta desse pesadelo político. Mas não podemos permitir que ele continue no poder.

Taranis ainda insiste para que eu vá visitar a corte dele. Eu não vou.

Rhys derrubou os fantasmas famintos com facilidade. Recuperou os poderes que o Inominável tinha tirado dele, e foi o que aconteceu com todos os outros. Mas o que isso quer dizer?

Quer dizer que Rhys conversa em quartos vazios... mas se estão vazios, por que vozes respondem para ele das saídas do ar? Frost é capaz de criar gelo no parapeito da minha janela no verão, fazer desenhos com renda gelada para mim. Doyle consegue desaparecer diante de todos, para ninguém encontrar. Ele garantiu que não fica invisível, mas é como se ficasse. Nicca fez uma árvore explodir em florescência meses antes da estação... simplesmente recostando nela. Kitto conversa com cobras agora. Elas deslizam até ele e o cumprimentam como se reverencia um rei. É muito aflitivo notar a quantidade de cobras que existe e que nunca vemos, só quando elas desejam ser vistas. Sage guardou uma única flor de jasmim viva e fragrante por duas semanas, sem água. A flor fica simplesmente presa atrás da orelha dele e não dá sinal nenhum de que vá murchar.

Quanto a mim e ao Galen – que fomos tocados por uma mágica tão violenta, mas que nenhuma era nossa –, ainda não sabemos. Doyle acha que os novos poderes virão aos poucos. A minha segunda mão de poder já veio de fato. Preciso apenas de um pequeno ferimento para invocar todo o sangue do corpo de um ser. Sou a princesa da Carne e do Sangue. A mão de sangue não é vista como poder desde os tempos de Balor do Olho Maligno. Para vocês que não estão a par da história pré-celta, isso representa milhares de anos antes do nascimento de Cristo.

A rainha está satisfeita comigo. Estava com tanto bom humor que consegui que ela me desse os homens. O príncipe Cel tem sua própria guarda particular. Ela tem a dela. Eu não devia ter a minha? Andais concordou, por isso todos que aparecerem no meu caminho são meus. E fico com todos.

Prometi para Frost que ia mantê-lo a salvo, que ia proteger todos eles. Uma princesa deve sempre manter suas promessas.

Andais vai enviar mais guardas para ajudar a garantir a minha segurança. Pedi para escolher quem serão eles, mas ela não estava assim tão satisfeita comigo a esse ponto. Pedi para Doyle escolher, e ela negou isso também. Acho que a Rainha do Ar e da Escuridão já tem um esquema próprio, e vai enviar quem ela quiser. Não posso fazer nada, a não ser esperar para ver quem vai aparecer na minha porta.

Tenho noites suaves com meu cavaleiro verde; Galen é meu, finalmente. Minha Escuridão continua perigoso como sempre, mas no fundo vejo de relance o sofrimento dele e a decisão de melhorar as coisas para todos nós. Rhys mudou e não é mais meu amante risonho, nem deseja me dividir com Nicca. É como se com a recuperação dos poderes ele tenha ficado mais sério, mais exigente. Ele é simplesmente mais agora, mais mágica, mais desejo, mais força.

Nicca continua sendo apenas Nicca. Adorável, gentil, mas sem força suficiente.

Kitto também cresceu e mudou. Ele é mais. Eu o vi assumir seu poder com algo parecido com deslumbramento.

E tem o Frost. O que se pode dizer do amor, pois realmente é amor, mas ainda não engravidei.

Executei um rito de fertilidade que trouxe vida ao ventre de outra encantada, mas o meu continua vazio. Por quê? Se eu fosse mesmo estéril, o feitiço teria fracassado, e não fracassou.

Devo engravidar logo, senão nada mais terá importância. O Natal chegou, passou e só nos restam dois meses da prisão de Cel. Será que ele sairá de lá louco? Será que vai ignorar toda cautela e tentar me matar? Era melhor engravidar antes de ele ser libertado. Rhys sugeriu que contratássemos um assassino para matar Cel assim que ele estivesse livre. Se não fosse pela ira e pelo sofrimento da rainha, eu talvez até concordasse com isso. Talvez.

Ajoelho diante do meu altar e rezo. Rezo para receber orientação, rezo por sorte, boa sorte. Algumas pessoas desejam sorte para outras, mas não especificam que tipo de sorte. Tenha sempre cuidado quando rezar, porque a divindade está escutando e costuma lhe dar o que você pede, não o que *pretendia* pedir. A Deusa nos deseja boa sorte e um inverno fértil.

Impressão e Acabamento:
GRÁFICA STAMPPA LTDA.
Rua João Santana, 44 - Ramos - RJ